당취별곡

당취별곡

초판 1쇄 인쇄 2011년 05월 1일
초판 1쇄 발행 2011년 05월 10일

지은이 이재호

펴낸이 김혜라
편 집 손혜진 김기열

펴낸곳 상상미디어
주 소 서울 마포구 용강동 117-4 월명빌딩 4층
등 록 제312-1998-065
전 화 02. 313.6571~2 ㅣ 02. 6212.5134
팩 스 02. 313.6570
홈페이지 www.상상미디어.com

ⓒ 이재호. 2011
ISBN 978-89-88738-33-7

값 14,800원

당취별곡

이 재 호 　 장 편 소 설

상상미디어

목차

1부
대륙에 부는 바람

들국화

「소재지 충남 홍성군 갈산면 일대 장군의 집 주변, 주변 성역화 사업과는 별도로 한옥에 대한 근대 문화재 지정 심의 결과 통보, 사료를 바탕으로 인근 지역 주민들의 증언이 필요하다는 결론이 내려짐.」

문화재위원들은 결론을 내지 못하고 지정여부를 결국 다음 회의로 넘기고 말았다. 한옥의 특수성과 목수가 만든 견고성은 인정되나 70년대 다시 만지면서 일부 원형이 훼손된 것으로 파악되었다. 당시 전문성이 없는 군인들이 돌담을 쌓고 동바리를 했기에 원형의 손상 여부가 논란이 되었다. 문화재 지정의 중요한 요소는 원형을 얼마나 간직하고 있느냐 하는 점이다. 위원들 중 건축학과 재학 시절 우리 동네를 답사했다는, 나의 초등학교 담임 선생 독사의 아들도 포함되어 있었다. 그의 말로는 쉽게 결론나긴 어렵지만 지정은 어떤 식으로든 정리될 것이라 했다. "역사적 사실만 규명되면 건축사적 의미를 떠나서 지정될 것." 그의 지론이다.

2010년 4월 국립고궁박물관 소회의실에서 비공개로

진행된 문화재 위원회 전체 회의가 끝난 직후 문화재청 보존국장실에서 나는 한 통의 전화를 받았다. 장군의 집 주변에 대하여 조속한 시일 내 발굴 및 전체 정비 계획을 수립하겠다는 내용이었다. 필요한 시점에 나의 증언이 필요하다는 의견도 첨언되었다. 사실 내가 아는 것이라고는 장군집 그녀에 관한 이야기뿐이다. 동네 주민 중 일부는 장군의 집 주변이 문화재로 지정되면 인접 토지 소유주들이 재산권 행사에 지장을 줄지 모른다고 우려하고 있다.

「장군집, 호국성지로 일대 정비할 계획. 학생들의 견학과 방문 줄이어, 70년대 장군의 집에서 인근 홍성문화원으로 옮겨진 문서와 편지 다수 발견, 독립운동사의 새로운 사료로 평가받아……」

최근 연합뉴스 인터넷 판 사회면에 조그맣게 실린 대략의 기사 내용이다. 기자가 어떻게 나의 전화번호를 알았는지 나에게 장군의 집에 대하여 몇 가지 묻고 싶다면서 전화를 해왔지만, 그 몇 가지의 한계를 몰라 거절했다. 사실 기자나 문화재청에서 원하는 자료는 나에게 단 한 건도 없다. 나는 자료보다는 조합하거나, 주워들은 이야기, 그리고 심각한 오류를 범할 수 있는 기억이 전부이다. 비서를 통하지 않고 직접 전화를 걸어온 보존국장은 나의 이런 머뭇거림에 심각한 오류의 기억은 필요 없고 보고 들은 이야기만 심의위원들 앞에서 자연스럽게 말하면 된다고 하였다.

"병암산 토굴과, 안천, 인근 일본인들과 전투를 벌였던 중심 지역과 갱도를 면밀하게 발굴할 생각입니다. 가능하다면 정 선생님이 현장에서 직접 증언해주시면 도움이 될 것 같고, 그리고 한 가지 더 말씀드리자면 장군의 영정을 보셨다고 하는데, 실제로 보셨는지, 그 모습을 기억하시는지요?"

이런 우라질! 초등학교 저학년 무렵에 본, 그것도 어둠 속에서 본 모습을 기억해내라고! 문화재청은 나를 초능력자 유리겔라 쯤으로 보고 있었다. 나는 전화를 끊으면서, 장군집을 탐색하던 그날의 기억을 떠올리면서 정태에게 전화를 걸었다. 수신음이 계속 이어졌으나, 결정적인 도움이 필요할 때 회피해버리는 놈의 습성을 전화기도 잘 알고 있는지, 지루한 신호만 이어지다 부재 중 음성으로 넘어갔다.

막걸리! 요즘 갑자기 막걸리 열풍이 불고 있다. 통계상으로도 와인 소비량은 이미 넘어섰다. 국민주(國民酒)라는 이름으로 이제 맥주 소비량을 따라가고 있다. 사실 막걸리 앞에 붙은 '국민주'라는 수식어는 새삼스러울 게 없다. 누가 뭐래도 막걸리는 삼국시대 때부터 서민들의 술로 꾸준히 인기가 있어왔다. 막걸리 한 잔은 추억을 불러온다. 막걸리는 과거를 향하는 시계(視界)이다. 흥취도 있고, 슬픔도 있고, 단조로운 음계지만 젓가락 장단에 실린 노래도 있다. 세월의 때가 앉아있는 노래도 막걸리 한 잔이면 어김없이 흘러나온다.

막걸리에 어울리는 노래는 주로 이미자나, 나훈아, 남진 즉, 트로트 혹은 뽕짝이다. 아주 가끔 길가다 아무 노래방이나 들러 혼자 노래를 부르곤 한다. 시쳇말로, 웬 청승인지 모르겠다.

♬ 누가 만든 길이냐

　나만이 가야할 슬픈 길이냐

　죄 없는 들국화야 너를 버리고

　남몰래 숨어서 눈물 흘리며

　아～ 아～

　떠나는 이 엄마 원망을 마라

　언제 다시 만나리

　귀여운 그 얼굴 언제 만나리

　여인의 가슴속에 파도치는데

　죄 없는 들국화 저 멀리 두고

　아～ 아～

　떠나는 이 마음 너무 아프다 ♬

아버지는 내가 이 노래를 부르면 질색을 한다. 어머니가 저승에서 살아올 것만 같다고 한다. '병암산'의 박쥐가 노래를 부르는 것 같다고도 한다. 병암산은 칡, 곱돌 특히 바위산으로 유명했다. 예고 없이 굴러 내릴 것 같은 바위들은 늘 위태위태했다. 산초, 약초 야생에서 구할 수 있는, 산의 보약이라는 진귀하고 다양한 산물은 흔했다. 하지만 위험하기가 짝이 없어 산을 정확하게 아는 사람을 빼고는 인근에 다람쥐 같다는 심마니들조차 오르기를 겁내했다. 아버지는 토박이라서 산을 잘 탔다. 병암산의 구석구석을 잘 알았다. 어느 골짜기에 가면 당귀나 두릅, 마, 오가피 따위를 채취할 수 있는지, 송이는 어느 철에 어느 골짜기에 들어가면 흔한지, 하지만 정작 병암산에서 박쥐가 없어졌다고 한다. 암울한 시대 산 속 깊은 곳까지 철길로 화목 열차가 왕왕 다닐 때는 황금박쥐도 살았다. 하지만 그건 정말 한 때의 이야기일 따름이다.

또한 들국화라는 노래는 어머니와는 상관없는 외할머니가 즐겨 부르던 노래다. 아궁이에 불을 때다가 망연히 아궁이 속 불길을 보면서 무언가 돌연 생각난다 싶으면 부지깽이로 바닥을 탁탁 두드리면서 의미심장한 장단을 맞추곤 했다. 구성지게 부른 것은 아니지만, 그래도 그 시절의 애환 같은 것들이 담겨 있었다. 아, 외할머니!

운수

세상을 살다보면 불필요한 인생의 태클이 뒤따르는 법이다. 인간의 힘으로 어쩔 수 없는 상황, 그건 운수로 밖에 표현할 수 없는 일련의 태클들이다. 이런 민망한 상황이 벌어지면 나는 훌륭한 대책을 가지고 있다. 그걸 보고 보통은 인생의 위기관리 능력이라고 한다. 나의 위기관리의 핵심은 막걸리 한 잔을 마시면서, 아……, 뭐……, 그렇지. 항상 그러니까…… 라고 툭 털자는 것이다. 너무 고민하지 말자. 인생 고민으로 산다는 것은 그리 유쾌한 일이 못된다. 그것도 아니라면, 뜻하지 않게 강간범으로 몰려 지구대 형사 앞에서 진술했던 대로, 그냥, 어쩌다보니 그렇게 되었어요, 라고 말하면 된다. 상대가 답답해하면, 형사가 알려준 대로 미란다 법칙에 의거해 침묵하면 그만이다. 밤새 고민스러웠고 힘든 일은 다음 날 해장술, 막걸리 한 잔이면 만사 땡이다. 대개 모든 고민은 시간과 술로 술술 풀어지게 되어 있다. 이게 진정한 주도, 술꾼의 자격이다. 이것도 충분히 버릇으로 가치가 있다. 미리 말하지 않았는가, 인생의 위기관리 능력 중 하나의 파일

14

이라고. 믿어보시라. 나의 이 버릇이 언제부터 시작되었는지 분명치는 않지만 술, 막걸리와 관련해서 이런 장면이 흐릿하게 떠오르는데 주변에서 들은 이야기와 조합해보면 얼추 정확한 이야기이다.

외갓집 대청마루에는 옹이구멍이 지뢰밭처럼 가득했다. 그 구멍은 쥐구멍 역할을 하기에 적절했다. 옹이구멍이 세월의 풍상으로 옹이는 다 빠져 달아나고 구멍만 남게 되었을 때 그곳으로 가끔 회색 생쥐가 고개를 쏙 내밀고 우리 가족들을 감시하곤 했다. 무얼 먹고 있는지부터, 반찬 종류는 몇 가지이고, 밥에 혹시 쥐약은 탔는지 안탔는지, 라디오에서 무슨 연속극을 하고 있는지, 아버지가 밤에 몇 번 방귀를 뀌어대는지, 외할아버지가 지난밤에 들어왔는지 아니면 주점 아낙을 품고 잤는지, 쥐들은 다 알고 있었다. 밤말은 쥐가 듣는다는 격언을 낮에까지 아주 충실하게 이행하는 마루 밑의 쥐들로 그들은 우리 가족이나 다름없었다. 외할아버지는 생쥐들이 고개를 내밀면 손바닥으로 마룻바닥을 내려쳤다. 그럼 금세 생쥐들이 고개를 쏙 밑으로 집어넣는데 이번에는 다른 쪽 구멍에서 어미 쥐가 불쑥 솟아오른다.

"아이고 범도 한 입에 못 삼키겠네요. 저 쥐가 저렇게 살찌도록 냅뒀습니까. 양석을 얼마나 축냈겠습니까."

밥을 먹다 말고 아버지가 외할아버지를 향해 눈을 흘

기곤 했다. 쥐 잡는 소소한 일은 외할아버지 담당이었다. 아버지는 농사일 전담, 약초 전담, 장작패기 전담, 직함이 수두룩했다. 우리 집에서 제일 할 일 없는 사람이, 아니 할 일이 있어도, 일 안하는 사람은 바로 베짱이 외할아버지였다.

"장인어른, 베짱이처럼 집에서 놀고먹지 말고 정 할 일 없으면 마루 밑의 쥐라도 잡지요. 나중에 쥐가 우리를 멕여 살릴 것 같습니다."

"쥐약을 처먹어야 저놈들을 잡지, 내가 무슨 수로 저놈을 잡을 꼬나, 네놈이 어디서 따발총이라도 구해와 바라. 마루 밑을 확 갈겨버리게."

"밥은 고봉으로 먹으면서 지발 밥값 좀 하소."

외할머니다. 외할아버지는 밥은 고봉을 먹으면서도 늘, 골골했다. 비리비리했다. 특별한 병이 있는 것도 아니면서 늘 땀을 찍찍 흘려댔다. 외할머니는 투전판에서 몸이 곯아서 그런다고 했다. 식구들의 우려대로 어미 쥐는 우리가 먹는 양에 버금갈 정도로 대식가였다. 살이 토실토실 찐 쥐는 범처럼 무서웠다.

"하이고, 정서방 말마따나 범처럼 무섭게도 생깃네 그려. 얼마나 주워 처먹었기에 저 모양으로 살이 쪘냐."

눈을 빤히 뜨고. 우리가 하는 말을 경청하는 있는 어미 쥐, 쥐약을 아무리 치고 쥐덫을 설치해도 그 쥐는 못 잡았다. 어쩌다 쥐덫에는 생쥐 몇 마리가 목이 졸려 있었을 뿐이다. 쥐약 묻은 음식에는 용케 손도 대지 않는 어미 쥐였다. 몇 년째 그렇게 우리 집 마루 밑에서 모든 쥐들의 황제로 군림하고 있었다. 아침조회 때 모든 쥐들을 모아놓고 황제 쥐는 다음과 같은 훈시를 한다.

"얘네, 즉 베짱이, 박광식(朴光植) 집안에 대하여 잠시 공지사항을 전하도록 하겠습니다. 우선, 완전 놀고먹는데 조선천지 일등인 박광식이가 이 집에 호주(戶主)입니다. 얌생이 수염이라는 별호를 가지고 있고, 얘는 비리비리 사촌이라서 우리에게 그렇게 위험한 인물이 아닙니다. 다만 쥐약이 묻은 음식을 가끔 마루 밑에 가져다 놓는데, 그런 초보적인 방법에 넘어갈 쥐들은 없겠지요. 아무리 배가 고파도 사소한 욕심으로 목숨을 잃지 맙시다."

그러면 졸개 쥐들은 일제히 찍찍하면서 대꾸를 한다.

"다음 방계 서열로 2인자인데 원래 1인자보다 두 번째가 더 지랄 맞습니다. 양점분(梁占扮)이라고 제일 악랄한 반동입니다. 엄청난 뚱뚱보로서, 힘이 장사고, 성질이 괄괄해서 그 할멈에게 걸리면 초죽음, 즉시 골로 간다 이 말입니다. 지겟작대기질에 능하고, 특히 불이 벌겋게 달아오른 부지깽이를 조심해야 합니다. 그걸 막 마루 밑으로 쑤셔 넣곤 하는데, 잘못하면 타 죽습니다. 어어, 거 뒤에 천장쥐들 조용히 해요!"

어디를 가나, 어느 세상이나, 말 안 듣는 놈은 꼭 있게 마련, 그럼 다른 쥐들이 찍찍찍찍……찍찍찍찍…… 하면서 조용히 좀 하라고, 어느 안전이라고 함부로 날 뛰는 것이냐고, 물정 알고 덤비라고, 말이 잘 안 들린다고, 천장 쥐를 구박했다.

"다음은 정정만(鄭正滿)이라는 놈이 있습니다. 그 놈은 아, 그 놈은, 며칠 전에 현역복무를 마치고 돌아온 놈으로서, 일단 글을 모르는 까막눈입니다. 쥐를 잡자 하는 포스터도 잘 못 읽는 놈입니다. 그 밖에 이 놈에 대해서는 잘 모르겠습니다. 복무를 마치고 돌아온 지가 얼마 안 되서. 상세 정보가 없습니다. 그리고 돌아오자마자 늘 밖으로만 돌아치니까. 광식이가 아마도 놈을 머슴삼아 부리고 있는 것 같습니다. 놈에 대해서는 정확한 동태를 살핀 후 곧 있을 월례모임에서 정보를 제공하도록 하겠습니다."

찍 찍 찍 찍……찍 찍 찍 찍…… 찍 찍 찍 찍……찍 찍 찍 찍……찍찍찍찍…… 너무 시끄러웠다.

"이런 우라질 놈의 쥐새끼들!"

마루판이 꽝! 들썩였다. 외할아버지다. 그럼 쥐들은 우왕좌왕 "아아, 걱정할 것 없습니다. 비리비리 광식이가 치는 겁니다. 아마 지들 밥 다 처먹었다고 곧 우리에게 준비하라는 것 같습니다. 얼른 조왕 조 준비하고, 천장 조, 광 조, 외양간 조, 준비들 하세요. 광식이가 수전증이 조금 있는 관계로 가끔 마루를 쳐댑니다. 얼른 살펴보겠

18

습니다." 하면서 고개를 다시 옹이구멍으로 내미는 황제 쥐. 말똥말똥! 이리저리! 어쩌다 눈이라도 마주치면 우왕, 무섭다. 무서웠다.

외갓집은 안방 건넌방 사이로 대청마루가 놓여있었다. 대청마루 뒷벽에는 알 수 없는 인물들과 외할아버지가 함께 찍은 사진이 걸려있다. 혹시나 아는 얼굴이 있나 싶어 자세히 쳐다봐도 도통 모르는 중늙은이들 틈에 젊은 이들도 드문드문 끼어 있었다. 게다가 이 촌티 나는 사진에는 촌티 나는 계집애 하나도 섞여 있었다. 훗날 알고 보니 암울한 시대 갱도를 따라서 철길을 깔았던 인부라고 했다. 마치 광복군처럼, 전쟁을 하던 사람들처럼 무언가를 하나씩 들고 있었다. 자세히 보면 삽, 곡괭이, 해머, 정망치, 대부분 연장들이었다. 그런 걸 왜 걸어두었을까, 모르겠다, 그 이유는. 외할아버지는 한문서적을 달달 읽을 정도로 유식했으니까, 분명 무슨 이유가 있을 터라는 것만 짐작한다.

나무와 숲뿐인 깊은 산중의 외갓집이었다, 손톱만한 모기떼의 극성스러움으로 아무리 더운 날에도 한데 잠조차 잘 수 없었다. 이웃이라고는 쌍둥이 같이 구조가 똑같은 아랫집뿐이었다. 외갓집의 정원은 광활하다 못해 징그럽게 드넓었다. 집 앞 병암산 자락이 모두 외갓집 정원이라고, 조경학은 배운 바도 없는 외할아버지는 뿌듯해

했다. 더 웃긴 풍경은 첩첩산중에 말도 안 되는 격자창이 등장한다. 그건 이미 폐광이 된 갱도를 잇는 철로, 철도 관사에서 외할아버지가 노임 대신 뜯어온 것이라 했다. 감히 외할아버지의 노임을 떼어먹으려 하다니, 그건 격자창 아니라 열차 전량을 떼와도 시원치 않을 일이었다. 외할아버지는 그런 사람이었다. 손해보고는 못 사는, 하지만 외할아버지 인생에서 절정은 역시 투전판에서 외갓집 전 재산을 말아먹었다는 사실이다. 투전판에서 외할아버지가 재산을 탕진할 정도라면 대적한 사람은 분명 선수였을 것이다. 노름판을 포함하여 외할아버지가 단 한 번도 내기에서 지는 것을 못 봤다. 어쨌든 외갓집은 그런 격자창을 조악하게 잇댄 전통 가옥도 아니고, 그렇다고 신식집도 아닌 아주 엉성한 구조였다. 뒤란 텃밭을 건너면 대숲이 울창해서 한 겨울에는 스산한 바람이 목젖을 길게 뻗어 폐가처럼 보이기까지 했다. 대숲은 게으른 외할아버지 덕에 단 한 차례도 가지치기를 하지 않아 조밀해서 바람의 유통을 막았다. 그러니 여름엔 더위로 집은 집이 아니었다. 비가 들이쳐도 마찬가지였다. 큰 비가 내리면 방안은 야트막한 물웅덩이가 될 때도 있었다. 서생원은 우리더러 집을 비워달라고 밤새 찍찍거리는 통에 누가 집주인지 헷갈릴 정도였다. 습하고, 춥고, 덥고, 더럽고, 한마디로 집으로서는 전혀 미덥지 못한 집이었다. 베짱이 외할아버지가 지었다니, 아버지는 그 정도도

대견한 일이라고 했다.

그 해 찜통더위는 실로 대단했다. 당시 통계청이 발족
하기 전이라 통계를 내지는 않았지만 한증막 같은 더위
로 아랫마을 닭들이 폐사를 했고, 돈사의 돼지들은 숨을
못 참고 헐떡였다. 누군가 성냥불만 그어대면 동네 전체
가 폭발할 것처럼 화기가 공기 중에 가득했다. 주점의 항
아리 속 막걸리는 시간 반도 못돼 쉬어 터졌다. 사람들은
온몸에 땀띠가 버글버글해서 하루 종일 긁어댔다. 어른
아이 할 것 없이 손톱독이 올라 피딱지가 덕지덕지 달라
붙었다. 아이들의 머리통에는 예외 없이 기계충 자국이
수두룩했다. 머리카락엔 이가 버글버글해서 당장이라도
디피티를 뿌려대야 할 판이었다. 등목도 해보고, 부채질
을 해 봐도, 소용없었다. 마루 밑에서 온종일 잠만 자는
똥개 '멍구'도 혀를 길게 빼고, 그러다 도저히 못 참겠다
싶으면 스스로 물가로 달려가곤 했다. 근처 안천(安川)
엔 개와 더불어 멱을 감는 사람들로 빼곡했다.

"아이고, 생전 이런 더위는 첨 본다. 사람 다 말려죽일
작정이여. 비라도 한 방울 내려주지. 논밭 곡석들 다 말
라죽네. 고추는 다 타들어가고, 살은 짓무르고, 데워 죽
이려고 작정을 했나."

동네 사람들은 논밭에 나가는 것을 포기했다. 아랫마
을 항이네는 식구대로 더위를 먹는 바람에 온 식구가 머
리를 감싸고 자리보전하고 누워버렸다. 점례네 옆집 을

숙네도 더위에 의원까지 불러야 했다. 더위가 사람들을 달달 볶아먹는다고, 사람들은 하늘의 쨍쨍한 햇볕을 원망했다. 사람들은 안천으로, 안천으로 모두 몰려가 동네는 말 그대로 텅 빈 공황상태였다.

"덥다, 덥다 해도 올처럼 더운 해는 못 봤네. 병암산에 기우제라도 한 번 올려야 하는 거 아녀."

"그러게 저 밑 동네는 더위로 두 사람이나 죽어나갔더구만."

"참내. 나도 죽을 판이네, 그려. 삼복더위라고 하지 않나. 큰일일세. 올해도 작황은 다 글러먹었네."

"왜정 때도 이만은 아니었는데, 모다 굶어죽을 판이구먼. 지난 봄 보릿고개 때도 풀뿌리로 연명했는데, 큰일이구먼."

외갓집은 토벽집의 울도 담도 없는 집이었다. 층이 야트막한 돌무더기 몇 개가 아랫집, 즉 송씨네 집과 경계를 표시하는 유일한 인식표였다. 그 마저도 없었다면 방문객들이 한 집이라고 착각하기 딱 알맞았다. 송씨네 집은 외할아버지의 사돈의 팔촌, 팔촌의 오촌, 이런 식으로 아주 먼 친척이라는데……, 기실은 남이나 다름없었다. 하지만 두 집 사이는 원만했다. 있는 듯 없는 듯 건너가고 건너오고 그런 사이, 애들 재워놓고 금성사 스피커에서 흘러나오는 '빨간마후라' 나 '떠날 때는 말없이' 같은 연속극을 같이 듣는 사이였다. 나중에 이미자의 노래도 송씨네서 간간이 흘러나오곤 했다.

나는 하필이면 택일을 잘못해서 삼복더위에 태어났다. 날씨 때문에 어머니는 부득이 대청마루에 자리를 깔아야 했다. 어머니는 온통 살이 짓무르고 땀띠로 고초를 겪고 있었다. 주변은 여름 날 모든 소란의 종결자라는 것을 입증하려고 발악하는 매미 소리로 맴맴맴맴……, 맴맴맴……, 맴맴맴……, 맴맴맴……, 혼이 다 얼얼할 정도였다. 어머니의 산통은 점점 나락으로 빠져들었다. 그 징그러운 매미소리와 아궁이에 걸어놓은 가마솥이 불에 졸아붙으면서 무쇠가 갈라지는 쟁쟁거리는 소음, 생나무를 태울 때 풍기는 매캐한 냄새, 주변으로는 헐떡거리는 숨을 참아가면서 출산을 돕는 도우미 외할머니 한 분 뿐이었다. 외할머니는 육중한 체수였다. 땀이 닦는 대로 흘러내렸다. 외할머니도, 어머니도 버글버글한 땀띠가 온 몸에 화상자국처럼 나있었다.

아버지와 외할아버지는 가마솥에 물을 끓이고 있었다. 어머니의 산기를 느낀 직후부터 이틀이나 내리 땀을 찍찍 흘려가면서 끓이고 또 졸아붙으면 또 끓이고 물을 길어 와서 또 끓이고 끓였다. 외할아버지는 후들후들, 달달달, 곰방대 한 번 빨 시간도 없다고. 투덜투덜, 얼굴에 오만상을 지었다.

"도대체 애는 은제 나오는 겨. 지금 몇 번을 가마솥을 데우고 있는데, 아궁이가 터지도록 장작을 쑤셔 넣고 있는데, 도대체 애가 들어있기는 하는겨. 없는 애를 만드는 겨. 저놈이 애를 만들어도 드럽게 삼복더위에 만들어서 사람 잡네!"

몇 올 남지 않은 머리카락부터 땀이 죽죽 흘러 등으로 고랑을 만들어 줄줄 흘렀다. 눈물, 콧물, 땀, 구멍이란 구멍에서 육수처럼 굵은 땀방울이 흐르고 흘러서 아랫도리까지 축축해졌다. 습진으로 고생하고 있는 외할아버지는 아랫도리에 손을 넣고 북북 긁어 댔다. 그러다 딱지가 벗겨지고 피가 흘렀다. 벗겨진 살갗으로 땀방울이 축축하게 스며들자 눈이 뒤집히고 환장할 노릇이었다.

"아이고, 아이고 나 죽네, 나 죽어, 불알 밑이 다 헐어서 도저히 못 참겠네. 미치고 팔딱 뛰겠네."

"뭘 못 참아요. 옥이는 지금 산통하느라 이승저승을 왔다갔다하는데, 아이고 그러나 저러나 애가 양수가 터진지 언젠데 왜 여태 기미가 없는겨."

외할머니에게 애원했지만, 사실 눈치 없는 애원이었다. 아이 낳는 게 힘들지 물 떠 나르고 불 때는 게 더 힘들까. 따지자면 할 말 없었다. 물동이를 들고 조왕으로 들어가면 더 죽을 맛이었다. 아궁이 화덕은 손도 못댈 만큼의 화기가 훅훅 풍겨와 얼굴이 다 녹아내릴 듯했다. 긁다가, 물 긷다가, 장작 패다가, 땀 흘리다가, 하루가 갔다. 밤을 샜지만 여전히 생산의 조짐은 없었다. 밤새 모기가 뜯어먹은 살점 위로 불볕 같은 햇볕이 불덩이가 되어 달라붙자 시뻘겋게 타들어갔다. 쓰리고, 따갑고, 지져대는 것 같은 더위, 줄줄 흐르는 땀, 완전 탈진 상태였다.

"아이고 더는 못한다, 차라리 내가 애를 낳고 말지, 아이고 나 죽것다."

외할아버지가 계속 툴툴거렸다. 평소 일이라고는 곰방대 빠는 일 뿐 하는 일이 거의 없는 외할아버지였다. 특히 근력 쓰는 일은 질색이었다. 무식한 놈들이나 근력을 쓴다고 사람은 머리를 써야 한다는 게 외할아버지의 노동 방식이다. 해가 정 가운데서 몇 가닥 남지 않은 머리카락을 쪼아대고 있었다. 머릿속이 지글거렸다. 눈앞에서는 별들이 마구 반짝였다. 사실 가마솥이라고는 하지만 보통 가마솥 이상의 크기였다. 한때, 즉, 외할아버지가 투전판에서 모든 재산을 탕진하기 전까지만 해도, 외갓집의 영욕의 상징인 것처럼, 이십여 마지기 논에 머슴 붙인 일꾼까지 한 솥에 대던 대단한 가마솥이었다. 그렇게 툴툴거리면서도 외할머니의 눈치에 뒤란의 우물에서 조왕의 아궁이까지 열 차례 이상은 길어다 부었다. 육중한 외할머니의 체수와는 정반대로 외할아버지는 외솔가지처럼 가늘었다. 힘은 체력에서 나온다, 무슨 소리냐 체격에서도 힘은 나온다. 외할아버지가 단 한 번도 힘으로 외할머니를 제압해본 적이 없다는 사실을 이미 우리 동네 사람들 은 다 알고 있었다. 장다리와 난쟁이, 대략 몇 년 후에나 등장하는, 배꼽 빠지는 코미디가 라디오도 몇

대 없던 시절 우리 외갓집에서는 하루 종일 공연되었다. 그래서 사람은 때를 잘 타고 태어나야 한다고 하는 말이 있는 것이다. 몇 년 만 뒤에 태어났으면 대박쳤을 터인데……. 인내심에 한계를 느낀 외할아버지 쪽에서 먼저 시작했다.

"네 놈 마누라가 애 낳는데 내가 왜 물을 끓여야 하냐. 정가 놈 씨앗 보는데 왜 박가인 내가 물을 끓이냔 말여!"

좀 쉬자고 한 말이었다. 곰방대 한번 빨고, 좀 쉬면서 근력을 보충한 다음 다시 일하겠다는 말이었다. 눈치껏 아버지가 응수를 했어야 했다.

"자고로 인간이란 누울 때를 알고 눕고, 벗을 때를 알고 벗으며, 태어날 때를 알고 태어나야 하는 법이거늘, 종자가 시원찮으니 이 복중에 애를 만들어서 생고생을 시키는 것은 네 놈이 삼강오륜도 모르는 무식한 놈이 되어서 그런 거여. 애를 만들어도 아 애가 언제쯤 나오겠구나, 하는 산술이 있어야지. 우리 늙은이들 삼복더위에 양기 빼먹자는 수작이 아니면 뭐여. 지가 인간 모가치로 태어났으면 하찮은 법도도 도리라는 것을 알고 살아야 하는 거 아녀?"

곰방대를 빨아대면서 나른한 여름 햇살을 쳐다보았다. 덥긴 무척 더웠다. 고단함에 온몸의 뼈마디가 다 녹는 것 같았다. 아버지는 그 말에 죄인이 된 것 같은 기분을 느꼈다. 해서, 세 차례 이상을 더 물을 길어다 낑낑거리면서 가마솥에 부었다. 아궁이 속에서 이글거리는 불꽃이 가마솥을 집어삼킬 듯 혀를 날름거리고 있었다. 다시 물을 길러 가는데 재차 껄끄러운 목소리가 들려왔다.

"네 놈이 군대 갔을 때 네 마누라가 염치도 없이 우리 집에서 내리 삼 년 동안 귀한 밥을 축냈으니, 앞으로 너도 삼 년은 우리 집에서 배때지 딱 붙이고 머슴살이를 해야 이치에 맞는 뱁이여. 좋은 말로 은혜를 갚는 것이라는 바는 모르지 않을 터이고. 은혜를 모르면 인간이 아니고 금수가 되는 거여. 금수만도 못한 위인을 어디 사람대접을 해주겠냐 이 말이다, 내 말짝은."

사위가 외할아버지 생각엔 장인이 땀을 질질 흘리면서 일하고 있는데, 가만히 앉아서 쉬고 있는 게 좀 미안했다고 한다. 외할아버지식 논리처럼 곰방대를 빨자고 빤 것도 아니며, 앉아있자고 앉은 것도 아니며, 곰방대는 가만히 앉아 있기 뭣해 버릇삼아 빨아댔을 따름이라고, 앉은 것도 댓돌이 그곳에 있었기에 앉은 것뿐이라 했다. 돌이켜보자면 그날 아버지가 참았어야 했다. 자고로 어른한테는 무조건 잘해야 하는 법을 만든 게 아버지 아니던가.

"사위는 백년손님인데 손님에게 부엌을 들락거리면서 물을 끓이게 하는 법도는 조선 천지에 이 집구석 말고는 없습니다. 입은 삐뚤어져도 말은 바로 하라고 한문 깨나 읽어 삼강오륜을 줄줄 꿰고, 서당 훈장도 하셨다는 양반이, 배움이 돼지꼬리처럼 짧은 것도 아닌 양반이, 왜 이리 법도를 모르냐, 이 말 이지요, 제 말은! 장인어른 생각에 내 마누라가 귀한 댁네 밥을 축냈다고 하는데, 딸자식은 자식 아닙니까. 자식 밥 멕여줬다고 게워내라고 하는 법도는 부모 자석간에 할 법도 소린 아닌 거 같습니다 그려. 그 법도는 어디 오얏나무 밑에서 쓰봉 벗을 때 갖다 붙인 법도입니까."

"어디서 주워들은 풍월은 있어가지고, 출가외인이라는 말도 모르는 놈이구먼. 출가외인이라면 자식이라도 그만한 값을 해야 되는 법을 모르는 놈이 저 네 놈이란 놈이로다. 네 놈이 손님이면 나는 손님 잡아먹는 곰보딱지 마마다. 마마 잡아먹는 범이다, 이놈아! 잔소리 말고 내년부터 내리 삼 년은 우리 집 농사를 다 지어야 할 게다. 몇 해 소출 봐서, 네 놈 하는 것 봐서, 제금을 내주던지 그건 그 때 가서 결정할 일이고. 재삼 말하지만 새벽부터 일어나 소처럼, 망아지처럼 일해야 한다."

"아니 아버님, 말이면 다 말입니까. 내가 왜……, 혼례만 치르면 살림 내준다고 한 말 잊으셨습니까?"

"왜정 때 죽은 강원도 생원 김유정이 살아온 모양이구나. 이게 무신 봄봄 하는 소리여."

곰방대를 죽 빨면서 내뱉었는데, 김유정? 봄봄, 그걸 알 턱이 없는 아버지였다. 그래서 그냥 아무 말이나 던졌다.

"아버님 등쳐먹다 지난해 뒈진 노름꾼 김가 놈의 염병할 함자가 유정인가요? 아니면 육시랄 인가요?"

"······?"

어이가 없었다. 외할아버지는 기가 막히고, 말문이 막혔다. 나아가 무식한 사위를 얻었다는 자책에 막심한 후회가 치밀었다. 너무한 처사였다. 그래도 김유정인데, 고매하신 문학가 김유정을 모르는 것은 그렇다 치더라도 어른 앞인데, 시쳇말로 싸가지 없는 행위가 아닐 수 없었다.

"에구 이런, 어디서 굴러먹던 개뼉따귀 놈인지도 모르고 저런 까막눈을 데릴사위랍시고 집안에 들여서······. 집안 망신 오살나게 하것구면."

"데릴사위, 내가 언제요? 그냥 자식 삼겠다고 하신 건 언제고······."

"그 말이 그 말이여 이놈아, 이놈이 똥 누러 갈 때 다르고 나올 때 다르다더니······, 모르면 잠자코나 있을 일이지, 험험험!"

외할아버지가 헛기침을 하면서 혀를 찼다. 아버지는 고개를 절레절레 흔들었다. 그런 말싸움 중에 물이 완전히 졸아붙어도 누구 하나 물을 길어올 사람이 없게 되었다. 그러던 중 아궁이에 걸어놓은 가마솥이 뻘겋게 달아오르면서 열기가 손가락을 뻗었다. 사방팔방 주변 잔솔가지에 옮겨 붙어 막 불을 붙일까 말까를 고민하는 상황이었다. 대청마루의 외할머니가 어디선가 미묘하게 흘러나오는 화톳내를 맡았고, 이게 무슨 냄새지, 솔가지 타는 냄새 같은데……? 하면서 콩콩대다가 마루 아래로 내려섰다. 불행하게도 한 늙은이는 곰방대를 뻑뻑 빨아대면서 대청마루 밑 댓돌에 앉아 있고, 한 젊은이는 퉁퉁 부은 얼굴로 지게 머리에 코를 박고 코를 골며 자빠져 자는 모습을 보게 되었다. 이미 부엌 쪽 아궁이에서는 화기에 저린 냄새와 연기가 가득했다. 잘못하다가는 온 집안이 불구덩이에 홀라당 다 타버릴 지경이었다. 산모는 대청마루에 광목 차일로 대충 가려진 상태였다. 외할머니는 어머니의 산통이 다소 느릿하게 진행된다는 것을 짐작했다. 주변을 두리번거리면서 지겟작대기부터 찾았다. 다행이 지겟작대기는 멀지않은 곳에 있었다. 우선 외할아버지를 향해 선방을 날렸다. 외할아버지가 곰방대를 문 채 앞으로 고꾸라졌다. 아, 하늘이 갑자기 노래지면서 오른쪽 머리통과 목구멍에 심한 통증이 밀려왔다. 곧이어 햇볕 쨍쨍한 하늘에서 별이 둥둥 뜨는 게 아닌가. 이게 도대체 무슨 일이지 하면서 고개를 드는데 순식간에 통증이 밀려들었다. 분명 날벼락이었다. 어디선가 날아온 날벼락인가 다시 주변을 살폈다. 저 뚱뚱보 할망구는……? 면상이 어디서 본 것 같은데……. 별이……. 둥둥, 날벼락이 아니었다. 지겟작대기였다. "아이쿠!" 하는 외마디 비명소리가 하늘을 갈랐다. 동시에 가속도가 붙은 지겟작대기는 아버지를 향해 세차게 날아들었다.

　"온 집안을 다 태워먹을 거야?"

육중한 몸에서 뿜어져 나오는 강타였다. 온 힘을 다해 휘둘렀기에 약발 받은, 효율적인 1타2피였다. 외할아버지와 아버지의 처절한 비명소리가 하늘을 갈랐다. 매미소리가 갑자기 잦아들었다. 둘 다 하늘이 노래져서 대낮인데도 별이 반짝거리는 신비한 체험을 하다가…… 순간 각자의 오른쪽 머리통이 소다를 넣은 빵처럼 부풀어 오르고 있다는 느낌이 들었다. 아버지가 왼쪽 머리를 감싸 쥐면서 바닥을 데굴데굴 뒹굴었다.

"투전판으로 말아먹고, 산속으로 쫓겨난 것도 분한데, 이제는 불을 지르고 미친년 토굴 속이라도 기어 들어갈 판이여?"

분노가 가라앉지 않은 외할머니가 재차 지겟작대기를 들었다. 시원하게 장외 홈런이라도 날릴 기세로 흔들었다. 다음 순간 두 남자는 아이고 하느님, 부처님 하면서 기겁을 했다. 두 사내는 한 뚱보 할머니를 피해 꽁지가 빠지게 달아났다. 그 같은 사실은 아랫집 금주 외할아버지, 송씨 아저씨에게 들어서 나도 익히 아는 사실이다.

"너 태어나는 날 느의 외할아버지하고 느의 아비하고 뭔 일을 벌였는지 아니?" 하면서 엄청난 비밀인 것처럼 건들거리며 말해주었다. "에이 별 거 아니네요." 했을 때 다른 더 큰 사건, "안천 둑 밑 옥수수 밭에 광식이 놈 똥이 여기저기 널려있었는데 그걸 주어먹은 동네 똥개들이 모두 치질과 변비에 걸려 피똥을 쌌단다." 하는 추가 정보를 제공했다.

어쨌든 오른쪽과 왼쪽에 갓 구워 보슬보슬한 술빵 같은 혹을 매달고 덜렁거리며 두 남자가 달려갔다. 달리고, 달리고 둘이 달려서 한 명은 산 위로 한 명은 산 아래로 각기 다른 통로를 향해 달려갔다. 그러나 이들이 갈 곳은 오로지 한 곳 뿐이었다. 오리쯤 내달려간 곳이 바로 아랫동네, 동네 유일의 주점이었다. 산과 들판으로 각기 다른 경로를 통해 달아난 두 사람이 어떻게 해서 주점에서 만나 의기투합했는지를 알아보려면 마을의 구조를 살펴봐야 했다. 우라질! 알아보고 말고 할 필요도 없다. 철로를 걷어낸 자리를 따라 그대로 길을 만든 단순함 때문이었다. 외갓집과 처마를 잇댄 송씨네와 외갓집 유일의 마을 통행로는 산으로 튀든 들판으로 튀든 어느 길에서든 만나는 외길이었다. 죽어도 만나지 말자해도 길로만 들어서면, 원형으로 빙빙 도는 길의 교차로에서 다 만나게 되어있었다. 이산가족이란 애초부터 존재할 수 없는 길이었다. 하여간 간발의 차이로 둘은 간이 양조장을 겸하고 있는 주점에서 만났다. 헉헉거리면서 서로의 동태를 살폈다. 머리, 머리통, 그리고 매달린 것, 저것은 필시 내 머리통에 달린 것과 같구나, 하는 '소다빵' 동지애를 곧바로 급조하였다. 상대방의 머리통을 어루만져주면서 고통을 잊고자 둘은 막걸리를 마셨다.

"다행일세. 이 정도면 생명에는 지장이 없을 듯하네."

"천운입니다. 장인어른도 다시 살아나신 거나 진배없습니다. 다시 사는 인생 이제는 그만 놀고먹고 일 좀 하십시오. 베짱이처럼 더 노시다가 저승가서 심심해 집니다. 정 못하면 소꼴이라도 좀 베세요."

"끙!"

걸쭉한 막걸리는 막강 온도의 위력에 이미 쉰내가 가득했다. 하지만 그걸 따질 계제가 아니었다. 숨이 턱까지 차올라 양잿물이라도 마셔야 할 판이었다. 입술로 흘러내린 막걸리 국물을 쓱 훑으면서 외할아버지가 재차 엄청난 비밀을 발설하는 것처럼 이런 말을 했다고 한다.

"자네 조심하게. 이 세상에서 제일 무서운 것이 뭔질 아나. 범이 아닐세, 물론 마마도 아니고, 곶감도 아니지. 바로 마누랄세!"

"……?"

"말이 믿기지 않은가?"

아버지가 잠시 뜸을 들이다가 불퉁해서 이런 말을 했다고 한다.

"진작부터 이야길 해주셨으면 제가 따님 옥이랑 혼례를 치르는 불상사는 없었을 것 아닙니까. 이제와 무를 수도 없는 노릇이고. 난감한 일입니다."

"얘길 해주다니? 내가 미쳤는가. 왜 나만 고통을 받고 살아야 하나. 세상 모든 사내들이 받는 동일한 고통이라네. 자네가 계집이 되지 않는 한 필연적으로 겪어야할 운명이라네. 모든 사내들은 범을 등에 지고 산다네. 그 범이 혀를 날름거리면서 호시탐탐 사내들을 어떤 방식으로 괴롭게 만들까 고민하고 있다네. 자네도 이제 범보다 무서운 마누라가 있다는 사실을, 그런 위험한 생명체가 있을 수도 있구나 하는 것을 느껴야 하질 않나. 그래야 세상의 위험에 대처하는 방법을 저절로 알 수 있는 것이라네. 이미 경험한 위험을 통해 배운 게 많아질 테니까. 그걸 유식한 말로 위기관리 능력이라고 한다네."

"뭔 관리요? 그건 도대체 어느 나라 관리를 말하는 것입니까?"

"이런 무식한 놈을 보았나. 하여간 나는 오늘 집에 안 들어갈 걸세. 아마도 마누라의 지겟작대기가 내 머리통을 바수어 놓을 걸세. 아주 야들야들하게 만들어서 깔고, 짓뭉개고, 짓이기고, 온갖 방법으로 내 머리통을 가지고 노리개처럼 가지고 놀걸세. 병암산 범도 그 정도는 아니거든, 최소한의 인정은 있는 법이거든. 무섭다네. 얼마나 무서운지 앞으로 살아보게. 차마 내입으로 말하기는 곤란한 지경이지만 지난날 나는 온통 압박과 설움으로 눈물 세월을 살았다네. 내가 살아온 이야기를 글로 옮기면 홍길동전은 저리가라고, 춘향전은 양키들이 신은 워커발에 새발바닥이라네."

외할아버지가 잠시 아버지 눈치를 살피며 뜸을 들였다가 진도를 조금 앞으로 더 전진시켰다. 아버지는 자못 심

34

각한 얼굴이었다. 슬슬 걸려드는구나 싶었다.

"내가 왜 투전판을 떠돌았는지 아나?"

"……?"

"바로 자네 장모 때문일세. 마누라가 도무지 범보다 무서운데 집구석이라고 발을 들여놓을 수가 없었다네. 자네라면 어쩌겠나? 그러니 갈 곳은 오직, 그렇다고 한데 잠을 잘 수도 없고, 나를 반겨주는 곳은 오로지 투전판이었다네. 내가 그곳을 드나들고 싶어서 드나들었는지 아는 모양인데, 그건 땅이 알고 하늘이 안다네. 앞으로 자네 인생살이도 호락호락하지만은 않을 걸세. 내가 이런 말까지는 그만두려고 했는데, 옥이도 어미를 똑같이 닮아서 성깔이 보통이 아니라네. 한번은 자네한테 편지를 썼는데 답장이 안온다고……, 휴, 울고불고 생난리를 쳐서 열하루를 걸어서 자네 면회를 가지 않았나. 그제야 알았지만 뭐, 자네가 까막눈이라는 사실을 말이야."

"끙!"

이런 우라질! 아버지는 외할아버지가 대놓고 까막눈이라고 무시하는 것 같아 약간 짜증이 일었다. 하지만 언변이 우리 고을 최고의 청산유수였던 외할아버지의 달콤한 유혹, '집에 들어가지 말고 그냥 술청에서 뻗대자.' 하는 말에 넘어가고 말았다. 옆자리에 앉아있던 안주빨, 엉덩이가 펑퍼짐하고 교태가 미끈한 미꾸라지 등쌀 같은 주모도 은근히 끼어들면서 한 몫했다.

"애는 이녁들이 낳소?"

"……?"

"애는 기집들이 낳는다, 이 말이오."

그녀의 결론은 명쾌했다. 남자들이 애 낳는데 뭔 자격이 있다고! 이런 이상하고, 괴상한 토론을 하느냐 이거였다. 흰소리 그만하고 그냥 쉰 막걸리나 얼른 처먹어라 그거였다. "그렇지, 그건 자네가 정답일세."라고 말을 받아 준 것은 당연히 외할아버지였다. 그래서 둘은 진탕 쉰 막걸리를 퍼마시고 잤다. 그 상황에서 눈치 빠른 주모가 더이상 쉬어 터지기 전에 막걸리를 팔아 치우려는 계산도 한몫했다. 하여간 잤고, 거기다 눈꼽이 다닥다닥할 정도로 늘어지게 푹 잤다. 다음날 아침까지 자고나니 영업을 시작해야 하는 주모가 "여태 주무시오." 하면서 방문을 두들겼다.

"뭐가? 뭐가 나왔대요?"

"그러게요. 그 말은 못 들었는데……."

원래 주모란 남의 집 일에는 별 관심이 없는 법이다. 그저 술만 팔면 되는 인생들이다. 남의 집 구석이야 흥하던 망하던, 투전판 개평 뜯고, 물 탄 막걸리, 쉰 막걸리를 팔아치우면 되는 게 상식 있는 주모의 올바른 가치관이다. 비상식적으로 남의 집에 감 내놔라, 대추 내놔라, 끼어드는 것은 남의 서방하고 붙어먹었다는 괜한 오해를 받고, 종국에는 머리채 잡힐 일 뿐이다.

"야, 이년이 막걸리나 팔고, 몸이나 팔면 되지, 왜 남의 집 일에 참견이야. 너 내 서방하고 붙어먹었지. 어디 너 죽고 나 죽어보자." 하면서 집안 식구들이 개떼처럼 몰려와 주점을 난장판으로 만든다. 그런 경험은 주모라면, 각오해야 하는 늘 한 번 쯤은 경험하는 통과의례이다.

아버지의 눈은 안개가 막을 덮은 것처럼 흐릿했다. 술기운이 가득한 몸 속을 통해 정신이 어질어질 걸어 나오는데 다소 시간이 걸렸다. 맞아, 어제 내 마누라가 애를 낳고 있었지, 하는 생각에 마음이 급했다. 허둥지둥 물었다. "뭐? 뭐가 나왔대요?" 하면서 문밖의 주모와 한 뼘이나 자란 햇볕을 걷어내며 재차 물었다. "사람이 나왔지, 짐승을 낳았을까봐." 하면서 다른 쪽 방문이 열렸다. 아버지는 그만 엉덩방아를 찧고 말았다. 엄청나게 부푼 소다빵이 허공에 어른거렸다. "아이고 장인어른!" 하면서 둘은 재차 어제의 상처를 상기했다. 아, 공포 가득한 지겟작대기가 눈 앞에서 흔들렸다. 그걸 잊고자 추어탕과 해장술을 마셨다. 마시면서 깊은 고민을 했다. 외할아버지가 근심어린 표정으로 고개를 디밀었다.

"무언가 뾰족한 방법을 찾아야 하네. 다행이 사내자식이 나왔으면 조금은 안심이 되지만 말이야. 계집애가 나왔으면 우리는 경을 치는 걸세."

"사내자식이면 안심이 되다니요?"

"아, 자네 장모는 말이야, 사내자식에게 정이 각별한

사람일세. 옥이 위로 사내만 줄줄이 넷을 나았는데 모조리 돌도 못 지내고, 하나는 마마로, 하나는 홍역으로, 하나는 학질로, 손을 놓고 말았다네. 나머지 하나는 병치레가 하도 심해 절에서 데려갔다는데, 이놈의 땡초가 팔도를 떠도는 당취였다는 걸 몰랐다네. 팔도를 떠돌다 어디에 팔아먹었는지 도통 찾을 수가 있어야지. 그래서 사내자식이라면 금이야 옥이야 할 걸세. 그런 정신에 우리에게 매타작을 할 수 있겠는가?'

사내자식이기를 간절히 바라면서 그 상태로 막걸리 한 주전자를 덜렁덜렁 들고 집으로 돌아왔다. 대문간에서 우선 담 넘어 외할머니의 눈치부터 살피면서 어기적거렸다. 잠시 후 '고추 금줄이나 걸라'는 훈방조치가 내려졌다.

"사내아인 모양이네."

"이름은 장인어른이 지어주세요."

"그럼 까막눈에 무식쟁이가 지어주려고 했남? 당연히 내 손자니까 내가 성명 자를 지어야지. 명줄 길게 지을테니, 걱정말게."

"그래도 우리 집안 돌림자는 가운데가 승자입니다. 승리할 승."

"오호라 그걸 어찌 아는가? 무식이가 나으리 할 사람이."

"사촌들이 모두 자식들 이름 앞에 승자를 붙이더이다.

38

무슨 승자냐고 하니까 승리할 승자라고…….”

"그걸 꼭 붙들고 월남 했구먼. 승리할 승 말이야."

둘은 희색이 만연했다. 사내자식은 매를 면할 수 있는 방면을 뜻했다. 외할머니가 눈을 흘겼으나 어떠한 냉대도 받아들여야 했다.

"쯧쯧, 술도가에 빠져 첫 애 낳는 것도 모르고."

외할머니는 자신이 지겟작대기로 제조한 조각품, 인간에게 달라붙은 소다빵에는 관심 없었다. 단지 행색을 살피면서 지겟작대기를 엄포삼아 흔들었을 뿐이다. 외할아버지는 헛기침을 연발하면서 조신, 조신 금줄을 매달았다. 외할머니는 아랫집 송씨네 부인을 만나고 있었다. 송씨네 서울 딸도 마침 태기가 있었던 터라, 몸을 풀기 위해 처가로 내려온 상태였다. 아버지는 머쓱한 얼굴로 대청마루로 올라섰다. 활짝 열린 대청마루 뒤란의 쪽문 틈으로 스며든 여름은 분분했다. 바랭이, 뚝새풀, 돌피, 강아지풀, 쇠비름, 갈퀴덩굴…… 잡초부터, 붉게 익어가고 있는 고추를 시작으로, 가지, 오이……, 등의 채소와 잡초가 정원을 별스럽게 꾸며 놨다. 나비가 몇 마리가 훌훌 날다가 쪽문 문지방에 날개를 접었다 폈다 하면서 잠시 쉬고 있었다.

매미 소리는 변함없었다. 맴맴맴맴……, 맴맴맴……, 맴맴맴……, 맴맴맴……, 마루판자의 삐거덕거리는 소음도 그대로였다. 삐그덕은 제대로 집을 찾아왔다는 표식이다. 매미소리 틈으로 갓난아이의 울음소리도 간간이 들렸다. 아버지가 덜렁덜렁 들고 들어온 막걸리 주전자가 내 머리맡에 대충 놓였다. 확 풍겨오는 아버지의 지린 술내, 한 여름날의 주전자 속 막걸리는 빠르게 부패되었다. 서서히 식초냄새를 풍기기 시작했다. 나른했다. 고단했다. 한 사람은 애를 낳느라 모든 기력을 소진했고, 나 역시 쉽지 않은 여정을 소화했기에 맥이 죽 빠졌을 것이다. 오른쪽에 누워 가물가물 나를 바라보던 아버지가 생명 탄생의 경이로운 눈빛을 보낸 것은 아주 잠시뿐이었다. 웃지도 않았고, 울지도 않았다. 밤을 새워 술 퍼마시느라 고단했다. 눈 밑이 축 처져있었다. 드문드문 여름 햇살이 쪽문 틈으로 졸린 듯 세 사람을 넘겨다봤다. 때마침 서늘한 바람이 쪽문을 슬쩍 밀쳐놓았다. 꿀맛처럼 달콤하게 바람이 불어왔다. 잤다. 셋이 모두 다 잤다. 재삼 말하지만 우리 집안은 자는 게 특기라고도 할 수 있다. 어머니의 숨소리가 새근새근 들려왔다. 아버지의 숨소리가 그렁그렁 가래가 끓는 듯했다. 나는 색색거렸다. 어느새 돌아왔는지 건넌방에서는 외할머니가 외할아버지를 닦달하는 카랑카랑한 목소리가 들려왔다. 그러나 그건 이미 일상의 소음이 되어 있었다. 나 역시 엄마 뱃속시절부터 익숙한 터라 수면에 방해꾼은 못됐다.

잤는데, 오로지 잠만 잤는데, 큰일이 벌어졌다. 간난장이가 술을 퍼마셨다. 들고 마시지는 않았을 터이다. 하지만 배냇저고리부터 축축하게 젖어있는 쉰내 막걸리가 분명했다. 저고리를 쭉쭉 빤 듯 입가엔 분명한 흔적이 남아 있었다. 눈동자마저 흰자, 검은자 구별할 수 없을 정도로 흐릿했다. 얼굴은 이미 홍당무처럼 달아올랐다. 누군가 머리맡의 막걸리 주전자를 발로 찼는지는 모르겠다. 아버지는 범인으로 지목한 외할머니의 당조짐에도 끝내 잡아뗐다. 세상에서 이처럼 억울한 일이 없다고 했다.

그렇다면 어머니? 외할머니가 엄마에게 시선을 옮겨갔다. 하지만 그건 절대 아니었다. 어머니가, 어……머……니……는 이미 숨을 쉬지 않았다. 제 아무리 흔들어도 어머니는 숨소리가 없었다. 두 다리는 이미 굳어 있었고, 손발은 차가웠다. 눈동자는 이미 힘이 없어 흐물흐물했다.

"아이고 애야. 일어나라. 일어나 보라고! 제발 눈을 뜨라고."

가족들의 시선이 어머니 주변으로 몰려들었다. 아버지의 얼굴도 외할아버지의 얼굴도 몰려들었다. 외할머니가 놀라서 재차 어머니를 흔들었다. 아버지가 어두운 얼굴로 엄마를 외할머니와 함께 흔들었다.

"아이고 애야! 이러면 안 된단다. 애야 제발! 일어나 네 아기한테 젖 좀 물려봐라. 이러면 안 된다. 어린 것 불쌍해서 어쩌냐. 아이고!"

아버지가 허둥지둥 소리쳤다.

"옥아, 옥아 제발, 일어나 봐!"

믿기지 않았다. 그날 결국 엄마는 일어서지 못했다. 외할머니는 부득불 붙들고 일으켜 세우려 했다. 하지만 사지는 각목처럼 뻣뻣했다. 사체에서만 나타나는 흔적이 군데군데 도드라져 있었다. 허벅지 사이로는 검붉은 핏자국이 살갗의 일부처럼 사선을 그려놓았다. 얼굴에도 손톱으로 긁은 것처럼 연한 핏자국이 남아 있었다. 지독한 난산이었다. 피를 너무 흘린 까닭이었다. 수혈이 필요했다. 응급조치를 받았다면 살릴 수 있을 터이다. 하지만 외갓집에서 큰 병원을 가려면 최소 하루는 걸렸다. 그날, 어머니는 이미 숨을 거둔지 네다섯 시간이 지났다고 했다. 슬펐지만 엄마의 죽음은 모두 받아들여야 했다. 삼십 리나 떨어진 곳에서 의원이 달려왔다. 헉헉거리면 달려왔지만 그의 의료행위는 아주 단순했다. 사망을 확인하는 용지에 사인하는 절차 뿐이었다.

"이미 사망한 상태입니다. 시신의 상태로 보아 너댓 시간은 지난 것 같습니다. 곧바로 병원으로 이송했다 해도 워낙 거리가 멀어 결과는 달라지지 않았을 것입니다. 너무 자책하시 마시고 고정들 하세요. 더 시신이 부패되기 전에 장례나 잘 치러주세요. 젊은 나이에 참 안됐군요."

"아이고 미련한 세월아, 미련한 년아, 죽으려면 나도 데리고 가지. 자식들 줄줄이 저승길 보내놓고, 이제 하나밖에 없는 고명딸마저 떠나는구나, 내 어이 살아야 할고……. 내 어이 살아야 할고…….”

“컥컥……”

아버지는 부들부들 떨다가 목이 막히는지 컥컥거렸다.

“일어나라, 일어나 너는 죽어도 죽지 못한다. 어디 어미, 죽어야, 너는 못 죽는다. 얼른 일어나!”

외할머니는 도저히 믿을 수 없다는 듯 엄마의 사체를 일으켜 세우려 용을 썼다. 외할아버지는 눈에 가득 고인 눈물을 훔쳐가면서 힘없이 먼 산만 한없이 바라보고 있었다. 무한정한 숲이었다. 여름정취에 흔들리는 병암산은 온통 초록일색이었다. 다른 색은 찾아 볼 수가 없었다. 바위가 울퉁불퉁 살찐 초록색 숲속에서 튀어나올 듯, 눈을 부라렸다. 뭉게구름이 힘없이 밀려갔다. 점점 왼쪽 봉우리로부터 어둡고 습한 바람이 마을을 향해 촉수를 뻗고 있었다. 가볍게 공기가 몸을 떨었다.

“영감, 이제 우리는 어찌 산단 말이오? 자석들 다 멀리 보내고 우리가 무슨 낙으로 살고나. 다 늙어 나는 힘없는데 간난장이를 어찌 키울고나. 나는 못할 일이네, 나는 못할 일이네, 나는 못할 일이네.”

외할머니가 혼이 빠져 바닥에 주저앉았다. 그 누구도 입을 달싹이지 못했다.

아랫집 송씨가 어디서 들었는지 “아이고, 이 복중에 결국 일이 터졌구먼.” 헐레벌떡 달려왔다. 얼굴은 땀으로 범벅이었다.

"이게 무신 날벼락이래."

"동네에 횡액도 이런 횡액이 없구먼."

"며칠째 사람 달달 볶아먹을 것처럼 온통 찜통더위더니 결국 이런 생난리가 났네. 아이고 하느님도 무심하시지."

여기저기 사람들이 근심어린 얼굴로 몰려들었다. 외갓집 문밖으로도 꾸물꾸물 꼬맹이들로 장사진을 이루었다. 물가에서 왔는지 물을 죽죽 흘리고 있었다. 그들은 큰 눈을 굴려가면서 외갓집 너머에서 기웃댔다. 근심이 가득한 얼굴이었다.

"아이고, 이게 무슨 마른하늘에 날벼락이여."

"그러게, 어쩐대, 어쩌자고 이 삼복더위에 그 먼 길을 어찌 간대. 아이고 불쌍해서 어쩐대. 옥이야. 그 정 많던 아이가."

"옥이 엄마, 불쌍해서 어찌할고나. 옥이 엄마 저 찢어지는 가심 어이할고나. 자식이 하나도 아니고 넷이나 가슴에 묻었네, 그랴. 팔자도 박복하여라."

아낙들이 대청마루 바닥을 탕탕 내려치면서 통곡하고 있는 할머니를 에워쌌다. 아버지의 눈에서 터진 호수처럼 눈물이 흘렀다.

"옥이야. 아들 딸 낳고 잘살아보자고 하더니, 북과 남이 하나 되면 북의 시어미 시아비에게 착한 며느리 되겠다고 하더니, 왜 이리 허망하게 떠나는 거야. 나는 어떡

44

하라고!"

아버지의 두서없는 말이었다.

"에고, 세상사는 일 한치 앞도 모르는 뱁이여. 산사람은 살아야지. 광식이 자네라도 정신 차리게."

송씨의 깊은 한숨과 두런거리는 말소리가 흘렀다.

"그러게 말일세. 참 우리 마누라 복도 없네 그려. 자기 속으로 낳은 자식 하나도 못 지키고 저리 다 떠나니……."

"어린 것한테 젖 한번 물려보지도 못하고, 그 먼 길 어찌 갔느냐. 아이고 애야. 나도 가련다. 나도 가련다. 나도 너 따라서 저승길 가련다. 원통해서 못살것다. 원통하고 절통해서 못살것다. 늙은 육신 무슨 영화보자고 내가 너를 보내고 살아갈고……, 어린 새끼 놔두고 어이 가느냐. 원통하고 절통해서 이 어미는 못살것다. 동네 사람들아 나는 못살것다, 못살것다."

외할머니는 대청마루를 탕탕 내리치면서 자지러질 듯 소리를 질러댔다. 주변 사람들 모두 먹먹한 얼굴로 그런 외할머니를 안타깝게 바라봤다. 마루 밑, 쥐의 황제 쥐도 오늘만큼은 모든 쥐들에게 함구령을 내렸는지 소리를 죽였다.

"대단히 죄송한 공지 말씀이 있겠습니다. 오늘은 모두 조용히 지냅시다. 베짱이 광식네 큰 액운이 닥쳤습니다. 같은 식구로서 삼가 조의를 표하는 바입니다. 문상을 가려해도 눈총을 받을까 심히 염려 되는 바, 식사 중에도 말소리를 가급적 삼가시고, 그리고 얼른 식사를 마치고 각자의 자리에서 만일의 사태에 대비하시기 바랍니다."

쥐새끼들도, 아낙들도, 병암산의 바위와 바람도 모두 외할머니처럼 눈물을 찍어댔다.

하늘에서 급격히 어둔 구름이 밀려왔다. 갑자기 물 호수처럼 굵고 세찬 비바람이 까마득히 지붕을 뒤덮었다. 잠시 먹구름이 머뭇대다가 병암산 쪽으로 번갯불과 천둥이 동시 울려대면서 주변을 빠르게 뒤흔들었다. 꽝! 우둑우둑 지축을 가르는 천둥소리가 지붕을 흔들었다.

"큰 비가 오려나보네."

송씨 아저씨의 두런거림을 파고들면서 누군가 집안으로 들어서고 있었다.

"떡 하나 주소."

막걸리의 후유증이었을까. 아니면 그 날 엄마가 죽은 충격 때문이었을까. 그 후 나는 심한 병치레를 했다. 한동안 말더듬이가 되고 말았다. 듣는 기능에는 별 이상이 없었다. 하지만 듣고 뜻을 알아듣는 순간 입으로 전달되지 않는, 그래서 조심성이 많은 아이가 되고 말았는지도 모르겠다. 말하는 것은 나를 내비치는 것이기에, 주로 남의 속을 들여다보는 것이 내 취미가 되었는지도……. 관망하는 것, 관찰하는 것, 유심히 무언가에 집착하는 것, 그것이 곧 인생인지도 모른다. 모두가 주역이 될 수는 없으니까.

낚시꾼

외갓집 뒤편은 병암산이 까마득하게 올려다 보인다.
아랫마을로 가는 유일의 통행로와 오른쪽 굽은 둑을 따
라서 가다보면 철도를 걷어낸 자갈길, 소로(小路)로 접
어들게 된다. 그 소로 사이로 난 도랑을 따라서 구불구불
작은 내(川)가 흐르고, 그 내를 따라 한없이 언덕길을 걷
다보면 제법 깊은 물길이 나왔다. 그곳을 동네사람들은
안천(安川)이라고 불렀다. 안천의 모래톱 건너 제방엔
마른 풀, 잡초 우거진 야생화, 늦가을에는 갈대가 드넓게
펼쳐져 있어 장관을 이룬다. 안천 냇물은 모여서 큰 웅덩
이를 만들고 웅덩이를 넘어선 물길의 일부는 찰랑거리면
서 아래로 한없이 흘러갔다. 안천은 아이들 허리 정도로
깊지 않았다. 유속 또한 빠르지 않아 적당한 수영 실력만
갖추고 있으면 놀이삼아 건너기에는 딱 알맞은 곳이었
다. 안천 모래톱은 교교한 달빛에 비추어지면 작은 소란
의 정원이었다. 별과 달이 모래톱과 어우러져 은밀한 밀
회의 장소, 물소리, 대숲에서 밀려온 바람소리, 병암산에
서 울어대는 수컷들이 암컷을 부르는 울음소리. 뻐꾸기

도 부엉이도 늘 같이했다. 여름 한 날 송씨 딸이 딸애와 저녁 나들이를 하는 장소이기도 하다. 가끔 그곳에서 목간도 하고 물속에 발을 담그고 '엄마가 섬 그늘에 굴 따러 가면……' 하고 동요를 부르기도 했다. 어머니가 죽던 날, 아니 어머니가 병암산에 영원히 잠든 그날 태어난 딸애였다. 이름은 금주, 송금주(宋金主)였다. 미인이었고, 눈이 큰 엄마와는 다르게 정말 평범하고 그저 그런 밋밋한 아이였다. 눈이 바늘로 그어놓은 것처럼 쭉 찢어지고 코밑에 자잘한 몇 무더기 주근깨가 특이하다면 특이할까. 모녀가 나란히 앉아서 동요를 부를 때는 하늘에서 와장창하고 떨어지는 별들이 화음을 이루는 것처럼 아름답게 반짝였다. 모녀의 다정함을 방해하지 않으려고 목간하러 왔다가 발길을 되돌리는 일도 있었다. 당시 나는 말을 더듬는 바람에 좀체 사람만나는 일은 거북한 일이었다.

모래밭에는 마을 사람들이 주로 땅콩을 심었다. 그리고 둑엔 강낭콩이나 완두콩 같은 것을 심었다. 둑의 안쪽엔 외갓집 밭이 있었다. 아버지는 대개 이곳에 옥수수를 심었다. 아버지는 따로 살림을 나지 못하고 엄마가 그렇게 된 이후에 그냥 외갓집에 눌러 살았는데, 모든 농사일을 외할아버지 말마따나 떠맡게 되었다. 둑은 바람이 잦았다. 바람이 거세면 콩은 한 톨도 못 건졌다. 하지만 해마다 꾸준히 동네 사람들은 콩을 심었다. 지독한 바람,

누가 이기나 보자, 하고 내기를 하는 사람들처럼 틈만 있으면 콩을 심었다. 소출은 매번 형편없었다. 언제나 둑의 바람은 농부들의 심심풀이 호미질을 정성 부족하다고 작물을 곱게 내려준 적이 없었다. 장마 때 안천은 물이 쉽게 범람해서 안천사천(安川死川)이라고, 안전한 물길이 아니라 사람 잡아먹는 험악한 물길이라고 했다.

푹푹 빠지는 모래톱을 지나면 외할아버지의 전용 쉼터가 있었다. 고기를 잡는 것인지, 아니면 외할머니 잔소리를 피하기 위한 도피처인지, 그곳에는 작은 움막 같은 것도 있었고, 자잘한 낚시 도구 몇 개도 움막 속에서 어김없이 외할아버지와 같은 표정으로 있었으며, 간단한 간식거리, 감자, 고구마, 땅콩, 옥수수 같은 것도 함지박에 담겨 있었다. 특히 외할아버지가 벗어던진 저고리가 낚싯대와 나란히 문패처럼 움막 입구에 걸려 있었다. 외할아버지는 아무데서나 옷을 잘 벗어, 외할머니가 계집으로 태어났으면 열 서방 거느렸을 팔자라고, 옷 간수 못한 탓을 심하게 해대곤 했다.

"저 물 밑의 미물들은 모른단다. 이 지상의 세상에 과연 무슨 일이 벌어지는지, 지들의 목숨을 끊어놓기 위해 무슨 작당을 하는지. 혀를 날름거리면서 어느 방향에 덫을 놓을지 고민한다는 것을 모른다."

하는 게 외할아버지의 지론이었다. 즉, 마루 밑 생쥐들과는 판이하게 다른 물밑의 물고기들은 쉽게 덫에 걸린다는 것이다.

"우리 인생도 그런 것이란다. 우리가 인지하지 못하는 저 하늘 위에서 누군가 먹기 좋은 떡밥이 매달린 낚싯줄을 던져놓고 우리 인간들을 향해 유혹하는 것인지도 모른다. 그런 재수 없는 사건에 휘말리면 용빼는 재주 없단다. 아무리 빠져나오려고 해도 실타래처럼 엉키고 말지."

그날 외할아버지는 아무런 전조도 없었다. 무언가 실타래처럼 엉켜있다는 느낌도 못 받았다. 그저 일하지 않는 노인네의 일하지 않는 일, 낚시질에 대한 여담 정도로 알아들었었다. 그런데 뒤통수를 치다니!

"승규야, 낚싯대 잘 보고 있어라. 내 금방 돌아올 것이야."

그래서 하루 종일 나는 낚싯대만 봤다. 금방 돌아온다던 외할아버지가 그렇게 배신을 때릴 줄은 꿈에도 몰랐다. 처음에는 옥수수 밭에서 생산 활동, 즉 똥을 싸고 있겠거니, 했다. 치질이 심했던 외할아버지가 이제는 변비까지 심해졌나 했다. 변비와 치질이 외할아버지의 특별하고도 색다른 명함이라는 것은 알만한 사람은 다 알았다. 그래서 '박가 똥은 개도 안 먹는다.' 라고 아랫집 송씨와 외할머니는 늘 놀려대곤 했다. 갑자기 옥수수 밭 가운데 엉덩이를 까고 온갖 표정으로 힘을 주고 있는 외할아버지의 얼굴이 떠올라 자연스럽게 미간이 찡그러졌다.

다소 거리를 두고 내의 아래쪽에서는 동네 아이들이 물장난을 치고 있었다. 멀리서 봐도 그들이 일으키는 물보라가 햇살에 놀라 산산이 부수어지는 모양이 활동사진의 배경 화면처럼 신기하기만 했다. 은빛 색실로 수놓은 백사장과 아이들이 일으키는 물보라는 절묘하게 조화를 이루고 있었다. 나는 그들 틈으로 걸어가 왁자지껄 어울리고 싶었다. 더군다나 갈증도 타는 듯했다.

때마침 낚싯대의 찌가 들썩였다. 하지만 들썩여도 내가 할 수 있는 일은 없었다. 묵직한 낚싯대를 솜털 같이 가벼운 내가 어찌해볼 도리가 없었다. 찌가 물속에서 반원을 그리며 빙빙 돌았다. 한동안 집중을 하니 어지러웠다. 저 찌가 나를 돌게 하려고 저러는 것일까? 어질어질, 빙글빙글, 나는 병암산 밑 토굴에서 사는 미친년을 떠올리면서 자꾸만 찌에 눈이 가는 것을 외면했다. 비만 오면 머리에 꽃을 꽂고 중얼중얼 돌아다니는 그 여자는 동네에서 이름도 성도 몰랐다. 그래서 모두들 그냥 미친년이라고 불렀다. 그 여자는 내가 태어나기 이전부터 병암산 밑에 두어 평 되는 토굴 속에서 박쥐처럼 살고 있었다. 그 토굴은 오래전 암울한 시대를 살았던 장군의 수하들이 파 놓은 것이라고 했다. 그들이 적들과 전쟁을 벌이기 위해 파놓은 것이었는데, 장군은 적의 총탄을 수십 발 맞고 결국 최후에 그 토굴 속에서 죽어 갔다는 말이 있었다. 장군의 원혼이 깃들어서 대개의 동네 사람들이 꺼리는 장소이기도 했다. 그녀가 어떤 경로를 통해 장군의 토굴, 동네에 들어왔는지, 전입신고는 끝마쳤고, 사법당국 같은데서 신원조회는 마쳤는지, 아무도 알 길이 없었다. 예나 지금이나 이런 중요한 사항을 놓치고, 애매한 국민들만 닦달하는 곳이 관공서다. "뭘 바라겠습니까. 동네에서 다 알아서 합시다." 해서 동네에서 알아서 했다. 청년들과 어른들은 투전판을 벌이면서 심각한 토론을 벌였다.

"야, 요새 동네에 수상한 년이 돌아당기던데. 머리에 꽃을 꽂고, 옷을 벗고, 아무데서나 낄낄대고, 똥을 싸고, 오줌을 싸고, 그 참 요망한 년이더구만. 아주 지랄처맞게 생겼더구먼, 얼굴에 똥칠을 했는지 지저분하기가 아궁이 속 숯보다 더 했어."

"그래 나도 봤네."

"뭘 봐? 오줌 싸는 그곳을 보았나? 어떻게 생겼는가?"

"이 사람이 못하는 말이 없고만. 거길 내가 왜 보나."

누군가 끼어들었다.

"어디서 왔답니까."

"내가 그걸 알 턱이 있나. 길이 있으면 짐승들도 다 알아서 찾아오는 길을, 길 따라서 왔겠지. 발바닥이 아주 곰발바닥이 되었더구먼."

"그럼 짐승인가 보죠?"

"그러게 그럴지도 모르겠네, 키가 거위 목처럼 길었고,

덩치는 산만했네, 엉덩이는 병암산 범 바위만 했네."

"코끼리 아니던가요?"

"이런 제길, 코끼리라니, 내 눈깔에 그 요망한 것은 분명 사람이었네. 두 발로 걷고, 달리기도 했으며, 결정적으로 말도 노래처럼 하네."

"대화를 나누었단 말입니까? 그럼 이름이 어떻게 된다고 하던가요. 최소한 동네에 살면서 서로 함자 정도는 알아야 하지 않나요."

"우라질 내가 알게 뭐야. 이름은 알아서 뭐하게, 단지 병암산 토굴로 올라가는 것은 봤네."

"함자를 모르니 그냥 병암산 미친년이라고 부릅시다!"

여섯 패 중 한 사람이 땡을 잡았고, 다른 사람들은 심드렁해서 "아, 아, 손장난 그만합시다." 했다.

"토굴 앞에 문패를 달아줘야 하나요?"

"육시랄, 그런 병신 같은 말이 어디 있어."

"그럼 이사 왔는데, 떡이라도 돌려야 하는 거 아닌가요?"

"우라질 떡을 돌리다니, 떡판 같은 얼굴을 짓 뭉겨놓을까 보다. 지금 날 놀릴 셈인가. 그렇지 않아도 패가 안 들어와서 죽갔구먼, 이게 어디서!"

"흰소리 그만하고 판이나 돌려!"

송씨 아저씨다. 그의 모든 대화는 언제나 '판이나 돌려'였다. 판이나 돌려는 송씨를 다른 이름으로 부를 때

쓴다. 유념하시라, 그가 일찍이 말아먹은 돈은 국가를 세우고도 남을만한 거금이었다.

그런 미친년은 엄마가 죽던 날도 머리에 꽃을 꽂고 빗속을 뚫고 터벅터벅 걸어왔다. 어김없이 미친년의 어깨엔 매 한 마리가 달라붙어 있었다. 매는 늘 하늘을 빙글빙글 돌다가 어깨에 내려앉곤 했다.

"떡 하나주소."

외할머니의 지겟작대기를 졸로 보나. 우라질!

최근에 아랫마을 가는 길에서 우연히 미친년과 마주쳤다. 나를 보고는 천연덕스럽게 어디 갔다 오느냐고 묻는 게 아닌가? 마치 온전한 정신인 것처럼 말하는 것이었다. 지저분한 입으로 길바닥에 버려진 참외껍질을 우적우적 씹어 삼키고 있었다. 발바닥은 때딱지가 두껍게 각질층을 이루고 발목엔 쉬파리들이 왱왱거리고 달라붙어 있었다. 막걸리 심부름 다녀오는 길이라고 말해주려다, 불필요한 대화를 이어갔다가는 나를 참외껍질로 착각할 것 같아, 알맹이는 쏙 들어내고 참외껍질처럼 벗겨 먹을지도 모른다는 불안감이 들어 냅다 달아나기만 했다. 그바람에 막걸리 주전자의 막걸리가 반으로 줄었지만, 아버지에게 오다가 내가 퍼마신 것이라는 오해를 받아야 했지만, 결코 그날 대화하지 않은 것을 후회해 본 적은 없다. 일찍이 나는 불필요한 대화를 할 수 없도록 사전에 예방된, 지독한 말더듬이였다.

외할아버지는 왜 안 오지? 불안감이 들어 주변을 살폈다. 다소 먼발치에 할아버지의 움막이 있었고, 그 뒤에 둑이 있었다. 그걸 넘자마자 옥수수 밭 사이로 간이 두엄, 즉 간이 화장실이 있었다. 나는 그곳으로 걸어갔다. 왼편의 옥수수 대가 내 키를 덮었다. 넓은 잎사귀가 나의 여린 팔뚝에 칼질을 해대기도 했다. 살갗에서는 피가 비쳤다. 얼마쯤 걸었을까. 깊은 옥수수 밭에서 이리저리 맴돌면서 거듭해서 외할아버지의 두엄터를 찾았다. 몇 군데 똥을 지린 것 같은 흔적, 하지만 외할아버지가 도통 보이질 않았다. 나는 다시 오른쪽으로 방향을 돌렸다. 땀이 죽죽 흘렀다. 얼마나 그렇게 옥수수 밭을 헤맸을까. 팔뚝엔 핏자국이 드문드문 나 있었다. 아무리 찾아도 외할아버지가 보이지 않자, 나는 덜컥 두려워졌다. 온갖 상상이 머릿속을 지나갔다. 유괴당한 것일까, 유괴? 아니 그런 쭈구렁방탱이 노인네를 누가 유괴를 했을까, 어쩌면 북한 괴뢰도당이 잡아 간지도 모를 일이었다, 충분히 그럴 혐의가 짙은 외할아버지였다.

"놈들은 놀고먹는 사람을 우선 잡아다 인민재판에 회부시키는 인간 백정들이란다. 하긴 죽어도 싸지. 놀고먹는데, 그런 베짱이들은 다 잡아 죽여야 한단다!"

군대에서 막 제대한 아버지의 경험에서 우러나온 말이었다.

"느의 외할아버지가 저 쪽에 살았다면 단 하루도 못살

았을 거다. 인민의 생존과 평화를 구현하기 위해서는 모두 노동을 해야 한단다."

군대에서 빨갱이 수천 명을 단박에 때려눕힌(?), 뺑쟁이 아버지의 말이었다. "일하지 않는 자 먹지도 말라!" 성경구절이 아니라 외할머니의 인생철학이다. 사실은 그렇게 말을 잘하는 편이 아닌 외할머니의 말씀은 다음과 같았다.

"이런 주책바가지 영감탱이, 일 안할 거면 먹지도 말란 말이여!"

외할아버지는 도통 눈치라고는 없었다. 먹고 죽은 귀신 때깔도 좋다나, 뭐라나, 먹는데 물불 안 가렸다. 감자도 먹고, 고구마도 먹고, 옥수수도 먹고, 땅콩도 먹고, 산에서 나는 온갖 몸에 좋다는 약초도 우적우적 씹었다.

"입만 황소고 힘쓰는 것은 병아리 오줌이면서, 먹성하나는 똥 된장을 못 가리니 워쩌면 좋아. 먹으면 먹은 대로 다 똥 되는 것을 뭐 하러 자시오."

외할머니는 외할아버지의 불필요한 식성을 매우 못마땅해했다. 옥수수 밭은 마치 바다처럼 넓었다. 나는 옥수수의 바다에 빠져 지푸라기라도 잡는 심정으로 외할아버지의 흔적을 찾아나갔다. 외할아버지가 용을 써서 배변에 열중하다가 앞으로 넘어지거나, 넘어져서 못 일어나는 경우도 있다는 생각을 한 것은 넓은 옥수수 밭을 대략한 시간 넘게 뒤진 다음이었다. 나에게도 그런 경험이 있었기 때문이다. 심하게 힘을 쓰면 안면에 핏대가 도드라지고, 얼굴이 붉게 상기되는 폐단 말고도 심장이 벌떡거리고 일어서기조차 힘들만큼 어지럽다. 배변 중 사망은 동네에 회자되고도 남을만한 코미디였다. 마을이 형성된 이후 최대의 폭소거리가 될 것은 분명했다. 박가 놈 똥 싸다 죽었대, 하는 송씨 아저씨의 능글맞고, 고소한 말투가 떠올랐다.

"야, 광식이 그놈이 말이야. 어쨌는지 알아. 옥수수 밭에 똥을 갈겨대서 옥수수 열매에서 똥냄새가 났다고. 그걸 먹은 사람들하고 개새끼들은 온통 치질에 걸렸지 뭐냐. 그러다 죄를 받아서 그런지 옥수수 밭에서 똥 싸다 뒈져버렸어. 우라질 놈! 인생에 단 한 번도 사람들에게 도움이 안 되는 놈이었단다. 뒈져도 하필이면 옥수수 밭에서 똥을 싸다 뒈지다니! 그게 아무리 느의 외할아버지지만 이해가 되냐!"

송씨 아저씨는 대대로 똥 싸다 죽은 외할아버지 사건을 후손들에게 전할 인물이다. 송씨의 후손들은 조상으로부터 전해들은 옥수수 밭 똥 싼 사건을 저작권 등록을 해서라도 자신들만의 유머로 고착시켜 즐길게 뻔했다. 나라도 그렇게 할 것이기에……. 둘은 막걸리 경쟁자를 떠나서, 아래윗집이라는 지리적 특수성 때문인지 몇 알 남지 않은 감나무의 연시를 가지고도 늘 소소한 다툼을 벌였다. 물론 그 다툼이 라디오 연속극 할 때만큼은 잠시 휴전하지만 말이다. 아버지는 그 둘을 쌈닭이라고 했다. 아니 실제로 외갓집 수탉과 송씨네 수탉이 진하게 붙은 적이 있었다. 정작 닭싸움보다는 두 사람 응원전이 볼만 했다. 두 사람 얼굴이 닭 벼슬 모양 붉게 상기돼서 당주먹을 쥐고 설쳐댔다.

"왼쪽이야, 아니 오른 쪽이야."

"대갈통을 날카로운 주둥이 쪼아대란 말이야."

"이런 우라질, 비리비리 광식이 닮아서, 힘은 하나도 못 쓰는 고만. 오늘 저녁에 푹 고와서 도리탕 신세가 될 수탉일세!"

"뭣이라 비리비리? 네 놈은 이년 저년 판떼기나 돌려! 썩어 문들러질 위인아!"

"뭐라고, 판데기? 자네가 투전판에 돈을 대줬어, 아니면 고리채 이자라도 줘 봤어."

가관이었다. 마루 밑의 쥐의 황제가 재차 생쥐들을 급히 소집했다. 볼만한 구경거리를 혼자 보기 아까웠다.

"거, 조용, 조용! 이 싸움의 관전 포인트는 저 수탉들이 아닙니다. 이 싸움의 관전 포인트는 판이나 돌려, 라는 별호를 가지고 있는 송태식(宋太植)이라는 새끼하고 광식이 저 두 놈입니다. 수탉들은 싸움을 하는 척만 하지요. 수탉들도 싸움 구경하고 있는 것입니다. 저 두 놈들이 아마도 수탉보다 더 진한 싸움을 할겝니다. 모두들 착석해서 싸움 구경합시다. 참고로 태식이 저 놈은 세면발이가 온몸에 득실거리니, 절대 근처에 가지 맙시다! 그뿐 아니라, 태식이 저 놈은 온갖 성병으로 추잡한 놈입니다. 술청의 아낙들도 이미 내놓은 놈입니다. 성병이 하도 심해서 잘 서지도 않고, 그러니 애도 못 낳은 놈입니다."

"산에서 주운 도토리……! 판이나 돌려 놈 집에서 쎄벼온 호두 있어요. 광식이네 마구간에서 훔쳐온 보릿겨 있어요……!"

어디가나 볼만한 구경거리 앞에는 저런 잡상인은 꼭 끼어들게 마련, 그러면 황제 쥐는 다음과 같이 말한다.

"아니, 저런 세금도 안 바치고 장사를 해쳐먹다니! 며칠 묵은 불량식품을 버젓이 팔아. 당장 쥐덫에 가두어라. 능지처참을 하리라."

우라질, 가끔 쥐덫에 걸려드는 것도 지들이 알아서 쥐덫에 가뒀다는 말이다. 그러니까 외할아버지의 쥐잡기 역시 쥐들의 자진납세로 결국 놀고먹었다는 뜻이다. 어쨌든 쥐들이 합세해서 불량식품 장사꾼 쥐를 덫에 가두느라 찍찍댔다.

그런 통에 싸움에 열중해야 하는 수탉들은 벼슬을 부르르 떨면서 두 사람 얼굴 한번 살피고, 깃을 세우는 도중에도 두 사람의 얼굴 한번 살피고, 그러다 머리 한 번씩 쪼고, 그러다 재차 얼굴 한 차례 바라보기……. 지루하기만 하고 흥미라고는 병아리 오줌만큼도 없는 가치없는 싸움판이 되고 말았다. 대신 장외에서는 이런 닭대가리 같은 위인, 이런 병아리 오줌만도 못한 잡스런 위인, 주먹질에 삿대질에 외할머니가 나서지 않았다면 그날 욕으로 뭉친 두 늙은이의 망령타령으로 동네 우세를 크게 살 뻔했다.

"이놈의 늙은이들 제발 나가 죽어!"

크게 소리쳤던 것은 비단 외할머니 뿐 아니라 송씨 부인, 서울 할머니도 마찬가지였다.

옥수수 밭에서 바늘을 찾듯이 아무리 외할아버지를 찾아봐도 없었다. 단지 외할아버지의 치질과 변비의 잔해, 즉 옥수수 생장에 어떠한 도움을 주는지 모를 배변의 흔적만 군데군데 발자국처럼 흩어져 있었다. 나는 그것을 밟지 않으려고 최대한 발밑을 살펴야 하는 수고를 해야 했다. 몇 차례 옥수수 밭을 뒤졌으나 외할아버지는 깨끗하게 증발하고 말았다. 하늘의 해는 어느새 목을 뒤로 쭉 빼고 있었다. 뉘엿거리는 해를 한동안 바라보다가 선 채로 소피를 봤다. 시원한 소리가 옥수수 밭에서 자지러졌다. 둑에서는 하늘거리는 푸른 갈대가 이리저리 비틀댔다. 발밑으로 들쥐가 지나가는지 바스락거리는 소리가 잠깐 이어졌다. 몸이 가볍게 떨렸다.

외할아버지는 어디 갔을까? 하면서 소피를 본 뒤끝을 정리하면서 고개를 길게 늘였다. 없었다. 외할아버지로 추측되는 그 어떤 형태의 그림자도 없었다. 갑자기 숨이 턱하고 막혀 주저앉을 듯 했다. 순간 어디서 튀어나왔는지 모를 큼지막한 얼굴이 내 앞을 가로막고 있는 게 아닌가. 덜컥 겁이 나서 주춤거렸다. 이런, 송금주였다. 금주가 어느새 내 앞에 태산처럼 버티고 서 있었다. 방금 나처럼 소피라도 본 양 서둘러 옷매무새를 바로 잡고 있었다. 놀란 토끼눈으로 나를 노려보았다.

"너 날 훔쳐보고 있었던 거야?"

이런 우라질, 그게 너는 말이 된다고 생각 하냐, 너 같은 주근깨에 깜장이를 훔쳐보는 짓거리가 도대체 말이 된다고 생각하는 거야, 라고 분명하게 큰 소리로 고지했어야 했다. 그러나 나는 지독한 말더듬이였다. 순간 더듬더듬 당황하고 말았다.

"어……, 어……. 그……, 그……."

"애 좀 봐라. 얼굴까지 빨개진 것을 보니 분명히 나를 훔쳐봤구나, 도대체 어디까지 본거야. 정말 못됐구나, 너."

자신의 치맛단을 탁탁 털면서 말했다. 난 정말 못 봤다. 금주 엉덩이에 점이 있다는 것도 전혀 발견할 수가 없었다. 다만 여섯 살 난 계집애치고는 말을 무척 빠르게 잘한다고 생각했다.

"귀밑까지 물들었네. 얘가, 얘가 정말, 너 도대체 무슨 꿍꿍이지."

꿍꿍이는 뭐고, 얼굴이 빨개졌다는 것은 무엇이지? 무슨 소리, 희디 흰 백설기 같은 내 얼굴인데, 외할머니가 늘 얼굴에 분가루 덮어쓴 것 같아 계집애 같다고 한 얼굴 인데, 쥐똥만한 게 눈에 뵈는 게 없나. 라고 말하려고 했 다.

"도대체 너는 벙어리니?"

"……?"

"아니면 부끄러워서 그러는 거야."

"……?"

"넌 분명히 나를 훔쳐본 거야. 그걸 들켰기 때문에 한 마디 말도 못하고 쩔쩔매는 거라고. 나를 속일 생각은 절 대 하지마. 나는 영특한 아이거든."

"……?"

"겁쟁이, 멍충이, 핫바지……, 동네방네 다 이를 테 다."

속사포처럼 쏘아대는 금주, 그런데 막상 대꾸로 이어 지지 않는 어처구니없는 상황이 계속 되었다. 머릿속에 서는 빙빙 돌고 있었는데, 무언가 말을 해야 하는데, 일 찍이 침묵은 금이라고 그 누가 말했던가. 우라질!

"다시 그랬단 봐. 너 울 엄마한테 이를 거야!"

순간 경직될 정도로 내 몸이 굳어졌다. 너무도 당당히 엄마? 그 엄……마…… 라는, 아무렇지도 않게 불러대는 엄마라는 말, 금주의 목소리에 나는 갑자기 부끄러워 죽 을 것 같은 심정에 빠져들었다. 내 몸은 불에 구운 오징 어처럼 오글오글해졌다.

엄마……? 뭐지 이게……, 엄마라니? 그런데 어쩌자는 건데, 그래서 너는 엄마가 있고……, 나는 어미 잡아먹은 놈이라고……, 그래서 뭔데 너는……, 네가 나에게 말하려는 게 뭔데, 엄마, 얼른 꺼져 버려……! 싸가지 없는 계집애야. 너 같은 게 뭔지 알게 뭐야. 엄마라니……!

하지만 나는 대꾸를 못한 채 한동안 몸이 굳은 채 서 있었다. 몸이 벌벌 떨렸다. 왜 그랬을까. 나는 금주를 밀치고는 옥수수 밭 가운데로 서둘러 달아나기 시작했다. 눈물이 났을까? 이유 없는 서러움이 북받쳤다. 우둑우둑, 옥수수 대가 쓰러지고 넘어지고, 거추장스러운 것들이 발길에 채였다. 내쳐 달려갔다. 발걸음에 달라붙는 옥수수 대와 잡초들이 발길에 채여 나자빠졌다.

엄마!

아, 그 이름 엄마!

너무도 가지고 싶은 엄마!

모든 게 외할아버지 때문이다. 갑자기 사라진 외할아버지, 나는 아주 오랫동안 옥수수 밭에 숨어 있었다. 내가 사라진 자리를 빙빙 둘러보던 금주가 옥수수 밭에서 걸어 나가는 것을 확인하고는 집으로 돌아왔다. 깊은 잠을 잔 것 같다. 무슨 꿈인지, 아니면 생시인지, 외할아버지도 보였고, 아버지도 보였으며, 외할머니도 보였다. 아득하게 누군가도 보였는데, 그건 내가 상상하는 엄마의 모습이었을 것이다. 금주 엄마와 비슷하기도 한, 하지만 아주 짧은 시간의 만남이었고, 금세 대상은 어디론가 걸어가고 있었다. 빛의 아우라가 뿜어 나오는 공간으로 빨려가고 있었다. 나는 따라가려 했지만 어떤 물리적인 힘이 작용하는지 발걸음은 제자리였다.

잠에서 깨어났을 때 나는 이불에 오줌을 지리고 말았다. 외할머니가 키를 쓰고 소금 받아오라고 했으나, 그건 분명히 금주네 가라는 말이었기에 죽어라 버티곤 가질 않았다. 외할머니는 "우리 강아지 고집도 어미를 닮았구나. 다시 오줌 싸면 그 때는 밖에서 재운다." 하면서 나를 안아주었다.

외할아버지는 결국 돌아오지 않았다. 몇 밤을 새워도, 돌아오지 않았다. 며칠이 지나고 아침 밥자리에서 외할머니는 분명 술도가에 빠져 있을 거라고 했다. 그것도 아니면 개평 몇 푼 얻기 위해 투전판 뒷전에 앉아 있을 거라고 두런댔다. 그렇게 또 며칠이 지나갔다. 혹시나 하여 안천에 가봤으나 낚싯대가 물속에 거꾸로 처박혀 있는 것 이외 외할아버지의 자취는 찾을 수가 없었다. 치질과 변비가 사람을 죽일 수도 있는 것일까, 나는 절대 치질과 변비에 걸리지 말아야겠다는 굳은 결심을 하면서 터벅터벅 집으로 돌아오자, 집안에 사람들이 모여 있었다.

渡河日本, 歸鄉 不明(도하일본, 귀향 불명)

외할아버지가 떠난 구체적이면서도 아주 간단한 메모의 전부였다. 아버지 이하 모든 가족들이 까막눈이었던 탓에 우리 가족을 대신해서 송씨네 딸, 금주 엄마가 문창호를 바르고 남은 화선지에 붓으로 쓴 메모 내용을 읽어주었다.

외할아버지가 일본으로 떠났다. 워낙 자유분방한 분이라서, 떠날 때는 말없이 떠났다. 그날 외할머니는 떠난 외할아버지처럼 한마디 말도 없이 대청마루 구석에서 한숨만 내쉬었다. 이후 부지깽이를 들어 아궁이 바닥을 탁탁 내려치며 이미자의 '들국화' 만 우울한 목소리로 불러 댔을 따름이다. 철로가 사라진 후 외할아버지는 투전판에 날린 돈을 만회하려고 일본 노무대에 자원하였다고 한다. 그곳에서 '덕이' 할머니를 만났던 것이다. 병암산의 정력에 좋다는 약초와 산초를 먹어서 기운이 펄펄 났나 보다. 아마도 약초의 효능이 일본에서는 먹혔나보다. 힘은 병아리 오줌이었는데, 입으로만 양기가 오른다고 외할머니가 구박했었는데 일본에서는 그런 병아리 오줌도 다 쓸모가 있었던 모양이다.

이 모든 사실은 외할아버지가 갑자기 사라진 후에 알았다. 일본과 떡밥의 유혹은 무슨 연관이 있을까 하는 하등의 쓸모없는 생각을 했다. 그해 나는 외할아버지의 일본을 간절히 그리워하면서 보내야 했다. 그것도 과히 나쁘지 않았다. 일본 말이다. 외할아버지는 멋쟁이, 일본이라니!

무당집

우리 동네는 인근으로 어촌을 끼고 있어서 지역적 사투리가 성행하지 않았다. 어촌을 통해 각처의 어부들이 몰려들어 충청도 고유의 말은 실종되었다. 오히려 충청도, 경상도, 전라도 사투리와 막 보급된 국어책으로 인해 표준말이 어우러져 특색있는 말투를 만들어냈다. 그건 충청도 사투리와 다른 것이었다. 외갓집 역시 산 밑이라고는 하지만 동네와 크게 동떨어진 곳은 아니었다. 신작로 하나를 두고 무슨 사단이 나든 금방 다 알 수 있는 작은 마을이었다.

아랫마을과 윗마을 중간의 당산나무에는 사시사철 오색 띠가 펄럭였다. 이 당산나무를 분기로 해서 마을은 양편으로 드문드문 집 몇 채가 소금 뿌려놓은 듯했다. 대개는 초가집들이었다. 어쩌다 기와집도 보이긴 했지만 동네 기와집 대부분은 기와 위에 풀을 얹고 있었다. 그런 기와는 틈이 벌어져 비라도 들이치면 강회가 흘러내려 몰골이 흉흉했다. 풀이 자라는 기와는 색도 누렇게 바래 갔다. 그렇게 몇 해만 지나면 기와의 틈이 손바닥만큼 벌어지고 동파로 갈라져 차라리 초가집만도 못한 몰골이 되어갔다. 중앙 통로 구실을 하던 마을 안쪽 길에서 오른쪽은 안천가는 길, 산에 등을 기댄 송씨네와 외가, 두 집이 공동으로 경작하는 뒤란은 텃밭, 대밭, 그 위로는 어머니를 위시한 무덤 몇 기가 공동묘지 촌을 형성하고 있었다. 그 위로 장군의 수하들이 팠다는 미친년의 토굴이 있었다. 그 길로 더 걸어가다 보면 바로 암울한 시대 철로 길인 탄광 갱도 출입구가 나왔다. 그곳은 사사사철 싸늘한 바람이 갱도 속에서 흘러나와 여름철 피서처로는 으뜸이었다. 가시철망과 굵은 쇠말뚝, 통행을 제한하는 입간판 등이 설치되어 있어 갱도 속으로는 한 발짝도 접근할 수 없었다. 동네 사람들 말로는 갱도가 무너지면서 죽은 광부들이 아직도 그 갱도 속에서 살고 있다고 갱도 입구에서 그들을 부르면 대답을 한다는 것이었다, 우우우 하면서. 아마도 공명현상 때문이었으리라.

〈광산은 폐쇄함. 접근 금지〉 하는 입간판이 눈길을 끌었다. 붉은색으로 흘리듯 써내려간 글자에는 군데군데 총탄 자국이 남아 있었다. 북녘과 남녘의 군인들이 사격 연습을 했는지, 몇 해 전 북의 장군과 남의 선동가가 맞장을 뜬, 전쟁 직후 생겨난 것이라 했다. 무슨 광산이었는지 일절 다른 내용은 명기 되지 않은 채, 뜬금없이 접근금지였다. 비만 오면 갱도에서는 쇳물같은 액체가 질질 흘러나왔는데, 죽은 광부들의 원혼, 즉 피라고, 어른들은 두서없는 말로 공포 분위기를 조성해 아이들은 절대 그곳에 가지 않았다. 더군다나 그곳은 미친년의 토굴과 근접한 거리에 있어서 '간을 내어 먹는다.'는 괴이쩍은 소문 때문에라도 아이들에게만큼은 접근금지라는 간판이 필요 없었다. 미친년은 얼굴에 화상자국이 가득해서 형태조차 잘 알아볼 수 없을 정도로 흉측했다. 그래서 동네 그 누구도 그녀의 얼굴을 자세히 본 사람이 없었다. 그녀와 가까이 지내는 사람도 없었다.

"아이고, 그 얼굴이 인두겁을 썼다고 할 수 있나. 도대체 어디서 불에 뎄는지 눈이 안 먼 게 그나마 다행일세."

가끔 미친년이 갱도 입구에서 갱도 속에 고개를 처박곤 씩씩하게, 처음 들어보는 가사의 노래를 부르곤 했는데, 그 목소리가 공명되어 온 산중을 휘돌면서 쩌렁쩌렁 울려댔다. 밤이나 낮이나 잊었다 싶으면 들려오는 노랫소리였다.

"귀신이 곡하는 소리 같네. 아이고 미서워라 밤마다 이게 뭔 지랄이여."

"미쳐서 그런 거라고, 미친년이 뭔들 못하겠나. 그러나저러나 저년은 꼭 무슨 일만 하려고 하면 개지랄이네."

"그러게. 미치려면 곱게 미쳐야지 저렇게 미친년은 난생 처음이네."

"저년은 평생 노래 부르는 귀신이 들린 것이여, 저 정도면 아주 중증인데, 국가에서는 뭐하는지 모르겠네,"

"저런 환장할 년 때문에 잠조차 이룰 수 없는데, 잠을 자야 우리 집안 대를 이을 것인데. 아, 저년 때문에 대를 끊고, 더 나아가 자손을 멸실하고 말걸세."

사람들은 밤마다 지랄병 도져서 노래 부르는 것은 북한의 남침에 버금가는 계략이 숨어 있는 것이라고 했다. 잡아다 노래를 못하게 성대를 끊던지, 대대손손 씨앗까지 말리지 않고, 세금만 걷어간다고, 엉뚱한 세무당국에 화살을 돌리곤 했다.

아랫마을은 느티나무가 줄지어 서있었다. 주점, 몇 호의 초가집, 흉물인 기와집 몇 채, 안천의 돌다리를 중심으로 심겨진 느티나무는 높은 키에 매달린 잎사귀를 흔들어대, 산골마을보다 아랫마을이 더 시원할 것 같다는 느낌을 주었다. 느티나무는 암울한 시대 심어진 것들이었다. 느티나무 행렬이 갈라지는, 즉 마을의 중심에 집이 한 채 있었다. 무당집이었다. 무당집엔 늘 붉은 기가 대나무 끝에 매달려 하늘 높이 치솟아있었다. 바람 따라 떨어질 듯 펄럭였다. 깃발은 얼마나 그 상태로 펄럭였는지 너무 낡고 추레했다. 무당집 뒤란으로는 돌담이 무너져 있었고, 무너진 돌담 주변은 텃밭으로 이용하고 있는 듯했다.

집은 웅장한 포집이었다. 포집과는 별개로 부속 한옥 건물이 있었는데, 사람들은 그곳을 예전의 '사랑채' 라

무당집 69

불렀다. 언제 폐쇄되었는지 드나드는 사람은 없었다. 비어있는 사랑채에서는 습한 냄새뿐이었다. 솟을 대문이 있었는지는 그건 잘 모르겠다. 기둥과 서까래 등에는 나뭇결 문양을 따라서 용 그림 단청이 채색되어 있었다. 기와지붕은 다른 기와집과는 다르게 풀이 자라지 않아 말끔했다. 문양이나, 기와, 무너진 담의 형태로 보아 보통 집은 아니었다. 몇몇 사람들은 박수무당이 산다고 했고, 몇몇 사람들은 그냥 무당이 산다고도 했고, 몇몇 사람들은 그냥 사람이 산다고도 했고, 그냥 산다는 사람이 여자인지 남자인지 그건 잘 모르겠다고 했다. 어쨌든 현재의 집주인이 지은 집이 아닌 것만은 분명했다. 전에 무관을 지낸 장군이 지은 집이라고 그 부분에서 동네 사람들 말이 모두 일치했다. 그래서 동네 사람들은 그 집을 '장군집'이라 불렀다. 그걸 어찌어찌 해서 무당이 차지하게 되었는지는 모른다. 하지만 신험하고 용한 점괘로 차지한 것은 분명 아니었다. 왜냐하면 드나드는 손님이라고는 잊었다 싶으면 들리는 우체부뿐 개미 콧구멍도 구경할 수가 없었다. 집 안채는 어떤지 모르지만 마당은 물론이고, 집 외벽은 너무 말끔해서, 아직도 소나무 향내가 나는 것 같았다. 무당이 매일 쓸고 닦는다는데, 원래 무당이라는 직업이 닦는 직업 아니겠는가. 저승길도 닦아주고, 망자의 원도 한도 다 닦아주는 게 무당이 할 일이다. 그래서 그런지 그 집은 외관상으로 매우 훌륭한 집이라는 평가를 받았다.

무당은 대궐처럼 큰 집에서 혼자 살았다. 가족은 물론이고, 일가친지, 수하에 심부름하는 계집아이조차도 없었다. 먼발치에서 쳐다본 그는 살결이 무척 희었다. 짙은 눈썹, 눈과 눈동자도 맑고 투명했다. 시골사람들에게서는 발견할 수 없는 그런 눈이었다. 터무니없이 희고 맑은 눈. 그래서일까,? 다소 싸늘한 느낌마저 들었다. 연한 갈색이 도는 머리카락은 땅에 닿을 듯 치렁치렁 길었다. 머릿결은 참빗에 포마드를 발라 기름이 졸졸 흐르고 있었다. 먹물을 통 튕기면 금세 물이 들 것만 같고 얼굴은 주름이라고는 찾아볼 수 없었다. 여름이나 겨울이나 흰 두루마기를 입고 항상 심각한 얼굴로 마루에 앉아서 무언가 주문을 외우고 있었다. 늘 멀리서만 지켜보았기 때문에 그의 주문은 정작 무슨 내용인지는 알 수 없었다. 주점 집 주모는 그런 무당을 향해 '옷 입은 꼴' 운운하며 박수무당이 분명하다고, 아낙이 어찌 두루마기를 입을 수가 있단 말이요, 했다. 매번 명쾌한 결론을 내는 것으로, 남의 일에 끼어들기를 좋아하는 주모의 그 말, 즉, 박수무당이라는 말은 근거 있는 의견이었다. 근거가 없으면 어쩔 셈인가. 술청에 외상술값이 한 해 두 해 밀린 게 이만저만 아닌 동네사람들이었다. 다른 의견을 개진했다가는 당장에 외상술값으로 목이 졸릴 판이었다. 그리고 남녀의 복식이 유별한 시대였는데, 여자가 남자 옷,

두루마기를 입는 다는 것은 상상할 수 없었다. 더불어 주모로서는 박수무당이 되어야 술청의 손님하나 더 드는 것이었다. 박수무당도 분명 사내였으니까. 아낙들이 술청을 드나드는 일은 노름판에 서방 찾을 때뿐이었다. 그래서였는지, 어쨌든 동네사람들 대부분은 무당집의 주인을 박수무당이라 여겼다.

"저이는 밥도 안 지어먹는 모양이야. 굴뚝에서 연기가 나는 것을 못 봤어. 막걸리 한 사발 받아가는 일도 없고……"

주점 아낙은 염소처럼 풀만 뜯어먹는 모양이라고 했다. 돌담 사이 채마밭만 가꾼다고, 기대와 다르게 막걸리한 됫박 팔아주지 않는 그를 타박했다. 조막만한 얼굴, 맑고 투명한 눈, 하얀 피부, 남자라면 필시 귀공자 타입이었다. 동네 그 어떤 사내보다도 이색적이고, 이채로웠다.

"색시처럼 곱네."

"몸이 달아?"

"뭔 소리래요."

"야밤에 월장이라도 해보지 그러나."

"월장은 뭐고, 몸이 다는 것은 뭐래요. 그렇게 장군집 양반처럼 생기고 볼 게 아니오. 어디서 굴러먹던 빈대떡 같이 생겨가지고서는……"

"빈대떡이라니, 나는 면상보다는 아랫도리가 볼만 하

다오. 저 추녀 끝까지 올려다보다가 목 부러지지 말고 오늘은 나랑 결판나게 놀아보자고."

"깔깔깔. 그럽시다, 뭐 죽으면 썩을 몸, 아껴뒀다가 염라대왕에게 진상할 수는 없지 않우. 염라대왕이 고자라면 매양 헛수고니."

와아, 하는 웃음소리가 주점에는 늘 넘실거렸다. 무당집은 동네사람들의 관심과 이목이 집중되었다. 하지만 정작 무당집의 박수무당은 동네사람 그 누구와도 교류가 없었다. 그렇다고 온갖 똥 폼을 잡고 고독을 즐기는 것 같지는 않았다. 아주 가끔 주모의 말처럼 돌담 사이에서 채소를 가꾸는 모습이 목격되곤 했다. 딱히 일이라고 하기도 뭣한 허접한 텃밭 가꾸기였다. 그러면 주점의 아낙은 들락거리느라 문지방이 닳고 달았다.

"하이고 어쩜 저리 새색시같이 고울까."

"엊저녁에 그렇게 놀아보고도 또 몸이 달아? 몸에 불덩이를 쑤셔 넣는 모양이구려."

"열 서방 마다하는 기집 봤소."

막걸리 심부름을 다니노라면 어쩔 수 없이 그 집을 지나쳐야 했다. 그것 역시 미친년을 만나는 것 못지않게 내키지 않았다. 둥~ 둥~ 둥~ 하면서 귓전으로 북소리가 들렸고, 아주 가끔은 징소리, 꽹과리 소리, 때론 장고소리도 들렸다. 대금, 퉁소 소리도 희미하게 들렸는데, 비라도 구적거리는 날에는 등짝에 식은땀이 날 정도로 괴이쩍었다. 야릇한 호기심이 발동하여 집 안에 발을 들여놓고 싶은 심정과 그랬다가는 필시 벼락이라도 맞을 것 같은 느낌이 들었다. 하지만 언젠가 그 집에 숨어들어야 한다는 간절한 생각이 들기도 했다. 몇 가지 불온한 생각들이 그 집을 지나노라면 막걸리를 움켜쥔 팔뚝의 핏줄처럼 푸르게 도드라지곤 했다. 어쩌다 눈빛이라도 마주치면 싸늘한 시선에 놀라 허둥지둥 걸음이 빨라지곤 했지만 걸음은 땅바닥에 붙은 것처럼 제자리걸음이었다.

보통 사람의 눈이 아니었다. 이상하리만큼 투명한 것은 수상했다. 마치 피사체를 향해 달려오는 것만 같았다. 나는 벌에 쏘인 듯 눈을 마주치면 꽁지가 빠지게 달아나곤 하였다. 그가 주시하는 눈빛을 거두기까지는 다소 시간이 걸렸다. 느릿하게 소리를 쫓는 것처럼 눈동자를 돌리는 행동이 그리 민첩하지는 않았다.

"필시 사람 눈이 아녀. 삵의 눈이라고. 서기가 가득한 게 섬칫하더구먼. 광기의 눈이여. 누굴 잡아먹으려고 그러는지 원. 등골이 다 오싹해지는구먼."

"그러게, 나도 똑똑히 봤네. 자네를 잡아먹을 듯 노려보는 눈빛을 말이여. 큰일 났구먼. 앞으로 노름판 접고 마누라랑 집에 들어앉아야할 팔잔가 보네. 자네 늘그막에 늦둥이나 하나 만들지 그러나."

"무슨 소린가, 내가 아니라 자넬세. 분명 자네의 간을 내어먹을 것 같이 노려보더구먼. 자네 앞으로 밤길 조심해서 다녀야 하네. 노름판에서 늘 내 배를 자네 배처럼 불려주는 자네를 평생 내 옆에 두고 싶을 따름이네. 황천 길은 먼저 가더라도 돈은 놓고 가야 할세."

"허허허, 이 사람 무슨 말을 그리하나. 나야 투전판에서 돈 몇 푼 내버리는 것이지만 자네야 말로 곧 이승 하직, 저승 친구하자 일세. 허허허."

"흰소리 그만들 하고 어서 판이나 돌려!"

누군가 꽥 소리쳤을 때, 얼굴을 드러내는 사람, 그이는 송씨였다. 그 당시 송씨는 외할아버가 일본으로 떠난 후 친구 옛정이 그립다고 다시 투전판을 전전하고 있었다. 어쨌든 투전판에서 이런 말이 나돌 정도라면 아무리 긴장을 풀자고 하는 말이라도 동네 어른들도 그의 눈에 무서움을 느끼고 있는 것이 분명했다. 눈, 그 괴살 맞은 눈, 키는 그리 크지 않았지만 보통의 어른 중간 키 정도는 되었을까? 그 역시 내가 태어나기 이전부터 동네서 살고 있었다. 그런 그에 대하여 동네 사람 그 누구도 '어떤 사람' 이다, 라고 말하는 것을 들어 본 적이 없다. 외할머니 조차도 그에 대해서는 단 한마디도 언급도 없었다. 베일에 싸여있는 인물이라고나 할까.

겨울날이었다. 그 날도 어김없이 아버지 심부름으로 아랫마을 주점에서 막걸리를 받아오던 길이었다. 밀주가 금지되었던 당시 주점은 읍의 양조장에서 공수된 말통 막걸리를 큰 독에 옮겨 담고 휘휘 저어 한 됫박씩 퍼주는, 일종의 소매상 같은 구실도 했다. 그래서 평상의 술손님들도 드나들었지만 나 같은 꼬맹이들도 자주 술청을 드나들었다. 특히 저녁 무렵이면 꼬맹이들의 발길이 잦았다. 한 잔 마셔야 자는 어른들이 한 잔 마시면서 만들어놓은 아이들을 수시로 부려먹었다.

막 무당집 앞을 지나는 길이었다. 저녁 무렵이라 마을 길에는 어둑함이 밟히고 있었다. 등 뒤로 나를 밟듯이 따라오는 몇 그루의 둥치 큰 나무들이 긴 그림자를 만들고 있었다. 그림자는 천천히 마을길을 에워쌌다. 나는 혹시 그가 보이는지 주변 힐끔거리면서 걸었다. 다행히 그의 모습은 보이지 않았다. 하지만 어디선가 불쑥 튀어나와 나의 목덜미를 잡아챌 것만 같은 괜한 불안감이 들었다. 막걸리 주전자는 다른 날보다 더욱 무겁게 느껴졌다. 막막걸리 주전자를 힘들어하면서 왼손으로 옮겨 쥐려는 순간이었다. 왼쪽으로 돌아서 나가려는데, 갑자기 무언가가 나를 뚫어지게 응시하는 있는 것 같은 느낌이 드는 것이었다. 혹시나 하는 마음에 천천히 고개를 돌렸다. 선명한 얼굴, 다소 먼 거리라서 눈동자는 보이지 않았지만 흰옷을 입은 그였다. 그가 손을 휘저어 누군가를 애타게 찾고 있었다. 분명 나를 부르고 있는 듯했다.

"저, 저기. 나좀, 나좀……"

나는 순간 멈칫 하면서 뒤로 반 보 정도 물러났다. 머릿속은 찬 물을 부은 것처럼 냉랭했다. 저 손짓은 뭐지?

나를 부르는 것인가? 하면서 그를 좀 자세히 보았다. 그의 얼굴에는 무언지 모를 불안감이 서려 있었다. 그토록 우려했던 눈에는 불온한 느낌이 없었다. 하지만 나는 고개를 돌려 외면했다.

"누군지 모르지만 나 좀 도와주지 않으련."

손을 휘저었다. 나는 외면하고는 재차 앞서 걸었다. 이미 발자국 앞이 보이지 않을 정도로 주변이 어둑했다.

"제발 나를 도와주지 않으련……."

의외의 목소리, 부드러운 목소리였다. 나는 잠시 긴장이 풀어지는 것 같은 느낌을 받았다. 고개를 돌렸다.

"집을 찾을 수가 없단다. 집이 허공으로 사라져 버렸어. 제발…… 앞이 안 보여서 걸음조차 옮길 수가 없구나."

바로 코앞이었다. 그런데 집을 찾을 수가 없다고 했다. 반말을 하는 것을 보니 정확한 사물은 못 보지만 형체를 더듬어 분명 내가 어린 아이라는 점은 알고 있는 듯했다.

"……?"

"나를, 나를 제발 집으로 데려다 다오."

"지……집……집?"

그가 말을 더듬는 나에 대하여 잠시 혼란스러운 듯 내쪽을 향해 고개를 돌렸다. 힘들게 손을 들어 자신의 집을 지싯거렸다. 하지만 그곳은 아주 엉뚱한 곳이었다. 당산 나무 쪽이었다. 나무 뒤편으로는 가을걷이가 끝난 허허

벌판이나 다름없는 논이었다. 논 너머는 야산이었다. 그가 지시한 곳에서 바람이 일어 우리 쪽으로 쏟아졌다. 그의 눈은 여전히 백색의 가루처럼 맑고 투명했다. 하지만 먹잇감을 찾는 광기는 없었다. 항상 멀리서만 주시하던 눈이었다. 얼음처럼 차갑긴 했어도 소문처럼 무서운 눈빛은 아니었다. 초점을 맞추지 못하고 있다는 느낌만 들었다. 그가 머리를 감싸 쥐었다. 그의 손가락이 머리카락 사이로 드러났다. 투명한 물감을 칠한 듯 희고 가는 손가락이었다. 신열이 오르는지 콧잔등에는 땀까지 맺혀있었다. 손발이 짱짱하게 얼어붙을 만큼 추운 겨울날에 땀을 흘리고 있었다.

"너무 어지러워서, 너무 어지러워서 걸을 수가 없단다."

주의 깊게 들어보니 분명 여자의 목소리였다. 너무도 투명한 미성이었다.

"너무 어지러워, 너무 어지러워. 아무것도 보이지가 않아. 어이없게도 세상이 모두다 증발해버렸다고!"

차갑고 매서운 바람이 우리 둘 사이를 파고들었다. 장님, 그리고 여자? 그에 대하여 떠도는 말을 확인한 적이 없었다. 그냥, ……늘 하던 대로, 그랬던 것 같아, 그러니까, 그 사람은 사내라고, 맞아 그런 거였어. 보지 못한 사람들은 언제나 말을 지어내지. 다른 사람들 말만 듣고 있었지……, 그랬다. 생각해볼수록 별 것 아닌, 다소 마음이 놓였다. 서둘러 그의 손을 잡아주었다. 외할머니와는 다른 너무 부드러운 손이었다.

"손이 참 따스하구나."

그가 피부색이 변할 정도로 힘차게 내 손을 잡았다. 손은 잡고 있었지만 걸음걸이는 좀체 나아지질 않고 비틀댔다. 대문에 들어서자마자 오른손의 막걸리 주전자를 엉겁결에 바닥에 내려놓았다. 허전한 양손으로 그를 부축했다. 그가 숨쉬기조차 버거운 듯 계속 할딱댔다. 걸음은 중심을 잃고 위태위태했다. 대청마루 쪽에서는 반질거리는 윤기가 미명을 받아 반짝였다. 집안엔 싸늘한 공기뿐이었다. 꿉꿉한 냄새도 풍겨왔다. 방안에서 누군가 튀어나올 것만 같은 불안감이 느껴졌다. 서둘러 대청마루에 그녀를 앉혔다. 달아나듯이 장군의 집을 빠져나왔다.

이상이 '막걸리 주전자 잠시 분실사건'의 전말이다. 그를 부축해서 집 안의 마루에 앉혀놓고, 집 안을 들여다볼 새도 없이 나는 꽁지가 빠지게 달아났다. 그 사이에 정작 내 손에 들려져 있어야 할 주전자가 증발하고 말았던 것이다. 아버지가 그토록 애지중지하던 주전자였다. 비록 찌그러지고, 불에 탄 듯 바닥은 온통 추저분했어도, 주전자는 누가 뭐래도 아버지의 보물 1호였다. 주전자는 아버지에게 독수공방을 잠재우는 잠을 부르는 마약이었다. 그것을 분실하다니, 우라질! 나는 죽었다, 이제…….

막 집에 들어서고 있을 즈음 아버지가 병암산에 다닐 때 메고 다니던, 올이 성긴 약초 꾸러미를 내려놓는 모습이 보였다. 이어 바짓단에 묻은 흙먼지를 탁탁 서너 차례 흔들어 털어내고 마루에 앉아서 마침 집안으로 들어서는 나를 발견하고는 물었다. 외할머니는 아랫집에 라디오 연속극 청취하러 갔는지 보이지 않았다.

"막걸리 주전자는 어디에 두고 빈손으로 온 거냐?"

나는 그제야 양손이 빈손이라는 사실, 주전자가 없어진 걸 확인했다. 갑자기 무당집에서의 생각이 머릿속에 스쳤다. 도장을 찍듯 가슴이 답답했다. 앞이 안 보이는 허둥지둥하는 그의 모습도 짧게 스쳤다.

"그…… 그…… 러…… 니…… 까……."

"나이가 몇 살인데 말도 똑바로 못해, 차근차근 말해보란 말이야!"

아버지가 답답했는지 버럭 소리를 질렀다. 왜 그랬는지 갑자기 눈물이 핑 돌았다.

"저런 정신머리 없는 놈!"

"……?"

"도대체 정신머리를 어디에 두고 다니는 게야! 사내 녀석이 칠칠치 못하게, 툭하면 눈물이나 질질 짜고 말이야."

나는 다시 양손을 내려다보았다.

……그러게. 주전자가 어디에 있지, 분명 내 손에 있어야 하는데, 혹시 아버지는 당신이 그토록 애지중지 하는 주전자의 출처를 알고 있나요……. 혹시 당신이 일부러 감춰두고 나에게 뒤집어씌우고 있는 건 아니지요.

아버지가 재차 한심하다는 표정으로 나를 위 아래로 훑었다.

"어디다 두고 온 거야. 길바닥에 내동댕이치고 온 거야. 아니면 네 놈이 다 마시고 빈 주전자 들고 오기 뭐해 버려두고 온 거야. 얼른 가서 찾아와. 쯧쯧……."

나는 서둘러 집을 빠져 나왔다. 아버지가 온통 구박을 해대는 통에 그 자리에 도저히 서 있을 수가 없었다. 무슨 짓이라도 해야 했다. 주전자를 찾는 시늉이라도 하지 않으면, 막걸리 주전자를 찾아오지 못한다면 곤죽을 만들게 분명했다. 아버지는 아들과 막걸리 중 택하라고 한다면 두말도 안하고 막걸리를, 그 못난이 주전자를 택했을 터이다. 단 하루도 막걸리 없이는 잠들지 못했다. 푸석푸석한 아버지의 얼굴이 막걸리 한 잔이면 발그스레해 영양기가 도는 것을 보면 막걸리가 아버지한테는 원기소였다. 그런데 한 주전자를 다 마시다니, 아무리 이해하려 해도 아버지는 나의 주량을 과대평가하고 있었다. 일곱 살 나이의 아들을 알코올 중독자로 만들 셈인가? 조금씩은 훔쳐 마셔봤다는 사실은 인정한다. 하지만 절대로 다 마신 적은 한 번도 없었다. 넘어져서 쏟아진 적은 있었지만, 빈 주전자는 단 한 차례도 없었다. 생각할수록 아버지가 다소 과하다는 생각이 들었다. 다음 날 찾아오라고 할 수도 있었고, 뭐하면 다시 장만할 수도 있었다.

그런데 주전자는 어디다 두었을까? ⋯⋯절대 그 집은 아니었으면, 그 집에 놓고 온 것만 아니면 좋을텐데⋯⋯, 도대체 내가 오늘 무슨 일에 휘말린 거지. 그리고 이따위 거지같은 일이 그 놈의 막걸리 때문이질 않는가. 술도가, 주점을 불 지르던 해야지⋯⋯, 아, 지겨운 막걸리 심부름, 나는 오로지 막걸리 심부름을 하자고 태어났단 말인가⋯⋯. 세 살 때부터 쭉 이어진 막걸리 심부름의 고행⋯⋯, 나는 뭐지, 왜 태어난 거지. 왜 나에겐 엄마가 없는 거지⋯⋯. 다른 집은 다 엄마가 있는데, 차라리 아버지가 죽고 엄마가 살았다면⋯⋯, 막걸리 심부름이 내 삶에 이토록 힘든 짐을 지우지 않았을 터인데⋯⋯. 그런데 엄마도 막걸리 애호가라면⋯⋯, 에이 모르겠다, 둘 중 하나가 꼭 죽게 되어 있다면 아무나 죽어도 상관없다. 아니⋯⋯, 엄마가 살아있는 편이 좀 낫지 않을까? 금주네도 그런데⋯⋯, 왜 나만 억울하게⋯⋯ 우라질!

아무리 생각해봐도 그 집, 그 무당집 어딘가에 막걸리 주전자가 있다는 생각이 들었다. 그 집을 다시 가본다는 것이 고역스러운 일이었다. 발걸음이 내키지 않는지 걸음은 병암산 바위덩어리를 매달아 놓은 것처럼 천근만근 무거웠다. 송씨네 집을 돌아서 큰 길로 접어들었을 때 비정한 아버지에 대한 원망이 하늘을 찌르고 있었다. 말더듬는 것, 이 무슨 삶의 횡액이란 말인가. 아, 미칠 지경이었다. 왜 나는 말 한마디 제대로 못하는 것일까.

이미 어둠이 길거리에 가득 내려앉아 있었다. 어둠은 걸음걸이를 방해하였다. 길바닥은 짱짱하게 언 얼음덩어리가 군데군데 가득했다. 고무신은 자꾸만 뒤축부터 헛발을 딛고 주르르 미끄러졌다. 나는 조심성이 많은 아이답게 아주 느릿느릿 무당집을 향해 걸었다. 계속해서 나를 따라오는 희미한 달빛은 점차 밝아졌다. 휴우 하는 한숨이 턱까지 치고 올라왔다. 걷는 내내 무당집 안으로 어떻게 발을 들여 놓아야 하는지 염려스러운 마음뿐이었다. 도망치듯 그를 마루에 버려두고 내처 달려 나왔던 것이 못내 찜찜했다. 뭐라고 말하고, 왜 다시 돌아오게 되었는지 설명하는 것도 무척 걱정스러웠다. 더군다나 왜 내가 도망치듯 그 집에서 뛰쳐나와야 했는지 나조차 이해할 수가 없었다. 내 자신이 한심하게 느껴졌다. 그는 나에게 아무런 위해를 가하지 않았었다. 오히려 숨소리를 할딱거리면서, 간절히 도움을 바라는 유약한 모습이었다. 왜 무작정 도망쳐야 했을까. 무서울 것이라고는 하나도 없었다. 괴이쩍다는 풍문과는 전혀 다른 모습이었다. 소녀처럼 길고 가느다란 손가락이 자꾸만 눈앞을 어른댔다. 당산나무를 지나치고, 마을 중간 길로 접어들었을 때, 달빛은 조금 더 밝아지면서 서서히 시선이 넓어졌다. 보름달인가? 나는 고개를 저으면서 하늘을 길게 올려다보았다. 얼음처럼 차디찬 달빛이었다. 그 속에서 쏟아지는 빛깔조차 모두 얼음처럼 차가워 손을 벨 것만 같았다.

호호, 입김은 계속해서 뿜어져 차가운 공기 속에서 빠르게 흩어졌다. 주점을 지나치고, 마을 안쪽으로 들어섰을 때(오던 길과 역순으로 따라간 것이 아니라, 빙빙 돌아갔기에 주점을 먼저 지나쳤다.) 무당집의 양 옆 창문으로 희미한 불빛이 흩어져 나오고 있었다. 나는 다시 길게 숨을 들여 마시고 천천히 대문 앞에 섰다. 대문은 누가 닫았는지 굳게 닫혀 있었다. 무쇠 문고리를 아주 천천히 잡아 당겼다. 아뿔싸! 비교적 큰 울림으로 삐그덕, 하면서 대문이 자지러지는 것이었다. 나는 화들짝 놀라서 한 걸음 뒤로 물러났다. 돌부리에 채였는지 마치 누가 밀기라도 한 것처럼 몸의 중심을 못 잡고 비틀거리다 그만 뒤로 벌러덩 넘어져 엉덩방아를 찧고 말았다. 바람 한 점이 내 등 뒤에서 화살처럼 빠르게 몰려가더니 저절로 문이 열렸다. 나는 천천히 걸어 들어갔다.

봤다. 모든 것을 봤다. 그리고 모든 것을 알아버렸다. 그가 박수무당이 아니라 여자라는 사실은 기본이었다. 더군다나 눈이 점점 멀어가고 있는 병을 앓고 있으며, 양약을 한 주먹씩이나 삼켜야 잠이 들 수 있는 심각한 불면증을 앓고 있다는 것까지도 알게 되었다. 그녀가 한때 만주 벌판을 바람처럼 누볐다는 사실에는 눈물겨운 사연이 숨어 있었다. 그녀에게 나보다 더 깊은 상처가 있다는 것도 알아버렸다. 더군다나 백옥처럼 아름다운 피부를 가지고 있다는 사실도 알아버렸다. 손을 대면 분가루가 툭툭 묻어나올 것 같은 부드러운 피부를 가지고 있는 여자이며, 봉긋한 젖가슴도 전혀 외설스럽지 않았고, 거뭇한 겨드랑이 털까지, 다 보았다. 그녀의 몸에서는 나를 자극하는 향기가 곳곳에 숨어 있다가 가끔은 그녀를 그리워하게 만들었다. 온전히 벗은 여자 몸을 처음으로 봤다는 사실, 정말 아름다운 여자의 몸이 어떻다는 것을 나는 이미 일곱 살 무렵에 다 알아버렸다. 정갈하고 순결한 여자의 냄새, 그것은 오랫동안 감추어진 비밀의 기호가 하나둘 벗겨지면서 자극하는 호기심이었다. 그런 호기심은 나를 잡아 이끄는 원력과도 같은 것이었다. 그녀는 나의 흥분을 자극하는 호기심 많은 사연들을 연이어 쏟아내곤 했다. 도란대는 말소리에 혼이 빠져 밤새워 이야기에 몰입하곤 했었다. 그녀가 이야기가 끝나면 이른 새벽 도둑고양이처럼 발소리를 죽여가면서 집으로 돌아왔다. 초저녁잠이 많은 외할머니가 잠이 들면 몰래 빠져나왔다. 달빛을 맞으면서 그녀의 집을 찾아갔다. '막걸리 주전자 잠시 분실 사건' 후 무언가에 홀린 듯 달에 두어 차례 정도 너무도 황홀한 그녀를 만났다. 그녀와 같은 이불(?) 속에 누워서 그녀의 비밀과 거친 사내들의 이야기를 들었다. 만주에서 잃어버렸다는 엄마 이야기, 그리고 아버지와 동지들, 오빠들과 연이 언니 이야기를 들었다. 두말하면 잔소리, 정확하게 막걸리 주전자가 맺어준 인연이었다. 아버지에게 엎드려 절이라도 하고 싶었다. 매일 새 옷을 갈아입고 매일 죽는 것을 생각하면서 잠이 드는 것, 하지만 절대로 죽지 않아야 하는 모든 이유도 장군의 집에 있었다. 아주 깊숙한 곳에 은밀히 보관되어 있었다. 그건 기다림, 즉, 그리움이었다.

그 날 나는 정말 용기를 가득 배에 불어넣고는 크게 내쉬듯 열린 대문 틈으로 빠른 동작으로 스며들었다. 막걸리 주전자를 찾아야 했다. 아버지의 노발대발하는 목소리가 귀에서 쟁쟁거렸다. 달빛은 집 구석구석과 마당을 싸늘하게 비추어대고 있었다. 얼음처럼 차가운 느낌이 계속 달빛에서 쏟아졌다. 머리카락은 곤두섰으나 차츰 마음을 진정시키고는 눈을 밝히면서 막걸리 주전자를 찾아보았다. 두리번 두리번, 그러다 조왕 쪽에서 물소리가 났고, 그 물소리를 따라서 걸음을 옮겼을 때, 나는 몸이 굳어 비단결처럼 아름다운 피부, 홀연히 등장한 천상의 여인이 목간하는 장면을 문틈으로 지켜봤다. 우선 감추어져 있던 긴 머리카락이 목간통에 치렁거리며 아름답게 흘러내리고 있었다. 등으로부터 길게 뻗어 내려오는 허리선과 아치형 둔부, 뒤돌아섰을 때 사과처럼 선홍빛 봉긋한 유방, 백지처럼 흰 살결 위에 마침표를 찍듯이 마감

된 유두, 처음 본 여자의 몸이었다. 그 모든 장면은 내 눈을 통과하여 빠르게 머릿속에 저장되었다. 적당한 달빛은 조왕 문틈으로 피사체를 향해 연꽃처럼 빛나고 있었다. 침이 꼴딱하고 넘어갔다. 그 소리는 허공에서 부푼 소다빵처럼 크게 들렸다. 재차 문틈으로 눈을 집중하고 있을 때 인기척을 느꼈던 것일까.

"승규가 왔구나."

그녀가 등을 돌렸다. 문틈에 눈동자를 붙이고 있었던, 방심하고 있던 나는 화들짝 놀랐다. 그녀는 아무렇지도 않게 "막걸리 주전자를 찾으러 왔니?" 하면서 무명천으로 적당히 몸을 가린 채 아주 느릿하게 목간통에서 빠져나왔다. 죽 뻗은 그녀의 다리가 내 눈동자의 여백을 하나씩 지워갔다. 그녀의 살결에서는 김이 모락거렸다. 여전히 눈이 보이지 않는지 더듬거리면서 조왕의 문을 열었다. 나에게 손을 내밀었다. 나는 무언가에 이끌리듯 그녀의 손을 잡아주었다.

"아…… 아…… 버……지……가…… 찾…… 아…… 오……라……고…… 해……서……요."

그녀를 부축해서 부엌과 방 사이에 난 쪽문으로 그녀를 이끌어갔다. 아궁이에서는 장작 몇 조각이 화기를 내뿜고 있었다. 방안에 들어섰을 때 그녀는 잠시 망설임도 없이 이불 속으로 나를 잡아끌었다.

"아랫목이 따뜻할 거야. 손이 차갑구나."

"……?"

"왜 그냥 갔어, 정신 차리고 보니 마당에 주전자가 있더구나. 그래서 네가 다시 나타날 줄 알았어. 눈이 아주잠시 동안 보일 때도 있거든. 모든 물건들이 내뿜는 빛의아우라처럼 형상만 겨우 추측이 되지만 말이야."

주변의 호롱불에 성냥을 그어 불을 붙였다. 방안은 따뜻했다. 이불엔 색실로 수놓은 봉황이 붕붕 날고 있었다. 잠시 심지가 탁탁 타들어가더니 방안이 금세 환해졌다. 발그스레한 그녀의 얼굴이 홍조를 머금고 있었다. 풋내처럼 싱싱한 냄새가 났다. 그녀의 눈동자에는 정확하게내가 들어 있었다. 예뻤다. 잔주름이 눈가에 남아있긴 했지만 오히려 아름다움을 배가시키는 소조였을 따름이다.

"네 얼굴도 대충 추측은 되는 걸."

내가 자꾸만 그녀의 눈을 바라봐서 그런 걸까. 그녀가애써 자신의 눈 상태에 대하여 이것저것 말했다. 방안에는 짝문인 궤가 세 칸의 자개장과 나란히 함께 반짝거렸다. 한눈에도 화려하고, 단정하고, 그리고 가볍지 않은방안의 반닫이, 문갑을 비롯한 가구들, 바닥엔 경대와 바느질 찬합 통 따위들이 다소 평범한 듯 널려있었다. 알몸이었던 그녀는 어느새 주섬주섬 옷을 꿰었다.

"너랑 나랑 이제 비밀이 가득 생긴 거네."

"……?"

"동네 사람들이 나보고 귀신이라고 한다며, 남자라고, 그런데 어쩌지 나는 여자인데, 나도 내가 여자라는 사실을 여기 와서 알았지만 말이야. 어쨌든 나는 그냥 할아버지가 입던 옷을 입고 있는 것뿐이란다."

"하…… 할…… 아……."

꾹 참고 있던 내 입술이 부르르 떨렸다.

"이 집에 살았던 전 주인 말이야. 궤에 옷이 가득하더구나. 아쉽게도 모두들 사내 옷이란다. 궤 하나에 들어있는 옷은 모두 큼지막해서 입기가 곤란한데, 다른 궤에 들어있는 옷은 나에게도 맞았단다. 품이 조금 큰 건 내가 대충 줄였단다. 눈이 안 보여도 그런 정도는 다 할 수 있거든."

두서없는 말이 이어졌다. 그녀의 몸에서는 방금 물에 빠져나와서 그런지 비릿한 냄새가 났다. 싫지 않은 냄새였다. 사람을 편안하고 기분 좋게 만드는 그런 향기였다. 그녀가 익숙하게 방안 여기저기를 뒤지더니 곶감 몇 알과 전병 따위를 꺼내와 나에게 내밀었다. 나는 어리둥절해서 방안의 그녀 뒤만 동그란 눈으로 쫓았다.

"왜 이리 떨고 있니? 두렵구나. 내가 사람 잡아 먹는다고 그러대?"

……그러게요, 왜 이리 떨고 있는지 나도 모르겠어요, 그냥 떨려요. 아줌마……, 아니……, 뭐……, 뭐라고 불러야 하나요? 하지만 추워서 떠는 건 아니니 걱정 마세

요. 그냥, 어쩌다……, 이렇게 떨고 있는지 모르지만 그
냥 떨려요. 저도 모르겠네요. 라는 말을 하고 싶었다. 하
지만 예의 그 말더듬 때문에 대꾸할 기회를 놓치고 말았
다. 그녀는 아랫목에 앉아 있는 내 곁에 마주 앉아서 나
를 더듬었다. 따스한 손길이 내 볼에 스치자 볼이 화끈거
렸다. 천천히 길게 지루한 더듬거림이 끝나자 그녀가 전
병 한쪽을 나에게 내밀었다. 나의 입안에서는 전병의 달
콤한 향기가 은은히 번져나갔다.

"우리 승규가 이제 일곱 살 되었나?"

"네……? 저를…… 저를……?"

"어떻게 알고 있느냐고?"

"……?"

"동네 사람들은 다 알지. 다만 그들이 날 몰라보는 것
뿐이지. 일부러 다가가지 않으면 사람들은 서로 그리워
하는 법도 모른단다. 특히 너는 세 살 때부터 막걸리 심
부름 다니느라 우리 집 앞을 지나가곤 했잖니……. 오늘
은 고마웠다. 너의 도움이 없었다면 길바닥에서 얼어 죽
었을지 몰라. 갑자기 앞이 안보여서, 어디가 어디인지 가
늠이 되어야지. 눈이 더 나빠지나봐. 아주 희미하게라도
볼 수 있었는데……. 이제 아무것도 안 보여……. 네 얼
굴도 세 살 되던 해부터 전혀 자라지 않았어. 이제 좀 의
젓해졌겠구나."

그녀의 말소리는 깊었다. 단정한 말투였다. 나는 그녀

의 좋은 향기에 취해서, 그리고 눅눅하게 전해지는 그녀의 말투에서, 갑자기 왈칵하고 눈물이 솟는다는 것을 느꼈다. 앞이 안 보인다는 것은 무얼까, 내가 말을 더듬는 것 하고는 차원이 다른 고통일 터이다. 나의 어깨가 작게 들썩였다.

"울보구나, 우리 승규."

그녀가 나의 볼에 흐르는 눈물을 닦아주었다. 눈이 보이지 않는데 눈물이 흐르는 것을 어찌 알았을까.

장군의 딸

비밀을 공유한다는 것은 어쩌면 밀회의 들뜸이다. 봄날의 꽃향기 같은 마음의 풍요이기도 하다. 나는 갑자기 벼락부자가 되었다는 기분을 느꼈다. 그 누구도 모르는 나만의 소유, 그녀는 내 것이었다. 동네 사람들은 모두들 남자로 알고 있는 그녀, 그녀는 동네 사람들이 모르는 장군에 대하여 많은 것을 알고 있었다.

암울한 시대라 했다. 그녀는 저 드넓은 대륙의 어느 조그만 동네에서 태어났다고 한다. 그곳은 중국의 조선인 밀집지역이라고만 알고 있다고 했다. 태어나자마자 엄마는 없었고, 아버지와 함께 말을 타고 중국 전역을 떠돌아다녔다. 어느 소도시에 아주 잠깐 머물렀는데 그곳에서 그녀는 미선계통의 학교를 아주 잠시 다녔을 뿐이라고 한다. 그곳은 어딘지 잘 모른다고, 그녀는 자신이 태어난 도시를 조선인들이 많이 살았던 지역이라고 기억하고 있긴 한데 그곳이 중국이라서 찾아갈 수 없는 곳이라고 했다. ……엄마는 승규처럼 얼굴도 몰랐지. 아버지와 두 오빠, 연이 언니와 함께 바람처럼 끝도 없이 돌아다녔지······. 로 시작된 그녀의 이야기에 나는 흠뻑 빠져 있었다.

만주에서 불어오는 바람은 매우 거셌다. 며칠간 만주를 떠돌아다닌 끝에 조그만 소도시에 도착한 그녀의 아버지와 두 오빠들은 말에게 먹일 물과 여물을 찾아 식당부터 찾았다. 대략 삼백 여 발자국을 헤맨 끝에 말과 함께 노점이나 다름없는 허름한 식당에서 요기를 하게 되었다. 그들은 며칠간 아주 고단했다. 죽음과 삶의 문턱을 넘나들었다. 더욱이 몇 차례 치열한 전투 끝이라서, 자신들만 살아남은 마지막 전투에 대하여, 기억하기 싫은 동지들의 오열과 죽음 때문에 우울했다. 그들의 옷에는 피딱지가 묻어있었고, 총알이 스친 자리에는 구멍이 송송 뚫렸으며, 화약 냄새가 희미하게 남아 있었다. 머리카락은 부스스했다. 그들의 신과 얼굴은 마치 한 몸에서 태어난 것처럼 구별할 수 없이 지저분했다. 이제 일곱 살 난 그녀는 아버지의 팔에 기대어 깊은 잠에 빠져 있었다. 아버지와 오빠들은 그런 그녀를 측은하게 바라보면서 주변의 시선을 의식했다. 서둘러 음식을 주문하면서 우선 조선식 막걸리를 한잔 나누어 마셨다. 막걸리가 죽 흐르다가 사내들의 수염에 다소 지저분하게 달라붙었다. 아버지가 쓱 하고 투박한 손길로 수염을 훑었다.

"북으로 가지요? 그곳에서 동지들을 규합해 다시 전쟁

을 해야 합니다. 이번 전투는 너무 억울합니다."

속삭이듯 말한 사람이 큰 오빠였다. 그는 매우 큰 덩치와 완력의 소유자로 맨손으로 황소 한 마리쯤은 거뜬히 때려눕힐 수 있는 거구였다. 어릴 적 씨름판을 전전하면서 황소를 독차지한 장사였다. 그는 모든 싸움에서 선봉을 섰다. 황우장사처럼 마구 돌진해가는, 죽기 살기로 전쟁을 벌이는, 어쩌면 전쟁을 즐긴다고 표현할 정도로 용감한 사람이었다. 총알이 그를 몇 번 뚫고 지나갔지만 그는 자연 치유 능력 같은 것이 있는지 스스로 자신의 살을 찢고 총알을 긁어내고 바늘 찾아내 꿰맸을 정도로 용맹하였다. 하지만 정작 싸움을 피하는 방법, 싸우지 않고 이길 수 있는 방법에 대해서는 잘 알지 못했다. 물불 안 가리고, 싸움판에서 자라온 다소 우둔한 구석이 있었다. 아버지는 암울한 시대의 전조가 휩쓸던 당시 무관을 지낸 자신의 아버지를 떠올렸다. 그리고 기골이 장대한 자신의 형과 자신의 큰아들은 너무 닮았다고 생각했다, 무모한 것까지도. 마을 청년들을 이끌고 늘 매사냥을 나가던, 그리고 피를 뚝뚝 흘리면서 귀가하던 그의 모습, 늘 막걸리에 취해서 호방하게 웃어대던 형이었다. 서책으로 나라를 구할 수는 없다고, 책만 파던 자신을 책망하던 형, 갑자기 눈물이 핑 돌았다. 그는 자신의 목숨을 구하고 죽어갔었다. 이에 반해 자신의 모습을 똑 같이 닮은 둘째아들, 형을 닮은 큰아들, 그리고 만주에서 낳은 막내

딸, 아버지는 셋을 교차하면서 시선을 던졌다. 막걸리 양재기를 들어 입에 갖다 댔다.

"형님, 그곳은 지극히 위험합니다. 더군다나 아버지는 팔도사방 지금 수배 중이십니다. 온통 아버지를 잡겠다고 왜놈들과 마적패들이 난리를 치는 것을 모르는 것은 아니겠지요. 아버지 목에 걸린 현상금을 서로 차지하겠다고 인근의 왈짜패들까지 설치고, 이미 아버지의 수배 전단지가 파다하게 번졌어요. 그 김동지라는 사람은 마적과 왜놈들하고 내통하고 있는 믿을만한 사람이 못됩니다! 지난번에도 상해에서 우리 동지들을 밀고한 자가 김동지라는 사실을 잊었습니까!"

아버지와 형님이라 부르는 사내를 번갈아 바라보면서 말한 사람이 바로 그녀의 작은 오빠였다. 체격은 형님이라 부르는 사내에 비하여 왜소했다. 하지만 눈매는 세 사람 중 가장 날카로웠다. 그는 체력적으로는 형에게 다소 밀렸지만 지혜롭고 총명하였다. 모든 병법을 섭렵하였고, 그것을 응용하는 능력이 또한 출중했다. 그의 지혜로움은 몇 차례 전투에서 이미 증명되고도 남았다. 그는 자신에게 다가오는 위험을 감지하는 능력이 탁월한 사람이었다. 그는 용맹함보다도 더 냉정한 심장을 가졌다. 그리고 용맹함이 다소 무모한 것이라는 것도 알고 있었다. 그의 얼굴은 심각했다. 마지막 전투에서 죽어간, 고향에 남아있던 식솔들과 친구들로 구성된 동지를 규합해서 요동

지역으로 합류시켰다는 자책, 그들의 부모의 얼굴을 어떻게 볼까 하는 마음의 짐을 안고 있었다.

협로와 강, 그리고 둑을 사이에 놓고 벌인 전투는 그야말로 피를 튀기는 살육의 현장이었다. 전진부대는 당연히 자신의 형이 맡았다. 그는 후진에서 전진부대를 엄호, 지원하는 임무를 맡았다. 아버지는 두 부대 사이를 오가면서 동지들의 사기를 진작시키고, 지형을 이용하는 전술을 짜고 있었다. 그런 아버지 곁에는 스님 한 분이 늘 따라다녔다. 하지만 그날따라 보이지 않았다. 그는 이미 연로하고 병들었기에 징을 때릴 만큼의 힘마저 사라져 후방의 토굴 속에서 몸져 누워있었다. 곧 죽을 날만 기다리는 신세였다. 스님 곁을 그림자처럼 따라다니던 '연이' 라는 계집아이만 전투에 참여하고 있었다. 계집아이는 말을 잘 탔고, 총과 검에도 능해 사내들 서너 명 몫을 한다고 동지들은 칭송했다. 그 뿐 아니라 북과 장구, 꽹과리도 잘 친다고 부대 내에서는 그녀를 스님 다음으로 쳐주기도 했다. 연이와 그녀는 마치 자매처럼 다정했다. 둘은 부대 내 유일한 여자였다. 하지만 둘은 여자옷을 입어본 적도 없고, 여자옷 남자옷 구분을 해서 입어야 하는지도 몰랐다. 전쟁이 그들에게 남녀 구분을 강요한 적이 없었기 때문이다. 둘은 다른 동지들처럼 산과 강, 산골짜기, 전투가 벌어지는 현장을 누볐다. 전쟁터가 그들의 놀이터였고, 전쟁터가 그들의 삶, 생존 현장이었으며, 전쟁

96

터가 그들이 갈망하는 포근한 안식처이기도 했다. 둘은 강물에 멱을 감고, 둘은 멱을 감은 강물로 밥을 지어 먹었다. 동지들이 죽어가는 모습을 수도 없이 지켜봐야 했고, 동지들과 가족의 눈물도 같이 닦아줘야 했다. 시신 사이로 피어나는 진달래꽃은 아름다웠지만 아무렇지도 않게 꺾어, 진달래주나 조선식 막걸리를 담글 줄도 알았다. 담력이 센 연이는 울기 잘하는 그녀에게 곧잘 전쟁의 상흔은 어쩔 수 없는 법이라고, 체념하는 법을 알려주었다. 엄마처럼 다정하게 품어주기도 했다. 드넓은 강을 단숨에 넘나들 정도로 유연한 수영솜씨를 자랑하던 연이는 오빠들과도 무척 친해서 잘 지냈다. 연이는 죽음과 삶, 전쟁터에서 그 경계가 이미 허물어진, 지옥과 천당의 중간지점 연옥의 대지에 피어난 여자, 이데아였다. 동지들은 그런 연이를 자신들의 친딸, 친동생처럼 대했다.

스님과 연이는 고구려의 범패(梵唄) 소리의 지휘자, 달인이었다. 전투가 시작되면 스님과 연이 일행이 부르는 범패 소리, 아~~, 아~~, 아아아아~~, 아~~, 아~, 아아아아아! 이이이이이이이~, 이이이이이이이~, 천수천안 관세음, 관세음, 백의단월 관세음, 관세음! 북과 꽹과리 기묘한 합주 소리는 마치 대륙을 달리는 말발굽 소리와 같았다. 스님의 뒤를 따르는 동지들은 관세음 천하제일 고구려!를 연발하면서 전진해나갔다. 큰 오빠가 그 선봉에 있었다. 작은 오빠는 아버지를 보좌하면서 온갖 전술을 짰다. 그래서 그들의 부대를 '당취(黨聚)패'라 부르곤 했다. 스님의 범패 소리는 동지들의 사기를 북돋아주었다. 둥둥둥 북소리와 함께 나이나이나이 나~, 이이이이이이이~, 하는 고청과 연청이 허공을 가르면 동지들은 하늘을 찌를 듯, 단단하게 강하게 관세음을 연발하면서 전진을 했다. 그 누구도 그런 그들의 사기를 꺾을 수가 없었다. 범패 소리는 승리의 기운을 더욱 상승시켰다. 어쩌다 다소 밀린다 싶어도 다시 전열을 보듬어 다음 전투에서 대승을 할 수 있도록 돕는 원천이 되기도 했다. 범패 소리는 대륙을 달구는 혼의 소리였다. 북잡이가 쳐대는 북소리가 둥둥둥 울려 퍼지면, 아아아아아아아~ 하는 하청을 시작으로 해서, 중청, 상청, 대청, 고청, 연청의 울림이 허공에서 적들의 내장까지 들썩이게 했다. 고구려의 기상이 하늘에 닿아 만주를 지배하던 시절 그 벌판에서 죽어간 고구려 병사의 원혼을 부르는 귀혼가(歸魂歌)가 범패소리였다. 동지들이 모조리 범패 소리와 함께하여, 귀혼한 고구려 병사와 함께하여 그들 부대는 전투에서 패배하지 않았다. 인근의 적들과 마적패, 팔로군조차도 그들을 두려워했다.

고령의 스님이 더 이상 악기소리를 연주할 수 없어 몸져누웠을 때 벌어진 전투였다. 고구려 악기 소리가 사라진 전투, 그들 부대는 전멸을 하고 말았다. 스님의 연음 소리가 더 이상 흘러나오지 않자, 동지들은 우울했고, 홍이 나지 않았으며, 승리의 환호를 기대할 수도 없었다. 그들의 총구는 무기력했다. 그들의 사기와 전술은 엉망이 되었다. 동지들은 패퇴를 거듭한 끝에 대부분 죽거나, 부상을 당했다. 겨우 목숨을 부지한 채 주변 산으로 강으로 모두 달아나야만 했다. 돌이킬 수 없는 완전한 패배였다.

"사람 사냥꾼이라고들 하지만, 우리에겐 다른 방도가 없다고. 어머니가 있는 남부까지 가려면 두 달이나 걸어야 한다고, 강을 따라서 가려면 저 비리비리한 말들은 오히려 짐이 될 뿐이야. 저 따위 형편없는 몰골로 강물 속을 달리라고 할 수는 없잖아. 더군다나 김동지라는 놈이 우리를 배반한다면 내가 절대로 용서하지 않겠어. 나는 그를 단박에 때려눕힐 수가 있다고. 그 놈을 갈기갈기 찢어서 늑대 밥을 만들겠어."

어머니? 라는 말이 들렸을 때 아버지 어깨에 기대어 있던 그녀가 발딱 일어서면서 "엄마? 그럼 우리 모두 엄마한테로 가야 돼!" 라고 강하게 말했다. 순간 움찔하고는 주변을 둘러보았다. 다행이 주변엔 얌생이처럼 간사스럽게 생긴 식당 종업원이 바삐 오갈 뿐 객이 별로 없었다. "애야, 조용히 해야 한단다. 우리는 지금 아주 곤란한 지경에 처해있어."라고 아버지가 점잖게 말했을 때 지근거리에 있던 얍삽한 식당 종업원의 눈빛이 빛났다. 두 오빠들도 쉿! 하고 중지를 입술 가까이 붙였다. 셋은 눈치를 보면서 다시 막걸리 한 잔을 나누어 마셨다. 작은 오빠가 빈 주전자를 흔들면서 "여기 조선 막걸리 한 주전자 주소." 라고 얍삽하게 생긴 식당 종업원을 불렀다. 식당 종업원은 기다렸다는 듯 막걸리가 철철 넘치게 담긴 주전자를 이들 앞으로 내밀었다.

"앙증맞은 꼬마군요. 눈망울에 겁이 잔뜩 매달려 있군요. 하지만 애야 걱정할 것 없단다. 이곳엔 모두 조선인들뿐이라서 너를 해칠 사람은 없단다."

그녀가 동그란 눈을 살피며 말했다. 작은 오빠가 그런 식당 종업원을 불길한 눈으로 바라다봤다. 식당 앞 간대(簡臺)에 묶여 있는 보릿겨와 여물을 마음껏 씹고 있는 말들이 고개를 휘저어가면서 콧바람을 날리고 있었다. 등에 얹고 있는 안장이 거추장스러운지 자꾸만 몸을 털어댔다. 먼지가 분망하게 허공에서 떠돌았다. 굽갈이로 보이는 어떤 사내가 지나치면서 말들의 등을 토닥였다. 허리를 굽혀 부실한 말굽 상태를 살피면서 사내들 곁으로 다가와 "이 말편자로는 십리도 못갈 거외다." 하면서 말을 건네 왔다. 아버지는 고개를 주억거리면서 편자를 갈아달라고 부탁을 했다. 말편자를 교체하는 기술을 가진 사내는 매우 사나운 눈초리로 말의 굽을 살펴보았다.

그는 이 방면에는 최고의 기술자로 말굽의 상태로도 말이 어느 길로 걸어왔는지, 어느 고장의 흙이 말굽에 달라붙어 있는지, 더군다나 그 고장에서 무슨 일이 벌어졌는지, 왜놈들이 몇 명 죽어나갔는지, 아니면 마적패가 누구와 대판 붙었는지 한눈에 알 수 있는 사내였다. 그건 식당을 위시한 주변 고을 사람모두 다 인정하는 그 사내의 전문, 특기였다. 말발굽의 사내는 식탁의 사내들을 힐끔거리면서 발굽을 만지기 시작했다. 늦가을 햇살이 길게 드리운 나른한 오후에, 적막한 기운이 소도시 군데군데 추레한 건물들 사이로 화약 냄새처럼 연하게 떠돌고 있었다.

"연이를 찾아야 한다. 고향에 있는 덕이 아범 얼굴을 어찌 볼지 두렵구나. 더군다나 마동스님까지도 죽어 얼굴을 볼 수가 없을 것 같구나. 그 애가 죽지 않았다면 분명 북으로 올라갔을 것이다. 큰 애 말마따나 우리는 북으로 간다. 그곳에서 동지들을 규합해야 한다."

아쉬운 결정이었다. 남부에 있다는 엄마, 그녀는 아버지의 결정이 번복되지 않는다는 것을 알면서도 잠시 떼를 쓰듯 두 오빠를 바라봤다. 두 오빠들은 눈만 끔벅였을 뿐, 이렇다 할 응원의 신호를 보내지 못했다. 아버지는 체수는 작았지만 단호한 결단력으로 동지들을 이끌던 명장이었다. 그가 결정하는 일은 번복이 있을 수 없다는 것을 그녀도 잘 알고 있었다. 연이를 찾아야 한다는 것에는 그녀도 기꺼이 동의해야 했다. 연이는 그녀에게 같은 정서 속의 친구요, 언니요, 엄마였던 것이다. "엄마는 죽지만 않는다면 언젠가는 만나게 될 게다. 사람들은 핏줄이라는 끊어낼 수 없는 줄을 가슴 속에 항상 간직하고 있어서 그 줄이 어디에 있든 연결될 수 있도록 통로를 만들어 낸단다. 그 줄은 언젠가는 네 엄마에게 연결될 게다."하면서 다소 서글픈 눈으로 그녀를 바라봤다. 바람 한 점이 식탁 위로 싸늘하게 몰려왔다. 식탁 용기들이 잠시 달그락거렸다.

"이제 겨울인데 이 아이를 데리고 두 달을 어찌 걷겠느냐. 길에서 얼어 죽을 수도 있다. 북으로 가자!"

못을 치듯 말했다. 인생의 드라마는 언제나 결정을 뒤집는 순간에 펼쳐지는 것인가. 순간 어디선가 들려오는 희미한 말발굽 소리가 들려오기 시작했다. 작은 오빠가 방금 전까지 말발굽을 교체하고 있던 사내가 사라진 것을 확인하고는 "이런, 어쩐지 이상하더라니!" 하면서 자리를 박차고 일어났다. 점점 더 다가오는 말발굽소리에 세 사내의 눈빛이 급격히 어두워지고 있었다. 위험을 감지하는 능력이 탁월한 작은 오빠가 먼저 일어섰다. 뒤따라 태산처럼 커다란 큰 오빠도 일어섰다.

"아버님 북에서 뵙지요!"

하면서 후닥닥 오빠들이 일어서서 뒷문을 통해 빠른 걸음으로 내쳐 달려 나갔다. 식탁이 넘어지고 식탁 위에 각종 용기들이 오빠들의 발길에 채여 와르르 쏟아졌다. 아버지가 그녀를 안으려 했을 때는 이미 말발굽소리가 코앞에 다가와 있었다. 제복을 입은 험상궂은 사내들이 총을 뽑아들더니 순식간에 부녀를 에워쌌다. 아버지가 재빠르게 다른 손으로 품 속에 총을 꺼내려는 순간 제복의 사내가 말 위에서 방아쇠를 당겼다. 땅……, 그녀는 달려들 듯 아버지 품으로 숨어들었다. 아버지는 오빠들이 사라지고 난 후 그녀를 안으면서 무시무시한 총구에서 뿜어져 나오는 굉음과 함께 쓰러지고 말았다. 한 패의 무리들이 오빠들이 사라진 쪽을 향하더니, "나머지 놈들은 어디에 있어?" 라고 소리쳤다. 동시 우르르 달려 나갔다. 말안장에서 미끄러지듯 내려오면서 누군가 천천히 그러나 간결하게 말했다. "시간을 허비하지 말라고! 이 새끼만 잡으면 돼. 다른 놈들은 모조리 오합지졸이야!" 하며 득의양양 소리쳤다.

"이놈은 아주 거물이야. 천황의 군대, 군인들을 수백 명이나 죽인 악질이지. 이놈은 나에게 큰 선물이지. 본국으로 압송하게 될 게다."

얍삽하게 생긴 식당 종업원은 비굴한 얼굴로 제복의 사내에게 다가갔다. 제복의 사내는 구슬이 박힌 말 장화를 신고 있었고, 횡으로 긴 환도를 차고 있었다. 제복의 사내는 부리부리한 눈으로 "굵은 놈을 잡았어." 자신이 들고 있는 현상범 유인물과 아버지의 얼굴을 번갈아 쳐다봤다. 아버지는 바닥에 넘어져 계속해서 피를 뿜고 있었다. 제복의 사내는 넘어진 아버지의 귀에 큰 얼굴을 가까이 붙이고는 소리쳤다.

"아직 죽지 않았어. 얼른 호송하라고! 쉽게 죽이지는 말아야지. 놈의 머리통을 아주 서서히 바수어놓고 말겠어."

순간 아버지 품속의 그녀와 눈을 마주치면서 신기한 듯 "아니 아이는 도대체 누구야?" 재차 버럭 소리쳤다. 그녀는 입술이 새파랗게 질려 온몸이 부수어질 것처럼 덜덜 떨고 있었다. 제복의 사내가 그런 그녀를 내려다보면서 다시 말했다.

"이 병아리 같은 계집애는 도대체 누구지?"

"나으리, 제가 말굽이에게 얼른 나리께 신고하라고 했습니다. 제발 이 계집아이는 저에게 포상으로 주십시오."

제복의 사내 옆에서 머리를 조아리고 있던 식당의 얍삽한 종업원이 비굴한 어투로 애원하듯 말했다.

"오호라, 아직 여물지도 않은 계집을 뭐에 쓰려고 그러나?"

"소여물을 잘 쑬 거 같습니다."

"소여물이라……, 하하하. 영특하게 생긴 아이라네. 내가 보기에도 이 어린 계집은 보통 눈을 가지고 있는 게 아니야."

곧이어 뒤처져 있던 제복 입은 사내들이 기다렸다는 듯 우르르 달려들어 아버지에게서 그녀를 떼어냈다. 그녀는 죽을 힘을 다해 아버지를 움켜잡았다. 하지만 제복의 사내들은 너무도 간단하게 그녀를 떼어내고 말았다. 그녀의 큰 눈에서는 눈물이 왈칵왈칵 아버지의 심장에서 솟는 피처럼 쏟아졌다.

"어차피 거추장스럽기만 할 테니, 자네가 알아서 하도록 해."

"감사합니다, 나으리. 나으리 같은 천황의 군대, 천군이 있는 한 모든 전쟁에서 큰 승리를 거둘 것입니다."

식당의 얍삽한 종업원은 연방 고개를 조아렸다. 가을 햇살은 여전히 정겹게 도시의 군상들 곁으로 서서히 몸을 뉘이고 있었다. 형언할 수 없는 슬픔이 가슴을 도려내는 듯했다. 아버지는 무언가 계속 말을 하려 했으나, 그녀를 붙들려 했으나, 제복의 사내가 말장화로 목을 꾹 누르는 바람에 컥컥하는 거친 숨소리만 낼 뿐이었다. 피가 홍건하게 바닥을 적셨다. 그녀는 아버지에게 다가가려 했으나 얍삽한 식당 종업원의 강한 제지 때문에 도저히 다가갈 수 없었다. 눈물은 볼을 타고 계속 주룩주룩 흘렀다. 식당의 얍삽한 종업원은 제복의 사내들이 아버지를 둘러메고 떠난 후 그녀를 향해 음흉한 미소를 지었다.

"늙은이는 곧 죽을 거야. 저들은 네가 생각하는 것보다 훨씬 잔인한 사람들이란다. 그러니 잊어야 한다. 이제 네 주인은 나란다. 너는 나에게 돈을 벌어줘야 한단다. 그리고 많은 물을 마셔야 할 거야."

그녀의 나이 일곱 살에 일어난 일이었다. 그녀는 실제

로 그 후 엄청난 양의 물을 마셔야 했다. 그녀의 배는 항상 물로 가득해서 출렁거렸다. 얍삽한 식당 종업원이 그녀에게 시킨 일은 바로 오줌 누는 일이었다. 새장처럼 허공에 붕 띄워놓고 그 안에서 오줌을 누게 하는 일이었다. 발가벗겨진 채 식당 근처 유곽에서 드나드는 사내들의 눈높이만큼 천장에 매달려, 바들바들 떨면서 오줌을 누었다. 유곽의 사내들은 신기한 새를 보듯이 그녀의 그곳에서 오줌이 흘러나오는 것을 낄낄거리면서 쳐다보았다. 그리고는 새장 틀 옆에 달라붙어 있는 주머니에 잔돈을 던져 넣었다. 잔돈이 수북하게 쌓이면 얍삽한 식당 종업원 사내가 만개한 웃음을 머금고 그녀에게 모이만큼 음식을 밀어 넣어주곤 했다. 만취한 사내들은 간혹 그녀의 그곳에 꼬챙이 같은 것도 쿡 찔러 넣어 보기도 하고, 손가락으로 벌려보기도 했다. 도무지 신기해 죽겠다는 듯 마구 웃는 유곽의 여급들도 몇 있었으나, 대개의 기생들은 혀를 차면서 그녀에게 동정의 눈길을 던지곤 했다. 그런 기생 가운데 눈이 움푹 들어간 기생이 있었는데, 그녀는 매번, 그녀에게 다가와 "조금만 참아, 곧 훨훨 날아갈 때가 있을 거야." 라면서 자신이 먹던 음식을 나누어 주곤 했다. 그녀는 수치스러운 마음에 눈을 감아야 했고, 오줌을 누기 위해 힘을 쥐야 했다. "얼른 싸라고, 싸란 말이야!" 도저히 오줌이 나오지 않을 때는 취객이 그녀의 엉덩이를 마구 때리기도 했다.

엉덩이는 늘 칼자국 같은 흉이 가득했다. 그러면 얍삽
한 식당 종업원은 "아이고 손님 귀한 물건이에요. 험하
게 다루지 마세요. 물 값을 줘야지 오줌을 누지요." 하면
서 더 많은 돈을 받아 챙기곤 했다. 그녀는 그 안에서 손
님이 뜸한 시간을 이용해 잠을 잤다. 그곳에서 얍삽한 종
업원이 던져주는 새 모이처럼 조를 받아먹어야 했으며,
대변을 참지 못하면 일을 치르기도 했다. 고약한 냄새가
심하게 새장과 주변을 더럽혔으나 유곽을 드나드는 손님
들은 오히려 그런 장면에 더욱 많은 돈을 지불하였다. 그
녀의 그곳은 자주 헐어서 피가 비치기도 했고, 오줌을 누
다 지독한 통증에 시달리기도 했다. 그러면 식당의 얍삽
한 종업원은 그녀의 팔뚝에 주사를 꽂기도 했다. 정신이
희미해지는 그런 주사였다. 나중에는 그녀 스스로 주사
를 찾기도 했다. 수치심이 다소 반감되고, 잠시라도 고통
을 잊을 수 있었다. 그러면 식당의 얍삽한 종업원은 "오
줌을 누면 주사를 맞을 수 있단다." 라고 말하고는 세 번
만 네 번만 하면서 오줌 누기를 강요했다.

달포 한 번쯤은 얍삽한 식당 종업원 사내가 그녀를 데
리고 자신의 집으로 갔다. 후미진 골목 허름한 판잣집이
었다. 마루판이 들썩댔다. 그곳에서도 그녀는 오줌을 싸
야 했다. 그녀가 오줌 싸는 장면을 바라보면서 식당 종업
원 사내는 자신의 물건을 꺼내놓고 비벼대기도 했고, 마
구 흔들어대기도 했다.

"아직 여물지 않았구나." 하며 자신의 것에서 흘러나온 노릿한 액체를 천으로 닦아 내기도 했다. 그는 늘 비굴한 얼굴로 야비한 말투로 말했다.

"이제 조금만 참으면 너도 여자가 될 거야. 그 때는 더 많은 물을 마셔야 하겠지."·

암울한 시대가 끝나기 며칠 전까지 그녀가 한 일은 오로지 오줌 누는 일이었다. 작은 오빠가 식당의 얍삽한 종업원의 목에 칼을 꽂고 그녀를 새장에서 꺼내주기까지 그녀는 말을 잊었고, 가족을 잊었으며, 또한 지독한 고통을 잊어야 했다. 작은 오빠는 몸 안의 모든 수분을 빼내 옥수숫대처럼 바짝 말라비틀어진 그녀를 붙들고 덜덜 떨면서 오열했다.

"옥화야, 옥화야! 정말 미안해."

그녀는 작은 오빠의 목을 끌어안으면서 의연하게 말했다.

"슬프지 않아. 이렇게 나는 버젓이 살아있으니까."

사람들은 핏줄이라는 끊어낼 수 없는 줄을 가슴 속에 간직하고 있다는 말, 그래서 죽지만 않는다면 언젠가는 다 만나게 되어 있다는 말, 아버지의 마지막 말을 떠올렸다. 작은 오빠는 큰 오빠도, 아버지도 이미 죽었을 거라고 말했다. 하지만 그녀는 완강하고 단호하게 말했다,

"아니, 절대로 죽지 않았어!"

주사를 맞으면서도, 지독하게 고통스러운 오줌을 누면서도 절대로 잊지 않았던 가족, 아버지! 죽지만 말기를

간절히 기도했다. 그녀가 작은 오빠를 만났을 때, 그녀는 죽지 않은 것이 자신의 인생 중 제일 잘한 일이라고 생각했다. 그리고는 아버지의 오래된 집으로 데려다 달라고 말하면서 작은 오빠의 품속에 깊게 쓰러졌다고 한다. 며칠 뒤 암울한 시대가 끝났다. 그녀는 정부에서 요직을 맡아달라는 고국의 부름을 받은 작은 오빠와 함께 배를 타고 아버지의 집으로 돌아왔다.

그녀의 이야기는 이처럼 무한정 그립고, 슬프고, 고통스러운 이야기가 대부분이었다. 만주에서 헤어진 아버지를 향한 그리움, 중국 남부지방에 있었다는 엄마를 향한 그리움, 그리고 전쟁터에서 자신을 친 자매처럼 챙겨주었다는 연이 언니를 향한 그리움, 자신이 아버지의 집을 지키고 있으면 언젠가는 다 만나게 되어 있다고 했다. 그것이 인간의 가슴 속에 간직된 핏줄의 성격이라고 말하면서 "승규야, 너도 언젠가는 네가 원하는 사람을 만나게 될 거야." 라고 말하곤 했다.

내가 원하는 사람, 당연히 엄마였다. 나는 그녀에게 엄마라고 외치고 싶었으나 염치없는 말이었다. 머뭇거리다 그녀의 눈만 가만히 바라봤다. 우리의 밀회(?)는 언제나 그녀가 나를 가슴에 포옥 안아주는 것으로 끝났다. 나는 뭉클하게 전해오는 그녀의 가슴 속 온기에 갇혀 가만가만 눈물만 흘렸다. 먼동이 부옇게 떠오르는 것조차 슬프게만 느껴지는 새벽이었다. 그녀가 절대 여자일 수 없는 이유, 그랬다. 그녀는 대류의 바람 속에서 남자로 변한 전환자였다. 성 정체성 따위로 매도할 수 없는 분명한 남녀 구분 없는 상태, 얍삽한 식당 종업원이 되돌리려 했던 여자라는 상품은 이미 과거 속에 꼭꼭 담아두어야 하는 폐기될 상자에 지나지 않았다. 어느 순간 눈이 멀면서 잊어야 하는 상자는 절대로 열어보지 말아야 할 삶의 이력일 뿐이었다. 눈이 먼다는 것은 그래서 그녀에게 다른 이미지의 세상을 만들어가고 있을 따름이다.

금주

밥 짓는 냄새와 굴뚝에서 솟아나는 연기까지 같은 방
향으로 솔솔 피어오르던 금주네 집과 우리 외갓집, 이웃
사촌의 정겨움이 진하게 묻어나는 이른 아침은 병암산의
갈라진 암벽 풍경과 함께 수채화 한 폭이었다. 안천으로
부터 밀려오는 수연(水煙)은 푸른 대나무 밭의 바람에
휩쓸리면서 부수어지고 축축해지곤 했다. 눈매가 서글
서글한 느티나무 아래서 두 집의 지붕은 미투리 같은 짚
을 뒤집어쓰고 닭 울음 소리가 양쪽 집에서 동시다발적
으로 들렸다. 나는 잠에 취한 멍한 눈을 비비면서 오줌보
가 터질 것 같은 요의를 느끼고는 뒤란 텃밭으로 달려 나
갔다. 곧이어 할머니의 요강부시는 소리, 아버지의 마른
기침과 함께 장작 패는 소리, 그리고 산새들이 지저귀는
소리, 상큼 발랄한 아침의 전령들이 어둠 속에 가려졌다
가 하나 둘 풍경이 되어 눈을 크게 떴다.

이른 아침 텃밭엔 금주가 언제나 나보다 먼저였다. 금
주가 이른 아침 퉁퉁 불어터진 불알을 감싸 쥐고 뒤란 텃
밭부터 찾는 나의 모습을 보고는 깔깔거리며 놀렸다. 금

주는 자기네 텃밭에 주저앉아 볼일을 봤다. 나는 우리 쪽 텃밭에서 볼일을 봤다. 금주의 오줌 소리는 내가 볼일을 보는 곳까지 아주 세차게 들렸으나 금주는 아무렇지도 않은 듯 늘 그런 식으로 볼일을 봤다. 나는 매번 보지 않으려고 뒤돌아섰다. 금주는 아무렇지 않은 듯 내 것을 보기 위해 달려왔다. 금주를 피해 나는 할 수 없이 바지를 내린 채 잔여분의 오줌을 누기 위해 조금 엉거주춤한 자세로 뒤란 밭 안쪽으로 걸어갔다.

"깔깔깔……"

우라질! 얼굴이 빨개지는 쪽은 언제나 내 쪽이었다. 내고추가 즐겁게 했는지 몰라도 금주는 새벽이든 저녁이든, 언제나 명랑했다. 금주의 얼굴은 '찡그림' 없는 '해맑음'이었다. 이에 반해 나는 대부분 우울한 상태였다. 말더듬이라는 자격지심 때문이었다. 아버지가 알려준 대로 심호흡을 하고 크게 말하려고 해도 도무지 첫마디부터 말문이 막히는 데는 어쩔 도리가 없었다.

"저……정……마……그……러……마."

"정말 그러지 말라고? 입속에 장구벌레가 들어갔니. 아니면 파리 새끼가 들어앉았니. 왜 앵앵거리는 거야. 깔깔깔."

작신 패주고 싶었어도 다짜고짜 상대방을 팰 수는 없었다. 네가 어떤 식의 잘못을 했기에, 맞아야 할 짓을 했기에 응징하는 것이라고 설명해야 하는데, 설명이 안 되

112

는 것이었다. 맞을 금주도 아니지만 말이다.

　뒤란의 텃밭에서 이른 아침마다 마주치는 금주, 한바탕 나를 골려먹고는 엄마! 하면서 제 집으로 들어갔다. 그런 금주와 반대로 다소 우울한 사람은 바로 금주의 엄마였다. 외할머니 말에 의하면 엄마가 나를 낳다 과다출혈로 돌아가신 후 금주 엄마의 젖을 나누어 먹었다고 한다. 그러니 금주 엄마는 나에겐 '젖어멈'이었다. 금주가 나를 놀려도 좀 참아야 한다고, 젖을 빼앗겨서 그런 것이라고, 외할머니는 늘 부채를 갚아야 하는 빚쟁이처럼 말하곤 했다.

　나의 젖어멈 금주 엄마, 하지만 나는 그녀의 이름도 나이도 잘 몰랐다. 내가 세차게 빨아댔을 젖 모양도 생각나질 않는다. 그 품이 어땠는지, 포근했는지, 무덤덤했는지, 젖꼭지가 함몰이었는지, 아무 것도 모르는 무덤덤한 사이였다. 금주 엄마 역시 나에 대하여 애정이 담긴 눈길을 보낸 적은 없었다. 단지 오가는 길에 눈인사 하는 정도였다. 나처럼 말을 더듬거나 벙어리라고 착각할 만큼 말이 없는 사람이었다. 아주 가끔 송씨네 외갓집과 구조가 똑같은 대청마루에 앉아서, 금주의 머리를 참빗으로 빗어주면서 서캐를 잡거나, 툭툭 떨어지는 이를 손톱으로 쿡 눌러 잡아주거나, 금주의 옷 솔기를 찬찬히 더듬어 침을 발라가며 벼룩이나 빈대를 잡아주는 모습을 목격하곤 했지만 특징적인 점은 없었다. 시골 아낙답지 않게 다소 야위고 피부색이 창백했다는 점을 빼고는, 사실 그 점도 서울에서 살다왔으니 그런 것이라 생각했다.

금주에게는 나와 반대로 아버지가 없었다. 언제부터였는지 나는 금주의 아버지를 본 적이 없었다. 금주는 자랑스럽게 "우리 아빠는 서울에 살아."라고 말하곤 했다. 거짓말이었다. 금주나 나나 서울이 어느 구석에 붙어있는지조차도 몰랐다. 기껏해야 읍내 장에만 따라가도 눈이 휘둥그레지곤 했는데, 서울이라니, 기차도 한번 못타본 주제가 금주와 나였다. 금주의 아버지가 금주를 만나러 오거나 우리 동네에서 금주의 아버지를 봤다는 사람은 없었다. 동네 아이들은 모두 금주는 아버지가 없다는 사실을 알았다. 하지만 이상하게 그 사실을 정확하게 캐묻는 아이는 없었다. 금주 앞에서 아버지 이야기를 하는 것은 금지된, 어느 순간 그렇게 되어 버렸다. 더군다나 수상한 점은 바로 금주가 외할아버지 성을 이어받았다는 점이다. 송금주 아닌가. 금주 엄마도 분명 송씨였을 터이고, 콩가루 집안이라고, 외할머니가 일갈했던 내막엔 무언가가 분명히 있었지만 그런 내막을 추적하기에는 내 성격이 너무 조심성이 많았다. 이 세상을 이해하기란 지금도 마찬가지지만 너무 어렵기만 하다.

서울할머니라고 불렀던 금주의 외할머니는 사실은 서울 사람은 아니었다. 외할머니가 드문드문 던지는 말을 조합해보면 소위 말하는 도시에 식모살이 갔다가 돌아온

터라 동네사람들 모두가 막연히 '서울할머니' 라고 불렀
다. 아무리 식모살이라도 도시의 물을 먹지 않았는가. 감
히 동네 사람 그 누가 '서울' 이라는 곳을 상상이나 했겠
나. 전차도 다니고, 극장이라는 곳이 있어 활동사진도 마
음대로 볼 수 있고, 장터에는 사람들의 발길로 미어터지
고, 눈 감으면 바로 코를 베어간다고 하질 않는가. 서울
사람들은 잠을 자면서도 눈을 뜨고 잔다고, 소처럼 논을
갈고, 피를 솎아내고, 병암산에 화전을 일구고, 막걸리
한 잔 마시고 잠들면 천국이라고 생각하는 순박한 사람
들이 감히 서울을, 그건 상상하는 마음만으로도 큰 죄를
짓는 일이다.

외할머니는 사람 달라지는 것은 시간문제라고 했다.
도시 물 좀 먹고 왔다고 입성도 달라졌고, 먹성도 달라졌
다고, 얼굴빛도 달라져서 동백기름을 바른 화냥년 같이
하고 돌아왔다고, 더군다나 하루 내내 거울을 꺼내놓고
분가루를 토닥이느라 뒤란 텃밭에 잡초가 숲을 이뤄도
밭일은 고사하고 아궁이에 불조차 때는 것조차 본 적이
없다고 투덜대곤 했었다. 모든 집안일은 송씨 아저씨의
몫이었다. 나무를 하고, 장작을 패고, 텃밭을 일구
고……, 사실 금주네는 논 다섯 마지기와 밭 그리고 종산
(宗山)까지 있었던 우리 외갓집과는 다르게 논 한 마지
기 없었고, 밭 한 자락 없어 농사일은 그리 많지 않았다.
그런데 사는 형편은 외갓집보다 나으면 나았지 부족한

편은 아니었다. 부잣집의 상징인 금성사 라디오가 있었다. 이밥을 대놓고 먹었으며, 가끔 고기 굽는 냄새도 솔솔 풍겨왔다. 아무리 아래윗집 이웃사촌이라고는 하나 뒤란 텃밭의 채소 외에는 고기라든지 이밥, 좋은 먹을거리를 우리에게 나누어주는 적은 없었다. 나는 침을 꼴딱거리면서 아버지에게 고기 타령을 늘어놓다가 매타령을 당하곤 했었다. 아버지 역시 침 넘기는 소리가 가득했지만 막걸리 한 잔이면 망각의 천재가 되는 아버지라서 죽어라 막걸리를 들이붓곤 일찍 쓰러져 잠이 들곤 했다.

들리는 말로는 금주 외할머니가 도시에 식모살이 가서 많은 돈을 벌어와 사는 형편이 그만한 것이라고는 했다. 하지만 외할머니는 샘이 나서 그랬는지 그 말을 곧이듣지 않았다. 내 앞에서는 늘 쉬쉬 했지만 외할머니는 금주 외할머니에 대한 제법 믿을만한 정보를 가지고 있는 듯했다.

금주는 늘 웃고, 금주 엄마는 늘 우울하고, 금주 외할머니, 즉 서울할머니는 늘 얼굴을 가꾸고, 좋은 옷을 입었으며, 송씨 아저씨는 늘 죽도록 일을 하고, 막걸리 역시 늘 곤죽이 되도록 마셨다.

아주 우연치 않은 기회였다. 금주, 금주 엄마, 나, 아버지 이렇게 넷이 삼십리 거리에 있는 읍내 장터에서 뜻밖에 마주치는 일이 있었다. 곧 초등학교 입학을 앞둔 금주와 나 때문이었다. 아버지는 장에 당도하자마자 무슨 마음을 먹었는지 신발 가게부터 들러 검은 운동화 한 켤레를 사주었다. 고무신만 신다 처음 신어본 운동화는 감촉이 그만이었다. 발바닥은 요람을 걷는 것처럼 푹신푹신했다. 아버지는 앞코를 계속 눌러가면서 "너도 곧 크게 될 거다." 약간 큰 것을 골라야 한다고 했다. 아버지는 운동화 이외에도 공책, 가방, 잡다한 용품, 학교 생활하기에 필요한 기본 용품들을 장터 이곳저곳을 돌아다니면서 구입했다. 눈이 휘둥그레질 정도로 마냥 신기한 장터였다. 차일을 길게 뒤집어쓴 장터는 소란스러웠고, 분망했다. 장사꾼들의 고함소리와 장마당에 펼쳐놓은 닭, 개, 오리 짐승들…… 어전(魚廛)을 지나자 코를 찌르는 비린내에 저절로 재채기가 터졌다. 토끼나 오소리, 삵등 짐승 등의 가죽을 벗겨 말리고 있는 육점(肉店)을 지나자 포목점이 즐비하게 늘어서서 청실홍실 눈을 밝혔다. 늦겨울의 적나라함, 엿장수의 엿가락 소리가 흥에 겨웠다. 각설이들이 타령을 흥겹게 늘어놓으면서 우르르 우리 곁을 스쳤다.

"하늘천지 기운 몰아! 장마당의 장사치들, 일 년 삼백육십오일, 일월 복을 성취하고 만복을 주시옵소서."

북소리가 둥둥 둥기둥둥 둥둥 이어졌다. 각설이들이 어깨춤을 덩실덩실 추었다. 지나가던 인파는 잠시 멈추어 서서 각설이들과 어깨춤을 추웠다.

"얼씨구 얼라리아, 얼씨구 얼라리아."

윷판의 노름꾼들이 됫박 막걸리를 내걸고는 모다, 윷이다 하는 내기 소리도 정겨웠다. 장마당은 군데군데 잔설이 녹으면서 질척거렸다. 해는 어느새 혀를 길게 빼고 장터 구석구석을 알뜰하게 핥고 있었다. 입구로부터 길게 늘어선 농악패들은 막 끝난 대보름의 여운을 더 즐기려고 그랬는지 꽹과리를 울려대거나 상모를 돌리면서 장마당을 빙빙 돌아치고 있었다. 꼬맹이들은 그런 놀이패들을 따라 길게 줄을 늘였다 좁였다 하면서 뒤를 따랐다. 점방 벽마다 '쥐를 잡자', '간첩신고는 112' 따위의 표어들이 누런 이빨과 빨간색 동공이 되어 아버지와 나를 주시하였다. 그 틈으로 선거 포스터가 덕지덕지 색이 바랜 채 누릿하게 달라붙어 있는 대장간 앞에서 아버지가 멈칫했다. 허리를 가득 굽힌 채 한참이나 연장들을 고르기 시작했다. 나도 무심결에 아버지 옆에 나란히 붙어서 호미, 낫, 괭이, 삽, 톱, 정…… 따위를 쳐다보았다. 풍구를 밀어대자 연장 통구에서는 연신 불꽃이 확확 일어나고 주변으로 정을 벼리는지 치이익 하는 소리가 이어졌다. 대장장이의 굵은 팔뚝은 쇳조각을 탕탕 내려치느라 힘이 들었는지 땀방울이 툭툭 떨어졌다.

"승규야, 너 할아버지가 뭐하시던 분인지 아니?"

"네? 외……외……할……아……버……지?"

"아니. 친할아버지 말이야."

118

친할아버지, 즉 아버지의 아버지? 그러고 보니 친가 쪽 식구들에 대한 이야기는 단 한 번도 들어본 바가 없다는 사실을 그제야 알았다. 사실 친가, 외가 이런 개념이 머릿속에는 별 의미가 없는 나이 탓이기도 했다. 아버지는 한참을 뜸을 들이더니 온갖 것을 뒤적인 끝에 겨우 호미 하나를 골랐다.

"이 호미, 외할머니가 좋아하시겠다."

자신이 고른 호미가 마음에 드는지 이리저리 살펴보았다. 투박하게 만들었지만 끝이 날렵해서 아버지 말마따나 '흙보다 무르지 않은 호미'는 외할머니가 좋아할만한 것이었다. 외할머니는 무조건 강한 것만 좋아하시니까. 무조건 힘이 세야 했다. 아버지가 허리를 일으켜 세우고 대장장이에게 셈을 치르면서 무언가 질문을 던졌다. 대장장이는 궤에 돈을 툭 던져놓고 "바늘처럼 날카롭고, 바위처럼 단단한 철길을 뜯어낸 쇠붙이올시다." 하면서 무심하게 답했다. 아마도 제품에 대한 단단한 약속을 받아두려고 아버지가 이것저것 물었던 모양이다. 예나 지금이나 조심성 많은 아버지였다.

"네 할아버지는 말이야. 대장장이였단다. 기골이 장대했었지. 저쪽 땅에 계신단다. 휴, 그러게 왜 나만 혼자 월남했는지 모르겠구나. 일가 하나 없는 절벽같은 이곳에서 느의 외할아버지가 나를 받아주었지."

비좁은 장터 골목을 따라서 느릿느릿 걸으면서 아버지

는 계속 말을 이었다.

"먹을 게 없었어. 도시에서 비럭질하다가 떠밀리고 떠밀려서 산판 일 따라서 이곳까지 오게 되었는데, 산판이 끝나고도 이곳에서 이집 저집 떠돌면서 한 동안 남의 집 살이를 했지. 그러다 느의 외할아버지를 만났단다."

처음 듣는 아버지의 가족사였다. 나는 갑자기 핏줄, 혹은 죽지 않으면 언젠가는 만나게 된다는, 무당집의 그녀를 떠올리면서 아버지의 얼굴을 유심히 바라보았다. 수염이 듬성듬성 턱 주변으로 마치 바늘로 아무렇게나 집어놓은 듯 태만하게 나있었다. 머리칼은 부스스해 삶의 노곤한 흔적이 가득했다. 깊은 듯 던지는 시선도 유난히 서먹해보였다. 마치 다른 사람을 보는 듯 생경했다.

북녘의 산골마을, 너른 야산을 중심으로 드문드문 집이 자리하고 있던 동네에서 아버지는 열한 살 무렵까지 살았다고 했다. 밑으로 두 동생이 있었는데, 모두 여자 동생이었다. 그 중 하나는 병치레가 하도 심해 명이 짧아질 것을 염려한 할머니가 약사여래보살을 모시던 근처 절에 맡겼다고 했다. 음력설이나, 추석에 가끔 내려왔는데 얼굴도 예쁘고, 절에서 불학을 공부해서 그런지 글도 잘 읽었으며, 어쩌다 스님에게 배운 북도, 장고도, 꽹과리도 곧잘 쳤다. 그래서 동네 어른들의 귀여움을 독차지했다고 한다. 할아버지는 기골이 장대했다. 근력이 남달라 인근에서 대장장이로 호명하면 둘째가라면 서러워할

정도로 연장을 잘 만들었다. 일감이 늘 밀려 있어 먹고사
는 것은 크게 구애받지 않았다고, 보통 인부를 너댓명을
대야 하루 일감을 끝낼 수 있었다. 아침부터 대장장이들
이 연장 다듬는 소리가 동네 마당을 뚱땅, 뚱땅, 울려대
고, 석공들이 길게 줄을 지어 정을 벼리거나, 망치를 만
들거나, 편자나 칼 따위를 다듬는 소리가 마을을 깨웠다
고 한다.

　어느새 우리 둘은 장터 끝 골목에 다다랐다. 각종 먹을
거리가 전을 펼쳐놓은 골목이었다. 해물 지짐, 양지머리,
돼지 머리 고기, 됫박 술을 파는 선술집, 국수를 말아 파
는 점방, 만두, 주로 밀것과 술안주 꺼리를 펼쳐놓은 점
방을 지나 끝 쪽의 순댓국집으로 들어섰다. 문을 열자 기
름진 냄새가 화차의 화통처럼 휩쓸려 나왔다. 아버지와
나는 비어있는 허름한 탁자를 겨우 찾아내 앉았다. 투박
스럽기만 한 나무의자는 몸이 흔들리는 대로 자지러지는
소리를 냈다. 제멋대로 찌그러진 막걸리 주전자가 아버
지와 나 사이에 놓이고, 곧이어 김이 풀풀 쏟아지는 순댓
국과 머리 고기가 탁자의 중심에서 허기진 뱃속을 자극
하였다. 순댓국집은 파장 무렵이라 그런지 장마감을 끝
낸 장꾼들이 몰려들면서 북적거렸다. 주방 쪽으로는 길
게 늘어놓은, 같은 모양 같은 크기의 주전자들이 가득했
다. 세상에서 가장 못난이 주전자들이 모여 있는 곳이었
다. 그런 주방 옆으로는 초로의 노인 몇이 앉아서 화투판

을 펼쳐놓고 있었고, 그들 주변으로 와자지껄하는 웃음소리와 함성소리, 탄성소리와 함께 담배 연기가 몰려다니고 있었다.

"대장장이는 절대로 탄불을 꺼트려서는 안 된단다, 정을 벼릴 때도 심(沈)이 먹는 것을 유심히 지켜봐야 하고……."

아버지는 순댓국에 새우젓을 풀더니 그 중 고기 한 점을 건져내 나의 입 속에 넣어주었다. 부자연스럽지만 처음 느낀 아버지의 친근함, 가슴과 얼굴색이 왜 이리 어색하게 구는지 나는 아버지가 넣어준 고기를 씹으면서 쑥스러운 미소를 지었다.

"사내자식이 계집애처럼…… 웃으려면 크게 웃어야지…… 좋으냐? 아버지랑 이렇게 둘이서 장에 나오니 좋으냐?"

나를 고개를 주억거렸다. 두말하면 입이 아플 정도로 당연히 좋았다. 어쩌다 외할머니와 함께 장을 보긴 했어도 아버지와 단 둘이서 이렇게 장마실을 나온 것은 처음이었다. 외할머니와 아버지의 장마실은 다른 차원이었다. 외할머니는 주로 병암산에서 나는 것을 내다팔기 위해 장을 드나들었다. 나는 온종일 할머니 뒷전에서 외할머니의 넓은 등판만 바라 봐야 했다. 외할머니는 길 잃어버린다고 장 구경 나서는 것도 한사코 만류하였다. 이와 반대로 아버지는 무언가를 구입하기 위해 나온 길이었다. 외할머니는 물건을 팔아야 하는 입장의 '을'이고, 아버지는 물건을 사야하는 '갑'인 장보기였다. 외할머니가 을이 되어서 하루 종일 푸성귀 전을 펼쳐놓고 손님을 불러 모으는데 몰두하는 반면 아버지는 하루 종일 갑이 되어서 성에 차지 않는 물건을 흥정하는데 몰두한 것 자체가 달랐다. 아버지는 한동안 말없이, 무슨 생각을 하는지 막걸리 잔만 기울였다. 얼굴은 점점 동안 피부처럼 발그레해졌다. 한 잔 두 잔 그러다 문득 "네 놈이 따라봐라." 하면서 나에게 주전자를 불쑥 밀었다.

부들부들 떨면서 막 아버지 술잔에 주전자를 들어 막걸리를 붓고 있는데, "승규야!" 하면서 누군가 등을 쳤다. 퍼뜩 놀라 뒤돌아보니 바로 금주와 금주 엄마가 내 뒤에 나란히 서 있었다. 아버지도 창졸 간에 뜻밖이라는 듯 두 사람을 알아보고는 마시던 술잔을 내려놓았다. 금주 엄마에게 눈인사를 건네는 것 같기도 하고, 아닌 것 같기도 한 엉거주춤한 상태로 알은 체를 했다. 아무리 어색해도 아래윗집에 사는 이웃사촌인데, 더군다나 나의 '젖어멈'이라는데 아버지가 안면 깐다는 건 아무래도 예의가 아니었다. 아버지는 늘 나에게 동네 사람들에게 인사 잘해야 한다는 말을 입에 달고 살았다. 인생의 지침이나 되는 양 인사의 중요성을 말하지 않았나. 안 그러면 동네 사람들이 어미 없는 자식이라는 욕을 한다고 했다. 사실 엄마가 없는 건 맞는 말인데! 없는 걸 없다고 하면

욕먹는 일인가 하는 하등의 불필요한 생각을 하다가, 지침을 어기겠다는 반항으로 비추어지는 바람에 꿀밤만 들입다 얻어맞았었다. 인사를 잘해야 한다! 하고, 꿀밤을 먹이고, 엄마가 없는 것 하고, 연관성을 따져보던 중에 생각이 깊어지자 재차 꿀밤을 얻어맞고, 아버지 얼굴에 먹칠하지 말고! 하면서 또 한 차례 꿀밤 세례, 그래서 말보다는 행동이 편한 나는 고민하지 않고 간단한 목례로 금주 엄마에게 인사를 했다.

"승규 아버지 장에 나오셨어요."

나의 인사를 받은 금주 엄마의 목소리가 불현 듯 튀어나오자 아버지가 엉거주춤 일어서더니 "아……, 예……, 예……. 출출해서요." 더듬거리다가 "앉으시죠." 하는 것이었다. 금주 엄마는 다소 민망한 듯했다.

"아닙니다. 저쪽에 가서 앉을 랍니다."

하지만 북적거리는 순댓국집에 빈자리는 없었다. 더군다나 금주가 어느새 바로 내 옆에 찰싹 달라붙더니 "맛있겠다." 하면서 무턱대고 앉아버리는 게 아닌가. 그래서 앉을 수밖에 없는 상황이 되었다.

"애 학교 가는 것 때문에……."

아버지는 누가 묻지도 않은 말을 재차 더듬거렸다. 금주도 학용품을 구입했는지 꾸러미를 옆으로 치우면서 내 옆으로 바짝 다가섰다. 가죽으로 만든 것 같은 멜빵 가방이 무척 단단해 보였다. 어쩔 수 없이 우리 넷은 어색했지만 한 자리에 앉았다. 우라질, 금주는 옆에 앉아서도 나와 아버지의 동의도 없이 순댓국에서 고기를 건져내 떠먹기 시작했다.

"올머리고개를 넘으려면 뱃속이 든든해야 하는데 한 잔 하실랍니까?"

민망한 상황을 벗어나기 위한 아버지의 상투적인 예의였을 것이다. 술잔조차 밀지 않은 상태로 던진 말이었다. 다음 장면은 분명, 아닙니다. 저는 순댓국에 밥이나 말아 먹고 일어 서렵니다. 하는 정도를 예상했다. 그런데 정말 의외로 금주 엄마가 자연스럽게 막걸리 잔을 자신의 자리 앞으로 끌어와 받아 쥐는 게 아닌가. 나도 금주도 의아한 눈빛을 던지면서 바라봤는데 어른들의 문제였다.

우리는 우리의 할 일, 부지런히 순대와 고기만 건져내 경쟁하듯이 입속에 밀어 넣기에 바빴다. 새우젓에 찍어 먹는 머리 고기가 입안에서 살살 녹는데 반해버려 어른들 문제에 참견할 틈이 없었다. 얼마간 그렇게 허겁지겁 입속에 쑤셔 넣었는지, 배가 올챙이배가 돼서야 나와 금주의 젓가락질은 멈추어졌다. 금주 엄마와 아버지는 그 사이에 주거나 받거니 하면서 막걸리 잔을 비웠다. 무슨 이야기를 나누었는지, 아니면 오로지 막걸리 잔만 들었다 놨다 했는지 기억나지 않는다. 하오의 햇살은 길게 넘어져서 점점 그늘을 만들고 있었다. 그 틈에 삐져나온 햇살 몇 무더기가 바닥에 엎드려 순댓국 집 유리문 앞에서 호시탐탐 가게 안으로 스며들 기회만 엿보고 있었다. 금주 엄마와 아버지 점점 두 사람의 볼이 발그레해졌다. 금주와 나는 하품을 연방 쏟아내다 어느 순간 아버지의 무릎을 베고 잠이 들었던 것 같다. 다소 쌀쌀했지만 아버지 무릎은 따듯했다. 아버지가 덮어준 두툼한 윗도리는 포근했다. 순댓국 집 안에 흐르는 그 기름진 냄새가 절로 잠을 불러왔다.

아버지의 넓은 등은 따스했다. 처음으로 아버지의 등에서 나는 진한 부정을 느꼈다. 노루고개를 넘을 때, 나는 비로소 아버지 등에서 부스스 눈을 비볐다. 노루고개는 땅꾼들이 진을 치고 뱀을 잡는 곳으로 고개가 까마득해서 하늘에 닿아야 넘는다고, 오르고, 오르고 또 오른다고 '올머리고개'라 했다. 올머리고개는 인근 어촌과 바다, 우리 동네와 비슷한 크기의 산동네, 그리고 읍을 연결하는 통행의 중심이라서 이 고개를 넘지 않고는 대처로도, 어촌으로도 나갈 수가 없었다. 고갯마루에서 불어대는 스산한 바람이 볼을 따갑게 스쳤다. 하지만 나는 아버지 등에서 전해오는 온기를 빼앗기기 싫어서 그대로 고개를 파묻었다. 가만히 보니 금주 엄마도 금주를 업고 힘겹게 걸음을 옮기고 있었다. 사위는 어둑함이 한 뼘은 자라있어 좁은 시야가 발걸음을 느릿하게 만들었다. 주변은 옅은 침묵으로 푹 가라앉아 있었다. 황톳길에서 스미는 질척거리는 발자국 소리가 단조롭게 들려왔다.

"머지않아 봄이군요."

아버지가 어색한 침묵이 싫었는지 뒤따르는 금주 엄마에게 말을 걸었다.

"그러게 날씨가 많이 풀어졌네요."

"얘들 학교 다닌 길에 부역을 나갔는데, 길이 좋아졌더군요. 비만 오면 발목까지 푹푹 빠지곤 했는데……."

"시골에 살아보니, 좋네요. 그냥 여기가 고향 같아요."

"네?"

"사실 여기가 제 고향은 아니잖아요. 다 아시면서. 엄마집이지, 제 고향은 서울이에요."

금주 엄마는 생각보다 강골이었다. 금주를 업고도 지친 기색이 없었다. 마른 갈대가 작은 바람에 바스락거리며 우리를 따라왔다. 좁은 산길로 접어드는 것은 아버지가 먼저였다. 그 뒤로 금주를 업은 금주 엄마가 힘겹게 뒤따라왔다. 주변은 헐벗은 나무뿐이었다. 산골짜기를 흐르는 물처럼 조용하고 도란거리는 말소리가 귓전을 간질거렸다.

"서울에 살 때는 몰랐는데, 번잡스럽지 않아서 좋아요. 몸도 많이 좋아졌고요."

술 기운에 빌린 용기였을까. 아니면 지치고 힘든 발걸음을 희석시키려는 말소리였을까. 아니면 외간남자의 경계심, 외간남자에게 품어진 위험성을 누그러트리기 위한 배려였을까. 주로 금주 엄마가 대화를 주도하고 있었다. 드문드문 자신의 과거, 금주 아버지에 대한 이야기도 흘러나오고 있었다. 아버지도 그 정도는 알고 있었다는 듯, 자연스럽게 추임을 했다. 금주 엄마는 아버지나 내가 알고 있는 소소한 내용을 반복하고 있었다. 하지만 더듬 거리는 말소리 속에는 우리도 모르는 내용 몇 마디도 술기운 때문인지 말하지 않고는 배길 수 없다는 듯 던져졌다.

도시 한 복판 적산가옥을 개축한 고급스러운 저택이었다. 실눈의 운전기사는 아래층에 살았다. 그는 코와 턱 밑에 자잘한 주근깨가 얍삽하게 깔려있어 외모는 흡사 원숭이 같은 사내였다. 가끔 들르는 비서는 말끔한 양복 차림이었다. 좁은 방이었지만 어떤 여자는 처음으로 자신만의 공간으로 사용하기에 이 정도면 복에 겨운 정도가 지나치다고 생각했다. 방안엔 벌판을 달리는 말 그림이 묵화로 걸려있었다. 인장은 어려운 글씨로 색인되어 있어 까막눈이었던 여자로서는 알 수 없었다. 어떤 여자는 생전 처음으로 분가루 냄새를 맡아보았다. 늙은 남자가 퇴근하는 길에 은근히 쥐어준 분통이었다. 늙은 남자는 막 건설된 조국의 정부에서 일하는 남자였다. 그 남자는 암울한 시대에 나라를 찾기 위해 고군분투한 공로를 인정받아 국가의 요직에서 일하게 되었다고 했다. 국가에 상당한 영향력을 가진 남자였다. 수많은 군인들이 그

의 수하에서 지휘를 받고 있다고 했다. 그 늙은 남자는
정작 자신의 동지들은 정부의 요직을 맡기를 거부하면서
반대했지만 그들이 너무 세상을 잘 모른다고 생각했다.
그 남자는 늘 "세상은 변했어." 라는 말을 입에 달고 살
았다. 젊은 시절 같이 고생하고, 같이 전쟁을 치른 동지
들이 아직도 구시대적이라고 생각했다. 새로운 시대에
국가와 타협을 모르는 바보들이라고 탓하곤 했다. 하지
만 문득문득 자신의 신시대적인 관점과 동지들의 구시대
적인 관점은 심장 한 가운데서 충돌하곤 했다. 그것이 때
로는 늙은 남자에게는 영 고민스러운 일이 아닐 수 없었
다. 그래서였을까. 늙은 남자는 자주 술을 마셨다. 고급
스러운 양주가 집안엔 즐비했지만 그는 언제나 투박한
주전자 막걸리를 애용하곤 했다. 생각은 신시대적인 취
향이었지만 술맛은 구시대적인 취향을 버리지 못한 탓이
었다. 늙은 남자는 혼자 살았다. 어떤 여자가 상경하기
전까지 그는 늘 큰 집에서 큰 개를 키우면서 벽에 다닥다
닥 달라붙어 있는 말 그림을 조용히 쳐다보거나, 윤심덕
이 부른 '사의 찬미' 그 원곡 '다뉴브강의 눈물'을 들면
서 조용히 살았다. 운전기사에게 심부름을 시켜 받아온
주전자 막걸리를 조용한 육신에 더욱 고요하게 스며들도
록 천천히 마시곤 했다. 부엌일을 돕기 위해 정부에서 고
용한 대학을 졸업한 유식한 식모들이 몇 차례 오갔지만
그들은 몇 년, 혹은 몇 달을 채우지 못하고 시집을 가거

나, 아니면 전직을 해서 옮겨가곤 했다. 늙은 남자는 항상 외로운 얼굴에 외로운 눈빛, 전쟁터에서 살아남은 자의 자학처럼, 적들로부터 방어벽을 형성하듯이 자신의 삶에 거미줄을 치고 있었다.

그런 어느 날 색다른 어떤 여자가 식모로 들어왔다. 건강미라는 찾아볼 수 없는 검은 피부는 때로는 성적인 매력으로 드러나는 법이다. 쇄골뼈가 앙상하게 드러난 마른 여자, 양분이라고는 찾아볼 수 없는 푸석푸석한 얼굴, 그리고 자신의 말을 전혀 알아들을 수 없도록, 대학은 물론 일절 정규 교육을 받지 못한, 글씨마저 모르는 다소 멍청한 듯 보이는 시골 아낙이었다. 자신의 비서가 국민들의 호국의식을 고취시킬 목적으로 장군의 집을 항일 유적지, 즉 문화재로 지정하기 위해 마을 전체 답사를 다녀오던 길에 우연히 발견한 아낙이라고 했다. 아낙이 안천에서 알몸으로 멱을 감는 모습을 보면서 비서는 자신이 상사의 첫사랑을 기억한다는 사실을 기뻐했다. 비서는 머리가 좋은 사람이었다. 더 높은 자리로 승진할 수 있는 좋은 기회를 놓칠 수는 없었다. 막 혼례를 치른 직후, 비서에게는 앞으로 살아갈 일에 더 많은 경제적 갈망이 숨어 있었다. 늙은 남자의 비서는 자신의 상사가 어떤 스타일의 여자에게서 향수를 느끼고 있는지 너무 잘 알았다. 자신의 상사가 암울한 시대 헤어진 첫사랑 애인과 닮은 여자를 그리워하고 있다는 것을 충성스러운 그가 모를 리 없었다. 늘, 눈을 감고 첫사랑에게 향하는 목소리는 심연처럼 깊었고 아득한 듯 그리움이 가득했었다.

"눈은 크지 않았어. 하지만 이목구비는 서양 아이들처럼 아주 반듯했어. 시원한 성격이었는데 인어처럼 강을 누비고 다녔지. 그리고 그녀가 만든 밀주, 막걸리는 고향 같았어. 웃을 때는 결정적으로 백치처럼 흰 이를 드러내고 제법 큰 소리로 웃었는데 경망스럽다거나 교양 없어 보기는 했지만 순수한 데가 있었지."

첫사랑에 대하여 말하는 것을 그는 고문당하는 사람처럼 부동자세로 눈동자 하나 굴리지 않고 들어야 했다. 막걸리 한 잔 앞에 놓고, 구태여 훌륭하고 고급스러운 요정도 흔한데, 늙은 남자는 장터의 허름한 대폿집을 애용하곤 했다. 퇴근길에 후줄근한 도시의 막일꾼들이 드나드는 대폿집에서 늙은 남자는 물에 담긴 듯 막걸리를 자작하곤 했었다. 늙은 남자가 느끼는 외로움, 그 깊이까지도 비서라면 당연히 알아야 했던 시대였다.

어떤 여자는 풍선처럼 가득 부풀어 올라 도시 생활을 마음껏 즐겼다. 늙은 남자는 돈이 많았다. 물처럼 헤프게 써도 돈은 차고 넘쳤다. 어떤 여자는 그런 늙은 남자의 주머니에서 부업살림에 필요하다는 핑계로 많은 돈을 받아낼 수 있었다. 아니 비서에게 원하는 액수만 불러주면 언제든 상아로 만든 화려한 식탁엔 거금이 담긴 봉투가 놓여있었다. 실눈의 운전기사와 함께 도시의 만물상을 드나들었고, 장터를 누볐으며, 극장을 드나들었다. 갈치나, 동태 한 마리를 사기 위해서도, 싱싱해야 한다는 구실로 저 바닷가까지 다녀올 정도로 그녀는 모든 게 풍족하고 사치스러웠으며, 만족스러웠다.

입의 혀처럼 구는 운전기사는 그녀가 원하는 곳에 데려다 주었다. 그녀가 무엇을 원하는지 잘 아는 약삭빠른 사내였다. 좋은 옷, 좋은 음식, 좋은 기물, 보석, 그리고 무엇보다도 그런 생활을 거치면서 어떤 여자의 피부는 보드랍게 변해갔다. 머리카락은 동백기름을 발라서 윤기가 흘렀다. 고급 옷을 입을 줄 아는 안목과 고급 옷을 고르는 안목도 생겼다. 생선장수를 다루는 법도 알게 되었으며, 포목점에서 추려낸 비단이 개성에서 온 것인지, 아니면 저 지방에서 올라온 것이지도 단박에 알 수 있게 되었다. 피부색도 변하고, 살도 포동포동 올라 마치 암퇘지 같이 변해갔다.

"정말 아름답군요. 모든 보석이 댁 앞에서는 하찮은 물건 같아요. 어쩜 그렇게 아름다울 수가 있지요."

실눈의 운전기사가 입에 달고 살았던 말이다. 아주 가끔 그런 실눈의 운전기사가 해안을 달리면서 한 손으로 어떤 여자의 허벅지를 더듬기도 했지만, 어떤 여자는 영 싫지 않았다. 다만 철저한 피임법에 대하여 연구를 했을 따름이다. 어떤 여자는 많이 영리해져 있었다.

어떤 여자는 달에 한번 우체국 행차를 했다. 운전기사

의 도움을 받아 남편에게 돈을 부쳤다. 어떤 여자의 남편은 혼례를 치른 직후 어떤 여자가 도시로 일하러 갔기 때문에 외로움을 견딜 수가 없었다. 어떤 여자가 부쳐준 돈으로 노름을 하고, 술을 마셨으며, 외로움을 달래려 술청을 드나들곤 했다. 술청의 지저분한 여자와 무분별한 성관계로 때로는 임질에 걸리기도 했다. 종국에는 세균 종류를 알 수 없는 병에 걸리기도 했고, 세면발이라는 벌레가 그의 모든 털에 기생하여 하루 종일 북북 긁다가 모든 털을 제거해야 했다. 그가 옮긴 세면발이는 다른 술청의 여자에게로도 옮겨갔다. 동네 술청의 모든 여급들이 '긁음증'의 고통에 시달려야 했다. 정부에서는 '긁음증'으로 인한 재난 지역 선포를 검토하는 대신 디피티라는 약을 마을 사람들에게 나누어주는 미봉책으로 마을 사람들의 재난을 입막음했다. 그래도 그의 무분별한 생활은 멈추어지지 않았다. 달에 한번 부쳐오는 돈은 쌀 열가마니를 매상할 수 있는 거금이었다. 그런 거금으로 땅을 사거나, 집을 짓거나, 하다못해 이자놀이를 할 수도 있었다. 하지만 남자는 달에 한번 부쳐오는 돈은 영원할 것이라 굳게 믿었다. 결국 술청 여급들의 배만 불려주었다. 술청의 여급들에게는 그는 큰 손이었고, 봉이었다. 그는 언제나 투전판에서 살았는데 그곳에서 두둑한 지폐 다발을 보여주면서 "어서 판이나 돌려!" 라고 소리치곤 했다.

늙은 남자는 언제나 정시에 출근하고 정시에 퇴근해서

서재에 틀어박혀 책을 읽거나 깊은 명상에 잠기곤 했다. 간혹 적적하다 싶으면 어떤 여자를 불러내 막걸리 잔을 기울이곤 했다. 어떤 여자는 술 한 잔도 마시지 못했다. 하지만 늙은 남자가 불러내는 횟수가 잦아지면서 술은 점점 양을 늘려가 이태를 살고난 후 늙은 남자와 주량에 어느 정도 맞춰졌다. 거실의 유성기에서는 늘 애절한 노래가 흘러나왔다. 굿바이 노마진 'Goodbye Norma Jean' 마릴린 몬로를 위한 노래라고 했다. 어떤 여자는 그 여자가 누군지는 잘 몰랐다. 다만 이름이 다섯 글자라서 특이하다고 생각했다. 늙은 남자는 아주 가끔 그 이상한 이름의 여자에 대하여 말했다. 특히 열여섯에 결혼했다는 대목에서는 어쩜 나랑 똑 같네요, 라고 맞장구를 쳐주었다. 하지만 남편은 군대에 가고 여자는 공장에 다니다 모델로 성공하고 일약 스타가 되었는데 다른 남자를 찾았다고 설명했다. 그 부분도 자신과 비슷하다고, 혼례를 치렀지만 도시에 나와서 다른 남자와 살고 있지 않은가.

♬ Goodbye Norma Jean

Though I never knew you at all

You had the grace to hold yourself

While those around you crawled

They crawled out of the woodwork

134

And they whispered into your brain

They set you on the treadmill

And they made you change your name

And it seems to me you lived your life

Like a candle in the wind

Never knowing who to cling to

When the rain set in

And I would have liked to have known you

But I was just a kid

Your candle burned out long before

Your legend ever did

...... ♪

유성기 속에서 흐르는 은은한 음악, 그리고 적당히 오른 취기, 늙은 남자는 자신이 혹시 아직도 생산을 할 수 있을지 모른다는 생각을 했다. 어떤 여자의 몸을 더듬으면서 자신의 분신을 남겨야 한다는 간절한 의식을 치렀다. 어떤 여자는 늙은 남자의 아이를 낳겠다는 생각을 했다기보다는 현재의 이 생활을 유지하기 위한 필요불가결한 선택이다, 라고 생각했다. 언제나 눈을 감은 채 다리를 들어 허리를 감고 교태를 부렸다. 그런 생활은 다섯 해쯤 유지되었다. 늙은 남자는 어느 날 거실에 앉아서 라디오를 듣다가 같은 시기 귀국한 동지, 거목이 수하의 총탄에 저격당했다는 충격적인 소식을 듣게 되었다. 그는 우울했고, 심장이 사라진 것 같은 느낌을 받았다. 거목의 장례를 치른 후 늙은 남자는 괴로워하다가 며칠 뒤 서재에서 스스로 목에 총을 갈겨댔다. 어떤 여자가 총소리에 놀라 서재로 달려갔을 때 늙은 남자는 부들부들 떨면서 어떤 여자에게 무언가 말하려고 안간힘을 섰다. 하지만 어떤 여자는 아무 말도 들을 수가 없었다. 다만 늙은 남자를 부둥켜안고 오열했는데, 더 이상 마음껏 물건을 살 수도 없었고, 마음껏 옷을 사지 못할 것이며, 자신의 남편에게 돈을 부치지도 못할 것이라는 두려움이 앞섰다.

하지만 비서가 찾아낸, 서재에서 발견한 늙은 남자의 유서에 자신의 이름이 호명되었다는 것을 알고는 내심 안심했다. 비서들과 변호사들은 늙은 남자가 남긴 유서를 통해 매달 어떤 여자에게 돈을 지불해야 한다는 것을 알고 있었다. 나머지 돈은 장군의 생가 복원사업에 사용될 것이라는 사실도 알게 되었다. 물론 쥐꼬리만큼의 자신들 몫도 있었지만 자신들이 원했던 만큼 충분치 않았다. 그래서 어떤 여자는 변호사와 비서의 권유로 곧바로 운전기사와 대 저택에서 그냥 눌러 살게 되었다. 얼마 후 여자아이를 낳고 말았다. 아이를 낳은 후로도 몇 해 더 눌러 살다가 대저택이 도시개발 권역으로 편입된 직후 늙은 남자의 저택을 이 잡듯 뒤져 돈이 될법한 물건을 챙겨 고향집으로 돌아오게 되었다. 어떤 여자가 도시를 떠난 후 여자아이는 운전수가 맡아 키우게 되었다. 아마도 늙은 남자의 유산을 절반으로 가르려는 변호사와 비서, 운전기사의 술수였을 것이다. 아이 양육비는, 죽었지만 늙은 남자의 책임이라고 했다. 남아있는 재산의 상속자도 여자아이라고 했다. 모든 사람들은 죽은 뒤에도 책임이 따른다는 것을 강조하였다. 하지만 그는 이미 탈골된 해골이었기에 재산 보호자가 없었다. 운전기사는 변호사의 권유로 재산보호, 아이가 성인이 될 때까지라는 합의 하에 그 일을 맡아보게 되었다. 법정대리인 변호사의 친절한 충고를 실눈의 운전기사는 너무도 충실히 이해하는 충복이었다. 어떤 여자에게 그 많은 재산을 구태여 나누어줄 필요성을 못 느끼고 있었다. 운전기사와 변호사 비서가 베풀 수 있는 최선의 자비는 월 몇 푼씩 어떤 여자의 시골집에 보내는 것뿐이었다.

금주 엄마의 소란거리는 말소리가 그친 것은 금주 때문이었다. "엄마 나 오줌." 하면서 등에서 내려왔기 때문이다. 나도 요의를 느꼈다. 아버지도 그런 듯 고개 주변의 숲 속으로 하나 둘 사라졌다. 금주 엄마도 어느새 어디론가 없어졌다. 잠시 적막한 주변엔 쏴아 하는 예의 금주의 오줌 갈기는 소리와 겨울 토양이 온기에 몸이 풀린 소음뿐이었다. 나는 아버지의 등에서 자는 척 했지만 절대로 흥미로운 이야기에서 귀를 떼지 않았었다. 금주 엄마의 출생의 비밀인가, 하는 의심은 가능한 추리였다. 하지만 그걸 아버지는 구체적으로 묻지는 않았다. 추임새 한마디 없이 그냥 조용히 듣고만 있었을 따름이다. 아주 가끔 푸우 하는 한숨만 등을 크게 울려대 내가 업힌 자리를 다시 잡아야 했다. 올머리고갯마루에 올라섰을 때 주변은 완연히 어둑해지고 있었다. 좁은 길로 조심조심 내려가는, 선행길을 잡은 아버지의 발걸음은 더욱 느릿해졌다. 금주도 어느새 엄마의 손을 잡고 걷고 있었다. 동네 등허리, 멀리서부터 밀려 내려오는 석양은 점차 혀를 뻗어 병암산을 물들이고 있었다. 잠시 동안의 시간이 흐르자 차츰 모든 세상을 집어삼키고 있었다. 졸졸거리는 골짜기 물소리가 등을 떠밀듯 우리를 따라왔다. 늙은 남자, 그가 쐈다는 총소리가 연상되었을 때, 바람 한 점이 힘차게 몰려와 넷의 발걸음을 잠시 붙들었다.

"우리 한 식구 같다. 그지 승규야"

금주가 던진 엉뚱한 말이었다. 그 소리에 아버지는 놀란 듯 컥컥거리면서 달리듯 빠르게 걸음을 옮겼다. 나도 금주의 말에 놀라 얼굴이 화끈거렸다. 발바닥이 아프도록 필사적으로 아버지 뒤만 따라갔다. 어느 순간 앞선 아버지를 향해 주저앉듯이 소리쳤다. 아버지의 걸음이 터무니없이 빨랐던 탓이었다.

"같이 가요!"

내 입에서 튀어나온 최초의 완벽한 말이었다. 목소리

가 산중에서 몸집을 크게 부풀리더니 메아리가 되어 산
속 여기저기 화살처럼 빠르게 날아다녔다. 아버지가 다
소 놀란 듯 뒤를 돌아봤다. 그런 아버지 뒤로 붉은 물결,
멀리 붉게 물든 당산나무에 매달아놓은 오색 띠가 나풀
대고 있었다.

미친년

학교를 가려면 외갓집 집에서 대략 이십 리를 걸어야
했다. 우선 옥수수 밭과 외할아버지의 전용 낚시터(?)를
지나 아이들 발목 정도로 잠기면서, 제법 야트막한 채 흘
러가는 하류 둑을 타고 걸었다. 그리곤 안천(安川)의 돌
다리를 건너야 했다. 우리 동네 아이들은 대부분 이 곳에
서 합류하면서 동행을 이루게 되어 있다. 이들과 함께 건
너편 둑의 좁은 길을 따라 줄지어 가다보면 제법 규모가
있는 신작로와 만난다. 이 신작로부터는 인근 자잘한 동
네 아이들까지 합세해서 큰 수의 아이들이 함께 걸어갔
다. 그 길로 죽 가다보면 해안선이 길게 늘어선 어촌이
나왔다. 새조개나 굴, 바지락을 채취하는 어촌이었다. 이
어촌의 돌담을 한참이나 걷다보면 암울한 시대 때부터
형성된 어시장이 나왔다. 시장 입구 길목의 중간쯤에 초
등학교와 중학교가 해안과 나란히 담을 기대고 있었다.
학생 수는 촌이지만 인근 모든 아이들이 몰려드는 바람
에 규모가 큰 학교였다.

학교 뒤편으로는 멀리 어리굴젓으로 유명한 간월도와

그 뒤편으로는 간월암(看月庵)이 바다 위에 둥둥 떠 있었다. 학교 앞에는 분식점과, 학용품 점포, 그리고 중학생들을 주로 고객으로 하는 이발소와 잡화점, 노점상이 달고나, 뽑기 따위의 불량식품 전을 펼쳐놓고 있었다. 학교는 약간 언덕길에 있었다. 바닷바람이 불면 창문이 떨어질 듯 덜덜거렸다. 아이들 말로는 암울한 시대에는 해안으로 나 있는 철길을 이용해 온갖 작물을 공출하기 위한 간이 막사가 있었다고 한다. 그곳이 큰 비와 바람으로 모두 물에 잠기는 바람에 개미처럼 근면한 일꾼들이 이때 불귀의 객이 되었다. 그래서 한 때는 무덤 뿐이었다고 했다. 무연고 묘지가 그득했던, 원래 공동묘지가 있던 자리를 뭉개고 학교를 세웠다. 그래서 소풍가는 날, 운동회 날이면 귀신들이 몰려나와 어김없이 비를 뿌려 행사를 망치게 한다고 하였다.

해안의 모래사장을 끼고 있는 어시장에는 대부분 마른 포와 생선 등 각종 젓갈, 어물전이 즐비하였다. 미곡상도 어시장 골목을 중심으로 몇 군데 있긴 했다. 사실 어시장은 어촌 사람들과 농촌 사람들이 각종 생산물을 내다놓고 물물 교환하는 곳이기도 했다. 농촌에서는 조, 콩, 쌀, 보리…… 등을 내다 팔았다. 어촌에서는 갓 잡아 올린 숭어, 바지락, 굴, 민어, 삼치…… 따위를 내다 팔았다. 5일에 한 번 제법 큰 규모의 우시장도 열렸다. 우시장은 주로 이른 아침에 시작되었다. 그 시간은 등교 시간과 맞물

려 자연스럽게 소와 아이들이 신작로를 함께 걸어가곤
했다. 소들은 우측으로, 아이들은 좌측을 통해 걸어가는
신작로는 소떼들과 아이들이 내는 소란으로 온통 먼지가
빼곡하게 메웠다. 그런 소떼 앞에는 언제나 미친년이 정
가운데 떡 버티고 걸어가곤 했다. 소떼를 몰고 가는 듯,
소몰이꾼의 우두머리 같았다. 사시사철 머리카락은 부
스스했다. 입성은 입은 것인지 벗은 것인지 모를 정도로
허름했다. 항상 유방이 드러난 채였다. 신발은 신지 않아
군은살 가득해, 마치 소 발굽 같았다. 중학생들이 짓궂게
그녀의 치마를 긴 막대기를 이용해 들추어대기도 했지만
그녀는 속옷을 입었는지 안 입었는지 모를 정도로 뼛속
까지 온갖 땟국물이 줄줄 흐르고 있어 마땅히 쳐다볼 것
은 없었다. 그녀를 앞장 세워 소를 몰고 가던 어른들이
다만 "예끼 이놈들!" 중학생들을 향해 회초리를 휘둘러
댔을 뿐이다. 그러면 소년들은 와아, 하면서 달아났다.
그러다 슬금슬금 따라와 또 들추고, 그런 장난은 매번 반
복되었다. 하지만 정작 미친년은 그런 소란에는 히죽히
죽 웃으며 무관심했다. 소를 몰고 가는 그녀의 태도는 평
소의 어눌한 모습과는 다르게 자못 비장했다. 특이한 점
은 이밖에도 또 있었다. 그녀의 어깨에는 매 한마리가 늘
붙어 다녔다. 매는 날아갔다가 한동안 하늘을 빙빙 돌다
가 다시 어깨에 달라붙고 했다. 소 한 마리라도 대열에서
이탈하는 일은 미친년에게 용서가 안 되었다. 곧바로 소

를 제압해 대열에 합류시켰다. 매도 그런 소를 부리로 콕콕 쪼아대곤 했다. 소몰이에는 강한 의무감마저 느껴졌다. 태초부터 그런 모습으로 그 자리가 있었고, 그런 자리는 마땅히 자신의 차지라고 부연하는 듯 절대로 소떼에게서 방심하는 적은 없었다. 가만히 보니 그런 그녀의 눈도 매의 눈처럼 날카로웠다.

큰 소들이 우시장으로 끌려 나갈 때, 죽을 때를 아는 영물이라고, 엉덩이를 가득 뒤로 물린 채 고삐 쥔 손이 얼얼해질 정도로 난동을 부리곤 했다. 그럼 그녀는 매번 눈 하나 찡그리지 않고 난동하는 소의 엉덩이를 발로 차 순하게 만들어 소전거리 주인들이 신통하다고 놀라곤 했다. 그래서 소전거리에서 무슨 일만 벌어진다 싶으면 미친년을 찾곤 했다. 미친년은 소전거리 구석의 양지바른 곳에서 꾸벅꾸벅 졸거나, 옷을 벗어 이를 잡거나, 그것도 아니라면 소전거리 들고나는 사람들, 소장수들이 던져주는 국밥이나 국물을 게걸스럽게 핥아대고 있었다. 아무 데서나 소처럼 오줌을 갈겨대고 아무데서나 똥을 찍찍 갈겨대고, 자신의 배설물을 바라보며, 쉬파리가 가득 꼬여들면 파리를 휘휘 저으면서 까르르 웃어댔다. 소전거리 아낙들이 치를 떨었다.

"에고, 저 년은 지가 싼 똥을 보고도 지랄처맞게 웃고 있네. 어쩌다 저 지경이 되었을까. 쯧쯧……."

"그러게 잘 씻겨놓고 보면 아주 박색은 아닌데……, 얼굴에 화상 입은 자국만 걷어내면 미색이여."

"박색이 뭐여. 저 콧날 좀 보라지. 씻기면 보살이여. 어
디 자네가 씻겨서 술청에 색시로 데리고 있어 볼란가?"

"에고 형님도 참 무신 말을 그렇게 매정하게 해요. 홧
독을 입은 여자애를 어디에 쓰겠어요."

우시장 근처에서 소장수를 상대로 술청을 하는 아낙들
의 두런거림은 안타까움이 아닌 놀림이었다. 우리 또래
들은 대개 그런 미친년의 얼굴은 자세히 보지 못했다. 아
니 보질 않았다. 이상하게 서로 어긋나고, 또 자세히 쳐
다볼 새도 없이 머릿속은 '더러움' '피해야 하는 물건'
혹은 '미친' 이런 이미 적응된 뇌까림 뿐이었다. 미친년
은 누가 뭐라고 지껄이든 말든 5일에 한번 장이 서면 바
로 '아무데서나' 먹고, 자고, 쌌으며, 그런 적나라한 모
습을 보여주기 위해 더러운 얼굴로 깔깔거리면서 우시장
을 휩쓸고 다녔다. 아무 술청이나 드나들면서 밥을 얻어
먹고, 고기도 얻어먹고, 막걸리도 한잔 얻어 마시고……,
술청의 아낙들은 미친년을 밀어내기 보다는 얼른 무언가
를 손에 쥐어서 내보내버리는 것이 낫다고 생각했다. 왜
냐하면 절대로 한 발짝도 움직이지 않았으니까. 힘으로
미친년을 상대하는 것보다는 살살 달래는 편이 나았다.
미친년은 생각보다 힘이 무척 강해 장정들도 혀를 내두
를 정도였다. 사람들은 미치면 힘이 세질 수도 있다고,
미치면 무슨 짓을 할지 모른다고 생각했다. 술청을 드나

드는 투전꾼들은 돈을 잃으면 미친년 때문이라고 빈털터리가 되어 지나가다 그녀를 만나면 홧김에 얼굴을 향해 오줌을 갈겨 대기도 했다. 그래도 미친년은 웃어주었다. 어쩌다 돈을 땄다싶어도 즐기듯 오줌을 갈기고는 대신 지전 몇 장을 던져주기도 했다. 미친년은 돈이 무언지는 정확히 알고 있는 듯했다. 투전꾼이나, 소장수, 행인들이 불쌍하다고 던져주면 받아 쥐고는 황급히 어디론가 사라졌다. 골목 깊숙이 숨어서 자신의 속옷에 감추어진 붉은색 호랑을 꺼내 주변에 누가 자신을 쳐다보지 않나 살피면서, 돈을 몇 차례 꼬깃거리고는 알뜰하게 접어 우겨넣곤 했다.

우시장 파장 무렵이면 어미 소와 떨어지지 않으려는 송아지들의 슬픈 울음소리, 미친년의 기괴한 웃음소리, 어쨌든 둘 다 슬픈 건 마찬가지였다. 이상하게 파장 무렵, 미친년의 웃음소리는 마치 송아지들의 울음소리처럼 들렸다. 어미 소는 모조리 사라지고 귀로에는 걸음걸이가 부실한 송아지뿐이었다. 왁자지껄하는 소음도 덜했다. 황톳길에는 그저 학업에 지친 아이들과 우시장 술청에서 값을 잘못 치른 소 때문에 속상한 어른들 뿐이었다. 부아가 터져 잔뜩 마신 막걸리 때문에 비틀비틀 걷는 송아지 주인, 그리고 추레한 얼굴로 흥얼흥얼 알 수 없는 노래를 부르며 따라오는 미친년, 거기다 뒤를 가득 밀어대고 있는 석양, 세상 모두가 노곤했다.

원수들이 강하다고 겁을 낼 건가

우리들이 약하다고 낙심할 건가

정의의 날센 칼이 비끼는 곳에

이기는 자 너와 나로다.

미친년이 부른 노래였다. 발성이 정확하지는 않지만 반복적으로 큰 소리로 흥얼거리는 통에 귀가 따가울 정도였다. 귀로에도 매는 여전히 그녀의 어깨에 달라붙어 있었다. 푸드득, 푸드득 하늘을 빙글빙글 돌다가 다시 내려앉은 매, 동행하던 술에 전 송아지 주인들은 뒤를 돌아다보곤 했다.

"저 년이 인물은 인물이었나벼. 매를 키우고, 독립운동가도 다 알고 말여."

"아, 왜정시대 땐데 그걸 한 소절 못 외우는 조선사람 어디 있단 말인가."

"아, 이 사람아. 그래도 그걸 여태 기억하고 있다는 게 신통하질 않나."

"다 어려운 시절이었지. 저년도 아마 팔자가 저리돼서 그렇지 누군들 저리 되고 싶어 저렇게 되었겠나. 일전에 소전거리에 드나들던 강가 놈 말로는 저년이 애를 낳다가 저렇게 돌았다고 하던데, 저것도 다 지 팔자지 뭐."

"애를 낳다니?"

"글쎄 죽었다나벼. 아니 제 년이 스스로 죽였다는 말도 있고, 독립군의 딸이었다는 말도 있고, 그래서 저 매로 일본군의 눈을 팠다는 말도 있었다네. 아주 지독한 년이라는 게야!"

"독립군? 일본군? 뭣이라 지 새끼를 죽었단 말인가. 참 내⋯⋯."

"그렇다네."

"강가 놈이 믿을 게 하나나 있던가. 지어낸 말일 걸세."

나는 그런 미친년을 곁눈질로 쳐다보았다. 제 새끼를 스스로 죽었다는 그 말에 강한 끌림을 받았다. 물론 풍문이었겠지만, 실제로 그런 일이 일어날 수 있을지, 일어난다면 그건 어떤 형벌일지, 그래서 미쳤는지도 모른다는 생각을 했다.

장군은 조선천지를 노래판으로 만들기 시작했다. 아침부터 모든 마을 사람을 깨우기 시작했다. 스스로 노래가사를 썼을 정도로 애정을 가지고 있었던 장군은 잘살아야 한다는 명분을 내걸었었다. 아버지가 광적으로 그런 그를 신봉한 것은 바로 군인정신과 공산당을 쳐부수자는 선동적 구호 때문이다. 그래야 통일이 되어서 두 동생들을 만날 수 있을 거라 굳게 믿었다.

방학인데도 늦잠을 잘 수가 없었다. 더군다나 방학 무렵에 나는 무당집의 그녀를 자주 만났었다. 무당집의 그녀는 점점 앞이 보이질 않았다. 보이지 않는 생활에 대하여 염려하는 것 같지는 않았다. 하지만 그래도 그녀는 나의 방문을 은근히 바라고 있는 듯했다. 나는 더듬거렸지만 제법 설득력 있게 학교생활에 대한 이야기를 들려주었다, 그녀는 나의 이야기를 호기심 있게 듣다가 바늘귀를 더듬거리면서 실을 잘 꿰는 방법에 대해서도 나와 상의하곤 했다. 눈이 보이지 않는다는 것은 대신 세상이 자신을 인지할 수 없다는 뜻도 된다고, 세상으로부터 버림받지 않으려면 아주 소소한 것부터 배워야 한다고 했다. 자신은 현재 만주 벌판에서 죽어간 동지들의 원혼이 깃들어 눈이 멀고 있다고 했다. 눈이 먼 것은 그래서 크게 불편한 것이 아니라고 했을 뿐더러 더 나가 눈이 먼 것은 모두 자신의 죄라고, 감수할 수밖에 없다고 했다. 그녀는 거반 일주일에 한번 정도는 동지들의 원혼을 달래주기 위해 한 차례씩 의식을 치렀다. 북과 장구, 때로는 퉁소까지 불면서 원혼을 달래기 위한 일종에 반혼제를 치렀다.

"하늘천지 천지신명 모셔놓고⋯⋯."

반혼제는 가볍게 징을 울리면서 시작되었다. 그리고 빠르게 치는 북소리가 따르르 딱딱, 둥둥둥! 집안을 뒤흔들었다.

"홀연히도 오셨다가 홀연히도 가시오니, 병암산 신령 모셔놓고 동해용왕, 북해용왕, 남해용왕, 서해용왕, 일월성신 날에, 달 구름에 비친 선인선녀 모셔 놓고, 일체제신 다 모셔놓고 성주지신 천문천일 일일계문 이 문으로

148

다 들어서 앞마당에 모셔놓고, 천수 단지 대청마루 모셔 놓고 십이 폭 병풍 두둥실 펼쳐놓고 오시기는 왜 왔으며, 가시기는 왜 가시오. 아아, 아아, 영가들아, 영가들아, 나 살고 너 죽었는데, 비통하고도 비통하도다. 바람처럼 왔 다가 이슬처럼 스러진 영혼들아. 저 요동 벌판을 달리는 조선의 영혼들아. 어서 일어나 집으로 돌아가잣구나. 네 부모 네 형제 깃든 고향으로 돌아가잣구나. 영혼들아 어 서 박차고 일어나 돌아가잣구나~~ 관세음, 관세음보 살! 아~~ 아아아아아! 나무 관세음보살, 보오살! 이~ ~ 이이이이이이! 천수관음 관세음! 관세음, 어~~ 어어 어어어! 천수천안 관세음! 관세음, 나이나이나이 나이~ ~ 백의 단월 관세음! 관세음, 오~~ 오오오오오! 이~ ~ 이이이이이이~~!"

북소리는 마치 말발굽 소리처럼 둥둥둥, 멀리 아득하 게 들려오는 것 같았다. 평소와 다르게 목소리도 달랐다. 남자처럼 둔중했다. 땀까지 벌벌 흘리면서, 속적삼이 젖 도록 그녀는 징을 치면서, 북을 치면서 말발굽소리를 연 상하는 따르르 딱딱! 따르르 딱딱! 혼이 들린 듯, 온몸에 서 땀이 흘렀다. 마지막 퉁소를 불면서 눈물까지 흘렸다. 제가 끝나고 막걸리 한 잔을 집 마당 여기저기 뿌렸다.

"할아버지, 할아버지 제발 살아있는 사람들을 돌려보 내주세요. 모두 여기로 오게 해주세요."

나에게도 제수로 올렸던 막걸리를 반 잔 정도 따라주

었다.

"죽 들이켜라, 사내는 술도 한 잔씩 해야 하는 거다."

의식을 치르고 난 뒤에는 목간을 했다. 나는 아궁이에
불을 지폈다. 목간 구유의 물에 손을 넣어가면서 알맞게
온도를 맞추었다. 그녀는 때론 자신의 목간이 끝나고 나
도 벌거벗겨놓고 씻겨주곤 했다.

"에고, 우리 승규 까마귀가 친구하자고 하겠네."

더듬더듬 오금이고, 불알 밑이고, 사타구니고 가리지
않고, 좋은 향기가 몽롱하게 피어오르는 미제비누를 이
용해서 씻기고 또 씻겼다. 그 알딸딸한 기분, 상쾌했지만
때론 부끄러워 몸을 오그릴 때도 있었다.

"부끄럽니? 에고 우리 승규가 부끄럽나보네."

만면에 웃음 지으면서 내 엉덩이를 가볍게 때렸다. 처
음으로 그녀의 웃음을 보았다. 그녀의 집에는 매달 한 차
례씩 도시에서 손님이 찾아오곤 했다. 말끔한 양복 차림
의 사내였다. 양복차림은 그녀에게 최대한 공손하게 굴
었다. 무언가 지시를 기다리는 사람처럼 그녀의 이야기
를 조용히 경청하곤 했다. 쌀을 차곡차곡 곳간에 채워두
거나, 나무꾼을 들여 평생 쓰고도 남을 나무를 쟁여 놓거
나, 마당에 펌프대도 설치해 주었다. 그건 아마도 동네
최초였을 것이다. 곶감, 전병, 참깨로 만든 강정 따위들
도 그득하게 챙겨왔으며, 나는 그것들을 모두 독차지할
수 있었다. 그 밖에도 무언가 서류를 챙겨오곤 했다. 그

녀는 "옳지 않아요." 혹은 "그렇게 하지요." 아니면 침묵으로 일관해서 양복차림의 사내를 무안하게 했다. 그녀는 매번 연이 언니의 소식을 물었다.

"중국에서 남쪽으로 내려간 것은 확인했습니다만, 그 뒤의 행적이 오리무중입니다. 일본측 하고도 협상 중에 있습니다. 당시 항일전투에서 전사자 명단에 혹시 남아 있을지 모르니까요."

"꼭 찾아야 해요. 연이 언니를 꼭 찾아야 해요. 틀림없이 살아 있을 겁니다. 세상 전체를 뒤져서라도 꼭 찾아주세요."

그녀는 양복차림의 사내가 떠나기 직전 이처럼 늘 '연이 언니'를 강조하면서 '세상 전체'라는 구체적(?)인 범위까지 정해주면서 찾아달라는 부탁을 하곤 했다. 아주 잠깐 다녀갔기에 나와 마주치는 일은 거의 없었다. 나는 마당의 광에 장작이 그득하거나, 못 보던 기물이나, 막 보급되기 시작한 석유곤로, 양식식기, 그릇 따위들이 부엌 시렁에 놓여 있으면 그가 다녀갔다는 것을 알 수 있었다.

아버지가 그 즈음 동네 새마을지도자가 된 것은 어쩌면 장군의 부대에서 군복무를 했던 기억을 떠올리면서 명실공히 예비역으로서 진정한 수하가 되고 싶어서 그랬을지도 모른다. 강한 사람, 강한 나라, 강한 동네, 그래야 잘 살 수 있다고 했다. 아버지는 그런 명분을 통해서 북으로, 북으로 좌표를 이동시키고 있었다. 내가 기억하는 한 아버지 일생을 통해 그렇게 피터지게 '열심히'와 '노력'을 병행한 때는 없었다. 열심히는 선언적 의미가 강하지만, 노력은 최소한 자신의 의지가 있어야 하는 것이다. 아버지는 매일 같이 새마을 모자를 쓰고 동네 청년회원들과 어울려 다녔다. 우선 안천 주변을 정비해야 한다고 했다. 마을길을 놓기 위해 부득이하게 길 주변 집 몇 채를 헐어야할지 모른다고 했으며, 주민들과 잦은 언쟁을 벌였다. 농업용수가 모자라는 동네를 위해 저수지를 만들려면 물길을 크게 손봐야 한다고 했다. 궁핍한 생활을 벗어나려면 천수답인 논을 모조리 갈아엎고 경지정리를 해야 한다고 마을 주민들을 찾아다니며 밤낮없이 동의를 얻어냈다. 지붕개량 사업은 필수여서, 당장 외갓집 지붕부터 헐어내고 붉은색 양철지붕을 얹었다.

비만 오면 천장에서 콩 볶는 소리가 났다. 마치 따발총처럼 따따다다다다다다……. 천장이 들썩들썩! 대신 천장의 쥐들이 어디로 사라졌는지 찍찍대는 소리가 어느 순간 없어졌다.

"밤새 천장이 무너지는 줄 알았네, 그래도 비만 오면 빗물 천지가 되었는데 물 받는 그릇이 방안에서 사라지니 잠은 편히 잤구나."

이처럼 콩을 볶든, 천장이 날아갈 것처럼 덜덜거리든, 외할머니는 코를 골고 일찍 잠자리에 들었다. 아버지는 약초 채취에도 무관심했다. 농토를 돌보는 일도 예전 같지 않았다. 대신 새마을지도자로서 민둥산인 병암산에 조림을 하는 일은 게을리 할 수 없었다. 단풍나무, 측백나무, 사철나무, 쥐똥나무, 명자나무, 자작나무, 전나무, 오엽송……, 산을 빨갛게 파헤쳐놓고 온갖 나무를 식재하였다. 국가에서는 마을 사람들의 집과 전답을 담보로 사업비를 지원했다. 생일날 잘 먹자고 당장 굶어 죽을 수는 없는 법이라고. 외상이라면 소도 잡아먹는다 했다. 우선 배불리 먹고 보자는 식으로, 마을 사람들은 융자금 중 일부를 착복했다. 고기를 관으로 끊어다 조왕 천장에 매달아놓고 잘라 먹으면서 훗날 빚으로 배가 터지는 줄은 몰랐다. 아버지는 들로, 산으로, 읍으로, 산동네, 인근 어촌으로, 때로는 며칠씩 집을 비우고 도시로 나가 새마을 교육을 받았다. 정말 열심히, 부지런히 다녔다. 남 앞에 나서기를 꺼려했던, 조심성 많은 아버지가 그 때까지 몸에 지니고 있던 조심성을 새마을이라는 담론으로 무장해 제시켰다. 무모했다. 금세라도 금덩어리가 떨어진다고, 마을 사람들을 설득했다. 그러나 아버지의 새마을 지도자는 나라에서 원하는 새마을 지도자와는 차원이 다소 다른 것이었다. 경지정리도, 조림사업도, 안천 제방사업도, 모조리 그에게는 쳐부수어야 하는 적으로 간주되었다. 새마을 사업으로 아버지는 북녘의 두 동생들을 만날 수 있다고 믿었다. 그건 터무니없는 망상이었다.

"힘이 있어야 한다. 사람이든 나라든, 힘이 있어야, 가진 게 있어야 누구를 만나도 당당한 거란다."

아버지가 막걸리에 절어 나를 불러놓고 말했다. 나는 이 말의 뜻을 아직도 모르겠다. 아버지의 그 비현실적인, 두서없는 통일논리 말이다. 국가가 힘을 배양하여 엄연히 다른 가치관과 정치 이념으로 각자의 길을 걷고 있는 북녘을 제압하고 굴복시켜 몰아내자는 뜻인 것 같은데, 그런 일에 자신이 주도적으로 동참하고 있다고 착각하는 것이 분명했다. 아버지의 주도로 갈아엎은 농토, 특히 안천 제방 사업은 구태여 크게 벌일 필요가 없었다. 동네 나이 지긋한 어른들이 착한 물길 안천(安川)을 갈아엎다 보면 사천(死川)이 될 것이라고, 그것은 오래전, 장군이 살았던 시대에도 누군가 안천 제방을 만지다가 동네 물난리가 나서 수많은 사람들이 수장되었다는 사실을 상기시키면서 제방사업에 대하여 자제를 권했다. 하지만 투철한 사명의식을 가진 새마을 지도자 아버지는 일말의 가치 없는 미신에 불과하다며 불쾌감을 내비쳤다.

"닐 암스트롱이라는 사람을 아십니까? 사람이 달나라를 왔다갔다하는 시대입니다. 아직도 병암산에 터무니없는 신령이 존재한다는 말을 믿어야 하나요. 제가 안천 제방을 만지려는 것은 다 동네를 위하는 일입니다. 지금처럼 구불구불 흘러가는 물길을 바로 잡아 용수는 물론이고, 곧 들어오게 될 수도 사업을 진행하는데 있어서 기초를 닦는 일이 될 것입니다. 이제 가만히 집에 앉아서 물을 마실 수 있는 시대가 올 것입니다."

그 즈음 아버지는 많이 똑똑해져 있었다. 아버지는 일찍이 외할아버지 말처럼 낫 놓고 기역자도 모르는 무식한 사람이었다. 김유정도 몰랐고, 그가 쓴 단편 '봄봄' 이 앞뒷글이 같으니, 섯다 판의 땡에 준하는 족보 중 하나일 거라 생각했던 사람이다. 아버지는 글을 모르는 까막눈이었다. 그런데 닐 암스트롱을 알 정도로 박식해져있었다. 아버지 옆에는 교활한 눈을 가진 여러 명의 마귀들이 청년회원이라는 직함으로 늘 붙어 다녔다. 그들은 충동질에 능한 사람들이었다. 그들은 공사판을 벌여야 구전도 뜯어먹고, 공사자재비 명목으로 착복할 수 있다는 계산을 했다. 그들은 한 몫 잡았다, 라고 늘 생각하고 살아온 사람이라 한 몫 잡을 수 있는 소중한 기회를 놓칠 수 없었다. 더군다나 아버지가 그런 자신들의 계략을 인지할 수 없는 무식한 사람이라는데, 더 큰 흥미를 느꼈다.

"위원장님. 이 장부를 좀 봐주세요."

볼게 없었다. 검은 건 글씨고 흰 것은 여백이었다. 하지만 아버지는 꼼꼼하게 보는 척 했다. 자리가 사람을 만든다고 하질 않는가. 보는 척 하라고 만든 자리가 아버지가 앉아 있는 자리였다.

"사인이나 도장을 찍어 주셔야 합니다."

"어디……?"

"여기, 이곳에 찍으면 됩니다."

아버지는 도장 찍는 위치를 몰랐다. 몇 번은 어디에 찍을지 물었다. 그것도 귀찮은 일이었다. 나중에는 "자네들이 알아서 찍어." 라고 했다. 그래서 마귀들은 알아서 여기저기 찍어댔다. 결재란 그런 것이다. 결재자의 동의는 때로는 이런 방식으로도 진행된다. 이런 방식의 진행을 바지사장의 결재라고 한다. 아버지의 도장이 찍힌 서류는 관청으로 날아갔다. 훌륭한 공무원의 첨삭을 통해 '마을정비계획' 이라는 또 다른 서류로 둔갑하여 고위층에 보고되었다. 그들은 시찰 한번 없이 돈을 내려 보내주었다. 어차피 손해 볼 게 없었다. 주민들이 다 동의하여 도장을 찍고, 더군다나 고매하신 위원장님의 도장이 찍힌 서류를 구태여 트집잡아 반감을 살 필요가 없었다. 그들도 그냥 도장만 찍으면 간단한 일이었다. 그들은 보고 찍고, 아버지는 보는 척하고 찍었다는 차이 뿐이었다. 어쨌든 닐 암스트롱에 관한 연설은 도장을 제멋대로 찍어대던 청년회원 중 하나가 원고를 쓰고, 그것을 읽을 수 없던 아버지는 달달 외웠다고 한다.

안천은 병암산의 골짜기의 물과 인근 동네의 물길과 만나면서 구불구불 흘러갔다. 그래서 용이 되지 못한 병암산 신령의 한이 서린, 이무기 꼬리라고들 했다. 어떤 사람들은 장군의 피눈물이 스며든 곳이라 상서로운 하천이라고 했다. 암울한 시대의 전조는 이랬다. 바로 국모의 죽음이었다. 국모가 시해당하는 큰 변고가 났을 때 안천 엔 피 눈물처럼 붉은 물이 흘러갔다. 장군은 국모가 시해 당하는 비통한 사건이 벌어졌다는 것을 알고 크게 낙망 하였다. 국모가 낭인들의 '히젠토'라는 칼에 목이 베어 졌다는 충격적인 소식은 그를 몸져눕게 하였다. 병이 들 어 시름시름하던 장군은 모든 관직을 버리고 몇 달 뒤 야 윈 얼굴로 걸음을 절면서 낙향을 했다. 고향에서 토굴을 파고 결사조직을 만들어 적들과 대항했다. 결사조직은 식솔들과 인근의 장정들로 구성되었다. 그들은 치열하 게 전투를 벌였지만, 적들은 강했다. 대부분 죽거나 병신 이 되었다. 더러는 살아났어도, 그들은 뿔뿔이 흩어졌다. 몇 남지 않은 결사조직은 암울한 시절이 되자 모조리 요 동 땅, 고구려의 땅, 무당집 그녀의 한이 서린 만주로 건 너갔다.

안천은 말 그대로 물길이 무척 자연스럽고 편안했다. 사람들은 구태여 안천에 제방이 필요 없다고 생각했다. 용수를 공급하려면 하류에 규모가 적당한 저수지를 만들 면 된다고 의견을 내기도 했다. 구태여 자연스럽게 흐르 는 물길을 바로잡아서 유속이 빨라지는 위험을 자초할 수도 있다고 했다.

"그건, 병암산의 황토, 토사 때문입니다. 황토가 비바 람에 무너졌던 탓입니다. 달나라를 왔다갔다하는 시대 에 무슨 강물이 피를 흘린다고 하십니까. 안천은 우리 마을의 중심 물길입니다. 중심을 바로잡는 거, 그건 우리들 마음을 바로잡는 것이기에 안천부터 바로잡자는 것입니다."

너무도 강한 어조, 원래 아버지는 그런 사람이 아니었다. 하지만 남의 말에 귀를 기울이지 않았다. 상류인 병암산 정상부터 공사는 시작되었다. 석공들이 병암산의 바위들을 다이너마이트를 이용해 반으로 쩍쩍 갈랐다. 하루 종일 대포소리가 동네 지축을 갈랐다. 드잡이들이 달려들어 밑으로 큰 돌을 굴려가며 제방을 쌓기 시작했다. 물론 질 좋은 화강암 덩어리 일부는 다른 지역으로 반출되기도 했다. 그런 거래엔 반드시 떡고물이 떨어지는 법이라, 청년회원들과 아버지는 밤낮없이 흥청거렸다. 그들은 '모여야' 살았고, '모여서' 누가 떡고물을 더 챙겼는지 토론을 하기 위해 밤새 막걸리를 마셨다. 결국엔 막걸리가 토론을 말아먹고, 제방 공사를 말아먹고, 종국엔 떡고물까지도 말아먹었다. 아침이면 다시 모여서 해장술로 속을 달랬지만 곧 잊었던 떡고물이 생각났다. 그걸 따지느라 부아가 터진 회원들은 막걸리부터 찾았다. 아랫마을 주점은 날로 흥하고, 주점 아낙은 피둥피둥 살이 쪘다. 청년회원들과 아버지는 공사판을 찾아다니면서 공사를 감독하기 보다는 반출되는 돌을 셈하느라 더 정신없었다. 그건 챙기는 자의 몫이었기에 불나게 뛰어다녔다. 하지만 이미 시작된 제방공사는 새참과 함께

158

제공되었던 막걸리를 마셔가면서 일직선으로 정비되기 시작했다. 장마가 시작되기 전에 일한 일꾼들에 의해 공사를 끝내야 했다. 우리 동네 마을 사람들과 근처 마을 사람들까지 모두가 동원된 대규모 공사였다. 하지만, 모든 기우는, 염려는, 말은 씨가 되는 법이었다. 아버지의 그 처절한 몸부림, 안천제방을 일직선으로 만들어 그 물길의 시원한 유속을 따라 북으로 가고 싶어 했지만 그 꿈은 물거품이 되고 말았다. 수개월에 걸친 제방공사는 일직선으로 진행되는 것 같았지만 단 한 차례의 폭풍이 지나간 뒤 그대로 구불구불 원위치하고 말았다. 주변 농토는 거의 휩쓸려 나갔다. 확인되지는 않았지만 풍문에 하류 지방도 상당한 수해 피해를 입었다고 했다. 그 해 여름, 낙차가 큰 병암산의 물길은 보통 굵은 바위로도 그 힘을 막아낼 수가 없었다. 제 아무리 든든한 바위라도 아주 손쉽게 하류로 밀어내고 말았다.

나는 아직도 그날의 참화를 똑똑하게 기억한다. 이른 아침 작은 물방울로부터 시작된 비가 그렇게 많은 사람들을 다치게 할 줄은 몰랐다. 재산을 쓸어가고, 종래엔 아버지의 꿈이었던 안천 제방공사까지 단박에 휴지처럼 구겨버릴 줄은 몰랐다. 외할머니는 그 날의 비를 '여우비' 라고 했는데, 요즘 말로는 국지성호우였을 것이다. 어떠한 전조도 없었다. 여느 때와 마찬가지로 병암산에는 안개가 가득 피어 있었다. 그런 날에는 비 대신 햇살이 따가운 법이라는 것은 상식이었다. 하지만 외할머니 말로는 어머니가 돌아가시던 날도 그런 비가 내렸다고, 발자국 소리를 죽여가면서 내리는 비는 상서롭지 못한 비라고 했다.

"범이 사람을 물어갈 때도 발자국 소리는 기운이 하나도 없는 것 같이 조용하단다. 하지만 방심했다가는 큰 화를 입게 된단다."

외할머니 말처럼 빗방울은 굵지 않았다. 그리고 휩쓸리듯 여기 한 방울 저기 한 방울 떨어지기 시작한 빗방울은 도무지 큰 비가 되지 못할 것 같았다. 바람이 다소 섞여 있긴 했지만 그마저도 태만했다. 태풍, 폭풍 이런 힘의 요동은 느껴지지 않았다. 나는 양철지붕 처마에서 주르르 흐르는 빗방울을 손바닥에 펼쳐 빗방울을 모았다 뿌렸다 하는 장난을 반복하고 있었다. 외할머니가 "손등에 사마귀 돋는다, 물장난 그만하고 얼른 방으로 들어가라"고 했다. 당시 나는 방에 들어온 후 며칠 전 아버지가 구입한 라디오에 귀를 기울이고 있었다. 일기예보 따위는 방송하지 않았던 때라 '삼장법사와 손오공'이라는 연속극을 듣고 있었다. 신명나는 대목을 듣고 있었다. 손오공과 저팔계의 싸움, 빗방울이 좀 거세졌다. 바람도 크게 자라났다. 밖이 소란스러워졌다. 양철지붕에 다닥다닥하는 빗방울 소리가 연속극을 듣는데 방해를 했다. '삼장법사와 손오공' 연속극 내용 중에 예의 등장하는 손오

160

공의 신비한 마술 연기도 구미가 당겼다. 하지만 그것 말고도 퀴즈 문제가 걸려있었다. 손오공 연기를 하는 성우가 과연 여자인지 남자인지 알아맞히는 퀴즈였다. 당시 나는 멀리 우체국까지 가서 관제엽서에 분명 '여자'라고 적어 방송국에 발송한 상태였다. 금주는 '남자'라고 적어 발송해 놓았다. 추첨을 통해 일등엔 삼양라면 한 박스가 경품으로 지급되었다. 바로 그 날이 경품당첨자 발표일이기도 했다. 무당집의 그녀, 남장 여자를 이미 맞추어 본 경험이 있다는 사실은 금주에게는 비밀로 했다. 개학과 동시에 학기말까지 서로의 가방 들어다주기로 약속한, 또 다른 상품(?)도 걸려 있었기 때문이다.

부엌 쪽에서는 예의 할머니의 '누가 만들 길이냐, 나만이 가야할 슬픈 길이냐……' 하는 구슬픈 노래가 조왕 흙바닥을 때리면서 들려왔다. 부지깽이가 장단을 맞추며 반복적으로 들려오고 있는 들국화. 외할아버지의 해외 가출(?) 이후 '들국화'는 외할머니의 애창곡이 되어 있었다. 드는 사람은 몰라도 나는 사람은 빈자리가 생기는 법이라고, 외할머니는 외할아버지의 부재에 대하여, 그 그리움을 이마자의 '들국화'로 대신하고 있었다. 외할머니는 가끔 아들이 없어서 일본 화냥년을 찾아간 것이라고 엉뚱하게 아버지에게, 처가살이, 데릴사위 등등을 들먹이면서 타박을 하곤 했다.

지붕의 소음과 할머니의 노랫소리가 라디오에서 흐르

는 오디오를 방해했다. 오디오가 다소 약하게 들렸다. 볼륨을 좀 키우려고 라디오에 다가가는 순간, 번쩍 하는 번개와 동시에 우르르 꽝, 천둥이 지축을 갈랐다. 창호문 밖이 훤해졌다가 어둠으로 깊이 스며들었다. 문을 열자 하늘은 이미 온통 어두컴컴한 구름 뿐이었다. 라디오 또한 기능을 상실한 상태였다. 트랜지스터 라디오를 몇 차례 탁탁 쳐봤어도 손오공의 신비한 마술은 흘러나오지 않고 저팔계의 숨소리처럼 식식거리는 잡음뿐이었다. 마치 병암산에서 그 동안 들려오던 다이너마이트 소리처럼, 또 다시 천둥이 지축을 갈랐다. 조왕 아궁이에 앉아 있던 외할머니의 노랫소리가 갑자기 잦아들었다.

"에고, 이 비에 느의 아버지는 어제 나가서 함흥차사냐."

외할머니가 부지깽이로 부엌문을 밀치면서 앉은 채 하늘을 올려다보면서 두런거렸다. 뒤란 대나무 숲에서는 쏴아, 하는 바람이 먹구름을 매달고 가득 밀려왔다. 재차 번개가 하늘을 갈랐다. 병암산 쪽에서는 천둥소리가 마치 대포소리처럼 계속해서 꽝꽝 하고 몰아쳤다. 동시에 장대처럼 큰 비가 거센 바람과 함께 순식간에 몰려들었다. 짧은 순간에 얼굴색을 바꾼 빗방울, 나는 이불을 뒤집어쓰고 덜덜 떨었다. 물바가지로 들이붓는 것 같은 빗방울이 천장의 양철지붕을 마구 뒤흔들어댔다.

"안 되것다. 느의 아버지를 좀 찾아봐야겠다."

외할머니가 쏟아지는 빗방울을 손으로 걷어내며 마당을 달려 나가다, 재차 되돌아오면서 "아이고 무섭다, 앞이 안보여 걸음을 못 걷겠구나." 원망스럽게 하늘만 바라보았다. 굵었다. 아니 큰 나무 밑동처럼 굵고 단단한 비였다. 외할머니가 발을 동동 굴렀다. 아버지? 나는 이불 속에서 아버지가 강물에 둥둥 떠내려가는 상상을 했다. 이불을 걷어내고 외할머니의 만류에도 불구하고 밖으로 달려 나갔던 것 같다. 잠깐 사이였는데도 이미 주변 논엔 물이 한 가득 담겨 모를 덮고 있었다. 예상대로 안천은 붉은 황톳물이 가득했다. 비는 여전히 피부 속으로 파들어 갈 것처럼 세차게 퍼붓고 있었다. 큰 바위들이 마구 안천 제방의 옆구리를 때리면서 굴러가고 있었다. 건너편 제방 둑에서는 빗속에서 장비하나라도 더 건져내려는 인부들이 발악을 하고 있었다. 어떤 사람은 물에 빠져 허우적거리기도 했고, 그런 사람을 구하려고 누군가 물속으로 뛰어들기도 했다. 물속으로 들어갔다가 겨울 목을 내밀고, 그러다 재차 물속으로 빨려 들어가고, 마치 외갓집 대청마루 밑 쥐들 같았다. 점점 불어나는 안천이 금세라도 넘칠 것처럼 위험천만하게 넘실거렸다. 어디선가 흘러오는지 모를 돼지, 소, 닭, 가재도구들이 황톳물에 범벅이 되어서 하류로 흘러가고 있었다. 정말 순식간이었다. 어느새 몰려나왔는지 둑에 서서 이런 광경을 구경하고 있는 마을 사람들, 금주, 외할머니, 주점 아낙,

송씨……, 그들이 일제히 두런거렸다.

"그러게 안천 제방을 건들면 안 된다고, 병암산의 바위는 함부로 건드는 게 아니라고 했는데, 이 일을 어쩌면 좋을까나."

"큰일이네. 이러다 동네 다 잠기는 거 아녀."

"아이고 무서워라. 물이 불보다 무섭다고 안 합니까."

사람들은 애가 타는지 발을 동동 굴러댔다.

"아이고, 아이고, 모두 다 죽는다."

아랫동네 사람들이 하나 둘 수효를 늘려가면서 모여들고 있었다. 집도 버리고, 가재도구도 버리고, 생활 터전을 수장시키고, 모조리 산동네로 피신하고 있었다. 행렬이 끝도 없었다. 꾸역꾸역 사람들이 모여들었다.

"아이고 무섭다. 내 생전 처음 이런 비는 또 첨 본다."

"아이고 저기는 영순네 돼지 아이오. 영순네 바크서 아이오."

사람들은 강물을 쳐다보면서 안타까움에 부들부들 떨었다. 그러나 이미 제방은 한계선을 넘어서고 있었다. 불끈불끈 제방 둑이 위험했다. 순간 희끄무레한 물체가 저쪽 제방에서 서서히 떠올랐다. 분명 미친년이었다. 무얼 먹고 있는지 입을 실룩거렸다. 늘 어깨에 견장처럼 붙어다니던 매는 비바람 때문인지 보이지 않았다. 위험천만하게 흘러가는 황톳물을 주시하기 시작했다. 갑자기 미친년이 몸을 날리는 게 아닌가. 설마 했지만 이미 물속으로 뛰어든 다음이었다. 너무도 자연스럽게 물살을 헤쳐 가면서 이쪽 편으로 유유자작 넘어왔다. 물살의 움직임에 자신의 힘을 완충하면서 물을 제압했다. 너울 파도를 타듯이 너무도 유연한 수영 솜씨였다. 제방에 서 있던 사람들은 모두 휘둥그레진 눈으로 그런 그녀를 바라보면서 소리를 쳤다.

"아이고 저년이 송장 치르려고 환장을 했네."

"뒈지려면 다른 동네 가서 뒈지지 동네 횡액하려고, 물로 뛰어들어 뛰어 들기를!"

"저년 저거 이제 귀신같은 노랫소리 안 듣게 해주려고 우리에게 자비를 베푸는 거야, 뭐야!"

모두들 우려 했지만 그녀는 완벽한 수영 실력의 소유자였다. 단 한 차례도 헐떡거림 없이 잠시 후 물속에서 떠오르는 미친년의 등에 남자가 매달려 있었다. 공사판 인부였다. 그는 물을 마셨는지 둑에 엎어져서 물을 게워 냈다. 황톳물이 울컥울컥 입에서 흘렀다. 누군가 그런 그의 등을 세차게 쳐댔다. 화상자국 위로 물 한방이 툭 떨어졌고, 미친년은 얼굴을 훑으면서 어느 순간 재차 물속으로 뛰어들었다. 그리곤 물살에 맞추어 하류로 흘러갔다. 큰 돌이 굴렀지만 그녀의 자맥질은 돌을 가볍게 지나쳤다. 단 한 번도 고개를 물속에 처박는 일이 없었다. 사람들은 어안이 벙벙한 듯 그런 그녀에게서 눈을 떼지 못했다.

"신통한 재주도 있었네."

"그러게 이거 원 귀신에 홀린 것 같네 그려."

아버지의 북으로 향하는 좌표는 아쉽지만 중간에서 불시착했다. 그 날 제방은 너무도 간단하게 무너지고 말았다. 물길을 막을 수 있는 제동장치는 이미 공사라는 미명하에 파헤쳐졌기 때문에 말랑말랑해진 상태였다. 초고속의 유속은 막강화력을 장착한 채 위용을 자랑하면서 제방을 무너트리고 마을의 농토를 휩쓸고 거침없이 내달렸다. 병암산에 심어졌던 어린 나무들은 산이 아닌 농토 여기저기에 빈사상태로 팔 다리가 잘려나가고 목이 부러진 상태로 죽어버렸다. 아랫마을 주점 지붕에도 어린 나무들이 죽음의 진을 치고 있었다. 모든 집 태반이 근황은 비슷해 황톳물에 잠겼다. 큰 바위가 담을 허물고, 집을 부수었다. 나는 무당집의 그녀 걱정으로 달려갔으나, 도저히 깊은 물길 때문에 접근할 수 없었다.

아랫마을 사람들 대부분은 외갓집 근처 고지대로 피신한 상태였다. 그러나 그녀는 보이질 않았다. 눈도 보이지 않는데, 집안으로 물밀 듯 들이차는 물길에서 퇴로를 찾으려고 더듬거렸을 그녀의 얼굴이 어른거려 참을 수가 없었다. 눈물이 질질 흘렀다. 비는 그런 내 얼굴에 계속해서 큰 파장을 일으키면서 떨어졌다. 물이 불보다 무섭다고, 했던 어른들의 말은 사실이었다. 불은 재라도 남기지만 물은 단 한 가지도 남기는 게 없었다. 물이 불을 향

166

해 싹쓸이라고 들어는 봤나, 했다는 말은 노름판의 전설이 아니었다. 현실이었다.

새마을운동을 한답시고 열심히 모이고 모여서 막걸리 잔을 부딪쳤던 아버지를 위시한 마을 청년들은 어디로 숨었는지 코빼기도 보이지 않았다. 그 물난리에도, 떡고 물을 찾아 떠났는지, 아니면 연수를 떠났는지, 동네에서 그들을 봤다는 사람은 없었다. 외할머니는 이제 집안엔 늙은 여자와 나이어린 남자아이만 남아 버렸다는, 섣부른 판단을 하면서 마구 통곡했다. 비가 그친 뒤 바닥에 철퍼덕 주저앉아 몇 시간이고 펑펑 울었다. 하늘은 언제 그랬냐는 듯이 맑은 얼굴로 변해있었다. 구름 한 점 없는 금주의 해맑은 얼굴 같았다. 뭉게구름이 병암산 끝에서 뭉실뭉실 흘러가고 있었다. 지금 생각하면 채 두 시간도 안 되는 사이에 퍼부은 초자연적인 빗방울이었다. 아버지가 그토록 일구고자 했던 새마을의 꿈은, 북으로 향했던 강한 동네, 강한 나라는 두 시간 만의 폭우로 숨소리도 못 내고 초전박살 나고 말았던 것이다.

아버지는 죽지 않았다. 외할머니가 지극히 우려했으나 모지고 질긴 게 생명이었다. 몇 군데 타박상만 입고 미친 년의 등에 업혀서 축 늘어진 채 살아 돌아왔다.

원수들이 강하다고 겁을 낼 건가
우리들이 약하다고 낙심할 건가
정의의 날센 칼이 비끼는 곳에

이기는 자 너와 나로다.

누군가 흥얼거리면서 온 몸에 물을 뚝뚝 흘리면서 들어섰을 때, 나는 미친년이라는 것을 예감했다. 그녀가 들어오기 전부터 하늘에서는 매 한 마리가 빙빙 날고 있었으니까. 외할머니는 맨바닥에 엎어져 통곡을 하고 있었다. 왜 그랬는지 나는 하늘의 매를 올려다보면서 그다지 불안하지는 않았다. 하지만 자식으로 제법 근심어린 얼굴을 하고 있었다. 미친년이 태산처럼 우뚝 들어섰을 때 우리는 단박에 그녀가 업은 사람이 아버지라는 것을 알아봤다. 알아보고 난 후에는 더욱 경황이 없었다. 서둘러 아버지를 인계받아 방안으로 옮겼다. 그리곤 이부자리를 깔아 아버지를 눕히고 난 뒤 뒤돌아섰을 때 미친년은 온다간다 말 한마디 없이 사라지고 말았다. 우라질, 생명의 은인한테 인사 한마디도 못하다니! 아버지를 살려줘서 너무 고맙다는 인사라도 할 요량이었는데, 나는 그녀가 사라졌을 법한 쪽을 향해 고개를 돌렸다. 그러나 그녀의 자취는 보이질 않았다. 방안으로 들어갔을 때 아버지는 물 한 잔을 다소 길게 들이키고는 몸을 일으켰다. 여기저기 타박상 자국은 있었으나, 크게 상하지는 않은 것 같았다. 빈 물잔을 내려놓으면서 두리번거렸다.

"나를 살린 게 누구야. 물속에서 나를 잡아끌어 살려준 게 누구야?"

"……?"

"미친년!"

할머니가 단호하게 말했다. 아버지가 뜨악한 듯 재차 물었다.

"네? 미친년이라뇨?"

"병암산 미친년이 자네를 업고 들어왔어⋯⋯. 천운일세."

"그랬군요. 정신을 잃었었는데, 그 정신에도 누군가 나를 물 속에서 잡아끄는 것이 느껴졌어요. 아주 손쉽게 그 험한 물길을 헤쳐 나오는 것 같았는데⋯⋯, 병암산의 미친년⋯⋯, 아니 그 여자가 나를 구해줬군요."

생명의 은인을 미친년이라고 표현할 수는 없었다. 그래서 아버지는 미친년 대신 그 여자라고 정정했다. 그 여자? 쇠망치로 뒷머리를 제대로 한방 맞은 듯 멍한 표정이었다. 한마디로 이런 상황은 도대체 뭐지였다. 이건 뭐 이런 상황이 가능한 것인지, 아버지는 빈사상태로 눈만 끔벅거렸다. 지독한 빗방울이 지독하게 따가운 햇살로 바뀐 어느 날에 일어난 사건이었다.

마루 밑의 똥개 '멍구' 는 쥐 잡을 생각도 안하고 늘어지게 하품만 하고 있었다. 늘 생쥐에게 자기 먹이를 빼앗기면서도, 잠만 자는 잠보, 나는 '멍구' 를 향해 발길질하면서 무당집으로 달려갔다. 무당집은 물이 빠지지 않아 마루 밑에는 아직도 황톳물이 온갖 것을 물들이면서 가득했다. 나는 조심조심 그러나 서둘러 그녀를 찾았다. 그녀는 없었다. 아무데도 없었다. 부엌에도, 방안에도, 마루에도, 아궁이 속에도, 그녀 대신 온갖 가재도구, 살림살이 용품들이 물에 둥둥 떠다니고 있었다. 나에게 전병을 입에 넣어주는 모습, 목욕을 시켜주던 장면, 다정하게 품에 안아주었던 모습, 두 눈에서는 동공이 빠질 듯 눈물이 핑 돌았다. 제발 죽지마세요. 만주의 그 험한 벌판에서도 살아났는데, 고작 이 황톳물에 죽다니! 온몸이 바들바들 떨렸다.

개떡 같은 새마을운동, 국가가 나에게 해준 것은 오로지 그리운 사람을 증발시킨, 엄마도, 무당집의 그녀도 모조리 사라지게 한 것뿐이리라. 이런 국가관은 자라는 속도와 맞추어서 점점 커지고 말았는지 모르겠다. 우라질!

그 날 정부의 공식 발표는 없었다. 사망자를 비롯한 실종자 명단 재산피해 상황도 발표되지 않았다. 새마을사업 입안자들의 공식 사과는 물론 라디오에서는 긴급뉴스 같은 것도 없었다. 다만 중부지방에 큰 비가 내렸습니다, 라는 짧은 멘트뿐이었다. 그걸 유식한 말로 단신이라고 한다. 그리곤 곧바로 길게 이어진 월남전 소식, 맹호부대가 승리를 거두고 온 국민들의 열렬한 환영 속에 돌아온다나, 뭐라나. 다만 풍문으로 떠도는 아랫마을의 저 하류지방 사람들 몇이 죽었다 카더라 라는 식의 동네뉴스는 유언비어처럼 붕붕 날아다녔다.

모든 언론과 정부가 침묵하는 가운데 군에서 발행하는

170

향토사학지에 그날의 참화에 대하여 간단한 논평이 실렸다. 내용은 〈병암산의 혈맥을 자르다, 상당수 석공, 인부들 실종자, 부상자 속출, 앞으로 정부에서는 병암산 입산을 통제하고 혈맥에 대하여 전방위적인 조사를 벌일 예정.〉이었다. 마치 군에서 사용하는 것 같은 용어, '전방위적'이라는 단어가 이채로웠다.

나는 라디오 퀴즈에서 손오공을 연기한 성우가 '여자'라고 정답을 맞게 썼지만 당첨은 되지 않았다. 삼양라면 한 박스가 날아갔지만 대신 책가방은 이제 금주가 반 학기 동안 들고 다녀야 했다. 하지만 금주는 이런저런 핑계로 책가방을 들고 다니지 않을 것이다. 애초부터 그런 내기에는 나만 손해 보는 것이라는 사실을 모르는 바 아니었다. 금주가 나의 책가방을 들고 다니는 행위를 용인할 리 만무라는 것도 잘 아는 상식이다. 하지만 그런 인간, 내기에 지고도 다양한 우격다짐으로 약속을 지키지 않는 인간도 세상엔 수두룩하다는 것을 알았다는 사실도 크게 나쁘지는 않았다. 새마을운동은 우리 동네에서는 일단 멈추어야 했다. 우리 동네는 즉시 헌동네 마을로 돌아가는 건가. 어쨌든 그해 동네 집집마다 전기가 들어왔으니 무언가 달라진 것은 있었다. 그게 새마을운동하고 무슨 상관이 있는지는 모르지만…….

외할머니

아버지는 특별하게 몸이 아픈 것도 아니면서 한동안 자리보존하고 누워 있었다. 그리곤 며칠 뒤 관청을 다녀온 후 모든 직함을 내던졌다. 직함이 사라졌다는데 아쉬움이 남아 있는 얼굴은 아니었다.

"갑자기 내가 뭐에 홀렸나 보다. 송충이는 솔잎을 먹어야 하거늘. 가랑이 찢어지는 줄도 모르고 황새만 따라 갔었어."

집 밖으로 단 한 발짝도 나가지 않았다. 대신 초등학생인 나에게 글을 배우기 시작했다. 사람이 자기 이름자 정도는 써야 한다는 게 아버지가 글을 배우는 이유였다.

"무식한 오빠가 되어서 글 하나 모르면 어린 동생들이 얼마나 실망하겠니. 언젠가는 만나겠지. 죽지만 않는다면 말이야."

내 주위에는 사람 찾는 사람들만 있었다. 홍신소가 당시에 있었다면 영업실적 팍팍 올라갔을 터인데, 동네에는 그 흔한 대서방 하나 없었다. 아버지는 어린 동생, 무당집 그녀는 연이 언니, 외할머니는 외할아버지, 금주는

172

서울에 있다는 아빠, 나는? 누굴 찾지? 무당집 그녀에게는 아무런 소식도 없었다. 집이 폐가처럼 무너져가고 있었는데 그녀의 집은 주인 없는 티를 팍팍 내면서 온통 잡초로 우거져 귀신이 나올 것만 같았다. 학교 가는 길 오는 길 일부러 아랫동네 무당집을 지나치곤 했는데, 사람이 돌아왔다는 변화의 조짐은 없었다. 당산나무만 우두커니 그림자를 만들어대고 있을 따름이다.

"우리 승규 왔구나." 하면서 그녀가 대문간에 서서 반겨줄 것만 같았는데……, 우울했다. 슬펐다. 짜증났다. 괜스레 운동화로 다 떨어진 대문간만 툭툭 갈겨대다가 터덜터덜 집으로 돌아오곤 했다.

정말 아버지는 딱 자신의 이름자만 쓰게 되었을 때, 이름자를 쓰게 되기까지 대략 한 달 걸렸고, 즉시, 공부를 멈췄다. 아버지의 이름은 정정만(鄭正滿)이었다. 한문으로 배운 것이 아니라서 한글로 두 글자만 알려주면 되었다. 정자와 만자, 그걸 배우는데 무려 한 달이나 걸렸다. 아버지가 나에게 공부 잘해야 한다는 말은 그래서 그 후로 다시는 써먹을 수가 없게 되었다. "세상에는 공부머리가 따로 있나보다." 하는 게 아버지의 낫 놓고 기역자도 몰랐던 이유였다. 예전처럼 목구멍이 포도청이야, 라고 말하면서 걸망을 어깨에 메고 병암산을 오르내리며 온갖 약초를 채취하였다. 금주는 하루 종일 밖으로 나가서 아이들과 어울려 놀다가 저녁 무렵이나 집으로 돌아왔다. 볕이 드는 양지에 졸고 있는 닭처럼 나는 무척 심심했다. 사교성이 좋은 금주와는 다르게 나는 누구 앞에서도 우물쭈물해서 별스럽게 친하게 노는 짝패들이 없었다. 그런 어느 날, 외할머니가 산에 가자 하면서 마당에서 홀로 사방치기를 하고 있던 나에게 말을 걸었다.

"내일이 네 엄마 기일이다. 절이나 다녀오자. 아버지는 어제 다녀왔단다." 라고 내 손을 잡아끌었다.

제사는 늘 집에서 지냈다. 그런데 갑자기 절 운운하면서 절에 다녀오자는 말에 나는 다소 어리둥절했다.

"느의 아버지 지난 비에 장사치를 뻔했다. 조상 탓 한다고, 내가 네 엄마 혼백을 절로 옮겨 놨다. 네 엄마도 어릴 적부터 다닌 절이라서 그곳에서 마음 편할 것 같고. 올해부터는 절에서 제사를 지내기로 했다."

"절에서 제사도 지내요?"

"그럼, 우리는 다 부처님 법도로 사는 거란다."

외할머니가 점잖고, 고운 말로 부처님이라고 했을 때, 나는 다른 사람 보는 느낌이었다.

"그러나 저러나 느의 외할배는 도통 소식 한자 없구나. 죽었는지 살았는지, 죽었다면 제삿밥이라도 떠 놓아야 할텐데."

할머니는 보자기에 제수 용품 몇 가지를 싸더니, 가볍게 머리에 이고 뒤뚱뒤뚱 앞서 걸었다. 여름 한 낮의 햇볕이 길고 험한 얼굴로 따라왔다. 집을 나서자마자 땀부터 쏟아지기 시작했다. 병암산 능선 자락에 있는 절을 가자면, 방죽을 지나고 좁은 산길로 대략 십 리쯤은 걸어야 했다. 우선 지난 비에 마구 파헤쳐진 산길을 걷는다는 게 그리 용이하지만은 않았다. 신발이 황토의 습기에 죽죽 미끄러지는 통에 몇 걸음 못가고 신발 밑창에 달라붙은 흙을 바위에 탁탁 털어내야 했다. 올라붙은 언덕길이라서 숨이 목까지 차오르고 있었다. 덥기는 왜 이리 더운지, 어느새 윗도리 아랫도리 할 것 없이 흠뻑 젖었다. 그 길로 숱한 걸음을 옮긴 후 제법 야트막한 고개 하나가 나왔는데, 그곳에서는 마을의 모든 전경이 눈에 들어왔다.

"아이고 데다. 힘들지? 여기 앉아서 잠시 쉬어가자."

널찍한 바위에 할머니가 엉덩이를 걸치고 앉았다. 봉창에서 쌈지담배를 두툼한 세면봉지에 말더니 불을 붙였다. 푸우 하는 연기가 푸른 나무사이로 금세 사라졌다. 산 밑으로 드문드문 드러난 마을, 논과 밭 당산나무, 그리고 그 사이로 점을 찍어놓은 듯 집 몇 채. 할머니가 무명수건을 나에게 내밀었다. 나는 땀부터 닦아냈다. 시원한 바람이 슬그머니 얼굴에 달라붙었다.

"옛날엔 이 자리에서 호랑이가 나왔다고 하는데, 그래서 우리가 깔고 앉은자리가 호랑이 바위라고 한단다. 호랑이가 먹이를 사냥하고 이곳에서 먹이를 뜯어먹는 모습을 본 사람도 동네에는 숱했단다. 그런 호랑이를 단숨에 때려눕힌 장정이 하나 있었는데, 덩치가 이 바위만큼이 장대했었지."

"우와. 호랑이를 때려눕혀요?"

그 즈음 나는 말을 별로 더듬지 않았었다. 아버지와 금주네 가족과 어울려 올머리고개를 넘은 이후 자신감이 붙었다. 거기다 학교에 다니면서 조금씩 말 하는 횟수가 늘다보니 더듬는 것이 반복적으로 고쳐져, 정확하지는 않았지만 의사소통하는데 지장 없을 정도로 많이 양호해졌다.

"그렇지, 읍의 장터에서는 그 남자가 잡은 호랑이 가죽을 벗겨 말려놓곤 했었어. 장사였단다. 인근 동네에서 그를 당해낼 재간이 있는 사람은 없었어. 인정도 많고, 눈물도 많은 사람이었단다."

외할머니의 어느 때보다 차분해진 말소리가 이어졌다.

외할머니는 당시 장군의 집에서 일곱 살 나던 해부터 종살이를 했다. 외할머니의 고향은 어촌이었다. 찢어지게 가난했고, 나라에서 얻어다 쓴 구휼미 때문에 관가의 기생으로 팔려가게 되었다. 기생은 당시 특수 신분이라서 덩치가 산만큼이나 크고 코가 뭉툭하여 한 눈에도 볼품없는 외할머니가 넘볼 자리가 아니었다. 어쩔 수 없이 사가에 종으로 팔려나가게 된 것을 장군의 집에서 받아준 것이다. 장군의 집에 낙향한 장군이 살고 있었는데, 그에겐 두 아들이 있었다. 그 중 큰아들인 그 남자는 기

176

골이 장대했다고 한다. 기골이 장대한 남자는 공부하고는 별 취미가 없어 인근의 산으로 들로 사냥을 나가는데 재미를 붙여, 그런 그를 따르는 동네 청년들은 항상 그에게 짐승 가죽이나 고기를 얻으려 붙어 다녔다. 그 남자는 크고 단단한 목소리를 가지고 있었으며, 그건 산중의 호랑이도 놀랄만한 위엄과 무게감이 있었다. 그는 누가 뭐라 해도 용맹한 사내였다. 이에 반해 작은아들은 나직한 목소리로 늘 낭랑하게 책을 읽고 있었으며, 때로는 사색에 잠겨 집 마당을 걷곤 했다. 큰아들에게서는 사냥의 흔적 짐승이 흘린 피 냄새, 작은아들에게서는 묵향이 번졌다. 장군은 좀체 그 얼굴을 드러낸 적이 없었다. 장군의 부인 또한 누군지 알 수 없었다. 둘은 무엇이 바쁜지 항상 출타 중이었다. 두 아들만 집을 지키곤 했다.

"사내놈으로 태어나 시국이 금일 명일을 셈할 수 없도록 어지러운데, 책만 읽어서 되겠느냐. 내일은 나랑 사냥이나 나가자꾸나."

기골이 장대한 사내는 늘 동생에게 강해야 한다고, 나라가 풍전등화의 위기에 처했다고, 책만 보는 동생을 나무라곤 했다. 그의 귀로에는 항상 온갖 짐승들이 흘린 핏자국과 냄새, 그리고 일단의 무리를 앞세워 거나하게 취한 모습이었다. 짐승들의 가죽을 벗기는 일은 집안에서 할 수 없다는 장군의 엄명에 따라서 짐승의 사체, 그 잔해를 집안으로 들이는 일은 없었다. 매번 피 냄새만 가지고 들어왔다.

"시국이 어지러울수록 공부에 열중해야 합니다, 형님!"

"어허, 네놈의 그 잘난 글재주를 어디에 써먹을지 자못 궁금해지는구나."

"형님 도시 짐승들의 가죽은 벗겨서 뭐에 쓰려고 하십니까. 살생도 가려서 해야 한다고 아버님이 늘 말씀하시지 않습니까."

"이놈아, 그걸 몰라서 묻는 게냐. 나라의 변고에 대비해 동지들을 규합하고 있다. 그들은 하루 한 끼도 못 먹는 가렴주구(苛斂誅求)의 피맺힌 인생이다. 그들에게 짐승의 털가죽은 밥이고, 술이고, 자식이니라. 그들이 그걸 장터에 내다팔아 하루하루 연명한다는 것을 모르느냐."

"인(人)의 법도(法道)도 모르고, 인(人)의 생도(生道)도 모르는 말씀입니다. 생명을 취해서 생명을 유지한다는 것은 언어도단(言語道斷)입니다. 부처님의 법도도 모르는, 어찌 그리 유치한 발상이십니까. 열심히 학업에 정진해서 후일을 도모해야 합니다."

"……"

둘은 항상 잦은 다툼을 벌였지만 늘 작은아들이 언쟁에서 기골이 장대한 남자를 꼼짝 못하게 했다. 종국에 말이 막히고 답을 못하는 쪽은 매번 형이었다. 하지만 어린 종년의 생각에는 '당장 배가 고파 죽는 나 같은 사람은

178

어쩌란 말이야' 하면서, 바닷가 빈 고깃배를 생각했고, 동생들, 그리고 아버지 생각, 어머니 생각에 눈물짓곤 했었다.

"네년은 무엇을 안다고 눈물 바람이냐. 네년도 내 화살이나 총구에 죽어간 짐승들이 불쌍하다고만 생각 하느냐? 네년도 먹을 게 없어서 팔려온 주제에 아직도 주릴 배가 있더냐. 쯧쯧."

그 남자가 통을 주었어도, 종년은 '아닙니다, 도련님. 제가 무얼 알겠습니까.' 생각하면서 얼굴을 붉혔으나 그가 딱히 싫지 않았다. 그러면 그 기골이 장대한 남자는 큰 덩치로 종년을 앙증맞다는 듯, 숨이 막힐 정도로 꼭 끌어안으면서 "이 계집애가 도대체 몇 살이더냐. 너도 나만큼이나 산만한 덩치를 가지고 있구나. 당장에 그 큰 뱃구레를 어찌할까나. 뱃구레가 등짝에 붙어서 어찌 이 세상을 살까나." 하면서 장난을 치곤했다. 때로는 아버지 같았고, 옆집의 털털한 아저씨 같았던 그 남자, 그가 내뿜는 술 냄새, 확 풍겨오는 막걸리 냄새조차 점점 정이 잔뜩 들어갔고, 종년의 마음에는 그 어떤 다정하고, 친절한 말보다도 가슴이 두근거렸다. 초저녁부터 술에 취해 드르렁거리면서 잠이 들었어도, 벌떡거리는 숨소리에도 종년은 마음을 졸였고, 이른 아침 나갔던 사냥터에서 손가락만 베어도 심장을 도려내는 듯 마음이 아팠다. 그가 늘 입에 달고 살았던 "덩치는 산만한 년이 울기는 왜 그

리 우느냐."라고 퉁을 주면 "도련님 손가락이 너무 아파
서요."라고 자신의 손가락을 매만지면서 입에 물고 애매
한 대꾸로 좌중을 크게 웃음바다로 만들기도 했다.

"맹랑한 계집이로다. 껄껄껄."

예의 그 너털웃음, 남자의 말대로 암울한 시대는 오고
야 말았다. 두 형제는 크게 낙담하였다. 미처 대비할 틈
도 없었는데, 적들은 경황없는 틈을 이용해 장군의 집을
급습하였고, 그 기골이 장대한 남자는 호랑이를 때려눕
히던 괴력을 발휘해 적들을 한방에 때려눕히고 동생을
데리고 병암산으로 깊숙이 숨어들었다. 적들이 그 남자
의 완력을 너무 얕잡아 본 후회를 집안에 남아있는 모든
식솔과 가재도구에 퍼부었다. 집과 가구를 모조리 때려
부수거나 책을 꺼내 불 태웠으며, 울타리 담을 헐었으며,
종국엔 대문을 발로 힘껏 차버리고는 종들에게 온갖 쌍
스러운 욕지거리를 퍼부은 다음 돌아가 버렸다. 그들 중
에는 조선인도 다수 포함되어 있었는데, 인근 산촌에서
화전을 일구던 사람들이 대부분이었다. 그들에게는 장
군의 집은 늘 잘 먹고 잘 사는 질시의 대상이었던 것이
다. 남아 있는 종들은 뿔뿔이 흩어지거나, 산 속의 형제
를 따라서 산으로 숨어버렸다. 그들은 적들과 산중의 절
을 거점으로 몇 차례 치열한 전투를 벌였는데, 양측의 사
상자가 숱했다. 그러다 어느 순간 두 형제가 병암산에서
사라져 버렸다고 한다.

사찰은 병암산에 이런 분지가 있구나 싶을 정도로 너른 터에 자리 잡고 있었다. 주변은 산으로 둘러쳐 있었는데, 바람도, 경관도, 가람도, 나무랄 없이 수려했다. 경내 조경수들도 마치 선계의 조림공이 심어놓은 듯 단아한 풍취였다. 정면에는 대웅전으로 보이는 포집이 버티고 있었는데, 단청이 곱게 칠해져 있었다. 규모가 웅장했다. 대웅전 양편으로는 선방(禪房)으로 쓰고 있는 요사와 공양처, 그리고 사방 빗각으로 산식각과 약사전의 가람을 고루 갖추고 있는, 척 보기에도 고찰인 듯했다. 라말여초(羅末麗初)에 창건한 절이라고 일주문 옆 입구에 상세히 안내되어 있었다. 나는 '라말여초'라는 말의 뜻을 몰라 한동안 어리둥절했다. 라말여초? 몇 계단 오른 후 그 무시무시한 사천왕상(四天王像), 처음으로 보는 그 모습에 나는 경악을 금치 못했다. 도깨비 같았다. 방금 전까지 기억하고 있던 라말여초라는 단어조차 잊어버리게 만드는 사천상, 분명 도깨비처럼 뿔이 달려 있었다. 아버지가 보았던 빨갱이가 그런 모습이었을 것이다. 할머니가 옆구리를 쿡 찌르지 않았다면 손을 모으고 합장하는 것조차 잊을 뻔했다.

"이 문을 들어서면 부처님 세상으로 들어가는 거란다. 나쁜 말, 나쁜 생각은 저 속가에 다 버려두고 와야 한다. 그걸 문안으로 들고 왔다가는 이 사천왕들이 너를 벌하려고 도깨비 방망이를 휘두른단다."

외할머니는 무시무시한 조각품, 사천왕을 향해 고개를 조아렸다. 외할머니 말은 사실일 것만 같았다. 그래서 금주를 미워했던 생각, 아버지를 미워했던 생각, 그리고 무당집의 그녀에 대한 아주 가끔 품었던 여덟 살의 연정(?), 그것들을 마음에서 비웠다. 곁눈질로 외할머니처럼 따라서 합장을 하고 머리를 조아렸다. 모든 생각을 버렸는데 사천왕상은 아무리 생각해도 무섭기만 했다. 휴, 하면서 마당으로 들어섰을 때 다소 먼 걸음으로 스님 한분이 천천히 다가섰다. 사각형의 얼굴에 다부진 체격, 그리고 꼬리처럼 길게 휘날리는 흰 눈썹, 척 보기에도 법력이 느껴지는 그런 인상이었다. 마당 정 가운데 엄청난 크기의 은행나무가 구멍이 송송 뚫린 채 주름을 잔뜩 뒤집어쓰고 소슬바람을 불어대고 있었다. 그 밑으로 돌로 만든 의자가 몇 개 놓여 있었다. 그 밑에서는 누렁이 한 마리가 게으른 하품을 하다가 천천히 걸어오고 있었다.

"누님 오십니까?"

누님? 나는 외할머니와 스님을 연이어 바라보면서 누님? 하고 작은 소리로 누님이라는 단어에 힘을 주었다. 스님은 인자한 미소를 지으면서 나의 머리를 쓰다듬었다. 나는 겸연쩍어 얼른 외할머니 치마폭으로 숨어버렸다. 펄럭, 바람이 파고들면서 땀에 전 냄새가 훅하고 흘러나왔다.

"인사드려라. 이 할미하고 어릴 적 동리에서 아래윗집

살았던 스님이란다."

나는 외할머니를 따라서 합장으로 인사를 대신했다. 스님은 그런 나를 우울한 눈빛으로 바라보았다.

"오늘 옥(玉)이 기제일이라서 오셨습니까?"

"그러게요. 스님. 벌써 여덟 해를 지나고 있습니다. 이 아이가 여덟 살이니까요. 올해 학교에도 들어갔답니다."

"영특하게 생겼네요."

대웅전 수미단에는 삼존불이 모셔져 있었다. 본존불과 문수보살, 보현보살은 하나같이 개금이 되어있었다. 금 빛으로 반짝거렸다. 대웅전 내부에도 단청이 곱게 칠해 져 있었다. 부처님 앞으로는 작은 탁자 위에 촛농을 가득 흘린 촛대가 있었다. 향을 피웠는지 향내가 은은히 번져 나오고 있었다. 부처님의 온화한 미소는 조금 전 보았던 사천상과는 사뭇 다른 느낌이었다. 머릿속 몇 가지 생각 들이 온데간데 없이 사라졌다. 마음이 무척 편안했다. 부 처님께 절을 하고 또 했다.

"에고 이놈 아주 신통하네."

스님은 목탁을 툭툭 치면서 염불을 외고 있었다. 땀이 주욱 흐르도록 몇 번을 그렇게 머리를 조아렸다. 허리가 뻐근할 무렵 절을 끝내고는 대웅전 내부를 천천히 살폈 다. 벽면엔 형형색색의 탱화가 걸려 있고, 그 사이 벽에 는 알 수 없는 한문들이 여기저기 낙서처럼 가득했다. 불 경 내용 중 일부를 옮겨 적은 것 같지는 않았다. 색이 무척 바래있었다.

"죽어간 사람들 이름이란다. 죽기를 각오하고 싸웠던 사람들, 그들이 대웅전에서 죽기를 각오하고, 죽을 결심을 굳히고자 이름을 써놓고 마지막까지 항전을 했단다."

"……?"

"그 때 이곳은 전쟁터였단다. 마지막으로 자신들의 영가가 극락에 가기를 원하면서 대웅전에 자신의 이름을 썼단다. 물론 대부분 한 사람이 썼지, 자신의 이름을 못쓰는 사람들이 대부분이었거든."

스님의 목소리가 쓸쓸했다.

수미단 왼편에 제사상이 차려 있었다. 제단 앞으로 한복 입은 어떤 젊은 여자의 초상화를 바라보았다. 눈매가 깊고, 볼엔 엷은 홍조를 띠고 있었다. 자연스럽지 않은, 깊고 심각한 얼굴이었다. 누굴까?

"네 어미다. 이번에 하나 장만했다. 어찌나 환쟁이가 잘 그려놨는지 나도 네 엄마가 살아왔나 싶을 정도로 놀랬다."

할머니의 목소리가 또박또박 흘러 내 귀를 울렸다. 얼마동안 주시했을까. 내 눈에서는 바늘을 찌른 듯 질금거리는 액체가 흘렀다. 비릿한 냄새가 목안에 스몄다. 무언가 묵직한 것이 목구멍을 치고 올라왔다.

"옥아, 네 아들 왔다. 많이 컸지. 이제 학교도 다닌단다. 에고 무심한 것아, 이 어미를 두고 어찌 그 길을 갔느냐. 저 세상이 뭐 그리 바쁘다고 나를 버려두고 갔느냐. 원통해서 못살겠다."

외할머니가 그렁그렁한 목소리로 말했다. 무언지 모르고, 그냥 아무 생각도 하지 않고 부처님 앞에서 하듯 무턱대고 몇 번이고 절을 했다. 그래, 절이나 실컷 받으세요. 그걸 원하나요? 얼마든지 절을 할 수 있다고요. 그 정도는, 절이라면 삼천배도 할 수 있을 걸요, 아마 그랬던 것 같다.

"이제 됐다."

외할머니가 눈물을 훔치면서 나를 잡아끌었다. 나는 뒤도 안돌아다보고 서둘러 문밖으로 나왔다. 신발을 찾을 수가 없었다. 멀리 하품하던 개가 눈에 들어왔다. 나는 맨발로 은행나무 아래까지 힘차게 내달렸다. 아니나 다를까 개가 내 운동화를 침을 질질 흘리면서 잘근거리고 있었다. 나는 놈의 면상을 세차게 갈겨댔다. 놈이 깨갱하더니 주변으로 재빠르게 달아났다. 왜 화가 났을까. 아직도 그 이유는 모르겠다. 나는 그 당시 바닥에 주저앉아 식식대고 있었다. 머리끝까지 화가 치밀어서……. 처음으로 본 엄마의 얼굴이었다. 외갓집에는 그 흔한 증명사진 하나 없었다. 아니 있다면 분명 보여주질 않았다. '어미 잡아먹은 놈'이라는 소리가 가끔 동네 어른들의 술주정 속에 섞여 있질 않았는가. 그 소리는 죽기보다 듣기 싫었다.

병암산에서 내려오는 길 내내 처음 본 엄마의 영정, 초상화가 하늘의 구름처럼 시나브로 흘러갔다. 죽은 사람, 입술은 인위적으로 그려놓은 듯 빨갛기만 하고, 뺨의 홍조 또한 종일 웃고 있어서 그런지 건강미 없이 피곤해 보였다. 주름하나 없는 분가루 피부는 부자연스러웠다.

"승규야, 사람은 자기 복대로 사는 거란다. 태어날 때 복이 그거라면 어쩔 수 없이 받아들여야 한다. 누구는 좋은 부모 밑에서 태어나고 싶지 않았겠냐. 너도 나도 다 그렇단다. 그게 운명이지 뭐라더냐. 그 운명이라는 거 알고 보면 무섭단다. 한 치 앞도 모르는 것이 인생사고, 그걸 나는 네 나이 때 경험했단다. 왜정 때 이 외할미랑 친했던 동무가 하나 있었다. 둘이 장터를 다녀오느라 올머리고개를 넘고 있는데, 갑자기 숲속에서 총알이 날아왔고, 그런데 둘 중 하필이면 동무에게 날아가 박혔지, 나는 천운으로 살았다. 정말 손 끝 하나의 차이였지. 쓰러져 피를 철철 흘렸단다. 동무를 붙들고 얼마나 울었는지…… 살아나라고, 죽으면 안 된다고!"

"죽었어요?"

"숲속에서 달려 나온 사람들은 왜인들이었지, 그 왜인이 뭐라고 했는지 아니? 빠가야로! 라고 단 한마디 했을 따름이란다. 아마도 노루라도 잡고 있었던지, 그들의 옆구리에는 죽은 짐승들이 매달려 있었지. 그들은 불쾌한 얼굴로 죽은 아이를 쳐다보다가 노루를 잡으라고 했더

186

니, 계집을 잡았구나, 하면서 낄낄거리더구나."

"······?"

"누구든 그런 팔자로 태어나고 싶어서 그렇게 태어나는 것이 아니란다. 그렇게 살다 죽으려고 태어난 사람은 없단다. 한 세상 사는 것도 복대로 사는 거야. 그걸 자꾸만 거스르면 사단만 난단다."

외할머니의 얼굴을 바라봤다. 얼굴엔 땀이 죽죽 흘러 번들거렸다. 내 얼굴도 땀이 홍건했다. 눈동자 속으로 땀이 흘러들어 눈앞이 가끔 흐릿해져 눈을 훔쳐내야 했다. 푸르디푸른 숲속, 가끔 달려오는 바람조차도 땀 냄새가 역하게 맡아졌다. 하늘을 올려다보았다. 해가 눈동자에서 빙글빙글 어지럽게 내려 쪼이고 있었다.

"어여 가자!"

외할머니의 발걸음을 놓칠까 싶어 나는 종종 걸음을 쳤다. 큰 젖, 공갈 젖을 물려가면서 나를 키워준 외할머니, 그래 엄마는 이미 죽었으니까! 그게 내 삶이었다. 그건 무언가의 불평등을 사전에 막으려는 신의 공평함일지도 모른다. 엄마는 나의 인생의 그런 조화 속에서 희생당했는지도 모른다.

"우리 강아지, 힘들쟈."

외할머니가 "업어주랴." 했다. 노긋한 바람 한 점이 등 뒤에서 나의 어깨를 치면서 앞서 달려 나갔다.

"아뇨. 외할머니도 힘들잖아요."

나는 동네를 향해 뛰어 내려갔다. 땀방울이 뚝뚝 떨어졌다. 몇 걸음 앞 범 바위가 활짝 웃는 듯 나를 향해 팔을 벌렸다. 그리고 그 뒤로는 우리 동네가 드문드문 드러났다. 안천, 방죽, 그리고 외갓집과 금주네 집 지붕, 아랫마을, 가운데 폐가처럼 무너져가고 있는 무당집이 드러났다.

아, 외할머니!

2부
중원의 노랫소리

아버지

〈1971년 8월 12일 대한적십자사 최두선(崔斗善) 총재 특별성명 발표, 이산가족들의 인간적 고통을 덜어 주고 궁극적으로는 그들의 재결합을 주선해 주기 위해 남북적 십자회담을 개최할 것을 북한적십자사에 제의. 8월 14일 북적(北赤) 중앙위원회 손성필(孫成弼) 위원장 평양방송을 통해 한적(韓赤) 최두선 총재 앞으로 서한 발표, 한적의 제의를 수락하는 의사를 전달…….〉

라디오에서 흘러나온 이런 소식에 아버지는 별다른 반응을 보이지 않았다. 그저 조용히, 아침 밥상에서 막걸리 한 잔을 깊숙하게 들이켰다. 라디오에서는 장군의 목소리가 흘러나왔다. 적십자 회담을 통해, 국가는 통일을 위해 달려가고 있다고…… 새마을운동으로 대한민국은 이제 잘사는 나라가 될 것이라고…… 희망의 아침은 밝았다고…… 얼른 새벽종을 울리자고…… 아버지 얼굴이 다소 침통했다. 라디오 스위치를 신경질적으로 끄면서 휴, 하는 한숨만 깊게 흘렀다. 외할머니는 부엌에서 그 노래, 귀가 따가울 정도로 들어서 달달 외울 것만 같은 들국화를 부르고 있었다. 부지깽이가 어김없이 장단을 맞췄다. 아버지가 아침상을 물리자마자 몇 차례, 지게가 대문만큼 솟도록 소 꼴을 베어와 외양간 옆에 쌓아놓기 시작했다. 웃옷을 걷어붙인 채 한동안 장작을 패더니 광 옆에 차곡차곡 담장높이 쌓았다. 그리곤 외출준비를 했다. 평소에 안 입던 개량 국민복을 꺼내 입고, 머리카락도 단정하게 빗었다. 그날 역시 무척 후덥지근한 날이었다. 햇볕은 쨍쨍했다. 곧 비라도 쏟아질 듯 허공에 후끈한 열기가 가득했다.

"다녀올 데가 있다. 그 동안 외할머니 잘 모시고 있어라. 내가 없으면 네가 집안의 가장이 되는 것이다."

"어디 가는데요?"

"갔다 와서 알려주마. 잘 하면 한 사나흘 만에 돌아올 거다. 안 그러면 한 칠일 걸릴 거다. 그 안엔 돌아온다."

"어디? 서울 갑니까."

"소 여물 쑤는 거 잊지 말고, 보릿겨 너무 넣지 마라. 살이 물러지면 소 제값 못 받는다. 내가 말했지, 소는 네 공부 밑천이라고…… 가능하면 꼴을 베다 우리에 넣어주어야 한다. 구태여 들에 나가서 풀 먹일 필요는 없다. 암소라도 힘이 워낙 장사라서 줄이라도 놓치면 큰일 난다. 돼지는 개구리 잡아서 삶아 먹여라, 그래야 살이 잘 오른다. 돼지는 전염병에 허약하다. 닭들이 돼지우리에 들어가지 않도록 조심해라."

192

밑도 끝도 없이 몇 마디 말을 던졌다. 뒤도 돌아보지 않고는 가방 하나를 꾸려서 문을 나섰다. 나는 문을 나서는 아버지의 뒷모습을 물끄러미 바라보다가 따라나섰다. 아버지의 등짝엔 후줄근한 열기가 솟았다.

"나올 필요 없다. 얼른 다녀오마."

아버지가 문을 나서자 외양간으로 달려갔다. 왕방울만한 큰 눈으로 부지런히 아버지가 져다 날라놓은 꼴을 씹고 있었다. 피둥피둥 살이 오른 돼지에게서 역한 냄새가 났다. 나를 보자마자 고개를 들고는 먹을 것을 달라고 계속 꿀꿀댔다. 기분이 울적했다. 외할머니의 노랫소리가 끝나자 부엌문 열리는 잡음이 이어졌다. 외할머니의 목소리가 들려왔다.

"느의 아배 어디갔냐!"

"서울 갔는데요."

"서울?"

"네, 서울 간다고 나갔는데, 할머니한테는 암말도 안했어요?"

"그래……? 밑도 끝도 없이 한양은 왜……?"

외할머니가 고개를 저었다. 아버지의 외출, 행선지를 몰랐다. 다소 수상한 느낌이 들었다. 아버지의 돌연한 행차에 불손한 마음이 들었다. 서울이라고 구체적으로 말하지는 않았지만 꼭 서울인 것만 같았다. 서울은 당시 내기억으로 가장 먼 곳이었다. 나와는 다른 사람들이 사는 곳이 서울이었다. 늘 화려하고, 늘 번잡하다는 선입견의 동네, 왜 그랬는지 아버지가 아주 멀리 갔을 것 같다는 생각이 들었다. 아버지의 출타는, 그래서 다소 불안하기까지 했다. 그렇게 장기간 집을 비운 것은 처음 있는 일이었다. 새마을사업 때문에 교육을 핑계로 하루 정도 집을 비운 적은 있어도 '칠일'이라는 기간은 암만 생각해도 길었다. 나는 부리나케 집밖으로, 아버지가 사라진 쪽으로 힘껏 달려갔다. 안천 둑에 올라서서 길게 목을 빼고 아버지가 사라진 쪽을 더듬었다. 눈앞에 어른거리는 열기가 가득했다. 아버지는 보이지 않았다. 대신 안천엔 더위를 피하러 몰려나온 아이들뿐이었다. 아이들이 첨벙거리자 물보라가 가득 일었다. 금주도 팬티만 걸친 채 물속에서 자맥질하고 있었다. 한 무리의 아이들이 늘 옷을 말리는 멍석 바위에서 풍덩풍덩 뛰어들었다. 그들의 웃음소리가 다소 먼 거리의 나에게 또박또박 들렸다.

"온다간다 말도 없이 무슨 일이라더냐."

"그냥⋯⋯?"

"에고, 뭔 일인지 도통 모르겠구나. 논일 밭일이 잔뜩 밀렸는데, 밭에 거름도 줘야 한다고 하더니⋯⋯ 정서방이 농사일을 마다하고 어디 갈 사람이 아닌데, 아무래도 무슨 일이 나도 단단히 났나 보다⋯⋯."

외할머니도 우울한 듯 목소리에 힘이 없었다. 그날 유난히 하루가 길었다. 안천에서 아랫마을 아이들과 멱을 감고 돌아왔지만, 돌아와서 아버지가 시키는 대로 여물을 쒰지만, 개구리도 깡통으로 한 가득 잡았지만, 늘 하던 대로 혼자서 사방치기도 했지만, 금주네 집을 기웃대기도 했지만, 하늘의 해는 기세등등했다.

그 즈음 금주 엄마는 자주 병치레를 했다. 무슨 병인지 알 수는 없었다. 마당에는 약 달이는 냄새가 늘 코를 찔렀다. 외할머니 말로는 금주를 낳고부터 찾아온 산후풍이라고 했다. 산후풍이 무언지 잘 모르던 때였다. 그냥 아이 잘못 낳으면 아픈 것이라고만 알았다. 그러면서 외할머니는 터가 세다고, 터가 안 좋아서 아래윗집 횡액이 가득하다고, 금주 엄마도 그래서 자주 병치레를 한다고 했다.

"투전판에 다 말아먹고 오갈 데 없이 산속으로 기어들어오니 기가 세서 자식들도 하나 둘 저승길로 다 떠난 것이지, 그래놓고 뿔난 망아지처럼 화냥년 찾아서 일본으로 내뺐으니, 천벌을 받을 거다."

지세 탓은 항상 외할아버지를 욕하는 것으로 끝을 맺었다. 대청마루에 누어서 뻘뻘 땀을 흘렸다. 매미소리가 귀에 쟁쟁거렸다. 졸음이 밀려왔다. 길고도 긴 여름해가 아직도 저 먼 곳에서 발광하고 있었다. 눈을 감았어도 눈깔이 따가웠다. 하품이 흘렀다.

"승규야, 이자 저녁상 차릴까?"

가물가물 잠이 쏟아지는데 외할머니가 뭐라고 소리쳤다. 매가 하늘을 날고 있었다. 빙글빙글, 하늘에서 몇 바퀴 선회를 하다가 재빠르게 무언가를 낚아챘다. 작고 어린 황색 조롱이였다. 매는 부리로 황조롱이 머리를 콕콕 찍어댔다. 머리에서 피가 흘러 나왔다. 눈을 쪼아대고, 앞가슴도 쪼았다. 황조롱이 몸 여기저기 큰 구멍이 났다. 황조롱이는 힘없이 날개를 파득거리다 곧 죽은 듯 미동도 하지 않았다. 매는 계속해서, 죽은 황조롱이를 쪼아댔다. 그런 잔인한 장면과 겹쳐져, 미친년이 서서히 다가서고 있었다. 미친년이 피가 질질 흐르는 황조롱이를 입으로 우적우적 씹었다. 더러운 입가로 피가 질질 흘렀다. 까르르 웃었다. 섬뜩한 장면이었다. 저절로 눈살이 찌푸려지고 숨이 턱턱 막혔다. 나는 손사래를 치면서 허우적거렸다. 미친년이 고개를 돌려 나를 바라보았다. 하늘에서는 매가 나를 중심으로 빙빙 돌기 시작했다. 혼비백산 달아났다. 뒤따르는 매의 눈도, 미친년의 눈도 벌겋게 충혈이 되어갔다. 미친년이 따라오면서 낄낄거렸다. 허공에서는 미친년의 웃음소리가 마치 매처럼 빙글빙글 선회를 했다. 죽죽 땀이 흘렀다. 등짝에 땀이 흥건했다.

"가위 눌렸나보다."

눈을 뜨니 외할머니가 나를 흔들면서 두런댔다. 온몸이 식은땀으로 축축했다. 외할머니의 몸에서도 땀에 전 냄새가 났다. 잠시 나를 안고 있던 외할머니가 무슨 생각이 났는지, 부엌에서 식칼을 가지고 나왔다. 우물에서 물을 떠 바가지에 가득 담았다. 칼로 물이 가득담긴 바가지를 몇 차례 북북 긁어댔다. 칼에 묻은 물기를 닦아내더니 칼날에 소금을 뿌렸다. 휘어, 휘어, 바가지 물을 문밖으로 멀리 뿌렸다. 파릇한 채소들이 모처럼 물기를 머금고 싱싱하게 흔들렸다.

"가위 눌리지 말라고 하는 거니까. 겁내지 마라."

내 몸을 마치 도려낼 듯 이리저리, 등판, 가슴팍, 아랫도리 몸 구석구석을 칼로 긁는 시늉을 했다. 앞면 뒷면 뒤집어가면서 내 몸을 마치 쓰다듬듯 해서 그렇게 위험해 보이지는 않았다. 하지만 내 몸은 저절로 움찔움찔했다.

"귀신들아 물럿거라! 귀신들아 물럿거라. 썩 물럿거라! 우리 강아지 손대면 이 칼로 도려낼 테다. 썩 물럿거라!"

아버지가 없는 집안은 쓸쓸했다. 외할머니도 심란한 듯 잠을 못 이루고 뒤척거렸다. 인근 논에서 울어대는 개구리 소리가 무한정 들려왔다. 그렇게 많은 개구리를 잡아다 돼지 밥으로 삶아줬어도 개체는 크기 줄지 않아, 혼이 빠져라 울어대는 통에 늘 잠자리는 귀가 따가울 지경이었다. 외할머니가 쌈지담배를 말더니 "승규야 잠 안 오쟈." 하면서 나를 끌어안았다. 담배 연기가 방안으로 번졌다. 양철지붕, 천장에서는 쥐들이 이어달리기를 하는지 탕탕거렸다. 아버지 생각이 간절하게 눈동자 위로 떨어졌다.

"느의 애비하고 느의 어미하고는 갑장이었단다."

읍의 저자거리에서 비럭질로 떠돌던 정만은 늘 배가 고팠다. 전쟁으로 어쩌다 따라나선 피난민 대열에 섞여서 떠밀렸다. 정만은 남쪽에 도착했지만 오갈 데가 없었다. 남의 집 처마 밑에서 잠을 자고, 남의 집 처마 밑에서 일어났다. 옷은 헤지고 누더기가 되어도, 그런 옷을 입고 한 겨울을 견뎌야 했다. 동네 왈짜패들에게 떼로 달려든 맞은 적도 숱했다. 온몸이 멍든 자국이었다. 비럭질에 이골이 날 무렵 산골로 들어왔다. 순전히 배고픔을 면하기 위해서였다. 산판의 나무를 나르던 GMC 트럭 운전수에게 정만은 산골 마을에 큰 산판이 시작되었다는 소식을 들었다. 아무리 배가 골았어도, 물려받은 뼛골이 튼튼했던 정만이 할 수 있는 일은 힘을 쓰는 일이었다. 트럭 운전수는 "너만 잘하면 세끼 밥은 안 굶을 거야." 라고 말하면서 정만을 산판 주인에게 인계 했다. 정만을 찬찬히 훑어보던 산판의 장은 "아직 어린데 근력은 있겠구나." 하면서 고개를 끄덕였다. 트럭 운전수에게 트럭 뒤에서 "잘 골랐네, 아직 살결이 뽀야니 쓸모가 있겠어." 하면서 적지 않은 돈을 건넸다. 산판의 장은 한양 사람이었다. 그 역시 산 따라온 뜨내기였다. 산판일은 늘 고됐다. 덩

198

치 큰 나무를 베고, 그 나무를 끌어내려 트럭에 옮겨 싣는 일은 아무나 할 수 있는 일이 아니었다. 힘만 있다고 할 수 있는 일이 아니라 요령이 있어야 했다. 산판에서는 주로 목수들이 사용하는 나무를 잘랐다. 나무를 선별하는 작업도 보통이 아니었다. 춘양목, 금강송, 황장목 등, 곧은 나무는 기둥이나 도리 용도로, 휜 나무는 추녀, 툇보, 대들보로 사용하기 알맞게 선별했다. 나무를 잘못 고르거나 어린 나무를 잘랐다가는 산판의 우두머리에게 살이 부풀어 오를 때까지 매를 맞았다. 어떨 때는 아무 연장이나 들고 때려서 뼈마디가 바스러질 때도 있었다. 다리를 절뚝거려도 일은 고되게 시켰다. 고뿔에 걸렸어도, 뼈가 어긋나도 단 한 차례도 고된 일에서 제외된 적은 없었다.

"이놈이, 비럭질 하던 거 받아주고 밥 멕여줬더니, 누구 망하는 꼴 보려고 그래. 산 주인 알면 이 짓도 못해먹는다는 걸 몰라!"

톱이고, 도끼고, 망치고 가리지 않고 날아들었다. 그런 날은 숨조차 제대로 쉴 수 없을 정도로 가슴팍이 시큰댔다. 선별한 나무가 정해지면 탕개톱이나 도끼로 나무 밑을 자르곤 하는데, 잘못 찍어댔다가는 여러 사람 다칠 수도 있었다. 넘어가는 위치를 잘 잡아야 했다. 어쩌다 위치를 잘못 잡았다 싶으면 "이놈이 누굴 죽이려고!" 하면서 일꾼들이 대들어 온몸이 멍들도록 몰매질을 했다. 세

끼 밥만 먹여줄 뿐 일절 단 한 푼의 돈도 못 받았다. 세끼 밥이라는 것도 식은 꽁보리밥에 간장뿐이었다. 여름엔 밥은 쉬어 터져 물에 풀어먹어야 했다. 겨울엔 언 밥을 삼켜야 했다. 입안에 모래알처럼 밥알이 굴러다녔다. 도저히 참을 수 없었던 일은 일을 끝내고 난 뒤 산판 우두머리의 부름이었다. 산판이 끝나면 자신의 막사로 불러들여. "정만아, 발좀 씻겨라. 다리 좀 주물러라." 하는 정도는 그래도 나은 편이었다. 정만의 옷을 홀딱 벗겨놓고 마치 여체를 감상하듯 하면서 음흉하게 바라본다던지, 마구 더듬어대는 데는 죽기보다 싫은 치욕스러움을 느꼈다. 산속, 여자라고는 찾아볼 수 없는 곳에서 자행되는 욕구 해소로 정만을 이용했다.

"정말, 이러지 마세요. 저는 남자예요."

"이놈이 조용히 하래도. 네놈이 내 마누라 좀 대신해주어야겠다. 벌써 두 해나 아낙 구경을 못했어. 이 지긋지긋한 산판에서 어디 아낙을 찾아볼 수가 있어야지. 아직 살결이 뽀얀 게 영락없는 계집 같구나. 얼른 이리와 누워보거라."

정만의 항문으로 마구 비집고 들어오는 그 물건, 정만은 산판의 숙소 뒤쪽에서 엉엉 울다가 또 울었다고 죽도록 매를 맞았다. 산판에서는 "넘어간다!" 가 아니라 "넘어가신다!" 했을 정도로 나무를 신성시했다. 큰 나무가 무너질 때는 흡사 거구의 곰이 무너지는 것 같은 울음소리를 냈다. 잔가지를 정리하고 나무를 끌어내릴 때는 가세통을 깔았다. 덕분에 덩치 큰 나무도 잘 미끄러져 쉽게 끌어내리곤 했다. 이 가세통에 손을 찧는 일도 다반사였다. 손톱이 몇 차례나 빠졌다. 나무를 트럭에 옮겨 실을 때는 수십 명의 목도꾼들이 매김 소리를 했다. 산중을 울려대는 그 소리는 장관이었다. 특히 십육 목도 할 때에는 모든 산판꾼들이 거들었다.

"우리네 동량꾼들 간다, 간다. 이산 저산 우리 나무님이 들어가신다. 막은 길은 터주고, 굴러가는 우리 나무님 길을 아서라."

잔가지를 칠 때, 자귀를 이용했는데, 그 때도 쿵덕궁, 쿵덕궁, 장단이 빠지지 않았다. 산판에 막걸리가 떨어진 적은 없었다. 그 고된 일에 막걸리는 일꾼들의 자양제였다. 막걸리 심부름은 언제나 정만 담당이었다. 일을 끝내고 어둑해지면 정만은 대주전자를 들고 산 아래 주점으로 향했다. 주점엔 항상 투전꾼들이 모여 있었다. 그곳에 박광식, 즉 외할아버지도 어김없이 끼여 있었다.

"아, 그놈 참, 힘깨나 쓰겠구나!"

광식은 매번 주점을 드나드는 정만의 용모를 유심히 살폈다. 기골이 남달랐던 정만을 어떻게 하면 공짜로 부려먹을 수 있을까 수시로 고민했다. 딴에 인정이 있었던 광식은 어린 것이 너무 안됐다는 생각도 개미 오줌만큼 했다. 정만은 머리부터 발끝까지 온통 부스스해 산속에서 내려온 곰 같았다. 덩치는 컸으나, 얼굴에 부스럼이 잔뜩 끼어 못 먹은 티가 줄줄 흘렀다.

"산판일 힘에 부치지."

"네……? 그냥 할만 해요."

"막걸리 한 잔 해라. 아니면 국밥이라도 한 그릇하던 지. 한창 먹을 나이에 너무 못 먹으면 뼈가 삭는단다. 그 러다 세월가면 골병이 들어 뼈에 바람이 들지."

"전 돈이 없는 데요."

"아니다. 걱정 말고, 먹어둬라. 훗날 돈 생기면 갚아도 된다."

정만은 김이 모락거리는 국밥 냄새에 저절로 손이 갔 다. 막 한 수저를 뜨다 말고 국밥 값을 지불하겠다는 사 내를 올려다봤다. 나이가 가늠 안 될 정도로 허약해 보였 다.

"나중에, 꼭 갚아 드릴게요."

"내 함자는 박광식이다. 네 놈은 이름이 뭐더냐."

"정정만,"

"무슨 정에 무슨 만자냐. 나는 빛날 광(光) 심을 식(植) 이다."

"……?"

"모르더냐?"

"……?"

"혹시 글은 읽을 줄 아느냐?"

"……?"

정만은 침묵했다. 예나 지금이나 글을 모른다는 것 부끄러운 일이었다. 국밥에서는 여전히 좋은 냄새가 흘렀다. 뱃구레에서 어서 숟가락질 안하고 뭐하느냐고 툴툴거렸다. 침이 꼴딱꼴딱 넘어갔다. 광식은 갑자기 잃어버린 아들자식들 생각이 났다. 큰놈하고 비슷한 나이같기도 하고, 아니면 작은놈이던가, 아니면 당취패에게 빼앗긴 넷째, 이런 생각에 절로 아쉬운 마음이 들었다.

"그래, 어서 먹어라. 다 식기 전에 후루루 먹어라."

누군가 뒤에서 소리쳤다.

"광식이 게서 노닥거리고만 있을 터인가?"

"감세, 감세."

"어여 판이나 돌려!"

판이나 돌려는 늘 그렇듯 송태식이었다.

"자, 그럼 내 이름을 꼭 기억해두라고. 다음에 보자!"

광식이 투전판으로 합류했다. 와자지껄한 소음이 들렸다. 정만은 기다렸다는 듯 허겁지겁 국밥을 쏟아 부었다. 펄펄 끓인 국 국물에 입천장이 까지는 줄도 몰랐다. 입안에서 향기로운 고기국물 냄새가 알싸하게 배로 흘러들었다.

"뭐하는 수작인가?"

"어린애가 안 되어서 그러네. 죽은 아들 생각도 나고, 뼈도 아직 안 여문 것 같은데, 산판일이라니! 어른들도 뼛골이 다 삭는다 하질 않은가. 어쩌다 산판에 흘러들었는지 모르겠네. 어린 것이 못 먹어서 눈깔이 퀭하구만. 쯧쯧."

"힘깨나 쓰게 생겼네 그려. 왜 아들 삼으려고?"

"예끼, 그런 소리 아서 말게. 어디서 굴러온 지도 모르는 놈일세. 근본도 모르는 놈에게 아들이라니."

정만은 그날 실로 남쪽에서 처음 음식다운 음식을 먹었다. 북에 있는 가족들이 생각났다. 화목한 웃음, 그리고 넉넉한 아버지, 그 지극한 어머니의 아들 사랑, 뚝뚝 국밥 그릇으로 눈물이 떨어졌다. 어머니가 동네 어귀에서 정만아! 하고 부르는 것 같았다. 여동생들이 오빠 하고 달려오는 것 같았다. 어쩌다 명절이라도 되면, 절에 있던 동생도 내려왔다. 북치고, 장구치고, 밤새 집안이 시끌벅적했다. 모두 동생의 춤과 노랫소리에 장단을 맞췄다.

♬ 장산곶 마루에 북소리 나드니
  금일도 상봉에 임 만나 보겠네
  에헤요 에헤요 에헤야
  임 만나 보겠네
  갈 길은 멀구요 행선은 더디니
  늦바람 불라고 성황님 조른다
  에헤요 에헤요 에헤야
  성황님 조른다
  …… ♬

난봉가, 씨름타령, 사설가……. 동생은 못하는 노래가 없었다. 특히 몽금포 타령을 부르면서는 멋들어지게 북을 허리에 매달고 춤도 잘 추었다. 대장간에서 연장 다듬던 아저씨들도 잠시 손을 놓고 몰려나와 흥에 겨워 덩실덩실 춤을 추었다. 어느새 마당엔 동네 사람들이 다 몰려들어 춤판이 벌어졌다. 어머니는 떡을 내왔다. 머리 고기전, 막걸리, 동네 사람 모두가 음식을 나눠 먹으면서 밤새 춤을 추고 놀았다.

정만은 잘 먹었다는 인사도 없이 국밥 두 그릇을 게 눈 감추듯 털어 넣고는 산길을 걸었다. 뱃속에서는 갑자기 먹은 기름진 음식으로 난리가 났다. 설사가 항문에서 삐질삐질 물처럼 흘렀다. 허겁지겁 근처 풀숲으로 달려갔다. 막 엉덩이에 힘을 주고 있는데, 갑자기 계집아이의 비명에 가까운 목소리가 들려왔다. "왜 이러세요. 어서 길을 비켜주세요!" 라는 목소리로 보아 정만 또래의 여자아이였다. 정만은 몸을 숨기고는 천천히 목소리가 들려오는 쪽으로 귀를 기울였다.

"하, 고년 몇 살이나 처먹었는지 엉덩이가 토실토실 한데요."

"그러게 말이야. 이런 횡재가 어딨다냐, 이 말이야! 원래 선하게 살면 다 이런 횡재를 맞는 거야. 이게 웬 떡이야. 이년이 간덩이가 부었나. 나 잡아먹소 하며 밤길에 혼자 다니고, 우리가 잡아먹어 주지."

"그렇지, 우리는 범보다 무서운 사람이고, 계집보기를 범이 하룻강아지 보듯 한단다. 매일 계집을 잡아먹는 꿈을 꾸지."

"어린놈에게 막걸리 심부름 시켜놨더니 함흥차사라서 혹시 도망가지 않았나 싶어 따라나선 길에 이런 횡재를 했단 말이지. 어린놈이 제 놈이 뒤를 대주기 싫어서 이렇게 어린 계집을 진상했나!"

산판장과 정만에게 제일 악랄하게 굴었던 산판 우두머리의 하수인 목소리였다. 정만은 사태파악을 위해 눈동자를 굴려댔다. 주변은 어두웠다. 산판장이 자신의 엉덩이로 그것을 밀어 넣던 장면이 눈을 어지럽혔다.

"아저씨들 왜 이래요. 길 비켜주세요. 제 집이 여기서 멀지 않아요. 소리만 질러도 모두 알아듣는다고요."

"소리를 질러, 질러 보거라 제발, 산중이 쩌렁쩌렁 울리도록 질러 보거라. 아마도 범이 으르렁 하고 널 물어갈 거다."

사내들이 득의양양 키득거렸다.

"그러게 어디 가는 길이냐고? 그걸 알아야 길을 비키던지 길을 뚫어 주던지 하지."

"뚫어? 하하하!"

"아부지 찾으러 가요. 주점으로……. 우리 아버지 알아요. 박광식 씨인데요."

계집아이의 목소리가 조금은 당차보였다. 정만은 똥을

싸다말고 박광식이라는 이름이 튀어 나오는 순간, 빛 광에 심을 식이라고, 이름을 기억하라고 했던, 주점에서 만난 사내 얼굴을 떠올렸다. 국밥 한 그릇을 선뜻 내주던 작은 체수의 남자, 국밥 값은 갚아야 할 빚이었다. 머리카락이 곤두섰다.

"오호, 박광식이가 니 애비로구나. 그런 촌놈은 알 거 없고, 어서 한판 즐겨보자꾸나!"

사내들이 달려들었다. 계집아이의 비명소리가 채 끝도 나기 전에 그 뒤에 어찌했는지는 정만 자신도 몰랐다. 대주전자로 둘을 패대기쳤다는 것뿐, 그래도 분이 풀리지 않자 주변에서 큰 돌멩이를 찾아 들었다. 눈에서는 살기가 품어져 나왔다. 졸지에 일격을 당한 산판장의 눈이 희번덕거렸다.

"아니 이놈이 미쳤나."

정만은 죽을힘을 다해 돌을 집어서 가슴팍을 내려쳤다. 산판장이 "아이고 나죽네!" 하면서 그대로 나뒹굴었다. 산판 일꾼이 정만의 뒷덜미와 목울대를 잡았다. 그러나 이미 계집아이가 그런 그의 팔을 살점이 떨어져라 물어버린 뒤였다. 산판 일꾼은 비명을 질렀다. 정만은 손이 풀린 산판일꾼의 얼굴에 자신의 크고 단단한 머리통을 세차게 밀어버렸다. 때마침 계집아이의 어머니로 생각되는 덩치 큰 여자가 달려왔다. 그리곤 둘을 작신 밟기 시작했다. 그들의 모든 뼈마디가 골절되기 시작했다. 이

빨, 갈비, 늑막, 모든 육신의 뼈들이 다 부러지고 야들야
들해졌다. 그들은 겨우 목숨을 부지한 채 기다시피 산속
으로 달아났다. 산속에서는 짐승들의 울음소리가 길게
이어졌다.

"에고, 넌 누구냐. 고맙구나, 고마워."

정만은 이런 일이 있고난 후에 외할아버지 집에 머슴
살이로 들어앉았다. 베쌍이 외할아버지의 국밥 한 그릇
때문에 평생 중노동의 삶을 살게 된 것이다. 그날, 외할
아버지는 주점을 들이닥친 외할머니에게 산판 일꾼에 버
금가는 치도곤을 치러야 했다. 그 때 외할머니에게 머리
채를 악다구니지게 잡혀 머리카락마저 몇 올 남지 않았
다. 그 후 동네 주민들이 산주인에게 달려가 일제히 들고
일어나는 바람에 산판은 곧 폐쇄되었다. 산판꾼들은 다
른 산판을 찾아 뿔뿔이 흩어졌다.

"외할머니가 그럼 울 아버지를 받아준 거네요. 그래서
내가 태어난 것이고."

갑자기 엄마의 얼굴이 사무치게 그리웠다. 아버지와
엄마의 그 우연한 만남, 그 모습을 상상하자 막막했다.
외할머니의 이야기가 끝날 때까지 마루 밑 쥐의 황제와
일당들은 너무 조용했다. 귀중한 정보를 얻었다. 매우 중
요한 사항이었다. 정정만 그도 결코 호락호락한 인물이
아니라는 것을 알고는 긴급히 수하 쥐들을 소집했다.

"정정만 그 자식도 사람 패는데 소질이 있다는 정보입니다. 그 놈이 사람을 그 지경으로 팼다면 필시 우리에게도 매우 위험한 노릇입니다. 놈은 특히 신종무기나 다름없는 주전자 휘두르는 재주가 있으니 놈이 주전자를 들고 나타날 때를 조심합시다."

"에이 좆됐네."

"그 쌍스런 소리 하지 맙시다."

"그렇습니다. 우리는 생원들입니다. 서생원, 관학에 입적된 우리는 엄연한 양반입니다. 양반 체면에 쌍놈들처럼 어디서 육두문자를 씁니까?"

"당장 쥐덫에 가두어라!"

쥐의 황제가 소리쳤다. 찍찍찍, 우라질, 분위기 파악 못하는 쥐새끼들이었다.

"느의 외할비가 없으니, 누가 쥐를 잡냐!"

외할아버지가 있어도, 쥐를 잡는데 아무런 도움도 되지 않는다는 것을 모르는 외할머니는 아니었다. 하지만 그 즈음 외할머니는 늘 외할아버지를 빗대서 그런 식으로 그리움을 돌려 말하곤 했다.

아버지는 며칠이 지나도 돌아오지 않았다. 다만 정황은 파악되었다. 아랫집 송씨가 어떤 아낙이랑 읍의 차부에서 버스를 기다리고 있는 아버지를 목격했다는 얘기를 읍에서 사진관하는 동생 송정식에게 전해 들었다고 했다. 어떤 아낙은 우리 동네 아낙이 아니었다. 동네에서 사라진 아낙은 없었다. 금주 엄마도, 점례 엄마도, 을숙 엄마도, 항이 엄마도……, 나머지는 아버지와 연관 지을 수 없는 쭈구렁방탱이 노파들이었다. 들고나는 것이 현미경을 들여다 보듯 작은 동네에서 사라진 아낙은 없었다. 그런데, 아낙이라니! 나는 그게 누군지 짐작할 수 없었다. 아버지가 아낙이랑 떠났다는 말도 믿지 않았다. 아버지는 그럴 사람이 아니었다. 나와 외할머니를 버려두고 그것도 아낙이랑 떠날 사람이 아니었다. 아마도 투전판에서 판이나 돌리다가, 알거지가 되어 터덜터덜 돌아오다가 "어린 것하고 늙은 아낙하고 어떻게 살아갈까 걱정돼서 정만이 찾으러 갔었어." 하는 지난밤의 외박에 대한 변명거리를 찾아야 했던 송씨가 지어낸 말이 분명했다.

죽음

여름이 지나고, 가을이 지나고, 겨울에 들어서서도 금주 엄마의 병색은 여전했다. 눈이 우묵하게 들어가고, 병색으로 기미가 다닥다닥했다. 얼굴엔 핏기가 돌지 않아 푸석했다. 마당의 약탕기에서는 늘 약 달이는 냄새가 코를 찔렀다. 숨 쉬는 것조차 버거운 듯, 어쩌다 마주치면 거친 숨소리로 숨을 몰아가며 기침을 해댔다. 기침이 심할 때는 입을 막고 있는 수건에 피를 가득 쏟았다. 어쩔 때는 혼절을 하기도 했다. 계절이 변해가면서 하루하루 눈에 띄게 수수깡처럼 말라갔다. 무슨 사단이 날 것 같다고 금주 엄마를 들여다보고 오는 날이면 외할머니의 얼굴이 어두워졌다. 금주는 그래도 종일 명랑했다. 나보다도 키도 컸고, 살집도 나보다 두 배는 더 붙어 있었다.

"금주야, 오늘은 밥 넘기더냐?"

어쩌다 우리 마당으로 건너오는 금주를 향해 외할머니가 물었어도, "몰라요. 엄마는 밥을 도통 안 먹어요. 전 밥 먹었는데……, 고기반찬에 고깃국을 먹었어요." 라고 아무렇지도 않은 듯 우리 집 밥상을 흘깃거리며 말하곤 했다.

"우리는 매일 고기반찬만 먹어요. 오늘도 고깃국에 배 터지게 이밥을 먹었어요. 승규네는 풀만 먹는다고, 우리 외할아버지가 그러고도 정만이가 소처럼 일한다고, 무슨 재미로 사는지 모르겠대요."

"끙!"

금주는 아무렇지도 않게 아버지 이름을 대놓고 부르곤 했다. 외할머니는 미간을 찡그렸다. 버릇없고, 싸가지 없다고 두런대기는 했지만, 금주를 호되게 나무라지는 않았다. 금주는 매번 마당을 빙빙 돌아치다가 우리 집 게 으름뱅이 개를 발로 한번 차고 외양간, 돼지우리, 닭장까 지, 한 바퀴 순례를 했다. 그리곤 영락없이 아이들이 모 여 물장구를 치는 안천으로 달려 나가곤 했다.

"애가 너무 철딱서니 없어서 큰일이구나."

동지가 지나면 안천의 얼음은 짱짱하게 얼었다. 동네 아이들이 모두 몰려나와 얼음 위를 뛰고, 달리고, 썰매를 타고, 얼음을 깨고, 물고기를 잡거나 동면하는 개구리를 잡아서 구워먹곤 했다. 이를 딱딱 마주쳐가면서 입가가 까매져서 감자, 고구마를 둑에 피워놓은 불로 구워먹는 금주의 모습은 티끌하나 없는 해맑음이었다. 여름이나 겨울이나 안천은 아이들의 놀이터였다.

마루 밑의 쥐, 그들의 황제 쥐는 이제 늙어가서 그런지 힘이 없는 목소리로 항상 이렇게 말하곤 했다.

"싸가지라고는 참새 오줌만큼도 없는 년 같으니라고. 싸래기 밥만 처먹었나, 어른아이 할 것 없이 모두 반말이야 저년은!"

"당장 저년을 쥐덫에 가둘까요?"

"무슨 소리냐. 고양이 목에 방울을 달다가 우리 서생원 몇이 돼진 사건을 모르느냐. 저 어린 계집애는 개구리 뒷다리를 아무렇지도 않게 찢어서 불에 달달 구워먹는 년이다. 아마도 네 가랑이도 쫙 찢어져서 포가 될지도 모른다. 그래도 자신이 있다면 네 놈이 당장 거사를 치러보던지."

"끙!"

금주의 엄마의 엄마, 서울 할머니는 있는 듯 없는 듯, 늘 고요한 상태로 화려한 옷과 잔뜩 바른 분가루의 얼굴로 방안에만 틀어 박혀 있었다. 삶의 의욕이라고는 없는 표정으로 대청마루에 앉아서 예의 거울만 쳐다보면서 늘어가는 주름 숫자에만 연연했다.

아버지는 겨울에도 집에서 쉬는 적이 없었다. 약초나, 칡 따위를 채취하러 병암산을 오르내리곤 했다. 눈이 오는 날에는 올무나, 덫을 놨다. 한 길이나 빠지는 산에서 산토끼를 잡거나, 눈밭에서 먹이를 구할 수 없어 마을까지 내려온 노루나 고라니를 잡았다. 그러면 가죽은 가죽대로 고기는 고기대로 분리를 해서 매달아 말렸다. 달포에 한 번쯤 동네에 나타나는 장수에게 가죽을 매상했다.

토끼 고기는 질겼고 노루고기는 노릿한 냄새가 역하게 났다. 어쩌다 노루의 목에서 피를 뽑아 금주 엄마에게 보약 삼아 들이밀곤 했다. 코를 막고 피비린내를 참아가면서 들이켰지만 그 고역에 비하여 별 효험은 없는 듯했다.

겨울이 되면 아랫마을의 주점엔 온 동네 어른들이 모여서 밤새 투전판을 벌였다. 논밭문서 집문서를 저당 잡혀놓고 벌이는 노름판이었다. 그렇게 한 겨울만 지나면 논밭의 주인이 바뀌거나 더러는 집 주인이 바뀌곤 했다. 한동안 주점의 뒷방 투전판에서 살던 항이 아버지가 농약을 마셨다는 소문이 동네를 떠들썩하게 만들었다.

"집이고 밭이고, 몇 마지기 없는 논마저도 지난해 투전판에서 다 말아 먹었다나 보이. 잠자리에서 일어나지 못하는 것이 수상해서 문을 열어보니 혀를 내밀고 방바닥에 쓰러져 있었다는 거여. 다행이 항이 엄마가 발견해서 읍의 의원으로 실려 갔는데, 그만 위장을 까보니 농약이 한 사발이나 쏟아져 나오더라는 거여."

"아이고, 그 착한 사람이 누구의 꼬임에 넘어가서 그런 일을 벌였을까. 노름은 대대로 손도 발도 디밀지 말라고 했는데, 어쩌다 그 착한 사람이 노름에 빠져서 제 명대로 살지도 못하고……."

"목구멍이 다 타들어가서 살아난다 해도 말 한마디 못하고 꼼짝없이 벙어리 신세가 된다고 하더구만. 평생 양약을 먹어야 하고……."

그 즈음 나는 죽음이라는 것에 상당히 민감했다. 사람이 왜 태어나고, 죽고, 죽으면 과연 어떻게 되는지, 무섭기도 하고 두렵기도 했다. 어쩔 때는 그런 생각으로 잠조차 이루지 못할 정도였다. 빛의 아우라가 쏟아져 나오고 있는 좁은 둑을 한없이 걸어가고 있는데, 양 옆으로는 어두웠고, 절규하는 사람들의 흉흉한 몰골이 둑 밑에서 위로 올라오려고 허우적거렸다. 그들의 아비규환, 언젠가 초상화 속에서 보았던 엄마도 있었고, 무당집 그녀도 있었다. 꼬맹이들도 있었고, 더러는 개나 고양이 같은 짐승들도 보였다. 그들은 서로 뒤엉켜서 물고 뜯으면서 살점이 찢어지고, 피가 분수처럼 솟았으며, 나중에는 해골만 남았다. 바닥의 홍건한 피의 홍수는 점차 젤리처럼 점점 변해갔고, 그들도 스르르 굳어갔다. 피의 젤리는 점점 나를 물들일 기세로 빠르게 촉수를 뻗어왔다. 나는 기겁해서 달아났다. 나는 보았다. 그곳에서 나에게 손을 뻗어 살려달라고 애원하는 깡마른 금주 엄마를 보았다. 그런 날은 영락없이 오줌을 지리곤 했었다.

"에고, 우리 강아지는 언제나 오줌을 가릴까. 장가들어서도 오줌 싸면 어쩌지, 그때도 키 쓰고 소금 받으러 다녀야 하나?"

아버지에게 들키기라도 하는 날이면 오줌 못 가린다고 종아리에 피가 비치도록 맞아야 했다. 그래서 가급적 외할머니는 조용히 처리했지만 겨울이라 이불 빨래는 눈에

쉽게 발각되었기 때문에 아버지의 매질은 겨우내 몇 차례씩 이어졌다.

진달래가 만산에 붉은 입술을 내밀 무렵, 3학년 개학을 얼마 앞둔 어느 날 결국 금주 엄마는 먼 길을 떠나고 말았다. 이른 새벽에 갑자기 어디선가 간헐적으로 들려오는 흐느끼는 소리에 눈을 떴을 때, 외할머니는 눈물을 찍어대면서 아버지와 함께 어두운 얼굴로 방에 들어서고 있었다.

"휴, 젊은 것이 안됐네."

"그러게요. 폐증이 그렇게 심했는지 몰랐네요. 양약을 먹고 좀 차도가 있는 줄 알았는데, 그렇게 갑자기 손을 놓을 줄은 누가 알았겠습니까."

"철딱서니 없는 금주는 이제 어떡하면 좋을 고나."

"산 사람이야 어떡케 하든 살아져요. 떠난 사람만 불쌍한 법이지요. 어머니 말마따나 이 산골이 터가, 지세가 안 좋은가, 쩝!"

막, 잠에서 부스스 눈을 떴다. 눈앞으로 두 사람이 큼지막하게 버티고 서 있었다. 아버지의 얼굴이 까칠했다. 외할머니 눈가에 이슬이 맺혀있었다.

"우리 강아지 밖으로 나오면 횡액을 당한다. 사자가 홀로 저승 가는 법은 없단다. 꼭 누굴 하나 붙들고 가지, 어서 더 자라."

외할머니가 걱정스러운 얼굴로 나를 내려다보았다. 방

금 꿈에서 빠져나왔던 터라, 외할머니의 모습이 물처럼 흐물거렸다. 그런 모습을 지우기 위해 몇 차례 눈을 비볐다. 주름의 골이 깊은 외할머니의 얼굴, 어디선가 들려오는 흐느끼는 소리는 안구처럼 점차 밝아졌다. 분명 아랫집이었다.

"누가 죽었어요?"

"그래, 아랫집에서 사람이 죽었단다. 그러니 절대 밖으로 나오면 안 된다."

"금주 엄마가 죽었나요?"

"그래, 오늘 새벽에 먼 길을 떠났다. 젊은 여자가 안됐구나."

언뜻 금주 엄마 대신 금주의 얼굴이 스쳤다. 금주가, 그 해맑은 얼굴이 자꾸만 어른거렸다. 삼일 내내 동네 사람들은 하나같이 침통한 표정으로 산골 외갓집과 금주네로 몰려들었다. 금주는 그 틈에도 별 슬픈 기색이 없었다. 어른들을 따라온 아이들과 다소 과장된 몸짓으로 "우리엄마가 죽었대. 그래서 외할아버지가 떡 해야 한대." 했을 따름이다. 금주는 아무래도 사태의 심각성을 깨닫지 못하고 있었다. 북적거리는 초상집, 금주 외할머니도 금주와 마찬가지로 크게 동요하는 눈빛이 아니었다. 삼일 내내 화려한 꽃무늬의 공단치마를 입는 대신 검은 치마저고리를 입었다는 것 이외 눈물 한 방울 없었다.

"아이고, 독하네, 그래도 제 배 아파서 낳은 자식인데,

어쩜 그리 냉정할까."

"저 양반 원래 냉정한 사람이에요. 도시에서 식모 살
때 한 차례도 집에 들른 적이 없을 정도로 남편 수발은
아예 모르고 산 할매라네요. 대개는 송씨가 가끔 도시로
나가서 만나곤 했다는데, 그 때마다 송씨가 술에 거나하
게 취해서, 마누라 팔아먹은 돈이라면서…… 돈을 물 쓰
듯 하고 다녔지."

"팔아먹다니?"

"금주 어미도 낳고 싶어서 나은 자식이 아니라지 뭐
요."

"그게 무슨 소리여?"

"송씨 씨가 아니라고……,"

"에고 무슨 소리여. 그럼 누구와 배를 맞췄다는 거여."

"글쎄 그것은 모르겠고, 송씨가 술에 취해서 떠드는 말
을 감량해보면 틀림없이 송씨의 씨앗은 아닌 게 분명해
요. 도시서 식모 살 때 남정네가 있었다는 말도 있
고……,"

동네 아낙들은 둘만 모였다 싶으면 상갓집 마당에서
두런댔다. 그런 분분한 두런거림은 분명 금주의 외할머
니에게도 전해졌을 터인데, 일언반구 대꾸도 없이 건넌
방에서 나오질 않았다. 방 앞은 침묵으로 음산한 분위기
였다. 이와는 대조적으로 송씨는 거의 실신 상태로 연일
통곡을 해서 주변을 안타깝게 했다. 송씨의 곡소리에 병

암산 자락이 며칠을 엉엉 울어댔다. 금주는 상복을 입긴했어도 상례의 예를 전혀 모르고 있었다. 상주라면 당연히 금주였으나 금주 외할아버지가 상주를 대신하고 있었다.

"아이고 나는 애비로서 아무것도 해준 게 없는데 이렇게 허망하게 떠나면 어쩐대냐. 원통하고 절통한 이 허망한 세월아."

"아이고 저 양반 저러다 저승길 따라가는 거 아녀."

"무슨 한이 저리도 많은지, 밤새 눈 한번 안 붙이고……"

술 한 잔도 안마시고, 물 한 모금도 안 삼키고, 곡기도 거의 끊은 채 그렇게 펑펑 울어댔다. 문상 온 동네 사람들은 "맺힌 게 많아서 그런 거여." 라고 송씨가 흘린 눈물의 의미를 정의하곤 했다.

금주 엄마의 상여가 나가는 날, 먼 길을 떠나는 금주 엄마를 배웅하기 위해 동네사람들 모두 모였다. 그런데 도시 사람으로 보이는 두 사내가 그 틈에 끼어있었다. 검은 양복차림으로 단정한 얼굴이었다. 얼굴에 옅은 수심이 그림자처럼 어른댔다. 그들은 심각한 얼굴로 발인을 하는 동안 입을 굳게 다물고 있었다. 한 사람은 작달막한 체수의 실눈이었다. 얍삽한 얼굴에는 주름이 가득했다. 한 사람은 덩치가 다소 큰 사람으로 머리카락이 듬성듬성 빠져 있었다. 그 역시 늙은이였다. 하지만 금주 외할머니는 그런 자리에도 나타나지 않고 방안에 틀어박혀 미동도 하지 않았다. 숨소리조차 고요해진 건넌방이었다. 금주는 상복을 입은 채 콧물을 훌쩍이고 있었다.

"아이고, 어쩔거나. 저 어린 것이 불쌍해서."

아이들도 어른들도, 상여꾼도 모조리 꽃상여 앞에 두고 영결식을 행하는 병암산 스님을 주시하고 있었다. 어머니 제삿날에 만났던 그 스님이었다. 아침 해가 산등선으로부터 차갑게 떨어졌다. 금주 외할아버지가 처음으로 꽃을 들고 상여 앞에 나섰다. 그 다음으로는 다소 얼굴 표정이 굳어 있는 금주, 그리고 실눈의 검은 양복의 사내, 뒤이어 단정한 머리의 검은 양복의 사내, 읍에서 사진관하는 송씨의 동생 부부, 아이들……. 일가들이 뒤를 이었다. 담 넘어 동네아낙들은 두 사내를 힐끔대며 두런거렸다.

"저 실눈이 금주 아배라지 아마."

"늙었는데, 한 눈에 보기에도 금주랑 똑같이 생겼구먼. 어미랑은 나이 차가 꽤 나겠는 걸……."

"그러게, 저 치는 울 아배라고 해도 되겠는데, 웬 처지에 젊은 아낙을 왜 이곳에 버려두었을까."

스님은 요령을 흔들면서 천천히 염불을 외기 시작했다.

"오늘 송영주(宋永住) 영가시여, 삼가 일가친지들이 향과 꽃을 갖추고 영가님 전 올리오니 받으시고 자세히 감응하소서……. 슬프도다! 이렇게 무상한 바람이 불어 닥친 송영주 영가시여, 이제 세간인연을 순리대로 따르니, 일월이 빛을 잃고 천지가 방소를 잃었나이다. 그 토록 밝으신 모습 찾고, 맑으신 음성 멀리 여의니, 유족들의 막심한 심정 무엇으로 비유하리오. 하늘을 우러르고, 땅을 치며, 스스로 마음 가눌 길 잃었나이다! 영가시여. 꽃 맺힌 나뭇가지를 보고 태어나서, 낙엽 밟힌 가을에 길을 떠나니, 인생 허망 무상이로다. 부처님의 원력으로 돌고 돌아, 떠나는 길 영가께서는 서방정토 길을 잡아 극락왕생 드소서. 영가시여. 영가시여…….”

이제 열두 명의 상여꾼들이 흔들흔들 꽃상여를 어깨에 짊어지고 일어섰다. 동네 사람들이 통곡하기 시작했다. 아낙들도, 아이들도 눈에 눈물을 질금질금 흘렸다. 천천히 일어선 상여꾼들은 영차 하면서 집을 한 바퀴 선회를 시작했다. 뒤란, 대숲, 그리고 우리 집 마당을 빙빙 돌았다. 일가들이 침통한 얼굴로 뒤를 이었다.

다시 금주네 마당으로 돌아온 상여는 열 두 명의 상두꾼들 어깨 위에서 발놀림 따라 일렁일렁, 흐느끼듯 조심스레 좌로 우로 흔들렸다. 너울춤이라도 추는 양, 마지막 작별인사라도 고하듯 처마 끝에 기대 높은 하늘을 향해 크게 흔들렸다. '어~허'거리는 상두꾼소리와 '에고 에고'하는 상제들의 곡소리가 한바탕 흘러나왔다. 요령소리에 박자를 맞춰 애간장 우려낼 듯 청승스럽고 애달프기까지 한 선소리가 들리기 시작했다.

"간다~, 간다, 나는 간다~. 서천하늘, 나는 간다~."

그 속에 금주는 이제 무언가 알았다는 듯 눈물을 흘리고 있었다. 위패는 송씨의 동생이 들었고, 영정은 친지 중 하나로 보이는 젊은이가 들었다. 두어 바퀴, 마당을 돌던 상여가 천천히 대문을 나섰다. 산자락의 해는 아주 맑은 얼굴로 상여를 따라서 집 밖으로 나섰다. 사람들이 우르르 상여 뒤를 따랐다.

"이제 머물던 집을 떠나는 길이옵니다. 생사 구애받지 않는 해탈의 길로 나갑니다. 우리 모두 영가의 극락왕생을 발원합시다. 나무관세음 보살!"

스님의 염불소리가 이어지자, 사람들이 숙연한 모습으로 천천히 상여를 따라 걷기 시작했다. 빠르지 않은 느린 걸음으로 햇살을 등에 받으면서 사람들은 천천히 걸음을 옮겼다. 바람도 없고, 날도 차지 않은 그런 날이었다. 꽃상여는 흔들흔들 꿈결 같은 발걸음에 매달려 먼 길을 떠났다. 상두꾼 뒤로 처음 일가와 그 친지들이 따랐다. 그 뒤로 동네 사람들이, 마지막으로 꼬맹이들까지 한 손에 떡을 들고 줄지어 상여를 따랐다. 떨어질 듯 흔들리는 명정과 만장이 앞서 좁은 길로 길을 잡아가고, 그 만장 뒤로 꽃상여가 따르고, 상두꾼들은 발 박자를 맞추면서 가파른 산길로 오르기 시작했다. 춤을 추듯 너울너울 그렇게 떠나가는 꽃상여, 산 여기저기에는 철쭉이 드문드문 피어있었다. 그 틈에 잎이 아직 여물지 않은 진달래도 간 간히 눈에 띄었다.

요령을 잡은 아랫마을 점례 아비가 선소리를 시작했다.

"북망산천 떠나간다." 그러면 상두꾼들은 "어야~, 어 어야, 간다, 간다~. 서천하늘로 떠나간다."를 연발했다. 상두꾼들의 발놀림 따라 너울너울 춤추며 구불구불 안천의 물길처럼 흘러가 집 떠나고 있는 꽃상여, 알록달록 꽃송이가 나풀거렸다. 상여 앞에서 가끔 뒤를 돌아다 보면서 점례 아비가 딸랑딸랑 요령을 흔들었다. 이러쿵 저러쿵 소리를 먹이면서 꽃상여는, 금주 엄마는 이 세상 마지막 길을 떠나갔다.

끝도 없이 줄지어진 행렬, 나는 보았다. 두려운 듯 떨고 있던 금주 외할머니가 들려 나가는 꽃상여가 문밖으로 나서는 광경을 몰래 지켜보고 있었다는 사실을, 그건 아무리 분가루로 지우려 했어도 지울 수 없는 자국이었다. 건넌방 문이 열리면서 상여가 저 햇살의 아우라 속으로 사라졌을 때, 그녀는 덜덜 떨면서 마당으로 달려 나왔었다.

"영주야, 영주야 모두 내 죄란다. 이 어미가 원수를 갚 아주련다. 네 원수를 내가 꼭 갚아주련다."

금주 외할머니의 울부짖음과 동시에 저 산중에서는 요 령소리가 계속해서 들려왔다. 나는 사자가 나를 붙들고

갈 거라는 외할머니의 겁박 때문에, 그리고 요망한 꿈자리 덕분에 밖에 나가질 못하고 덜덜 떨고 있었다. 그렇기에 금주 외할머니의 울부짖음을 정확하게 들을 수 있었다. 원수라고, 누군가를 향해 그렇게 울부짖는 그녀의 목소리는 더 깊은 죽음의 공포에 휩싸이게 했다. 그 후로 머릿속에는 울부짖음이 계속 잔존해서 맴도는 바람에 금주 외할머니의 얼굴조차 자세히 보기가 꺼려졌다.

"시방삼세 부처님과 어~허~어~허~ 팔만사천 큰법보화 어~허~어~허~ 인로왕보살, 천지계상 스님들아 어~허~어~허~ 지성귀의 하옵나니 어~허~어~허~ 자비하신 원력으로 어~허~어~허~ 굽어살펴 주소서 어~허~어~허, 천년만년 살 거라고 어~허~어~허~ 먹고픈 것 아니 먹고 어~허~어~허~ 가고픈 곳 아니 가고 어~허~어~허~ 입고픈 것 아니 입고 어~허~어~허~ 쓰고픈 것 아니 쓰며 어~허~어~허~ 동전 한 닢 아껴가며 어~허~어~허~ 아등바등 살았건만 어~허~어~허~ 인생이란 일장춘몽 어~허~어~허~ 공수래에 공수거라 어~허~어~허……."

끝도 없이 이어지는 상여 소리는 산길로, 산길로, 비탈길로, 외길로 끝도 없이 번져나갔다. 저 병암산 자락을 향해서, 그 병암산 자락 위로는 굵은 해가 강하고 단단한 얼굴로 점점 마을로 다가서고 있었다.

사람은 왜 죽는 것일까? 낳고 죽는 것이 허망하고 슬픈 일인데, 신이 있다면 왜 그런 고통을 안겨준 것일까. 그런 신은 누구를 위한 신인가. 고차원적인 문제다. 도무지 풀 수 없는 난해한 문제였다. 나는 한동안 그런 죽음의 문제에서 벗어날 수 없었다.

귀환

외할아버지가 돌아온 것은 3학년 여름방학이 시작될 무렵이었다. 떠날 때는 말없이 했는데, 돌아올 때도 바람 한 점 안 일으키고 말없이 돌아왔다. 방랑의 흔적은 없었다. 먹성, 입성, 예전과 별반 다르지 않았다. 막걸리의 주량도 전혀 줄지 않았다. 막걸리 심부름 횟수 또한 규칙적이었다. 얼굴빛, 체격, 옷매무새 모두 예전 그대로였다. 다소 달라진 것이 있다면 머리카락이 거의 빠져서 대머리가 되었다는 점이다. 햇볕에 반사되면 반짝반짝 빛나는 머리통이었다.

"돌고 돌아서 결국 내 집에 돌아왔구나!"

외할아버지는 마치 아침에 나갔다 저녁에 돌아온 사람처럼 집안 구석구석을 살폈다. 뒤란, 장독대, 그리고 늘 변함없는 감나무, 돌담을 빙 둘러보면서 하늘의 햇살을 올려다보았다.

"송가 놈 집 지붕엔 게으른 풀꽃이 널려있구나. 요새도 투전판에서 판이나 돌려! 하면서 호기를 부린다지. 마르지 않는 샘물이 아직도 물을 길어다 바치는 모양이구나.

226

그 마르지 않는 샘물이라는 것도 언젠가는 마를 날 있을 터인데, 참 안타깝구나."

아랫집 역시 한동안 외할아버지의 눈도장에서 벗어날 수 없었다. 외할아버지는 무언가 잃어버린 사람처럼 계속해서 집안을 살폈다. 금주는 제 엄마가 죽은 뒤로는 외갓집 마당에는 얼씬도 하지 않았다. 밝고 명랑했던 얼굴에도 우울한 듯 먹구름이 가득했다. 밖으로 싸돌던 것도 때려치우고, 그저 조용히 대청마루에 앉아서 냉랭한 눈빛으로 하늘만 바라보며 한숨을 흘려대곤 했다. 금주의 한숨소리는 금주를 성숙키는 세월이라고 금주의 한숨소리에 대하여 외할머니는 정의하곤 했다. 송씨는 금주 엄마가 죽은 뒤로는 집에 일절 들어오지 않고 투전판을 전전했다. 금주 외할머니는 여전히 예쁜 치마를 입고 거울만 쳐다봤다. 아무리 분가루를 쳐대도 주름이 더 늘어나 다닥다닥했다. 어미 잃은 금주를 살뜰하게 살피는 것 같지는 않았다. 오히려 금주를 바라보는 눈빛이 예전보다 더 싸늘해졌다.

"아이고, 이 녀석 네놈이 승규로구나."

나는 외할아버지 얼굴을 빤히 바라보면서 의아한 눈빛으로 그 외할아버지가 그 외할아버지인가 했다. 그 외할아버지가 맞다, 는 생각에 다다르자, 외할아버지에게 달려갈까, 말까. 혹은 이대로 대청마루에 앉아 있어야 하나, 마나, 그런 복잡한 심경에 쌓여있었다. 아득하게, 돌연 외할아버지가 사라지던 날 금주에게 모욕을 당했던 옥수수 밭이 떠올랐다. 금주의 엉덩이, 그 까만 점이 떠올라 미간이 찡그려졌다. 외할아버지가 싸댔던 똥의 누릿한 색깔까지도 외할아버지 얼굴과 교차되었다.

"아이고, 이 녀석 많이 컸구나,"

빳빳했던 긴장이 탁 풀리면서 맥이 빠지는 느낌이었다. 무언가 거창한 해후를 기대했던 탓이었을까. 외할머니 평소 입버릇처럼 죽음을 연상하고 있었는데, 막상 그럴 기미조차 없다는데 다소 생뚱맞은 느낌이 들었다. 부지깽이 장단을 맞추고 있던 외할머니가 어느 틈엔가 부엌에서 달려 나왔다. 마치 벼락 맞은 사람처럼 멍하니 대문간에서 나를 끌어안고 있던 외할아버지를 바라보았다.

"이 영감탱이 왜 죽지 않고, 집구석이라고 찾아든 게야."

"내가 죽으러 갔나. 죽을 사람 저승길 배웅하러 갔지."

툭툭 털듯 말하더니 느릿하게 걸어 대청마루에 주저앉았다. 보따리 몇 개를 마루에 툭 던졌다.

"평생을 역마살이 껴서 여기저기 망아지 새끼처럼 떠돌아다니니, 객사를 해도 열 번은 했어야 했는데, 그 때마다 얼굴색 하나도 바꾸지 않고 돌아오는 것을 보니 길거리에서 죽을 팔자는 아닌가 보네."

외할아버지가 하늘을 올려다보면서 두런댔다. 하늘엔

뭉게구름이 한껏 멋을 내며 흘러가고 있었다. 소슬한 바람이 깊숙하게 옷섶을 헤집었다.

"영감탱이 밉상스러운 말투는 여전하구먼! 이제 집안에 들어앉아 얼마나 내 속을 긁어댈 거여. 아주 나가서 죽었나, 살았나, 할 때가 부처님 얼굴인데, 얼굴 맞대고 앉아서 나를 얼마나 부려먹을 거냐고!"

소리를 지르기는 했지만 외할머니의 말투는 평소와 달랐다. 외할아버지가 나타나기라도 하면 당장이라도 곤죽을 만들 것처럼 막말을 했었는데, 외할머니 역시 매번 있어온 일상처럼 무심히 몇 마디를 하고 말았다.

"마누라 심보는 여전하구먼. 이 세상 살면서 그래도 돌아올 집이 있다는 것은 참 좋은 거여. 당신이 나를 기다려줬다면 금상첨화겠지만, 그렇지 않았다 하더라도 나는 수구초심(首丘初心)하는 여우처럼 돌아왔네, 그려!"

"그 놈의 역마살, 죽어도 제 명대로 못 죽는 역마살, 뿔난 망아지도 영감탱이만치는 제 멋대로 살진 않을 거여!"

아버지는 마침 출타 중이었다. 나는 외할아버지의 얼굴에서 묘한 느낌을 찾아냈다. 사람이 먼 거리를 출타했다가 다시 집으로 돌아왔다면 그 먼 거리를 연상하게 만드는 무언가 단서가 있어야 하는데, 그 흔한 선물 한 가지 없다는데 무기력한 감정이 일었다. 그 무력감은 상실에서 오는 묘함이었다. 분명 뭔가가 있어야 하는데, 그 무언가를 잘 몰랐을 때 허둥지둥하는 감정들이었다.

"막걸리 한 주전자면 천당이니 내 누울 자리가 바로 여기일세. 이제 그만하고 어서 밥이나 한상 차려주시게."

대청마루에 벌러덩 누워버렸다. 그리곤 긴 하품을 내쉬더니 "정만인 어디 갔나?" 하면서 아버지를 찾았다.

"에고, 징그러운 인사야! 현해탄 건너서 송장 찾으러 안 다니게 그래도 집구석에서 죽어도 죽으려고 나타난 게구먼."

외할머니가 기가 차다는 듯 입을 닫고는 부엌으로 다시 사라졌다. 부엌에서는 부지깽이 장단이 사라지고, 들국화라는 노래도 들려오지 않았다. 가마솥 뚜껑을 여닫는 소리가 들려왔다. 물로 솥을 헹구는 듯 덜거덕거리는 소란이 일었다. 곧이어 불을 지피는지 생솔가지 타는 냄새가 흘러나왔다.

"아주 신천지가 없는 건 아니더구먼. 여기가 신천지지."

그 날 저녁 무렵 외할아버지는 말없이 대청마루에 앉아서 김치를 안주 삼아 막걸리를 한 주전자나 비웠다. 아버지는 그 때까지도 돌아오지 않은 상태였다. 외할머니 말로는 장에 농약을 사러갔다고 했다.

"승규야, 외할애비 보고 싶었지?"

"네. 보고 싶었어요."

그렇게 말해야 할 것 같았다. 보고 싶지 않았어요, 라고 말할 수는 없질 않는가. 정확하게 말한다면, 아주 약간, 쥐똥만큼 보고 싶기도 했다. 그건 그리움은 아니었다. 내 기억 속에 외할아버지는 든든함 같은 것이었다. 그렇다고 전체를 떠받드는 든든함이 아니라, 어렴풋이, 아, 외할아버지가 있었더라면 하는 그런 상황들이 몇 번 있었다. 최소한 아버지가 벌인 새마을운동의 무모함을 힐난해줘야 하는 인물 하나 정도는 집안에 있었어야 했으니까. 외할아버지가 있었더라면 분명, '눈깔 뒤집힌 까막눈으로 뒤집힌 채 바라보는 세상이 그리 호락호락하지 않다는 사실에' 대하여 충실한 비난을 퍼부어댔을 터이다.

"이제 3학년 되었지? 공부는 잘 하나?"

"네……. 조금 잘해요."

"오호라, 공부는 원래 조금 잘만 하면 된다. 이제 제법 말도 잘하는구나."

"네."

"저 벽에 사진들이 누군지 아느냐?"

막걸리 잔을 기울이다 말고 갑자기 대청마루 뒷면에 붙어있는 액자를 바라보았다. 마침 뒤란으로부터 밀려오는 바람 한 점이 얼굴에 진득하게 달라붙은 땀방울을 훑었다. 나는 무심히 벽의 액자를 바라보았다.

"사람들?"

"그렇지, 저 사람들은 말이다. 바로 갱도 사람들이었단다."

외할아버지가 들고 온 짐은 작은 보따리, 작은 가방, 몇 개의 상자뿐이었다. 그것들은 대청마루 왼쪽 구석에 너저분히 대충 놓여있었다.

"저 사람들 중에는 이번에 같이 온 사람도 있지……."

밑도 끝도 없이 액자 속 사람들에 관한 이야기를 꺼냈다.

"사람은 돌아온단다. 자신의 태를 묻은 곳으로 사람들은 연어의 회귀처럼 돌아온단다. 저 사람들도 이제 다 돌아올 거다. 비록 해골만 남았지만……, 모든 사람들은, 그 인연의 끝은 자신이 태어난 곳으로 모두 돌아온단다. 어릴 적 재잘거리던 동무들은 죽어서도 다 고향산천의 뒷동산에서 모여서 또 재잘거리지. 그것이 바로 죽음이라는 숙주란다."

저녁 하늘의 뭉게구름이 몇 가지 문양으로 그림을 그려가면서 서산으로 넘어가다가, 일제히 걸음을 멈추고는 외할아버지의 말소리 곁으로 모여들었다. 후덥지근한 바람도 대청마루의 한 자리를 차지하고 앉아서 귀를 쫑긋했다. 마루 밑의 쥐들도 일제히 숨을 죽인 채 조용했다.

총독부 직영 광산에서 근무하던 광식은 동네에서 글을 깨우친 몇 안 되는 사람이었다. 까막눈이 대부분이었던 광원들을 대신하여 가족들에게 보낼 편지, 혹은 임금 정산서 따위를 작성해주기도 했으며, 갱도에서 일할 사람을 모으고 찾아 나서기도했다. 광산에는 인근 소도시부터 저 멀리 아래 지방에서까지 구직을 위해 젊은이들이 몰려들었다. 그들을 채용하거나, 그들의 근무성향을 잘 파악하여 관리 서류를 만드는 일, 또한 광원들의 품삯을 장부에 기입하고 그것을 본국에서 파견된 광업관리, '미우라'에게 보고하는 일도 광식의 담당이었다. 일본에서 파견된 관리 미우라는 총독부에서 고급관리를 지낸 사람으로 조선어를 무척 잘했다. 그는 늘 신중한 얼굴에 심각한 눈빛으로 주판알을 굴려가면서 광식의 서류를 검토했다.

"장부에 오타하나 없네요. 아주 깔끔하게 잘 정리되었군요. 이제 구태여 나에게 보고하지 않아도 알아서 할 정도가 되었네요. 지출액수가 큰 것만 나에게 보고하고 소소한 것은 광식씨가 알아서 하도록 해요."

미우라는 한참이나 어린 광식에게 늘 존댓말로 대했으며, 업무에 대하여 깊은 신뢰감을 가지고 있었다.

"광원들에게 가능한 좋은 식단을 만들어주세요. 적어도 고기는 달에 한 번 정도 먹어야 합니다. 재정이 필요하다면 제가 지원할 테니……."

미우라는 그동안 광산을 거쳐 간 관리와는 달랐다. 단한 차례도 광원들의 임금을 착복하거나, 폭력을 자행하거나, 욕설을 내뱉는 적도 없었다. 소장 관사에 있다는

지하에 광원들을 가두지도 않았다. 야마따 소장 시절 팠다는 지하 광은 사실 광원들에게는 감옥과도 같은 곳이었다. 관리원의 말을 잘 듣지 않거나, 싸움질을 하거나, 외출 후 귀가 하지 않거나, 남의 물건에 손을 대면 칠일은 지하 광에 갇혀서 볕조차 볼 수 없었고, 먹을 것은 물이외 주지 않아, 광원들은 자신이 싼 똥을 다시 먹어야하는 일도 다반사였다. 광원들은 그곳을 저승 길 가는 통로라고 말하면서 치를 떨곤 했다. 실제로 칠일을 견디지못하고 죽어간 사람들도 많았다. 미우라는 구태여 인부들이 출입을 하는데 불필요한 제재를 가한 적도 없었다. 인부들은 달에 한번은 꼭 쉬게 했으며, 그런 날 광부들은 읍의 장터에 나가서 필요한 물품을 사오기도 했고, 집이 가까운 광부들은 집에 다녀오기도 했다. 특히 칠일에 한번은 모든 광원들이 모여서 북을 치고 노래를 불렀으며, 회식을 즐겼다. 미우라는 조선은 가장 아름다운 북소리의 나라라고, 그것은 바로 요동을 달리는 고구려 군사들의 말발굽소리, 황해도 염불소리가 근원이라고 광원들에게 직접을 북을 쳐대면서, 북을 치는 방법을 알려주면서 설명하곤 했다.

"조선의 정신이 바로 이 북소리에 있습니다. 여러분들도 언젠가는 이 북소리가 가장 밑바닥의 정신, 뼛속의 정신이라는 것을 알게 될 것입니다."

회식 날이 되면 먹을 것을 충분하게 챙겨주었다. 인근

소전거리에서 돼지나 소고기를 관으로 떼어다 인부들에게 먹였다. 그는 하얀 얼굴의 깊은 속눈썹, 귀공자 타입이었다. 귀 밑으로 조그만 점이 있었는데, 그래서 그를 광산의 노무자들은 '점우라' 라 부르기도 했다. 그는 매우 침착한 얼굴로 늘 조용히 말했다. 광산의 노무자들에게도 반말로 하대하지 않았다. 광산에 딸린 관사에서 책을 읽거나, 저녁 무렵에 배달되는 전날 신문을 읽거나, 인근 산길을 따라 산책을 즐기곤 했다. 관사 옆 사무실에 있을 때면 늘 광원들의 애로사항을 청취하는 등 조선인들을 인간적으로 대해 광원들은 그를 잘 따랐다. 미우라는 가족 없이 홀로 관사에서 살았다. 관사에는 집안 잡일을 하는 계집아이를 하나 두고 있었다. 읍의 소전거리에서 살았던 갖바치의 딸이었다. 정확하게 말한다면 소전거리에서 오리정도 떨어진 곳에 저육(猪肉)이라는 동네에 사는 덕이라는 계집아이였다. 도살장이 있던 저육엔 늘 피 냄새가 진동을 하였다. 그래서 인근 마을 사람들은 그곳을 백정마을이라고 불렀다. 짐승 가죽을 말리는 집, 그리고 핏물이 흐르는 천(川), 새벽마다 짐승을 도살하면서 흐르는 생피를 마시던 술꾼들, 투전꾼들, 짐승의 간을 내어먹었던 인근에서 몰려온 폐병 환자들…… 잔인한 것을 지우려 그랬는지 저육엔 널린 게 주점이었다. 처가 학질에 걸려 죽은 이후로 덕이 아비는 늘 주점에서 술로 살았다. 술에 취하면 영락없이 자식들을 학대했다. 자식들의 얼굴에는 늘 멍 자국이 가득했다. 계집아이만 줄줄이 셋이나 있었는데, 계집아이들은 아비가 술이 깰 때까지 남의 집 굴뚝을 온기삼아 잠을 자야 했다. 얼굴엔 멍든 자국, 먹성과 입성은 늘 허름해서 추우면 추운대로 더우면 더운 대로 한 가지 옷으로 사시사철을 보내야 했다. 먹을 게 없으면 개구리를 잡아먹고, 동네 하천의 핏물을 마셨으며, 술꾼들이 내다버린 음식을 물에 풀어서 양지에 말려 끓여 먹어야 했다. 어쩌다 선창에서 막내가 얻어온 비린내 나는 생선국을 먹는 날은 포식하는 날이었다. 동네 사람들은 술 취한 아비에게 저렇게 내버려둘 것이 아니라 남의 집 종으로 보내던지 해야 한다고 말하곤 했다.

"저 우라질 년들을 팔아먹을 수만 있다면 당장이라도 팔아 치우겠소. 어디 팔아먹을 수 있는 데가 있겠소? 내가 구전을 톡톡히 챙겨 드리겠소이다."

갖바치는 막걸리 열 주전자 값을 받고 큰 딸 덕이를 광산의 관사에 팔아넘겼다. 덕이는 여덟 살 무렵부터 광산 관사의 식모를 살았는데, 아주 가끔 본가의 동생을 만나러 가는 것 이외 일절 외출을 하지 않았다. 이후 일곱 해가 지나는 동안 관사의 주인은 세 번 바뀌었다. 처음엔 '야마따'라는 관사장이 그의 가족들과 함께 부임해서 살았다. 야마따는 성격이 포악했지만 부인은 매우 정숙한 여자여서 어린 그녀에게 여자로서 어떻게 살아야 하는지 따위를 알려주곤 했다. 그 다음엔 조선인 출신으로 일본 관리가 된 오동수라는 늙은이가 있었는데, 그 자는 매우 난폭해서 그릇이라도 깨는 날이면 덕이를 지하 광에 가두고 몇날 며칠 굶기기도 했다. 그 다음으로 사십 중반의 미우라가 광업 소장으로 오게 되었을 때, 그녀의 나이는 열여섯 살이 되었다. 덕이는 한눈에 보기에도 아름다운 눈을 가지고 있었다. 목이 길고, 체구는 상하 조화로워 날이 갈수록 계집 티가 났다. 노무자 중에는 더러 그런 덕이에게 마음을 빼앗기기도 했는데, 덕이는 무척 쌀쌀맞고, 고집이 세서 대놓고 말을 거는 사람은 없었다. 하지만 덕이는 글을 아는 광식에게만은 관대했다. 광식에게 한 해 동안 언문을 배우기도 하고, 제법 어려운 한문도 두해 정도 배우자 척척 읽을 수 있을 정도였다. 덕이는 영특했다. 곧잘 배달되어 오는 신문을 읽어 저간의 사정에도 밝았다.

"지하 깊숙한 곳에서 일을 하는 광원들은 늘 생명의 불안을 느끼고 있습니다. 그들에게 위험한 일을 시키는 것에 준하는 수당을 신설해야 합니다. 광산 근처에 관사를 더 늘려 짓고, 주거를 안정시켜 근무여건을 개선해야 합니다. 지급하는 음식의 양을 가족 수를 합산해서 지급해야 합니다."

한국인 광원들의 처우나 환경 개선에 대해 본부에 공문을 올리는 등 광원들에 지원과 배려를 아끼지 않았던 미우라는 원래 일본 육사를 나온 군인이었다. 하지만 그는 스스로를 군 생활이 체질에 맞지 않다고 했다. 그는 동작이 그리 민첩하지는 않았다. 본국에서 건너온 몇몇 지방 관속들이 총을 들고 인근 산에서 노루나, 범, 야생 동물에게 총질을 하면서 사냥하는 것을 매우 못마땅하게 여겨 광산 부근에 '사냥금지'라는 붉은 글자가 온 벽에 붙어있었다. 하지만 그런 미우라의 조치는 형사적 책임을 물을 수 없는 권고사항에 지나지 않아, 일본인 사냥꾼들은 조선인 조수를 데리고 종종 산에 나타나곤 했다. 특히 범을 잡기 위해 야간을 이용해 사냥을 할 때는 온 산이 천둥치는 것 같은 총소리로 들썩거렸다.

"너무 무서워요! 곧 큰일이 벌어질 것만 같아요."

덕이는 종종 사냥꾼들이 뿜어대는 총소리에 기겁하여 미우라가 있는 이층으로 달려오곤 했다. 미우라는 열에 아홉은 서재에서 책을 보고 있다가 달려드는 덕이를 보고는 안경을 벗어 책상에 올려놓은 채 나직하게 말하곤 했다.

"애야. 너에게 아무런 위해도 가하지 않는단다. 저들은 단지 꿩이나 멧돼지를 잡을 뿐이란다. 사람을 해치진 않아."

"하지만 저는 너무 무서워요. 짐승의 피를 보는 날이면 어김없이 아버지가 술을 마셨어요. 그런 날에는 죽도록 매를 맞아야 했어요. 동생들과 나는 떨면서 아버지의 눈을 피해 동네를 배회해야 했어요. 그러다 남의 집 굴뚝 밑에서 잠을 자곤 했지요."

"어린 것들이 너무 안됐구나. 지금 동생들은 뭣을 하고 있니?"

"막내는 장군집에 팔려갔고, 둘째는 아직도 아버지랑 있는데, 아마도 곧 팔려가게 될지 몰라요."

"팔려가다니?"

"만주로 가게 될지도 모른다고 했어요."

"만주를 가다니. 그곳은 왜?"

"누군가 만주에 갈 사람을 모은다고 했어요. 돈도 벌고 하루 세 끼 밥도 배불리 먹여준대요……."

"음……."

미우라가 잠시 깊어진 눈으로 덕이를 바라보았다. 만주의 총성, 미우라가 전선에 있을 때, 군용 막사 사이로 파리한 얼굴의 어린 계집아이들이 머릿속에 잔영처럼 남아 있었다. 두려움에 덜덜 떨면서 큰 눈을 굴리던 계집아이들은 기껏해야 열 서너 살 정도 밖에 안됐다. 길게 줄을 지어 차례를 기다리던 자신의 동료 군인들은 앞서 계집아이들의 막사에 들어서는 군인의 등에 대고 "제발 살결에 침이나 바르지 마라. 군내 나는 계집의 밑구멍을 빨아대는데 그만 아연실색할 정도다." 하면서 희희낙락했다. 그네들은 항상 성병에 걸렸다고 군인들에게 얻어맞고, 온갖 방식으로 괴롭혀도 돈으로 환산되는 전표조차

지불받지 못했다. 거친 군인들의 깔개가 되어 하루 열 명 이상 상대했지만 돌아오는 건 점점 추레하게 늙어가는 육신뿐이었다. 그러다 나이가 들면 어디론가 재차 팔려 갔는데, 그곳은 열대우림 지역이었다. 그곳에서 그녀들은 각종 풍토병에 걸려 죽어갔다. 그네들의 그곳은 늘 헐어서 피가 났지만 쉰밥을 먹어가면서도 단 하루도 쉬지 못했다. 달거리가 시작돼도, 솜으로 틀어막고는 거친 군인들과 욕정을 상대해야 했다. 미우라는 그곳에서 만난 어떤 여자의 괴기한 웃음소리를 잊지 못하고 있었다. 늘 혼이 빠져라 웃어 대던 그 계집은 조선 독립군의 딸이라고 했다. 군인들은 다른 계집아이보다도 특히 그녀를 더욱 거칠게 다루었고, 반대로 미우라는 그녀를 더욱 슬프게 바라봐야 했다. 군인들은 변태 짓도 아무렇지 않게 해 댔는데, 항문이 찢어져서 한 동안 힘들게 변을 보기도 했고, 젖꼭지를 물어뜯어 젖꼭지가 반쯤 살점이 떨어진 채 스멀스멀 피가 비치기도 했다. 점점 미쳐가는 계집아이, 하지만 그녀는 늘 허공에 던져놓은 듯 멍청하게 웃어댔다. 이와 반대로 미우라는 그런 그녀를 안고 우는 날이 점점 많아지고 있었다. 잔인한 전쟁터, 그 한 곳의 양지 바른 땅에서 피어난 망초 꽃을 머리에 꽂고 실실 웃고 있던 계집아이, 그런 그녀와 눈이라도 마주치면 눈빛은 아주 서슬이 퍼랬다. 다른 곳은 다 미쳤어도, 눈빛만큼은 팔딱이는 생선처럼 싱싱하게 살아있었다.

240

그런 그녀는 과감하게 몇 차례 막사에서 탈출을 하곤 했는데, 한 번은 막아서는 동료 군인의 귀를 물어뜯어 총살당할 위기에 처하기도 했다. 그 때 미우라는 군용막사 감옥에 갇혀있던 그녀의 발목을 단단히 옥죄이던 쇠사슬을 끊어주어 탈출을 도왔다. 하지만 그녀는 몇 발짝 옮기지 못하고 다시 구금되었고, 그 당시 쇠사슬을 어떻게 풀었는지, 방조자가 누구였는지, 모진 고문을 가하는 조사관의 말에 끝까지 함구해서, 미우라를 감동시키기까지 하였다. 하지만 그녀의 탈출 습성은 이후로도 나아지질 않았고, 틈만 나면 도망칠 궁리만 일삼았다. 그러다 중공군의 기습에 막사가 불에 타면서 위안부들의 막사에도 불길이 옮겨갔는데, 위안부 막사는 바깥에서부터 자물쇠가 채워져 있어서 그들은 꼼짝없이 온 살점이 불에 그슬려야 했다. 막상 불을 끄고 그녀를 찾았으나, 그녀는 온데간데없었다. 그 막막한 심정이란! 미우라는 아직도 그 참상을 잊지 못한다. 온 막사가 아비규환인 그 현장에서 그녀를 찾아 헤맸던 그 당시를! 처참하게 타버린 위안부들의 시체를 수습할 수조차 없어서 그대로 묻어야 했던 당시를!

"혹시 군의 위안부라고 들어봤니?"

"그게 뭔데요. 돈을 벌 수 있는 곳인 가요?"

"그렇지. 돈을 벌 수 있다고는 하지, 하지만 그곳은 너무 위험한 곳이란다."

순간 빵빵빵! 칠흑 같은 어둠 속에서 총소리가 들려왔다. 횃대를 든 일단의 조선인들은 총소리가 나자마자 우르르 총알이 날아간 목표지점을 향해 달려 나갔다. 숲속을 뒤지고 산중을 뒤져서 죽어있는 짐승의 사체나 숨이 붙어있어도 할딱거리는 범, 노루, 멧돼지를 끙끙거리며 들고 나왔다. 사냥꾼들은 그런 조선인들에게 마리당 적은 액수지만 돈을 정산해주었다. 온몸이 너덜너덜 해질 때까지 사냥꾼 뒤를 길게 따라다니는 조선인들을 동네 사람들은 '사냥개'라고 불렀다. 그래서 광부들은 밤에 일절 밖으로 나가는 법 없이 막사에서 총소리가 잦아들 때까지 숨을 죽이다가 잠들곤 했다.

"덕이야. 네 동생들이 걱정스럽구나. 그렇다면 일간 한번 너희 아비를 만나서 네 둘째 동생을 이곳으로 데려올 수 있는지 상의해보는 게 어떻겠니?"

"이곳으로……?"

"그렇지, 이곳에는 할 일이 아주 많단다. 빨래도 해주어야 하고, 곧 금광도 개발한다고 하니, 그 금광의 식당에서도 일할 사람이 필요하단다. 네 동생에게 식당 일 같은 것은 아주 쉽게 할 수 있는 일이 될지도 모르니까."

"하지만 아버지가 호락호락하지 않을 거예요."

"……?"

"아버지는 당장 동생을 구하려면 돈이 필요하다고 했어요."

242

"그게 얼마든 내가 구해볼 터이니, 큰 염려는 하지 마라."

"미우라씨 고마워요. 정말 고마워요. 당신에게 큰 은혜를 입었어요, 당신에게 무엇을 해줄 수 있는지 모르니까, 당신이 내게 원하는 것을 말해보세요. 목숨을 내놓을 수도 있어요. 뭐든지 다 들어 줄게요."

미우라는 고요한 눈으로 덕이의 큰 눈을 바라보았다. 적당하게 솟아있는 봉긋한 유방, 그리고 목으로부터 길게 뻗은 체구, 잘록한 허리, 모두 저고리 속에 감추어졌지만 그건 어느 누구도 쉽게 상상할 수 있었다. 덕이가 순간 벌떡 일어서서 미우라의 눈빛 속에 무언가 읽었다는 듯 옷을 벗기 시작했다. 미처 제지할 틈도 없이 순식간에 벌어진 일이었다. 희미한 불빛 아래서 허물을 벗듯 치마저고리가 사라졌다. 뽀얀 육체가 조각품을 빚어낸 듯 음영을 만들면서 길게 서 있었다,

"무슨 짓이지?"

"내가 당신에게 줄 선물은 내 몸뚱이 뿐이에요. 더군다나 저는 처녀랍니다. 그 누구에게도 몸을 준 적이 없는 처녀!"

미우라는 아랫도리가 뻐근해 옴을 느꼈다. 연한 불빛 아래로 사과처럼 붉은 덕이의 살집이 눈앞에서 흔들렸다. 계집으로서 적당히 발달해있는 덕이의 육체에서는 연잎처럼 향긋한 냄새가 흘러나왔다. 미우라는 귀밑까

지 빨개졌다. 심장의 두근거림을 애써 외면했다. 덕이의 눈을 피하면서 나긋하게 말했다.

"나는 네가 원하는 것을 가지고 싶지 않구나. 어서 옷을 입도록 해라. 너의 소중한 처녀성은 나중에 네 사람에게 주어야 하는 거란다."

"미우라 씨 그렇다면 제 동생들을 구할 수 없어요. 당신이 제 동생들을 구해준다는 확신은 제 몸뚱이가 말해 줄 거거든요. 당신에게 제 가장 소중한 것을 준다면 당신은 나를 배신하지 않을 테니까요."

땅땅땅! 근처 산에서는 여전히 총소리가 산중을 울려대고 있었다. 횃대에서 솟아오른 불꽃이 막사 앞에서 일렁일렁 흔들렸다. 드문드문 환해졌다가 연한 불빛으로 삭아 들곤 해서 두 사람의 그림자가 창밖으로 드러나곤 했다. 미우라는 고통스러운 듯 잠시 창문가로 다가섰다. 덕이는 여전히 옷을 벗은 채 덜덜 떨고 있었다.

"네 생각이 어떻다는 것을 모르진 않아. 하지만 언약이라는 것은 그런 식으로 맺어지는 게 아니란다. 언약이란 그저 눈빛으로, 가슴으로, 그리고 그보다 강한 심장으로 말하는 것이란다. 나를 믿어보는 게 어떻겠니?"

"아뇨. 저는 불안하기만 하답니다. 당신이 내게서 떠나버릴까봐, 나를 버려두고 어디론가 사라질 것만 같아서. 당신의 서재에서 몰래 훔쳐 읽어본 박태원이 쓴 '천변풍경'의 하나는 아니란 말이예요. 술집 여급에서

244

부잣집 맏며느리로 신분이 격상되고 싶어서 이러는 거는 절대로 아니니까요. 나는 그런 것보다 더 절박하답니다."

"허허, 이거 참 맹랑한 아이로구나."

"왜 저 같은 계집은 품고 싶지도 않은 건가요. 너무 치욕스럽나요? 미우라 씨 같은 고매한 사람에게는 저 같은 계집은 계집도 아니란 말이죠!"

덕이는 울듯이 말했다. 미우라는 난감한 표정을 지었다. 그가 내뿜는 궐련 연기가 창밖으로 흩어졌다. 재차 총소리가 산중을 뒤흔들고, 사냥개로 보이는 조선인들이 달려가더니 범 바위 근처에서 함성이 들려왔다.

"잡았다. 큰 범을 잡았다!"

산중에는 춤을 추듯 햇불이 흔들렸다. 사람들의 함성이 산중에서 메아리가 되어 날아다녔다.

"덕이야. 나는 너를 딸처럼 생각했단다. 차마 너에게 나의 욕정을 풀고자 너를 안을 수 없으니 어찌 그런 망발을 하느냐."

"아뇨, 전 늘 미우라 씨에게 연정을 느꼈답니다. 당신은 내가 만난 그 어떤 사내보다도 남자다운 분이었어요."

덕이의 눈물이 툭툭 바닥을 적셨다. 흐느낌으로 작은 어깨가 흔들렸다. 미우라는 숙연해졌다. 고개를 돌려 덕이를 품에 끌어안았다. 덜덜 떨던 육체가 스르르 미우라의 품으로 젖어들었다. 심장이 퉁탕거리는 소리까지 아주 잘 들렸다.

"네 말대로 모든 게 잘 될 거다. 너희는 조국을 잃었단다. 조국을 잃었다는 것은 네가 잃어버리는 절대적 가치와 또 다른 상실이란다. 어찌 내가 너의 동생을 전선으로 보낼 수가 있단 말이냐. 무조건 그것만은 막아야 한다."

미우라는 솜사탕처럼 달콤하게 덕이의 귓전에 자신의 숨소리를 불어넣었다. 덕이는 펑펑 울기 시작했다. 그날, 미우라가 덕이와 어떤 짓을 벌였는지는 알 길이 없었다. 다만 사냥꾼의 총소리에 놀라서 광식이 문밖으로 튀어나왔을 때 두 사람의 그림자가 창밖으로 어른대는 것을 바라보면서 다소 상심한 마음이 들었을 뿐이다. 광식은 어느새 덕이에게 자기 자신을 빼앗기고 있다는 자책에 심한 마음을 고생을 했다.

그런 일이 있은 지 몇 달이 지났을까. 덕이의 동생은 미우라의 약속처럼 광산에 오지 못했다. 전선의 위안부로 끌려가기 직전 덕이 아범이 덕이 동생을 스님에게 빼돌렸다. 기실은 위안부 모집책에게는 거금을 받고, 덕이 동생은 정작 다른 곳에 이중으로 팔아넘겨 치도곤을 치렀다는 말이 돌았다.

"나도 한 번쯤은 아비 노릇을 해봐야 하지 않겠니. 둘째를 그냥 마동 스님을 따라서 만주로 보내기로 했다. 위험한 곳이지만 목숨만은 꼭 지켜주겠다고 하시더라. 장군집의 여동지라는 사람이 함께 찾아왔었어. 그가 거금

을 내놓으면서 자식 중 하나는 이 설움 많은 세상을 끝내
는데 일조하는 게 어떻겠냐고 하더라."

인근 병암산 산사에 머물던 마동스님, 그 스님을 따라
서 떠났다고 했다. 덕이는 크게 상심했다. 미우라 역시
편치 않은 마음이었다. 광식은 그런 둘의 동태를 살피면
서 장부를 정리하고, 광부들에게 품삯을 나누어주어야
했다. 그 즈음은 광산의 모든 회계 관리는 광식의 몫이
되어 있었다.

광산에 큰 소요가 일어난 것은 바로 사냥꾼들 때문이
었다. 오밤중에 범 서너 마리가 사냥꾼의 총소리에 놀라
깊은 산에서 광산까지 밀려 내려왔다. 관사와 광부들이
잠을 자는 막사를 덮치고 말았다. 잠에 취해있던 광부들
이 사태를 감지하고 혼비백산 놀라서 갈팡질팡했다. 그
틈에 두 명의 광부들이 범에게 다리를 물리기도 했지만
가까스로 빠져나와 겨우 목숨을 부지했다. 그들은 이미
다리뼈가 바스러져, 고통으로 혀를 내두르면서 소리를
쳤다. 범들은 막사 여기저기를 들이받고, 인부들이 나타
나면 으르렁거리면서 달려들었다. 인부들은 서둘러 연
장을 들었다.

"범이다! 모두들 피하시요! 범이 막사를 덮쳤다."

"아이고, 이게 무신 생지옥이여. 우선 멀리 달아나는
게 최고여."

광원들은 연장을 내던지고 달아나기 시작했다. 미우라

와 덕이도 소장 관사에서 놀란 표정으로 달려왔다. 사냥꾼들이 산중에서 우르르 뛰어왔다. 그들을 따라서 몇몇 조선 사냥개들이 뒤따라왔다. 범은 계속해서 막사 여기저기를 들이받으면서 산이 떠내려갈 듯이 으르렁거렸다. 지옥이었다. 광부들은 이리저리 범을 피해 달아나기에 급급했다. 황망 중에 범들에게 쫓기는 신세가 된 막사의 인부들이 두려운 목소리로 소리를 쳤다.

"범이다. 모두들 피해야 한다, 범이다!"

사냥꾼 중 체수가 큰 일본인이 앞으로 나서며, "겁쟁이 조센징은 뒤로 물러나라." 고 소리치며 범에게 총을 겨누었다. 하지만 그의 바람은 곧 물거품이 되고 말았다. 뒤편에 숨어있던 범 한 마리가 날렵하게 뛰어오르면서 그의 목덜미를 물어버렸다. 총을 갈겨댔지만 모조리 허공만 가르고, 여기저기서 빗나간 총알 퉁기는 맹랑한 소음뿐이었다. 이제 범 세 마리와 체수가 큰 사냥꾼 그리고 막사의 광부들은 대치하는 형국이 되었다. 범에게 목덜미를 물린 체수가 큰 사냥꾼은 가쁜 숨소리를 내지르면서 눈자위를 희번덕거렸다. 범은 그런 그의 목덜미를 우둑우둑 씹었다. 주변의 어둠 속으로 잔인한 비명소리가 공명되었다. 곧 그가 축 늘어졌다.

"사람이 죽는다! 사람이!"

광부들과 뒤따라온 사냥꾼과 사냥개들은 비명소리를 내질렀다. 나머지 두 마리의 범은 막사 사이로 숨어들어

달아날 곳을 찾다가 뒤따라오는 사냥꾼과 광부들을 향해 호시탐탐 달려들 듯 으르렁거렸다.

"조용! 모두들 뒤로 물러나세요. 범에게 퇴로를 만들어줘야 합니다. 절대로 총질을 하지 마세요. 범이 조용히 산속으로 들어가게 내버려두어야 합니다. 이러다 큰 인명피해가 날 수도 있습니다."

미우라는 침착하게 광부들과 사냥패들에게 더 뒤로 물러날 것을 권하면서 소리쳤다.

"무슨 소리냐. 네 놈이 도대체 누구더냐."

"나는 이곳의 관리소장입니다. 모두들 지시에 따르시오."

"오호라, 일본인이구나. 그런데 네 놈이 어쩌자고 조센징을 위해 우리의 목숨을 위태롭게 하느냐!"

사냥꾼 무리에서 무장을 한 사내들이 앞으로 튀어 나왔다. 범들이 어슬렁거리면서 주변을 훑어보았다. 범들이 움직일 때마다 광부들은 우르르 뒤로 물러나거나, 삽이나 곡괭이 같은 것들을 휘둘러댔다.

"저 분은 우리의 대장이신 간또 상이다! 저 분을 어서 살려내야 한다."

"간또상?"

"그렇다. 주재소 소장이신 간또 상이다."

"미안합니다만, 저분은 이미 절명을 했습니다. 이미 죽은 사람들 때문에 여기에 있는 광부들을 위험하게 만들

수는 없습니다. 어서 뒤로 물러나시오. 범은 절대로 시신을 물고 가진 않을 겁니다."

순간 사냥꾼 사내 하나가 총을 미우라에게 겨누면서 소리쳤다.

"이런 발칙한 놈 같으니라고! 죽다니, 네 놈이 죽어봐야 알겠구나!"

사냥꾼은 미우라의 머리에 총을 들이대고는 눈을 부릅떴다.

"여기에 있는 조센징들은 다 죽어도 상관없다. 간또 상을 살려내지 못한다면 너희들은 이미 다 죽은 목숨이니까. 어서 간또 상을 살려내라. 이런 버러지만도 못한 놈이 천황의 군인이란 말인가?"

"무슨 짓이냐! 어서 그 잘난 총 치우지 못할까!"

격발, 방아쇠를 서서히 뒤로 미는 소음이 찰칵하고 이어졌다.

"총을 치우란 말이야! 안 그랬다가는 이 칼로 네 놈의 모가지를 당장 따 버릴 거다!"

카랑카랑한 목소리, 산발한 머리카락의 덕이었다. 그녀가 사냥꾼 사내의 목에 칼을 들이대면서 악에 받혀 거듭 소리쳤다. 사냥꾼들과 인부들이 놀라서 몇 걸음 주춤거렸다. 순간 범들이 소란을 틈타 막사 방향으로 맹렬하게 달려들었다. 광부들은 혼비백산 삽과 곡괭이를 흔들었다. 일단의 광부들을 뒤로한 채 순식간에 범들은 깊은 어둠 속으로 사라지고, 그 틈에 총소리가 콩을 볶듯 하늘을 갈랐다. 총알이 빗나간 것일까, 범들은 산중에서 보아란 듯 으르렁거렸다. 미우라가 배를 부여잡고 바닥에 넘어져 피를 분수처럼 쏟기 시작했다. 덕이도 어느 순간 바닥에 널브러져 있었다. 그녀의 정강이에서도 피가 흘렀다. 흥분한 사냥꾼들이 마구 짓밟기 시작했다.

"천황의 군인으로서 얼마나 부끄러운 일인가!"

광부들의 손에 들려있던 연장들이 목표를 바꾸어 눈을 희번덕거리면서 사냥꾼들의 목을 치고, 배를 갈랐으며, 그들의 뼈를 야들야들하게 만들어 버렸다. 사냥꾼들은 미처 피하지도 못하고 모두 바닥에 널브러져 죽어갔다. 광부들은 더욱 더 흥분해서 조선의 사냥개들에게도 연장을 휘둘렀다. 그런 혼란에 덕이는 자신의 발목을 질질 끌면서 피를 뿜고 있는 미우라에게 다가가 "제발, 제발 당신은 죽으면 안 돼요!" 라고 흐느꼈다. 울음소리에 인부들은 미우라 곁으로 모여들었다.

"점우라, 당신이 죽으면 누가 우리를 위해 일해 줄 수 있나요."

"점우라 제발 눈을 떠요. 당신이 죽는다면 일본사람은 모두 악질만 있다고 생각하게 될 거예요."

"점우라, 당신은 우리에게 최초로 일본인들 중에도 조선 사람과 같이 마음이 통할 수 있다는 사실을 알게 해준 사람이에요. 어서 일어나 우리를 기쁘게 해주세요!"

인부들이 하나둘 연장을 던져놓고 미우라 곁으로 모여들어서 울음을 터트렸다. 숨이 붙어 있는 몇몇 사냥꾼들은 그 틈에 기다시피하여 헐레벌떡 달아났다.

외할아버지의 이야기가 한창 무르익을 즈음 생쥐가 대청마루의 옹이구멍에서 고개를 쏙 내밀었다. 외할아버지의 이야기가 채 끝나지 않았는데, 생쥐들이 그 다음 이야기가 몹시 궁금하다는 듯 이 구멍 저 구멍에서 고개를 내밀었다.

"광식이가 돌아왔구나! 반갑다, 광식아!"

큰 쥐든 작은 생쥐든 모두 하나같이 찍찍거렸다. 이런 우라질! 외할아버지가 "저 놈의 생쥐들은 아직도 마루 밑에서 세상 이야기를 귀담아 듣고 있는 게냐." 하면서 들고 있던 막걸리 잔을 집어던졌다. 생쥐들이 고개를 처박았다. 어느 순간 황제 쥐, 범만큼 큰 쥐만 남아 옹이구멍에서 고개를 반듯이 쳐들고 있었다. 눈을 동그랗게 치뜨고 이리저리 머리를 굴려댔다.

"저놈의 쥐가 간덩이가 곪았나!"

"어이, 광식이 반갑네, 어디 가서 뒈졌는줄 알았는데, 꼬라지 모양새하고 낯짝이 쥐똥만큼도 변하지 않고 그대로인 걸 보니 반갑구먼. 앞으로 네 것도 내꺼 내 것도 내꺼 하면서 잘 지내보세. 자네를 무척 기다렸다네. 나의 이 지고지순한 광식 사랑을 잊지 말게나. 아침저녁으로 나를 좀 챙겨주는 것도 잊지 말고, 특히 생선 대가리는 절대로 혼자 먹지 말게. 참고로 내가 좋아하는 생선 대가리는 고등어 일세."

외할아버지가 재차 손바닥으로 마룻바닥을 내려쳤다.

"어, 왜 그러나. 그런 거에 놀랄 내가 아닐세. 자네 수전증이 도졌는가? 일본에 유명한 수전증 전문 의사가 있다는데 좀 찾아가보지 그랬는가!"

여전히 우리를 빤히 쳐다보는 쥐, 외할아버지가 쥐와 눈을 마주보면서 기 싸움을 하더니 지쳤는지, 벌러덩 누워버렸다.

"당장에 저 놈의 쥐새끼에게 왜국에서 가지고 온 최신 쥐약을 처먹여야겠다. 내일 아침이면 마루 밑에 새까맣게 쥐들이 죽어있을 거야. 우리는 그걸 치우고 불에 태워버리면 그만이란다. 오늘이 쥐들에게 제삿날인 셈이지!"

그 순간 큰 쥐가 고개를 들이밀었다.

"어서들 모이시오. 중대한 소식입니다. 광식이가 일본 직수입품 쥐약을 공수해왔답니다. 쪽발이 말로 적혀져 있는 물건에는 손도 대지 맙시다. 큰 죄 받습니다."

"일본어를 모릅니다. 일본말을 어떻게 읽는 것인지도 당연히 모릅니다. 가로 읽기입니까? 아니면 세로로 읽기입니까!"

"자 모두들 알지요. 가로 읽기입니다. 오늘 저녁부터 히라가나, 가타카나를 수업하도록 하겠습니다. 절대로 한 쥐도 빠지지 말고 나머지 공부에 참여해서 횡액을 막읍시다. 광식이 놈이 아직도 제 머리로 우리를 잡을 수 있을 거라는 망상을 해대고 있습니다. 자식, 참 여전하더군요. 대가리는 다 빠져서 꼭 비루 맞은 중 같았습니다."

"에이 씨발, 무슨 나머지 공부야. 나이가 몇 살인데!"

"아니 이 상황에서 누가 욕지거리를 하는 거여. 지난번에도 욕지거리하다가 횡액 당한 것도 몰라?"

"당장 쥐덫에 가두어라!"

외할아버지는 벌러덩 누운 채로 "미우라는 그 때 결국 몸을 고치지 못하고 일본으로 돌아갔단다. 당시 일본인들에게 연장을 휘둘렀던 인부들은 왜놈순사들을 피해 산에 숨어 있다가 하나 둘 어디론가 사라졌지. 미처 피하지 못한 사람들은 왜놈 순사들이 갱도에 몰아넣고 석유를 붓고는 불을 질러 모조리 태워 죽였단다. 얼마나 많은 석유를 부었는지 아직도 갱도에서 비만 오면 썩은 석유가 흐른다고들 하지……. 그런 일이 있는 후 갱도는 폐쇄되었지. 그들 중 살아있는 사람들은 장군의 부대가 있다는, 둘째 아들 부대를 찾아서 만주로 건너가기도 하고, 몇은 미우라가 자신들을 구해줄지 모른다고 왜국으로 밀항을 하기도 했고……. 다행히 나는 글씨를 안다는 사실 때문에 정황을 잘 설명하는 바람에 두 달 만에 뼈가 부러진 채 주재소에서 풀려났지." 두서없이 이말 저말 혼잣말을 했다.

마침 아버지가 막 집안으로 들어서고 있었다. 아버지 손에는 고등어가 한 손 들려져 있었다. 대청에 벌러덩 누워있던 외할아버지가 무릎을 서너 차례 흔들다 일어섰다. 아버지는 유심히 외할아버지를 바라보다가 "아니 일본에 계신다면서 언제 오셨어요?" 다소 들뜬 표정으로 말했다.

"야, 이놈아 평생 왜국에서 살 줄 알았느냐. 아니면 그곳에서 뼈라도 묻을 줄 알았느냐. 누구 좋으라고……, 내가 내 집 버려두고 거기서 살겠느냐. 정가인 네놈이 박가인 내 집안 다 말아 먹으라고……."

"아이고, 장인어른도 말아먹을 게 있어야지요. 산골에 달랑 집 한 채가 어디 말아먹을 게 되던 감여. 하여간 잘 오셨어요. 건강은 어떠셔?"

"왜 곧 죽을병이라도 걸렸는가, 염탐하는 거여 뭐여. 하늘도 무심하시지. 아마도 하늘도 까막눈의 네 놈 말은 못 알아들으시는 것 같구나. 나는 뼛골이 아주 튼튼하니, 아마도 백수도 끄떡 없을 거다."

"돌아가시면 안 되는 거는 다 알지여. 당최 장인어른이 없으니 집안 꼴도 말이 아니구……"

외할아버지는 황제 쥐를 향해 집어던진 막걸리 잔을 마루 구석에서 찾아내 막걸리를 가득 부었다. 막걸리가 양재기로 떨어지는 소리가 정겹게 들렸다. 마루에 걸터

앉은 아버지가 외할아버지의 눈치를 흘낏 살피며 한마디 툭 던졌다.

"장날 맞춰 잘 오셨어요. 모처럼 장터에서 물 좋은 고등어 한손 끊었는데, 장인어른은 역시 먹을 복이 있나 봐여."

그날 저녁 우리 집안 식구들은 모두 한 자리에 모여서 모처럼 고등어구이와 아버지가 첫 수확한 통일벼, 즉 흰 쌀밥을 먹었다. 고등어는 제 맛이 났는데 쌀밥은 입안에 달라붙지 않고 모래알처럼 맴돌았다. 외할아버지는 희다고 모두 이밥이 아니라고, 통일벼의 밥맛이 아끼바리보다 못하다고 투덜거렸다.

"농사를 하루 이틀 짓는 것도 아니면서 믿을 사람이 없어서 세 살 먹은 애들도 안 믿는 정부의 말을 믿느냐 이말이다. 내 말은! 정부가 말하는 대로 통일 볍씨를 파종한 네 아버지 덕분에 무늬만 흰 쌀밥인 이밥을 먹게 생겼으니 다시 왜국으로 달아날까 싶다! 돌대가리 같은 놈!"

그날 황제 쥐는 부엌에 들어가서 시렁 위 고등어 대가리를 움켜쥐고 기뻐했다. 하지만 기쁜 일이 생기면 불행도 따르는 법. 드디어 황제 쥐는 최후의 마감을 했다. 그건 바로 고등어 대가리에 붙어있던 가시 때문이었다. 굵고 단단한 가시가 황제 쥐의 후두에 박혀 버렸다. 제 아무리 컥컥거려도 빠져나오지 않았고, 황제 쥐는 숨을 가쁘게 몰아쉬면서 "절대로 나의 죽음, 그 원인을 적에게

256

알리지 말라." 했다고 한다. 다음 날 아침 마루 밑에서 멍구가 범만큼 큰 쥐를 물고 나왔는데, 외할아버지는 자신이 놓은 쥐약이 큰 효험을 발휘했다고, 쥐약 때문에 죽을 것이라 오해를 하고 말았다.

"폭정의 세월은 끝났다. 바야흐로 민주의 발판, 일당 독재를 끝내고, 쥐들의 평화가 구현되었다."

신생, 쥐의 세력을 잡은 넘버 투 쥐는 아침부터 찍찍거렸다. 모든 쥐들을 모아놓고 일장 연설을 하는데. 내용은 길고 지루한 여느 취임사와 같아 생략하기로 한다. 다만 마루 밑의 쥐들이 세력교체로 인해 너무 시끄러웠고, 외할머니의 미간을 찌푸리게 만들었다.

"오늘 소나기라도 한바탕 퍼부을 건가. 아침부터 쥐들이 왜 이리 훌치고 난리인겨."

외할아버지가 자신의 짐 가방에서 상자 하나를 챙겨들더니 밖으로 나섰다. 아버지는 그런 외할아버지 뒤를 삽을 들고 따라나섰다. 문을 나서다 말고 아버지가 무언가 잊은 것이 생각났다는 듯 "쥐약! 그렇지 왜국에서 장인어른이 사온 쥐약엔 쥐들이 직방이래는데요." 라며 외할머니와 하늘을 동시에 바라보면서 소리쳤다.

"당최 믿을 수가 없다네. 자네 장인이 쥐약을 뭣 하러 사오겠나? 영감탱이가 스스로 먹고 죽으려고 사온 거라면 모를까!"

장군의 노래

장군의 집은 마을의 상징이나 다름없었다. 하지만 당
산나무와 아랫마을의 중심에 표석처럼 자리 잡고 있던
무당집은 마을의 상징성을 잃고 점점 흉물로 변해갔다.
담은 무너져 잡초가 한 길이나 웃자라 있었고, 뒤란 텃밭
엔 소채들이 사라지고 수마에 휩쓸려온 쓰레기로 넘쳐났
다. 사랑채도 큰 바위에게 일격을 맞고 반쯤 구멍이 났으
며 한 쪽 벽은 이미 허물어졌다. 손가락으로 가볍게 퉁기
기만 해도 주저앉기 일보직전이었다. 본채의 포집 또한
결구가 다 어긋나서 작은 바람에도 위태롭게 흔들렸다.
윙윙, 하는 바람소리에 포집의 각종 이음새는 귀신소리
처럼 울어댔다. 마당에도 물난리에 쓸려온 바위가 아무
렇게나 여기저기 나뒹굴고, 형체를 알 수 없는 오물들이
널브러져 있었다. 집 앞을 지나면 영락없이 코를 막아야
할 정도로 심한 악취가 났다. 웅장한 기와집은 한 때의
영화일 뿐이었다. 무당집의 그녀는 물난리가 나고 이태
가 흘렀지만 아무런 소식도 없었다. 혹시나 해서 몇 차례
기웃댔지만 사람이 드나든 흔적은 어디에도 없었다.

"아이고, 구신 나올 것 같고, 저 집을 어쩌면 좋을 고나. 저러다 지나는 사람이라도 담벼락에 횡액을 당하면 어쩔껴."

주점 아낙은 깊은 한숨소리와 함께 늘 방정맞게 입을 놀렸다. 방정맞은 입은 주점을 드나드는 동네 사내들에게도 달려있었다.

"누가 나서서 무신 방책을 세워야지 않을 거나."

"그러게, 저러다 큰일 나겄네."

"언제 동네 어른들 모셔놓고 상의 한번 드려야 하지 않을까 싶네요. 집을 부수던지, 아니면 처마에 지주목이라도 괴어 놓던지 해야지. 영 불안해서 길을 못 지나겠어요."

주점은 겨울이 시작되면 흥행을 이룬다. 농사일을 모두 끝낸 늙던, 젊던, 어른들이 모여들어서 버릇처럼 투전판을 벌였다. 늘 술에 절어 흐느적거리는 사람들이 무당집 담벼락에 기대어 오줌을 갈기곤 했으니 걱정도 될 만했다.

"자석들이 하나같이 대처에서 모두 횡사를 했다하니, 누가 있어서 그 집에 손을 댈 것이요. 그렇다고 누가 죽었는지 살았는지 모를 사단에 집을 우리 마음대로 부수고, 짓고를 할 수 있겠어요. 자고로 구신도 돌아올 집은 남겨두는 거라는데, 죽었다는 자석들이 씨라도 남겼다면 나중에 뒷감당을 어찌하려고, 함부로 남의 집을 가지고 이래라저래라 해요. 아무리 궁리해 봐도 집엔 손 못 대요!"

"맞는 말일세, 집 밖에 나서면 모두 황천길이라고 하더니 이제 장군집도 한 때의 영화구먼, 달랑 집 한 채 남은 것마저도 누구 하나 나서서 손보는 사람이 없으니……그러나저러나, 광식이 놈은 집 밖에 나가서도 매번 저렇게 살아오니, 재주는 참 묘한 놈이네 그려. 세상 살면서 요령수 하나는 기가 찬 위인일세. 죽어나 살았나 싶으면 나타나서 감 내놔라, 배 내놔라, 큰소리를 탕탕 치니 원!"

"그러게 요번에도 현해탄 물귀신이 함함했는지, 안 돼지고 멀쩡하게 돌아왔다는구먼. 왜국엔 도대체 뻔질나게 드나드는데, 뭔 일 있는 거여. 떠도는 말처럼 작은 마누라라도 만들어 놓은 거여 뭐여."

"병암산 자락에 묻은 게 아마 덕이라지!"

"덕이?"

"그렇다네, 덕이가 결국 일본에서 죽었다는구먼, 유골을 안고 돌아왔다는 거여. 덕이가 고향 뒷산에 묻어달라고 해서……."

귀국한 외할아버지가 들고 온 상자 중 하나는 유골함이었다. 그걸 귀국 직후 병암산 자락 소나무 군락 중 한 곳에 무덤을 만들고 아버지와 함께 정성스럽게 매장을 했었다. 무덤에 떼를 입히고 막걸리를 붓더니 무심히 중얼거렸다. 외할아버지 말로는 덕이는 미우라가 떠난 후

반 미치광이가 되어 한동안 소전거리를 떠돌며, 모진 고생을 하다가 미우라를 찾아서 일본으로 떠났다고 했다. 하지만 총상을 입은 미우라는 끝내 세상 빛을 보지 못하고 저승길을 떠났다. 덕이의 극진한 간호도 효험이 없었다. 덕이가 일본에 도착한 후 채 삼 년을 살지 못하고 미우라는 세상을 떠나고 말았던 것이다. 실의에 빠진 덕이는 한동안 귀국할 것을 고민하다가, 요꼬하마 항구에서 중국인이 운영하던 식당의 골방에서 극약을 마시고 말았다. 다행이 일찍 발견되어 목숨을 부지했으나, 심한 후유증을 앓아야 했다. 늘 숨을 몰아쉬면서 이층 다다미 계단을 오르내려야 했다. 처음엔, 그래, 딱 고국으로 돌아가는 뱃삯만 모으면 더 이상 계단을 오르지 않을 것이라 여겼다. 하지만 그녀는 뱃삯을 모은 후에도 그래, 고국에 돌아가서 살 황소 한 마리 값만 모으자 하면서 또 한 해를 견뎠고, 그 다음엔 집을 장만하기 위해, 그 다음엔 논밭을…… 그러다 고국의 가족과 산천을 점차 잃어갔다. 요꼬하마 항에서 고국 쪽 하늘을 바라보면서 그리움을 토하는 술 한 잔 기울이는 것이 귀향의 전부였다. 외할아버지가 일본으로 떠난 덕이를 다시 만난 것은 미우라가 보낸 장문의 편지 때문이었다.

박광식 전(前)
별고 무탈하게 지내는지요. 저는 병간이 오락가락하니

다. 폐 한 구석에 총알이 박혀있다고 하는데, 그곳은 칼로 도려낼 수도 없는 곳이라서 겨우 목숨만 연명하는 신세입니다. 폐에 가끔 물이 차기도 합니다. 혼절을 여러 번 경험하기도 했고, 수저를 드는 것조차 제 손으로 못할 지경입니다. 펜을 드는 것조차 힘에 부칩니다. 하지만 꼭 전할 말이 있어서 이렇게 힘들게 펜을 들었습니다.

며칠 전 덕이가 일본으로 건너왔더군요. 그 애가 저를 연모하고 있다는 것, 그것을 모르는 바는 아니지만, 나이차 때문이 아니더라도 저는 그 애를 도저히 받아들일 수가 없습니다. 제가 죽고 사는 문제를 떠나서 차마 내 입으로 말하기는 곤란하지만 사실 전선에 있을 때 저에게 아주 불미스러운 일이 있었습니다. 총알이 불행하게도 제 목숨을 끊는 대신 남자 구실을 할 수 없는 몸으로 만들어 버렸던 것입니다. 아주 지독한 일이었지요. 그 사건으로 인해 저는 불명예스럽게 군 생활을 중도에서 포기할 수밖에 없었습니다. 하지만 좌절하지 않았습니다. 다른 것을 더 사랑할 수 있도록 그 누군가의 지혜로운 안목에 눈을 떴기 때문이었습니다. 아직도 저는 처음, 병암산 산사에서 들었던 혼의 울림, 고구려 소리를 잊지 못하고 있습니다. 대륙을 휘젓는 말발굽 소리, 북소리, 고청의 울림들, 광산 부임 첫날 산사에서 들었던 그 소리는 나의 불행을 씻어내는 후련함이었습니다. 극락의 인도자였습니다. 그 소리에는 조선의 위용, 조선의 혼, 조선의 기개가 담겨 있었습니다. 눈물과 쓰라림, 한을 담고 서글피 울어대는 진정 인간의 소리였습니다. 그래서 저는 조선을 알고 싶었고, 조선을 느끼고 싶었고, 조선의 미래를 보고자 했습니다. 인간사 낳고 죽는 것이 제 뜻이 아니듯이 목숨보다 소중한 가치를 느꼈던 것입니다.

〈중략〉

덕이에게 그런 말을 했던 것 같습니다. 나를 연모하는 것보다 더 중요한 너의 미래를 보라고……

외할아버지는 그 길로 미우라를 찾아 일본으로 떠났다. 덕이도 덕이였지만 미우라가 보여준 고마움에 최소한의 성의를 표해야 했다. 더군다나 적지 않은 돈을 동봉해서 보내준 미우라의 편지에는 자신을 향한 그리움이 담겨 있었다. 곧 죽게 될지도 모른다는 불안감에 외할아버지는 짐을 꾸려 온다간다 말도 없이 떠나버렸다. 광산 사무실에 앉아서 이런저런 이야기를 주고받으면서, 미우라는 조선의 모든 것을 알고 싶어 했다. 문화, 역사, 특히 고구려의 혼을!

일본의 허름한 병원에서 숨지기 전 미우라를 만났다. 얼굴은 수척했고, 폐에 물이 차 말도 못했다. 그저 조용히 외할아버지의 손을 잡고 눈물만 흘렸다. 간단하게 미우라의 늙은 노모와 장례를 같이 치르고 덕이와 인근 여관에서 며칠을 보냈다. 며칠을 보내면서 외할아버지는 덕이를 위로했다. 위로하는 척 하면서 덕이에게 환심을 사기 위한 행동을 했는지는 모르겠다. 원래 외할아버지는 그런 사람이었다. 치부가 될 만한 사건은 절대로 말하지 않는 사람이었다. 그런 대목에서는 우물우물 넘어가는 게 특기였다. 뭐, 그러니까, 어쩌다 보니, 하여간 그랬다. 밑도 없고 중간도 없는 말로 대충 얼버무리고 다음 말로 넘기는데, 그걸 보통 외할머니는 '구렁이 담 넘어가듯' 이라고 한다. 다만 덕이에게 함께 고국으로 돌아가자고 했을 때 요꼬하마 항에서 물끄러미 푸른 바다를 바라보면서 고개를 흔들어 댔다고 했다.

"에휴, 덕이의 한 많은 삶도 그렇게 끝났고. 참 박복한 계집일세 그려."

"그런데 덕이와 광식이는 배를 맞춘 거여, 뭐여. 인연이 왜 그렇게 질겨. 하루 이틀도 아니고 삼 십년 세월이야."

"그걸 어찌 아나?"

"광식이가 그냥 내버려두었을 까나. 범이 물어가도 시원치 않을 호색한이. 그 놈은 남의 집 말뚝 구멍이라도 제 것 마냥 쑤셔댈 놈인데. 분명 뭔 사단을 내도 냈지 싶어."

"그렇다면 덕이가 왜국으로 건너가기 전에 낳았다는 애는 누구의 애여."

"그렇게나 말 일세, 들리는 말로는 계집아이라고 했는

264

데……?"

"광식이가 말뚝 박아 낳은 애 아녀?"

"에이, 그럴 리가. 그 때는 미우라가 버젓이 살아있었는데, 아무리 그래도 광식이가 체면이 있는데 그랬을까!"

"이 사람아 광식이를 그렇게 모르나, 그 놈이 임자가 있다고, 염치없는 좆 대가리가 체면을 차리겠나. 구멍이라면 귓구멍에라도 처박을 놈이여!"

"어이, 좆, 좆같은 흰소리 그만하고 판이나 돌려!"

초겨울에 접어들면서 무당집은 더욱 스산했다. 낙엽은 이리저리 훝치다 수채처럼 무당 집에 가득 모여들었다. 몇몇 아이들은 마당에 모인 낙엽을 모아서 불을 지피기도 하고, 그러다 주점 아낙이 불장난 하면 오줌 싼다고 고래고래 소리치는 바람에 달아나곤 했다. 더군다나 귀신을 봤다는 흉흉한 소문이 동네 아이들부터 하나 둘 번져나갔다. 저녁 무렵이면 그런 소문 때문인지 불장난 하는 꼬맹이들조차도 얼씬도 하지 않았다.

"정말, 틀림없이 봤다니까! 틀림없이! 봤어!"

아랫마을 점례네 사촌 정태가 틀림없이 귀신을 봤다고 했다. 정태는 겁이 많은 아이답게 정말, 틀림없이 봤다는 대목을 강조하였다. 그 순간이 생각나 두려운 듯 떨리는 목소리로 말했다. 학교 가는 신작로에는 뽀얗게 먼지를 일으키면서 소 떼가 앞서가고 있었다. 어찌된 영문인지 소몰이꾼, 미친년은 보이질 않았다. 그녀와 함께 하늘을 빙빙 돌던 매도 보이질 않았다. 사실 그 즈음 몇 달 전부터 그녀는 동네에 나타나지 않았다. 하지만 그녀의 부재에 대하여 동네 사람 그 누구도 관심을 보이진 않았다. 예전부터도 그래왔고, 이후로도 그럴 것이다. '미친'이라는 단어가 정리한 애매함, 모호함 같은 것이 그녀의 부재에 대한 충분한 변명거리가 되고도 남았다. 미친 사람의 주특기가 돌출행동이다. 무단가출, 무단 동네 이탈도 그런 식으로 취급되었다.

"그리고 그 집에서는 귀신 울음소리도 들려. 아버지 막걸리 심부름 가는데 히히히 하는 소리가 아주 정확하게 들리는 거야. 얼마나 놀랬던지 바지에 오줌을 다 지렸다니까. 놀라서 달아나는 바람에 막걸리주전자를 쏟았지 뭐야, 귀신 때문에 그랬다고 하니까 귀신이 무슨 씨나락 까먹는 소리냐고, 울 아버지한테 에먼 소리한다고 눈깔에 불이 나도록 매타작을 당했다니까."

정태가 아주 작은 목소리로 오줌을 지렸다는 말을 나에게만 들리도록 말했다. 갑자기 중학생 몇이 우리 둘 사이를 파고들었다. "비켜 임마!" 가방을 옆구리에 가득 들어 잡고 앞으로 "지각이다!" 하면서 달려 나갔다. 달려드는 중학생에게 위기감을 느꼈는지 소 몇 마리가 옆걸음을 치면서 비틀댔다. 하마터면 논으로 미끄러질 뻔했다.

"아니, 저…… 저놈들이!"

뒤 따르던 어른들이 혀를 찼다. 잠시 흐트러졌던 소 떼를 향해 "워, 워워!" 하자 소 떼는 금세 오열을 바로잡았다. 그리곤 천천히 걷기 시작했다. 공기가 제법 쌀쌀해져 아이들 어깨는 가득 짓눌려 있었다. 옷깃 속으로 고개를 반쯤 파묻고 몇몇 아이들이 빠른 걸음으로 우리를 스쳐 지났다.

"그러나 저러나 병암산 미친년은 요사이 보이질 않네. 어디 산속에서 뒈지지 않았는지 몰라!"

"그러게, 병암산 골짜기에서 죽었다고 그걸 찾으러 다닐 수도 없는 노릇이고."

"설마, 죽다니. 그 물 난리에도 살아남았는데, 사람이 목숨이 그리 쉽나. 질긴 것인데……."

"그러다 멀쩡하게 다시 나타날 걸세. 원래 미친년들은 한 구석에 정착하지 못하는 것이란 말일세."

소장수들이 두런댔다. 초겨울 이른 아침 햇살은 차가웠다. 소 떼와 아이들이 일으키는 냉랭한 먼지가 분분하게 일었다. 정태가 가방을 오른쪽 손으로 옮겨 쥐면서 속삭였다.

"승규야, 가볼래?"

"그 집? 그 집말이야. 진짜 귀신이 있는지 한번 들어가 볼래?"

"언제? 밤에?"

"그래, 귀신은 낮에 안 돌아다니니, 밤에 들어가야 해,

너도 궁금하잖아. 나도 실은 무지 궁금해."

"그러다 진짜로 귀신이 나타나면 어쩌지?"

"울 아버지 말로는 절대 귀신은 없대! 하지만 나는 봤 거든, 흰 소복을 입은 어떤 여자가 나풀대는 것을!"

"그래? 진짜지. 가보자 그럼!"

그래? 라고 내 목소리가 튀어나왔을 때 나도 내 귀를 의심했다. 왜 그렇게 말했는지, 금세 후회가 들었지만, 정태도 그런 제안을 했을 때, 미처 나의 반응이 의외라는 듯 "진짜?" 라고 되묻는 것을 보면 자신의 제안이 마땅치 않은 듯했다.

"그래 가보자! 귀신이 있는지 없는지 우리 눈으로 확인 해보자고!"

"그래 좋다. 뭐 죽기 아니면 까무러치기 뭐."

정태가 호기를 부렸다.

"좋아 가보자, 당장 오늘 밤이다!"

나는 결심을 굳히기 위해 목소리를 다소 높였다. 정태 가 큰 눈을 굴리면서 주변을 살폈다. 주변엔 아이들이 서 둘러 먼짓길로 발걸음을 옮기고 있었다. 초겨울의 싸늘 함이 신작로 주변 논밭에서 서릿발처럼 화를 내고 있었 고, 호호 입김이 연방 쏟아졌다. 누런 콧물이 홀쩍홀쩍, 정태의 콧속을 드나들었다.

정태와의 약속, 그건 나도 궁금한 점이었다. 혹시나, 그녀가 귀신이 되어 돌아왔다면, 아니 그럴 수도 있을 것만 같았다. 그녀의 주술 속, 만주를 떠돌던 동지들에게 기원한 것처럼 넋이라도 돌아왔다면, 그래서 한 번만이라도 그 얼굴을 다시 볼 수 있다면, 그게 귀신이든, 혼백이든 상관없었다. 그녀는 나에겐 유년의 모든 정령이었다. 여자였고, 엄마였고, 그리고 무엇보다도 든든한 전병, 곶감의 달콤함이었다. 두렵기는 했지만, 나는 확신이 있었다. 그녀가 나를 귀신이 되었더라도 잡아먹지 않을 것이라는 사실을! 귀신이 되었다 해도 나를 포근하게 안아줄 것만 같았다.

동지를 앞둔 어느 날 밤이었다. 하늘의 달은 무척 밝았고, 날씨는 매우 추웠다. 정태는 어디서 구해왔는지, 생마늘을 한 움큼 손에 쥐고 있었다. 그리고 오른 손엔 똥을 잔뜩 처바른 몽둥이를 들고 벌벌 떨어댔다. 냄새가 고약했다.

"아휴 냄새?"

"귀신을 만나면 이걸로 작신 패줄 거야. 울 아버지가 그러는데 귀신은 마늘하고 똥을 제일 무서워한대."

"이런 우라질! 나도 무섭다 그 똥이!"

"냄새는 지독하지만 죽는 것보단 나아. 두엄간에서 똥을 잔뜩 이개서 발랐어. 이걸 들고 있으니 든든한데 뭘!"

정태는 몽둥이를 두 손에 움켜쥐고 서서히 걸음을 옮겼다. 마치 전쟁을 벌이는 군사처럼 몸을 반쯤 낮추고, 주변을 향해 무언가 동향을 살피는 사람처럼 이리저리 눈알을 굴려댔다. 콧물은 반복적으로 흘러나왔고, 정태는 반복적으로 훌쩍댔다. 마당엔 각종 오물들이 쌓여있고, 발밑으로는 그것들이 부패되면서 흐르는 물기로 질척거렸다. 썩은 물웅덩이가 여기저기 지뢰밭 같았고, 푹 들어가는 곳을 밟기도 했다. 운동화 속으로 물기가 스며들었다. 점점 발끝이 얼어서 칼로 찌르는 것처럼 아릿했다. 냄새도 역하게, 정태가 든 몽둥이에서 피어오른 똥냄새보다 더 지독했다. 다행이 달빛이 밝아서 그다지 걷는게 어렵지는 않았다. 자주 비틀댔지만 넘어지지는 않았다.

"앗! 저건 뭐지?"

앞선 정태가 놀란 듯 소리쳤다. 어둠 속에서 선명하게 반짝이는 물체였다. 빛에 윤기가 가득했다. 우리는 아주 조심스럽게 물체가 있는 쪽으로 걸어갔다. 주변엔 냉기가 가득실린 음산한 바람이 소슬하게 불어댔다. 으스스한 기분이 뒷목을 쭈뼛거리게 만들었다. 손바닥이 축축했다. 눈을 치뜨고 몇 걸음을 옮기자 우려와는 다르게 별 것 아니었다. 경대 유리가 깨졌는지, 유리 파편이 달빛에 반짝이고 있었다. 정태가 그것을 줍더니 나를 향해 의기양양 소리쳤다. 몽둥이는 그의 왼손에 있었다.

"엥, 그냥 색경 유리야!"

가슴의 긴장이 턱하고 풀렸다. 몇 걸음을 조심하면서 더 옮겼다. 여전히 발끝은 축축한 물기로 아렸다. 마당엔

270

정태 말처럼 별 것 없는 늘 보던 사물들뿐이었다. 아이들이 불장난 흔적이 다소 이채롭다면 이채로웠을까. 방심하고 있던 순간이었다. 헉, 갑자기 조금 무게가 있는 바람이 몰려왔다. 그 바람을 타고 무언가가 우리 눈앞을 획하고 지나갔다. 분명 빨간 형체의 물체였다. 바람이 다시 세차게 몰려들었다. 귓불이 얼얼했다.

"앗, 뭐…… 뭐지?"

"그래, 너도 봤어?"

우리는 덜덜 떨면서 사라져간 물체를 더듬었다. 그러나 저편, 부엌 쪽에서는 아무것도 볼 수 없었다. 마당과 대비되는 짙은 어둠이 밀려나오고 있었을 뿐이다. 물체는 허공을 빙빙 돌다가 분명 그곳으로 사라졌는데, 머릿속에서는 수 만 가지 상상이 나래를 펼쳤다. 혼불이라고, 어른들이 말하는 혼백의 눈동자라고, 우리는 사시나무 떨듯이 몸을 떨면서 뒷걸음질을 쳤다.

"그냥 돌아갈까?"

"……?"

"분명 귀신불이라고? 그렇게 빨리 사라질 수 있겠니?"

정태가 부엌 쪽에 시선을 고정시킨 채 귀신이라는 말을 확신인 듯 잘라 말했다. 무슨 용기가 생긴 걸까. 나는 확인하고 싶었다. 그녀의 혼이라면 나에게 다가와 줄 것만 같았다. 그래서 달콤하게 우리 승규하면서, 나를 감쌀 것만 같았다. 혼불이 나를 향해 빙빙 돌더라도 나는 놀라지 않을 자신이 있었다. 그건 분명 그녀가 나를 환영하기 위한 놀이에 지나지 않는다는 믿음이 있었다. 나는 천천히 부엌문 쪽으로 걸음을 옮겼다. 문짝은 이미 달아나고 없었고, 잡다한 물건들이 폐습한 냄새를 풍겼다. 나는 코를 비틀면서 기침을 토했다. 문지방에 서서 문안을 이리저리 살폈다.

"뭐…… 뭐…… 하는 거야."

두어 걸음 뒤 정태가 소리쳤다. 두려운 듯 했다. 목소리가 '나는 완전 겁쟁이'라고 말하고 있었다. 그 바람에 나는 더욱 용기를 얻었다. '너보다 나는 용기 있는 아이'란다 하듯이 소리쳤다.

"귀신은 무슨 귀신. 이리와 봐. 이건 무당집 깃대에 꽂았던 헝겊쪼가리야."

부엌 문지방에 걸려있던 천 쪼가리를 집어 들었다. 가만 보니 너무 해져서 손으로 살짝만 문대도 붉은 색 편가루가 주변으로 먼지처럼 날아다녔다. 달빛에 반사된 편 가루는 마치 보석처럼 빛이 났다.

"그래, 별 거 아니구나."

정태가 용기를 회복했는지, 내 곁으로 천천히 다가섰다. 펄럭펄럭, 마당에 널브러진 천 쪼가리들이 바람 따라 흔들렸다. 포집은 처마와 장여가 어긋났는지 삐거덕거리는 잔 잡음이 계속 이어졌다.

"집에서 귀신소리가 나네."

그랬다. 그 소리는 가만히 들어보면 흡사 흐흐흐, 하는 귀신의 울음소리 같았다. 우리는 부엌으로 들어섰다. 어느 구석에선가 푸드득하고 무언가가 달아났다. 분명 쥐였다. 정태가 뒷걸음질을 치다가 몽둥이를 휘두르면서 소리쳤다. 똥냄새가 팍팍 풍겼다. 쥐와 내가 동시에 질겁했다.

"이 놈의 쥐새끼들!"

정태의 목소리가 허공에서 둔중하게 울렸다. 허공이 웅웅 흔들렸다. 정태가 콧물이 흐르는지 훌쩍거렸다. 훌쩍거리는 소리도 퉁퉁 허공에서 울어댔다. 천천히 드러나는 부엌의 모든 전경, 아궁이, 가마솥, 놋그릇, 목제기 등 자잘한 부엌 소품들이 여기저기 수마에 휩쓸린 그 상태로 널브러져 있었다. 아직 새 것인 신식 사기그릇도 있었고, 양은 냄비, 석유곤로등 동네사람들이 탐을 낼만한 물건들도 수두룩했다. 외할머니의 목소리, 장군집의 물건에 손대면 부정 탄단다, 했던 물건들이었다. 달빛은 달아난 문짝 틈으로 스며들어 사물 위에 살포시 앉아서 우리가 하는 양을 물끄러미 바라보고 있었다. 달빛이 우리의 몸 그림자를 늘였다 줄였다 반복했다.

"야, 이건 좋다. 우리 아버지 막걸리 주전자로 안성맞춤이야."

정태가 어느 틈에 찾아냈는지, 흠집 하나 없는 주전자를 집어 들었다. 금색 양은 주전자가 달빛을 받아 반짝했다. 나는 부엌에 서서 한 동안 목간통을 쳐다보았다. 아이고, 우리 승규 하면서 목간통에 피어오르는 훈기와 함께 그녀의 말이 내 귀에서 맴도는 것 같았다. 갑자기 핑하고 눈물이 돌았다. 먹먹해졌다.

"승규야, 가자. 이제 돌아가자! 아버지 말처럼 귀신같은 것은 없는 모양이다."

정태의 말이 끝나기 무섭게 떨어진 문틈으로 차가운 바람이 사납게 들어와 허공에서 휘돌더니 부엌과 방을 잇는 문짝이 텅 하고 열렸다. 순간 뿌연 달빛이 휘몰아치면서 우리의 눈을 잠시 어둡게 했고, 갑자기 정태가 악하고 비명을 질렀다. 그곳에, 방안 저 안쪽으로 무언가가 커다랗게 서 있는 게 아닌가. 험상궂은 사내, 분명 사람이었다. 우리는 "엄마야!" 하면서 혼비백산 뒤로 물러났다. 저벅거리는 발자국이 우리를 따라오기 시작했다. 저벅저벅! 얼마나 그렇게 뒤도 안돌아다 보고 내달렸을까. 대문간에 다다랐을 무렵 옆을 보니 정태가 보이질 않았다. 혹시나 하는 마음에 뒤를 돌아다봤으나 정태는 뒤편에도 없었다. 온다간다 없이 사라져 버린 것이다. 볼에는 차가운 바람이 달라붙었다. 하지만 땀이 찍찍 흐르고 있었다. 가슴도 심하게 박동을 토했다.

"정태야! 정태야"

나는 대문간에서 부엌 쪽을 향해 수차례 고함을 쳤다. 차가운 달빛이 윙윙거리는 바람을 몰아댔다. 입김이 호호 하고 주변으로 흩어졌다. 덩치 큰 나무들이 앙상하게, 달빛 아래서 민망한 모습으로 서 있었다. 고요한 정적이 잠시 흐르더니 부엌 쪽에서 인기척이 났다. 동시에 저벅 거리는 발소리도 이어졌다.

"승규야. 이리와 봐!"

어둠속에서 정태의 목소리가 웅웅 울렸다. 휴, 하는 한 숨이 흘렀다. 다행이었다. 정태가 혹시 귀신에게 잡혀갔 을지 모른다는 생각이 언뜻 들었는데, 그건 아닌 모양이 었다. 분명 정태의 목소리였다. 우려와는 다르게 차분하 게 들렸다.

"왜? 왜 그래."

"사람이 아니야. 저건!"

정태가 부엌 쪽 방문 입구에 서서 나에게 손짓을 했다. 나는 떨리는 마음으로 부엌문 쪽으로 걸어가 정태가 지 시하는 쪽으로 시선을 돌렸다. 방문이 규칙적으로 닫혔 다, 열렸다, 반복하고 있었다. 저벅저벅! 흡사 발소리 같 은 문소리였다,

"우와, 정말 무섭게 생겼네."

장군 얼굴이었다. 안방의 정면쪽, 벽 가구가 쓰러진 사 이 돌출된 전신 초상화, 아마도 초상화 앞의 가구가 물난 리로 넘어지면서 드러난 듯했다. 주변으로 입상이었던 가구들이 바닥에 제멋대로 쓰러져 있었다.

"수염 봐라!"

"우와, 저렇게 큰 초상화는 처음 본다."

"초상화가 아니라 영정이라는 거야."

달빛의 속살로 빚어낸 조명 속에 점점 드러나는 얼굴, 큰 칼을 차고 붉은 갑옷을 입은 단단한 얼굴, 검고 두툼한 군화, 그 모습은 틀림없는 장군의 모습이었다. 험상궂은 표정이었다. 하지만 위용이 있었고, 굳은 표정이었지만 빈틈없는 눈빛이었다. 다부진 자세로 정면을 응시하고 있었고, 마치 대군을 호령하는 듯 길게 솟은 수염이 멋졌다. 정태가 부지불식간에 아무렇지도 않게 방안으로 올라섰다. 나도 정태를 따라서 방안으로 들어섰다. 그녀처럼 단아했던 방안의 기물들은 온갖 군상의 혐오물질처럼 변해 있었다. 악취가 코를 찔렀다.

"승규야, 귀신은 없는 것 같아. 그냥 버려진 집 같은데, 얼른 나가자, 이제 더 볼 것이 없는 것 같은데."

"아니야, 저 벽장 속에 무언가가 숨어 있을지도 몰라?"

"벽장?"

"그래, 저 뒷문 쪽에 벽장이 있어?"

"거기에 벽장이 있어? 그걸 어떻게 알아? 너 이집에 드나든 적이 있었던 거야?"

"어? 그러니까⋯⋯, 그래서⋯⋯. 아마⋯⋯"

말더듬이 시절이 간절했던 적이 있었을까. 갑자기 말을 더듬는 병에라도 걸리고 싶었다. 정태의 눈빛을 피하면서 그러니까, 그게 말이야, 하는 식으로 얼버무리다 외할아버지의 특기를 잠시 도용할 수밖에 없었다.

"이런 큰 집에는 벽장이라는 게 있을 거 아냐."

구렁이 담 넘듯 넘어가고 정태의 말을 피하고 있었는데, 바람 한 점이 쌩하고 부엌문과 방문 사이를 넘어왔다. 그 바람은 벽을 때리듯 뒷문으로 달려갔고, 뒷문이 바람의 힘에 활짝 열렸다. 안방보다는 작았지만 널찍한 뒷방이 나타났다. 북, 꽹과리, 장고, 악기들이 너저분하게 바닥을 쓸고 있었다. 그리고 아무렇게나 펼쳐진, 공작새가 날고 있는 이불 한 채가 황톳물 자국을 여기저기 묻힌 채 깔려있었다. 바느질 기구를 담아놓은 소반, 무명수건 몇 장, 한복, 앞코가 반듯한 새 것으로 보이는 흰 고무신 등 정태 말마따나 볼게 별로 없었다. 우리의 눈은 벽장을 향했다.

"야, 맞다. 승규야 네 말이 맞아, 저기 벽장이 있네."

정태가 신기하다는 듯 뒷방으로 건너갔다. 그녀가 나에게 건네던 곶감, 전병이 가득 했던 창고, 벽장이었다. 벽장문도 어느새 떨어져 나가고 없었다. 우리는 서둘러 벽장 속 계단으로 고개를 숙인 채 천천히 올라섰다. 계단의 목재가 부식되었는지 발을 디딜 때마다 무너질 듯 소음이 일었다. 그 때까지 들고 있던 똥 몽둥이는 어딘가에 버려두었는지 정태 손에는 없었다. 습한 냄새가 벽장엔 가득했다. 툭툭 먼지만 털면 모든 게 그대로일 것 같은 사물들, 모든 건축물 중 가장 상층부에 위치한 벽장까지 수마가 훑지 못했는지 제법 먼지가루만 치우면 원형이 드러날 것 같은 사물이 벽장의 쪽창을 통해 손을 뻗은 달빛의 시야에 하나 둘 드러났다. 젤리처럼 변해버린 곶감, 그리고 전병 부스러기들, 이불 두어 채, 왼쪽으로 한문 서적들이 켜켜이 쌓여 있었다. 나는 무슨 생각에선지 책장을 뒤지기 시작했다. 눈이 멀었던 그녀, 그녀가 볼 수 없었는데, 그 많은 책들이 어디서 나타난 것일까 하는 의심이 들 정도로 벽장 사방엔 온통 책장이었다. 우리는 눈이 휘둥그레져 귀중품을 찾는 도둑처럼 책장을 마구 헤집기 시작했다. 우르르 책이 여기저기 흩어졌다.

"야, 승규야 이게 뭐야?"

정태가 책장을 뒤지다 말고 무언가를 꺼내들었는데, 그건 바로 편지 묶음이었다. 겉봉이 봉합된 묶음, 나는 정태의 손에서 편지 한 장을 꺼내 들었다. 달빛에서 읽기에는 시야가 너무 흐렸다. 책 묶음 외 다른 사물은 찾아볼 수가 없어 우리는 곧 심드렁해졌고, 벽장에서 재차 내려와 뒷방에 멈췄다. 귀신은 없었다. 제 아무리 둘러보아도, 전신 초상화의 장군 모습뿐, 귀신에 관한 그 어떤 단서도 발견할 수 없었다. 정태 역시 속았다는 듯, 투덜댔다. 확인, 귀신이 없다는 것을 확인하는 것도 과히 나쁘지 않았다. 나는 역시 그녀는 절대 귀신이 아냐, 그러니 꼭 살아있을 거야, 하는 확신이 들었다. 아쉬운 마음이 들었는지 정태가 다시 뒷방의 이모저모를 살피더니, 방안에서 무언가를 또 다시 찾아들었다. 은빛 작은 물건이었다. 손안에서 그걸 빙그르르 돌리면서 물었다.

"이게 뭐지?"

"줘봐."

나는 찬찬히 은빛 물건을 살폈다. 도무지 알 수 없는 한문이 도배되어 있는 작은 첩이었는데, 범패(梵唄)라는 낱말은 나도 알 수 있는 한문이었다. 외할아버지로부터 배운 천자문을 달달 외웠으니까.

"범패? 라고 적혀있는데,"

"그래, 범패가 뭐야?"

"몰라, 하지만 우리 외할아버지가 알지 몰라."

나는 그 은빛 물건을 주머니에 쿡 찔러 넣었다. 방안을 재차 빙 둘러보았다. 그녀의 그리운 목소리가 들려오는 듯했다. 승규가 왔구나, 어서 오렴, 춥지, 여 앉아라, 내가 전병 내올게, 승규야 오늘은 무슨 이야기 해줄까, 아이고 나도 승규 같은 아들 하나 있었으면 좋겠다, 우리 아들 할까, 나는 엄마하고…… 나는 먹먹해진 눈으로 그녀의 흔적을 찾고 또 찾았다. 하지만 너무 초라해지고 지저분한 방안에서 그녀의 흔적은 찾을 수가 없었다. 그녀와 난장판이 된 방안은 너무 안 어울렸다. 그녀는 백옥처럼 깨끗한, 순백의 청결함이었다. 방안에서 그녀를 찾아내기란 상당히 곤혹스러운 숙제와 미로처럼 느껴졌다. 문풍지가 너덜거리는 창살 틈으로 얼비친 달빛 한 무리가 우리 주변에서 발걸음을 따라서 먼지처럼 흩어졌다. 아주 싱거운 탐색이었다. 뒷방을 나와 무심하게 안방으로 들어서던 정태, 갑자기 천지를 가를 것 같은 정태의 비명 소리가 귀청을 파고들었다. 악, 천장이 들썩거렸다. 나는 화들짝 놀라서 고개를 돌려 나를 향해 파고드는 정태를 얼떨결에 끌어안았다. 정태가 덜덜 떨면서 내 얼굴을 바라봤다. 얼굴에 두려움이 가득 묻어있었다.

"승규야, 귀신? 아니 귀신이다!"

순간 머리칼이 솟아올랐다. 정태의 얼굴에는 소름이 가득했다. 내 심장이 벌컥댔다. 눈을 질끈 감았다. 무언가가 분명히 나를 덮쳐올 것이라 예상하면서 떨리는 가슴을 가까스로 주체하고 있었다. 귀신의 길고 가느다란 손가락이 나의 목을 휘감는 상상을 했다. 하지만 나는 배에 힘을 가득 불어넣고는 귀신님 그게 누구든 간에 그녀의 소식을 알려줄 수 없나요, 애원하리라 마음먹었다. 눈을 떴다. 유감스럽게도 아무런 물체도 보이질 않았다. 헛것을 본 것이리라, 정태의 콩닥대는 심장소리가 아주 가깝게 들렸다.

"승규야 저게 뭐야!"

정태의 말에 고개를 돌렸을 때 안방의 가구 틈으로 액체처럼 흘러나오는 긴 물체, 그건 분명 뱀이었다. 황금색 구렁이, 이 겨울에 구렁이라니, 우리는 놀란 가슴을 진정시키고는 아주 느릿하게 부엌문 방향으로 사라져가는 구

280

렁이의 모습을 혼이 빠져라 바라보았다. 정태가 어디선 가 찾아냈는지, 똥이 묻은 몽둥이를 들고 구렁이를 쫓았 다.

"이건 귀신이 아니라 구렁이야."

분노가 차오르는지 소리를 벌컥 질러댔다.

"정태야 그러지마! 집을 지키는 구렁이야. 주인이 돌 아올 때까지 집을 지켜주는 거야. 저 구렁이가. 우리 외 할머니가 그런 구렁이는 영물이라고 했어. 영물에게 손 을 대면 큰 화를 입는다고 집 구렁이는 잡는 게 아니라고 했어!"

정태가 나의 말에 고개를 주억거리면서 몽둥이를 내려 놓았다. 구렁이가 툭 하고 부엌문 쪽으로 떨어졌다. 우리 는 서서히 걸음을 옮겼다. 달빛을 받은 구렁이의 등에서 광채가 뿜어져 나왔다. 우리는 물끄러미 구렁이가 느릿 하게 기어가는 모습을 바라보다가 서둘러 무당집을 빠져 나왔다. 동네 어귀엔 차가운 달빛이 온통 싸늘한 시선으 로 세상을 노려보고 있었다. 우리 둘은 말이 없었다. 너 무 싱거운 탐색, 그리고 몇 번의 놀람이 손바닥 안에서 찐득한 땀이 되었는지 손바닥이 축축했다. 동상이 이는 지 발끝은 여전히 아릿했다. 주점을 돌아오는데, 주점의 담 너머로 "판이나 돌려!" 하는 송씨의 목소리가 들려왔 다.

귀신 소동은 그렇게 싱겁게 끝났다. 싱겁긴 했지만, 정

태와 나는 죽음에서 살아온 사나이처럼 서로의 어깨를
감싸 쥐고 동네 어귀를 돌아 나왔다. 어둠이 사라진 논밭
에서는 스산한 바람이 윙윙 하고 불어댔다.

"너 분명히 귀신 울음소리를 들었다고 했잖아?"

"어……? 그거 사실 정확히 듣지는 못했어. 그냥 문짝
이 흔들리는 소리였나 봐!"

정태가 말을 더듬거리다, 나에게서 어깨를 풀더니 빠
르게 제 집 쪽으로 달려 나갔다. 칼날처럼 날카로운 달빛
이 정태의 발걸음을 따라서 긴 그림자를 만들며 빠르게
흩어졌다. 입김이 연신 흩어졌다.

"잘가, 승규야."

서먹한 밤하늘의 공기가 목을 감쌌다. 그녀에 대한 생
각, 왈칵, 가슴이 두렵게 두근댔다. 죽었을까? 당산나무
가 내 그림자를 덮쳐왔다. 나는 목을 파묻고 깊은 한숨을
토하면서 집 방향으로 달렸다. 가로수가 휙휙 스쳤다.

편지

　장군집에서 들고 나온 온통 한문투성인 편지는 도저히 내가 읽을 수 없는 것이었다. 한문이라고는 겨우 내 이름 자만 쓰고 읽을 수 있는 정도였다. 그렇다고 자칭 한문 박사인 외할아버지에게 읽어달라고 할 수는 없었다. 장군집에서 은밀하게 훔쳐온 편지라는 사실을 알면 아마도 외할아버지가 나를 낚시질에 코를 거는 붕어나, 생쥐 취급할 것이다. 지렁이나, 일본에서 사왔다는 쥐약을 먹일지도 모르는 일이었다. 정작 쥐는 한 마리도 못 잡고 인명만 살상하는 쥐약이라고 일본 제약회사는 세계보건기구에 제소 당할지도 모른다.

　편지 또한 마땅히 은폐시킬만한 장소도 없었다. 마루 밑에는 생쥐들이 진을 치고 있었고, 천장 속에도 생쥐들이 눈깔을 까뒤집고 이를 갈아대고 있었다. 집안엔 복병, 생쥐들의 눈을 피할 곳은 없었다. 가구라고는 달랑 반닫이 하나뿐이었는데, 그 한 곳에 감추려는 생각으로 반닫이 문을 열었다가, 뒤쪽으로 쥐구멍이 숭숭 뚫린 것을 발견하고는 아니다 싶어 도로 닫아버렸다. 한참을 망설였

지만 광, 아버지의 주거 공간인 건넌방, 돼지우리, 외양
간, 마땅히 감출 곳은 없었다. 종이란 종이는 다 갉아먹
는 놈들이 무슨 짓인들 못하겠는가 싶었다. 쥐들에게 종
이는 '참 좋은 먹이'라는 사실은 이미 경험한 바가 있었
다. 내 책과 노트가 그걸 증명하고 남았다. 거기다 오줌
똥 가리지 않고 벅벅 질러대는 통에 질겁하곤 했다. 외갓
집에서 쥐를 피한다는 것은 무모한 모험이다. 그래서 나
는 그 편지를 항상 보물처럼 책가방에 넣고 다녔다. 아버
지나 외할머니, 외할아버지는 그 정도 사생활은 지켜주
는 사람이었다. 내 책가방에 귀중한 무언가가 들어있는
지, 혹은 사람을 해할 수 있는 흉기를 소지하고 다니는
지, 야한 사진이나 빨간 책을 소지하고 다니는지 따위에
는 관심 없는 방임주의자들이었다. 그들은 오로지 막걸
리와, 농토, 부엌을 그리고 다시 시작된 외할아버지의 낚
시질 같은 것에 삶의 잣대가 기대치화 된 사람이었다.

  하지만 문제는 가족이 아니라 그 독사, 담임선생이었
다. 수시로 책가방 안의 소지품 검사를 했고 용의 검사를
했으며, 수상한 물건이 발견되면 즉시 압수를 했다. 그러
다 칼, 못 따위의 위험한 물건이라도 발견되는 날이면 엉
덩이에 불이 나곤 했다. 아무리 생각해봐도 책가방 외 그
편지를 마땅히 감출 곳이 없었다. 그렇다고 휴지처럼 구
겨버리기에는, 더군다나 그 은빛 물건은 분명 예사 물건
이 아니라는 느낌이 들었다. 범패, 그 단어는 때로는 대

284

류의 바람처럼, 때로는 죽은 혼령의 다른 얼굴처럼, 북과
징소리로, 그녀의 다감한 얼굴, 그녀의 흔적이 묻어 있는
사물일 수도 있었다. 그리움의 정표로 하나쯤 간직하고
싶었다. 그걸 간직하다 보면 언젠가 그녀를 만날 수 있을
것만 같았다. 그걸 손 안에 넣고 빙글빙글 돌리면서 그녀
를 상상하는 일은 생각만으로도 짜릿했다. 그런 물건을
함부로 방치했다가는 벌을 받을 것만 같았다.

그러다 결국 일이 터지고 말았다. 며칠 전부터 용의검
사가 있을 거라는 말이 나돌아서 범패라는 명문이 새겨
진 은빛 물건은 집 뒤 뒤란에 묻어 두었기에 발각되지 않
았지만, 편지는 발견당하고 말았다. 채변 봉투를 하나씩
교탁에 올려놓고, 가방의 모든 소지품은 책상 위에 모조
리 올려놓은 상태였다.

그래서 교실 안에는 아이들의 똥 냄새로 가득했고 아
이들이 벗거나 쏟아낸 소지품 먼지로 가득했다. 선들거
리는 날씨로 아이들 가슴팍은 솜털이 솟아 새새거리는
숨소리를 냈다. 웃통을 홀라당 벗어던진 채 달달 떨면서
독사로 불린 담임선생님이 무사히 지나가기만을 빌었지
만 영락없이 불호령이 떨어지곤 했다. 손톱 밑의 때, 겨
드랑이 밑의 국수가닥 같은 때, 목 주변에 검게 달라붙어
있는 때, 심지어 머리통에 층 자국도 독사의 목표물이었
다. 용의검사에 걸린 아이들을 복도에 죽 세워놓고 담임
선생은 디피티를 마구 뿌려댔다. 옷 솔기에서 툭툭 떨어

지는 이, 벼룩, 빈대는 복도에 장렬하게 죽어서 새까맣게 산을 이루었다.

"이게 무엇이냐?"

회초리로 책상 바닥을 탁탁 두드리면서 특유의 쭉 째진 눈을 부라렸다. 회초리가 눈앞에서 마구 흔들렸다. 몸이 저절로 오그라들었다.

"도대체 이 이상한 문서는 무엇이냐고?"

나는 건너편 책상의 정태를 힐끔댔다. 하지만 정태는 고개를 푹 숙여 내 눈을 피했다. 벗어젖힌 웃통, 붉은 살점 위로 군데군데, 땟자국이 가득했다. 이미 한 차례 독사의 회초리가 스쳤는지, 정태의 등짝엔 선명한 회초리 자국이 남아 있었다. 실지렁이 같은 회초리 자국에 저절로 미간이 찡그러졌다.

"자, 보자. 이게……, 뭐지……? 도대체 연대를 알 수 없는 한문, 글자체구나. 어디서 난 물건이냐?"

가만 보니 독사도 한문을 잘 읽지 못하는 듯했다. 편지 봉투에서 내용물을 꺼내 몇 차례 훑어보더니, 고개를 흔들었다.

"글씨는 힘 있게 잘 썼는데, 너무 흘렸어!"

모든 아이들의 눈동자가 내 책상으로 몰려들었다. 색이 누런 화선지에 먹으로 휘갈겨 쓴 한문, 한 눈에 보기에도 약필, 달필이었다. "어, 그러니까. 옥화……," 하면서 더듬더듬 읽어 내려가기 시작했는데, 사실 중간에 어느 부분에서는 대충 얼버무렸다.

　옥 같이 어여쁜 옥화 보거라!
　단 한 차례도 가본 적 없는 아버지의 고향, 그 병암산 자
락의 진달래가 피었는지 몹시도 그립구나. 만산에 진달래
가 흐드러지게 피면 온 동네 아낙들이 꽃구경하러 몰려나
갔던 병암산 중턱의 사찰, 마동스님의 얼굴도 한 없이 사
무치는구나. 나는 지은 죄가 터럭 같아 고향 땅을 밟지 못
하고 이렇게 타향을 떠돌다 생을 끝내기로 했다. 고국에
돌아와서도 단 한 차례 고향 땅을 밟지 못하는 심사는 참
으로 질기고 고통스러운 과거의 행적 때문이다. 할아버지
로부터 비롯된 애국의 망령, 그 애국이라는 미명 하에 고
을 사람들에게 떠넘겼던 고통, 지금에 와서 생각해보니.
그 고통은 할아버지 대로부터 끊었어야 하는데, 그 때 끝
났어야 했다. 애국이란 국가적으로 큰 아우성이었지만,
일개 민초들은 하루살이가 더 걱정되던 시절이었다. 식솔
들과 고을 청년들을 모조리 산속으로 모아놓고 의병이라
는 직제 불분명한 군대를 조직해서 생매장을 시킨 것부터
해서, 그들의 가족에게 소중한 자식들을 절명케 한 것, 그
들의 죽음 역시 묻혀버린 과거의 한 줄이라는 사실에 허
망하고 지칠 따름이다. 정부를 상대로 숱하게 민원을 제
기했으나 돌아오는 것은 역시 허망한 답변뿐이었다. 국가
에서 조직한 군대가 아니었기에 규명할 방법이 현재로서

는 없다는 것이었다. 삼대(三代)에 걸친 우리 가문의 모진 역사의 질곡, 애국은 진정 우리만의 구호였다. 절손하여 혼인은 물론 자식하나 남겨두지 못하고 떠난, 힘이 황우장사였더던 큰아버지의 마지막 절규는 아버지의 증언을 통해 생생히 들을 수 있었단다.

이제 그냥 돌아가자고! 이제 더 이상 아무것도 모르는 고을 사람들에게 애국이라는 올가미를 씌워 죽게 하지 말자고! 모든 책임은 자신이 지고 장열하게 산화하겠으니, 고을 사람들만이라도 살려 돌려보내자고 했다던 큰아버지. 그런 큰아버지를 닮은 형님 역시 만주의 산 중에서 왜놈들과 마지막 전장을 치르면서 역사가 우리를 기억하겠느냐고, 그냥 농토에 머리 박고 무지한 듯 살아도 나쁘지 않은 것이 인생이라고 했던 그 마지막 말은 이제 와서 생각해보니 너무도 투명한 진리였다. 나는 형님의 시신조차 수습하지 못하고 겨우 목숨만 부지한 채 북으로 달아나야만 했다. 그곳에서 여동지가 보낸 동지들을 규합해서 다시 전장을 치렀지만, 동지들 역시 하나 둘 내 곁을 떠났단다. 해방이라는 목적이 달성된 이후에도 그들의 죽음이 정리되지 않은 채 구천을 떠돌고 있으니 내 죄가 하늘에 닿을 정도란다. 그들의 죽음은 조국의 어떠한 장부에도 기록으로 정리되지 못하고 있단다. 더군다나 엉뚱한 죄명에 아직도 고국으로 돌아오지 못하는 숱한 동지들도 이제하나 둘 구천의 객이 되고야 말았다. 공산주의가 무엇이

고, 자유민주주의가 무엇인지 모르는 동지들이 반으로 갈
린 국토에서 절망하고 있단다.

(이 부분에서 담임선생, 독사는 심하게 더듬거렸다.)

동네 사람들은 할아버지의 그 애국심에 마춰된 듯 산으
로 몰려들었지. 물론 아버지와 큰아버지가 그 선봉에 섰
었다. 사실 무지한 사람들에게 애국심보다 더 값진 것은
한 끼 배고픔을 면하는 생활이었다. 그저 주린 배에 휜 허
리로 산중을 개간해서 살아가는 그들, 그들이 산 속에서
헐벗고 굶주리다 죽어간 것은 선동적 애국심의 희생양일
뿐 어떤 명분도 없었다. 조국은 그들에게 어떠한 보상도
약속하지 못했다. 그들의 식솔들은 오히려 더한 고통 속
에서 살아야 했다. 큰아버지와 할아버지를 비롯하여 대부
분의 사람들이 죽고, 몇몇 안 남은 사람들을 끌고 만주행
을 결심했던 아버지. 그곳에서 아버지는 간도의 처녀를
만나서 형님을 낳고, 나를 낳았으며, 얼굴도 모르는 네 엄
마를 통해서 너를 낳았지. 자신의 가정도 없었고, 자신의
사랑도 없었고, 자신의 미래도 없었던 아버지. 결국 고향
사람들 역시 가구 수대로 이산가족을 만들고, 죽은 귀신
이 되게 만들었으니 그건 실로 나라를 잃은 설움에 비할
바가 아니었다. 그들이 무엇을 알았겠느냐. 그들은 애국
이라는 선동의 참화, 이름 없는 골짜기에서 영문도 모르
고 죽어갔다. 죽어 그들의 얼굴을 어찌 볼지 두렵구나.

(이 부분 역시 대충 넘어가는 듯했다. 에잇, 너무 휘갈

겨 써서 무슨 뜻인지 모르겠구나. 하는 것으로 자신의 무
식을 다소 포장하긴 했지만, 그 정도로 읽는 것도 상당히
대견스럽게 보였다.)

　존경하는 여동지가 간첩이라는 누명을 뒤집어쓰고, 공
산분자라는 오명 속에서 죽어갔다. 평생을 그와 나는 동
지로 살았고, 평생을 그와 나는 한 길을 걸었는데 그를 통
해 고향 소식을 전해 듣곤 했는데, 그가 고향의 청년들을
모아서 만주의 나에게 애국 동지라는 부연과 함께 편지를
보내오곤 했지. 나는 그가 세상을 떠난 뒤부터 매일 막걸
리 한 잔을 마시지 않으면 잠들 수가 없었다. 고향의 애국
동지, 식솔들의 죽음을 통해서, 그 공로를 통해 고국의 정
부에서 환대를 받고 요직을 맡아서 호의호식 한다는 것에
항상 죄스럽게 생각했단다. 그래서 고향에서 아낙 하나를
불러 올렸던 것이다. 그녀에게서 고향의 그 무지를 맛보
면서 아주 짧지만 행복한 적도 있었다. 하지만 행복은 오
래가지 않아 임정의 대들보가 무너지고 말았다. 통절하고
애절한 생각으로 며칠을 뜬 눈으로 밤을 지새웠다. 죽음
을 생각하지 않을 수 없었고, 그 때 가장 먼저 떠오른 사람
이 바로 내 하나 뿐인 혈육 옥화 너였단다. 옥화야. 사실
을 말하지 않았지만 연이를 찾는 것을 포기해야 한단다.
그녀는 왜놈들에게 붙들려 위안부로 생을 마감한 것으로
파악되었다. 양심적인 한 일본군인의 처절한 보호 아래
탈출을 하긴 했지만, 그 길로 그녀의 행적을 아는 사람은

없었다. 중국정부와 일본정부 한국정부 그 어떤 문서에서
도 그녀의 기록은 찾아낼 수 없었다. 너무도 사랑했던 나
의 여인이기도 했던 연이……,

"아이고 어렵네. 이 편지는 당분간 내가 보관 하마, 어
디서 난 거지?"

"그냥, 어쩌다보니 줍게 되었어요,"

"그래? 네가 길에서 주은 것 같은데 매우 중요한 문서
같구나."

담임선생 독사는 나에게 의사도 묻지 않은 채 압수절
차를 밟았다. 나는 황당한 눈빛으로 독사를 향해 눈을 치
떴다.

"이 녀석, 손톱 밑의 때 좀 봐라!"

회초리를 들어 등짝을 세차게 갈기고는 눈을 부라렸
다. 나는 입을 꾹 다물고는 다시 정태를 바라봤다. 정태
가 나와 눈을 마주치자마자 비겁하게도 다시 고개를 숙
여 눈을 피했다. 무슨 말이든 해야 할 것 같았는데, 나는
멀어지는 독사의 등짝을 쳐다보면서 "범패라고 들어보
셨어요?" 엉뚱하게 소리쳤다. 담임이 고개를 돌렸다.

"범패?"

"네 범패요. 고구려 범패라는데 들어 보셨나요?"

"범패라면 사찰의 제사 의식 아니냐? 그런데 그걸 네
가 어찌 아느냐?"

"혹시라도 편지에 범패에 관한 내용은 없나 해서요."

"그래?"

담임이 찬찬히 고개를 숙여 다시 편지지를 훑었다. 범패라……? 범패라……? 담임이 중얼거리면서 편지지 구석구석의 글자를 낱알 세듯 살폈다. 나는 무언가 거창한 것이 나타날 것 같은 벅찬 감정을 억누르면서 그런 담임의 얼굴을 바라봤다. 두어 장을 넘긴 후 담임 선생의 눈이 빛났다.

"옳아, 이 부분에 있구나."

한참을 읽어보더니, 고개를 주억거리면서 부연설명을 이어 나갔다.

범패란 고조선 시대부터 전해져오는 우리민족의 혼이 담긴 소리이다. 태초의 우리 민족에겐 가락이 있었고, 불교가 유입되면서 의식으로 융합되어 내려온 악.가.무(樂歌舞) 일체를 고구려소리, 범패라고 말한다. 만주벌판을 말을 타고 달리며 천하를 호령하던 선조들의 기상이 깃들어 있는 소리이다. 드넓은 중국과 만주벌판을 군사들이 말을 타고 달리는 것을 형상화한 우렁차고 역동적인 북소리(말갈피소리)와 6음을 중심으로 한 '구음' 으로 이루어진 말갈피 소리가 특징이다. 고조선 때로부터 유래가 되며, 단전에서 끌어올려 머리끝 백회를 뚫고 나오는 강력한 진동파장 소리를 사용하여 벌판 저편 멀리 있는 상대에게 의사전달을 하게 된다. 음역이 아주 넓어서 6음(하청, 중청, 상청, 대청, 고청, 연청)까지 있는데 연청까지 올라가면 거의 천상의 소리, 즉 새가 우는 소리, 자연의 소리에 가깝다. 한민족의 원류인 태양의 후예들은 음주가무를 즐겼고, 가락 또한 정확히 4박으로 떨어져서 고혼(高魂)의 유래가 된다. 고구려의 동맹, 부여의 영고, 예의 무천 등이 제의식이 있는데 고구려의 동맹은 10월에 하늘에 제사를 지내는 제천대회로 치러졌다. 이때에는 남녀노소가 더불어 며칠씩 밤낮으로 노래를 부르며 춤을 추었다. 고구려, 신라, 백제에는 72종류의 제의식이 있다. 하지만 안타깝게도 모두 사라지고 극소수의 의식만 남아 있다. 일반적인 불교 범패는 느리고 장엄하지만 고구려식 범패는 느린 가락부터 빠르고 경쾌하고 웅장한 것까지 음색이 다채롭고 삼일낮밤을 해야 할 만큼 내용이 풍부하여 장편의 스토리가 있는 뮤지컬을 보는 듯하다. 염불 사이사이에는 신장과 영가를 위한 12가지 춤이 선을 보이는데 춤사위 또한 느리고 우아한 것부터 호방하고 활달한 것까지 기교가 많고 화려한 것이 특징이다. 이들 춤들은 천상춤, 오방춤, 한풀이춤, 바라춤, 연꽃춤, 걸식타령, 북춤, 검무, 관음춤, 극락춤, 용선춤, 탑돌이 춤, 사설로 풀어내는 즉흥축원 등으로 짜여있는 우리의 전통가락이다.

"대단하구나. 이런 가락이 남아 있다니, 그것을 네가

어찌 알고 있는지 나에게 말해줄 수 있을까?"

담임선생이 무턱대고 물었다.

"그건……, 들었어요. 그 가락을 들어본 적이 있어요."
뜸을 들이다가 말했다.

"들어? 어디서?"

"무당집? 아니 장군집에서요."

"그래, 장군집이라니, 그게 어디에 있지?"

"우리 마을에 있어요."

"오호라, 너희 마을에 그 장군집이 있다는 것이지. 그
장군집에서 이런 가락을 연주하는 것이니? 나도 들어보
고 싶구나."

"……?"

"알겠다."

그녀에 대한 이야기를 어떻게 전해야 할지 무척 난감
했다. 대답을 머뭇대자 담임은 고개를 주억거리고는 교
탁으로 돌아갔다. 담임이 교탁을 출석부로 탁 내려치면
서 나를 향해 눈길을 던졌다.

"정승규, 그래, 다음에 범패에 대하여 다시 이야기 해
보자. 자 모두들 소지품 가방에 넣어 그리고 이놈들아 좀
씻고 다녀!"

아이들이 후닥닥 옷을 껴입느라 정신없이 소란스러웠
다. 한층 가벼워진 먼지가 허공에 붕 하고 떠다녔다. 나
의 옆자리로 정태가 은근히 다가와서 미안한 눈빛으로

누런 이를 드러내며 웃었다.

"휴, 나는 들키는 줄 알았어."

나는 녀석의 머리통을 냅다 쥐어 박아줬다. 충격이 다소 컸는지 울먹이면서 "아파, 아프단 말이야." 하면서 자신의 머리통을 쓱 매만졌다. 살이 통통 오른 이가 몇 마리 바닥으로 툭 떨어졌다. 옆자리 여자아이들이 기겁을 했다. 금주가 그런 여자아이 틈에서 튀어나와 발로 이를 쿡쿡 눌러 밟았다.

독사에게 편지를 압수당한 이후 갑자기 무당집이 세간의 관심을 끌기 시작했다. 볼거리 없는 동네에 낯모르는 사람들의 왕래가 잦아진 것 말고도, 정부의 관리로 보이는 양복 입은 말쑥한 사내들이 드나들었다. 그들은 무언가 부지런히 묻고 다니고 조사를 하더니, 그들이 물러가자 이번에는 제복을 입은 군인들이 군용 트럭을 끌고 와서 집 정리를 시작했다. 집안의 모든 세간을 정리하는 것 말고도 마당과 벽장 속의 책 더미를 어디론가 실고 갔다. 동네에는 분주하게 군용트럭이 먼지를 날리며 드나들었고, 공병부대라는 휘장과 함께 우르르 몰려든 군인들은 서둘러 무너진 담을 보수하거나, 진입로에 가득 쌓인 쓰레기 더미를 청소했다. 그밖에도 제멋대로 자라난 잡풀을 제거하였으며 뒤란의 무너진 축대도 정비하였다. 집의 원형은 그대로 남겨두었지만, 주변은 깨끗해졌다. 하지만 반쯤 허물어진 사랑채는 결국 철거를 할 수 밖에 없었다.

"뭔 일이랴. 난리가 쳐들어와도 유분수지. 갑자기 집 구석이 반들거리는구먼."

"누가 이사라도 오는 가보지."

"누가 이사 오기에 저 군인들이 다 달려들어서 들쑤셔 놓는 거여? 아주 새집을 지으려는 모양 일세."

주점의 아낙과 동네 사람들은 별 할 일 없는 농촌에서 큰 구경거리라도 난 양 모두들 몰려나왔다. 처음 보는 군용트럭, 절도 있는 동작의 군인들이 분주하게 드나드는 모양새를 힐끔대며 두런댔다.

"군인들 보소, 곧 전쟁이라도 날 것 같으이."

"전쟁 나는데 이 산골엔 뭣 하러 들어와 저리 난리치는가?"

"그럼 뭣 하러 군인들이 저렇게 난리를 치겠는가?"

"낸들 아나? 저것들이 무슨 짓을 하는지, 우리 같은 촌놈들이 알 게 뭐란 말인가. 어서 판이나 돌리자고!"

그 즈음 장군집에서 다량의 금괴가 발견되었다는 말이 나돌았다. 극비 문서 같은 것도 발견되었다는 말도 떠돌았다. 아이들 중에는 죽은 사람의 유골도 어마어마하게 발견되었다고, 장군집에는 귀신이 사는 게 분명하다는 말도 떠돌았다. 하지만 모두 확인되지 않은 풍문이었다. 확인된 것이 있다면 바로 칼이었다. 장군집의 광에서 장검이 발견되었는데, 칼은 어른 키보다 컸다. 동네 사람들이 모두 몰려나와 군인들 손에 옮겨지는 그 큰 칼을 구경했는데, 외할아버지는 그 칼에 용과 말이 조각되어 있는 것으로 보아 임금에게 하사받은 귀중한 것이라고 했다. 칼이 발견되고, 군인들의 정비가 이어지면서 그녀의 집은 뚜렷하게 명칭 변화가 있었다. 마을 사람 그 누구도 무당집이라 부르는 사람은 없었다. 하나같이 장군집으로 호명하기 시작했다. 하지만 어느 시대를 살았던 장군인지, 그리고 그 장군의 행적, 전공은 무엇이고, 가족은 누가 남아있는지 정확하게 알지 못했다. 정부에서 어떤 증거나 문서를 가지고 있는지 그건 잘 모르지만, 어쨌든 동네에서 그저 오래 전에 장군이 살았고, 그 집에 자식들이 둘 있었다는 것 이외, 그 자식 가운데 하나는 힘이 황우장사였고, 하나는 머리가 영리했다는 사실에 대해서만 드문드문 알고 입방아를 찧어댔을 뿐이다.

일절 바깥출입이 없었던 금주 외할머니가 뜻밖에도 그런 장군집에 대하여, 변해가는 장군집에 대하여 관심을 가진 것은 예상 외였다. 보수공사에 열중하는 군인들에게 마치 제집이라도 되는 양, 이거 해라, 저거 해라, 참견하고 나섰는데, 그 꼴에 동네 사람들은 일을 삼듯 말이 많았다.

"무슨 사연이 있는 거여. 저 노인네가 저렇게 나설 사람이 아닌데……. 도대체 무신 사연이 있기에 제집 마냥

이 물건 저 물건에 탐을 내느냐 말이지?"

"어제는 마루 밑의 물건에는 손도 못 대게 했다고 하던데. 마루 밑에는 도대체 무신 물건이 있는 거여?"

"설마 진짜 금괴라도 발견한 것이여. 뭐여!"

"동네 우세를 사도 유분수지 저 노인네가 무슨 자격으로 장군집을 드나들면서 이 참견 저 참견을 하는 것인지 알다가도 모를 일이여."

무슨 연유로 장군집에 관심을 갖는지, 금주 외할머니의 그런 반응에 아버지는 단 한마디로 일축했다.

"사람 사는 거 가지가지다! 금주 외할미의 저런 짓도 그 중 하나일 따름이란다."

그 가지가지가 어떤 가지가지인지 아버지는 구체적인 언급은 한마디도 없이 잘라 말했다. 하지만 외할아버지는 그런 아버지의 말에 "네 놈은 그게 문제여. 뭘 알고 있으면 알고 있다는 말짝을 걸어야 하는데, 네 놈은 술에 술탄 듯 물에 물탄 듯 그러는 게 근본이 없다는 거여." 퉁을 주었다.

"근본 없다고 하시는데, 저의 아버지가 유명한 대장장이였다니까요!"

"대장장이가 근본이 있다는 거여 그럼? 대장장이가 무슨 근본이 있다는 거여? 쇳덩어리가 근본이라는 거여 뭐여?"

"하여간 대장장이도 보통 대장장이가 아니었다, 이 말

입니다. 제 말은! 인근에서 알아주는 대장장이였거든 요!"

"인근에서 뭐로 알아주는데, 힘으로? 그게 바로 근본이 없다는 거여 이놈아! 근본이 있는 사람은 삼강오륜을 알아야 하고 머리를 쓸 줄 알아야 하는데, 너의 놈 집안은 무식하게끔 온통 팔뚝 힘으로 세상 법도를 뭉개는 것이라고. 도대체 대장장이가 글을 읽을 줄 알았겠어? 쓸 줄을 알았겠어? 대대로 까막눈 집안 주제에 무슨 근본이여. 그저 쇳덩이만 파먹고 사는 주제들이!"

"끙!"

나는 기억한다. 몇 해 전 올머리고개를 오르면서 바람소리처럼 들려왔던 금주 엄마의 그 흐릿한 말소리를! 그 말소리 가운데, 장군집의 마지막 남아있는 장군의 아들에 관한 이야기를 유추하지 않을 수 없었다. 그 말소리에는 세월이 지나도 잊을 수 없는 금주 외할머니가 살아온 가지가지의 삶과 그 흔적들이 숨어있을 거란 사실 또한 부정할 수 없었다. 금주 엄마, 금주 외할머니, 그녀, 그리고 장군집의 내력, 모든 것이 하나 둘 구체화 되어가면서 당시 내 의문은 바로 사라져버린 미친년의 소재였다. 그녀는 당시에 동네에서 모습을 찾아볼 수 없었다. 거의 반 년이 지났지만 그녀의 모습은 흔적도 찾을 수 없었다. 과연 어떻게 된 것일까. 더불어 미친년이 몰고 올 어떤 불길한 전조 같은 것이 내 머릿속에 남아있었다. 그건 구체적으로 알 수 없는 불안감 같은 것이었다. 세상은 정부가 관리하는 구체적인 기록과, 대중이 입으로 전해지는 다소 과장된 사실이 존재하는데, 우리 동네에서는 그런 두 기류가 상충하면서 또 다른 설이 난무하였다. 그것이 바로 미친년에 대한 어렴풋한 행적, 이를테면 자신이 애를 낳아서 죽였다든지, 혹은 매를 이용해 일본군의 눈을 파먹었다든지, 독립군의 딸이었다는 말, 등등 그러다 어찌어찌 해서 동네에 흘러들었는데, 하필이면 토굴 속에 은거해야 하는지, 따위에 대한 구구한 말들이 떠돌았다. 토굴은 장군이 의병을 조직해서 마지막까지 항전하였던 그 장소로, 하필이면 모든 사람들이 죽은 정령이 깃들어있다고 꺼리는 장소였다. 그런 곳에 자신의 잠자리를 만든 것은 미친년의 의도였는지 미쳐서 그랬는지는 아무도 모를 일이었다.

살인자

　그 해 여름 결국 비극을 낳고 말았다. 초등학교 4학년 여름은 너무 더웠다. 더위로 주민들은 게을렀고, 천수답이 대부분인 동네논과 밭은 새까맣게 타들어갔다. 사람들은 농기구를 내던지고 모조리 안천으로 몰려갔고, 더위로 인한 농부 부재의 상황이 벌어져 훗날 식량난을 초래하는 원인을 제공하였다. 하나 같이 사타구니 밑에서는 진물이 났고, 아이들 엉덩이는 늘 축축한 땀으로 피부가 검게 변색되었다. 한 차례 장마가 지나고 마을은 늘 그렇듯이 소소한 피해를 유발했다. 제방과 맞닿아있는 농토가 물길에 휩쓸리고, 안천 주변으로도 옥수수 밭이 상당수 물에 잠기기도 했다. 하지만 그것보다 더 큰 불행이 동네 사람들을 긴장시켰다. 늘 마음속에 남아있던 불길한 전조, 그 느낌이 미친년이 아닌 엉뚱한 곳에서 현실로 나타났다. 바로 금주 외할머니가 벌인 살인 사건 때문이었다. 장군집 정비가 끝난 어느 날 금주 외할머니가 동네에서 사라졌다. 하지만 동네에서는 그 누구도 눈치 채지 못했다. 평소 마을 사람들과 교분이 없었던 탓이었다.

며칠 뒤 엄청난 일이 벌어지고 말았는데 밤새 안녕이라
고, 금주 외할머니가 사람을 죽였다. 그것도 둘이나 죽였
다. 분 단장에 열을 올리면서 돌연 외출이 잦아지기 시작
했던 금주 외할머니가 며칠이 지나도 돌아오지 않자, 송
씨가 찾아 나섰다. 하지만 송씨 역시 금주 외할머니가 갈
만한 곳이 없다는 막막했다. 외출하지 않는 것과 동네 사
람 그 누구와도 담을 쌓고 사는 것을 유일한 낙으로 여겼
던 금주 외할머니였다.

그래서 특별하게 교분을 쌓고 지내는 사람은 없었고,
동네 사람들도 밉상으로 구는 금주 외할머니와 구태여
교분을 쌓기 싫어했다. 화려한 치마저고리와 분 단장을
하나 뿐인 친구로 삼았던 금주 외할머니였기에 갈 곳이
라고는 겨우 안천의 둑에 앉아서 한숨을 내 쉬거나, 금주
엄마의 무덤뿐이었다.

아주 가끔 금주 외할머니는 금주를 데리고 병암산 산
자락에 있는 금주 엄마의 무덤을 찾아가곤 했는데, 가서
무슨 이야기를 하는지는 잘 몰랐다. 그런 날이면 풀이 죽
어 한껏 우울한 얼굴이 되어 늦은 저녁에 돌아왔다. 금주
를 시켜 주점에서 막걸리를 받아와 대청마루에서 들이키
곤 하였다. 금주 외할머니는 분명 달라졌다. 깡마른 얼굴
에 광대뼈가 툭 불거진 것과 이와 비례하여 눈자위가 우
물처럼 깊어진 것도 그 무렵이었다. 그런 눈 밑으로 어두
침침한 노곤과 삶의 이력이 깨알처럼 쓰여 있었다. 송씨

는 그런 자신의 처가 사라지자 읍의 장터고, 어시장, 소
전거리를 휩쓸고 다녔는데 매번 허탕이었다. 도시로 또
떠났을지 모른다고 막연하게 그렇게 생각했다. 그렇게
며칠이 지났을 때 갑자기 수십 명의 경관들이 몰려와 금
주네 집을 벌집 쑤시듯 들쑤시며 수색하기 시작했던 것
이다. 겨우 백 호 남짓한 마을에 순경들이 단체로 몰려오
는 경우는 아주 흔한 일이 아니었다. 동네 꼬맹이들부터
어른, 노인, 동네 똥개 할 것 없이 몰려들었다. 방이래봐
야 안방과 건넌방 두 개 뿐이었기에 뒤지고 말 것도 없었
다. 마당 한 구석에 우르르 쏟아낸 세간들만 창피한 꼴을
연출했다. 금주의 학용품, 금주 외할머니의 분갑, 치마,
저고리, 송씨의 고쟁이까지 모두 마당에 산처럼 쌓였지
만 살인의 단서가 될 만한 특이한 물건은 없었다.

"아저씨 그건 제 학용품 가방이에요. 엄마가 사준 거란
말이에요. 제발 그것은 건들지 마세요. 울 엄마가 사준
거란 말이에요!"

금주는 영문을 모르는 채 이리저리 홀치면서 앙앙 눈
물을 쏟아냈다. 금주의 물건들도 대부분 마당으로 끌려
나와 있었다. 그 물건 중에는 등에 메는 가죽가방도 포함
되어 있었다. 초등학교 입학 선물로 나와 같이 장에서 구
입했던 그 가방이었다. 조금 헤지고 낡았지만 워낙 튼튼
한 것이라서 윤기조차 잃지 않은 가방이었다.

"무슨 일이에요. 무슨 일인데 우리 집을 엉망으로 만들

고 있는 겁니까. 도대체 무슨 천지개벽할 일이라고!"

사태를 파악한 송씨가 소리치면서 매달리는 금주를 뜯어말렸다. 금주의 얼굴에는 영문을 모르는 두려움이 가득했다. 동네 사람들은 그런 금주를 힐끔대면서 "에고, 저 어린 것에게 너무도 못된 일이 자주 벌어지는구먼, 어쩜 좋으냐." 하면서 안타까워했다. 외할머니가 치마단을 붙들고 황급히 달려가서 "아이고, 애야, 우선 우리 집에 가 있어라." 했지만 어찌된 영문인지 금주는 손사래를 치면서 그 자리에서 맴돌았을 뿐이다. 경관들은 자신들이 원하는 물건을 발견하지 못한 듯 좀 더 깊숙한 곳을 뒤지기 시작했다. 천장, 마루 밑, 눈을 까뒤집고 뒤지기 시작했다. 하지만 마루 밑에는 쥐들 뿐, 쥐가 싼 똥뿐이었다. 쥐들이 놀라서 달아났다. 아, 시팔, 낮잠 좀 자려고 했더니 잠을 깨우네, 하면서 찍찍거렸다. 나중에는 불쑥 솟은 곳의 마당 이곳저곳을 삽으로 파보기도 했다. 사람들은 웅성거리면서 담 밖에서 경관들이 하는 양을 지켜보았다.

"뭔 일이 나도 단단히 났구먼, 대체 순사들이 무슨 난리가 났기에 여그까지 처들어온 것이여."

"어제 라디오에서 금주 외할미가 사람을 죽였다는 뉴스가 흘러나왔다는데, 아마도 그래서 순사들이 몰려든 모양이여."

"나도 들었네. 우리 동네 이름이 나오기에 설마 했더

니. 이 집 할머니였구먼. 청산가리를 음식에 넣어 사람을 둘씩이나 해했다면서."

"아이고 숭악한 일이구먼. 할망구가 노망이 난 것이 여. 뭐여."

"동네 망조가 들었구먼, 사람을 죽이다니! 동네에 이런 횡액은 일찍이 없었다네, 병암산에 제라도 올려야 하는 거 아녀."

가만히 있는 병암산까지 들먹이면서 마을 사람들이 두런댔다. 우리 식구들만 몰랐지, 동네 사람들은 대충 사건의 정황을 알고 있는 듯했다. 이미 지난 밤 라디오를 통해 발표된 뉴스가 살인사건을 보도했다고, 살인사건이 우리 동네와 연관되어 있다는 소식이 파다하게 퍼져 있었다. 동네 사람들은 비탄과 큰 충격에 빠졌다. 금주 외할머니가 과연 누구를 죽였단 말인가. 사람들은 두려운 시선으로 서로를 살피면서 두런거렸다.

"죽은 사람이 누구라던가?"

"글쎄, 정확하게 모르겠는데 한 명은 변호사라는데 또 한 명은 운전기사라나 뭐라나. 어떻게 둘을 한꺼번에 죽였는지 모르겠소."

"음식에 청산가리를 탔다고 하잖소."

경관들은 여전히 집안 구석구석, 심지어는 뒤란의 대숲까지 긴 막대기를 이용해서 싹싹 훑었다. 하지만 별 소득이 없는 듯했다.

"증거품을 찾아야 해!"

도대체 무엇을 찾는지 알 수는 없었지만, 순경들은 땀을 찍찍 흘리면서 외갓집 뒤란 쪽으로도 몇 명이 넘어와 뒤지기 시작했다. 순간 나는 화들짝 놀라서 뒤란으로 달려갔다. 아이들 몇이 따라왔다. 그곳에는 명문의 '범패' 그 은빛 조각품이 숨어있었다. 그건 내가 정태와 같이 장군집을 탐색했을 때 주머니 속에 가지고 나온 물건이었다. 뒤란 대숲에 숨겨두었다는 생각이 들자, 나는 마음을 졸이면서 경관들의 동태를 살폈다.

"거 뭣들 하시는 게요? 남의 집 대밭에서."

인파 틈에 있던 외할아버지가 갑자기 버럭 소리쳤다. 사람들의 시선이 모조리 모여들었다. 아버지가 앞으로 나서는 외할아버지를 잡아채면서 눈을 움찔거렸다. 하지만 외할아버지는 내친걸음으로 한 발 앞으로 나서면서 재차 소리쳤다.

"아니, 무슨 난리가 났기에 대밭 주인에게 허락도 안 받고 남의 밭을 쑥대밭을 만드는 거요?"

"공무 중입니다. 어르신, 이러시면 공무방해입니다."

제법 듬직해 보이는 순경이 외할아버지 앞을 가로막았다. 안광이 꽤 날카로웠고, 광대뼈가 무척 인상적이었다.

"공무라는 것이 백성을 이롭게 하는 것과 백성을 괴롭게 하는 것이 있는데, 당신들은 백성을 불편하게 하고 있소. 구태여 조선말 탐관오리의 아전들이 아니고서야 이렇게 안하무인으로 굴 수가 있소. 어서들 물러가시오. 내가 피땀 흘려 일구어놓은 대밭이요. 올봄 죽순도 캐고, 내년 봄에는 밑을 잘라 퉁소라도 만들 생각이요. 그것도 농사라면 농산데, 어찌 이렇게 무례하게 구는 것이오."

외할아버지가 피땀을 흘려? 갑자기 실소가 픽하고 흘러나온 것은 바로 외할머니였다. 아버지도 입가에 멋쩍은 미소를 짓고 있었다. 앞을 가로막았던 광대뼈 순경이 어쩔 줄 몰라 했다. 동네 사람들이 두런대기 시작했다.

"농사에는 농자로 모르는 양반이 웬일이야."

"아, 대밭이야 그냥 내버려두어도 햇살만 바라보면 크는 것인데……, 그걸 농사라고 나서니 가관 일세……. 그러나저러나 저 순진한 순사 나리 얼굴 표정도 가관이구면."

외할아버지 표정이 다소 득의양양했다. 주변의 동네 주민들이 두려운 얼굴로 서로 눈빛을 교환했다. 하지만 "여기 무언가가 있습니다." 하는 등 뒤의 외침이 들려오자 일순 표정이 굳었다. 맞다. 그 은빛 조각품이었다. 범패라는 명문이 새겨진 은빛 물건, 그걸 경관 하나가 땅속에서 끄집어냈다. 흙을 털면서 광대뼈 경관에게 디밀었다. 동네 사람들은 모조리 찬 물을 끼얹은 듯 함구하였다. 외할아버지도 다소 놀란 듯 은빛 조각품을 쳐다봤다. 동네사람들이 어깨 너머로 힐끔댔다.

"이게 뭐지?"

광대뼈가 순경이 고개를 저었다. 외할아버지가 은빛 물건을 골동품 감정사 같은 심각한 표정으로 살폈다. 고개를 몇 차례 젓더니, 눈빛이 빛났다.

"오호라, 이건 그 옛날 당취들이 쓰던 물건일세. 우리 고을에 아주 오래전 당취들이 드나든 적이 있지. 걸식타령을 하면서 온 동네를 휩쓸고 다녔지. 그 당취에게 나는 병약한 아들 하나를 맡겼는데. 결국 당취들이 어디로 갔는지 알 수 없어서 그만 아들 하나를 잃어버린 셈이야."

외할아버지가 말을 이었다.

"숭유억불 정책의 조선왕조 시절 탄압을 피한 불교비밀결사체로 잘못알고 있지만 사실은 고구려 멸망 후 사찰에서 망국의 울분을 참지 못하고 달려 나온 스님들의 구국 조직이라는 말이 있는 것으로 보아 당취의 역사는 상당히 오래됐지. 당시 고구려에서 잡혀간 유민 중에는 스님들도 포함되었고, 그런 스님들이 거리에 등장함으로서 그 면면이 오늘까지도 유전되고 있는 것이야. 거듭된 국난에 피폐한 민초들을 대변했다고 할 수도 있고, 민초들과 호흡한 파계한 스님이라는 말도 따지고 보면 맞는 말이지. 스님들은 사바 대중들과 호흡하면서 저자거리에 술청을 열고, 혹은 장사치로 분해서 돈을 벌어 조직을 만들어갔지. 그런 조직의 힘을 이용해서 갑자기 왕가의 자식이 승려로 분하는 경우, 일약 승려의 신분이 상승한 스님들의 배후와 모략 일당을 제거하거나, 불교 질서를 망각한 못된 승려를 제거하기도 했지. 나아가서 고구려 멸망 후 빼앗긴 나라를 찾기 위한 점진적 운동조직으로도 발전했어."

"운동조직이요?"

"고구려와 당나라 양국은 요서지방을 둘러싸고 서로 늘 대립하지. 요서지방은 농업보다는 수렵과 목축에 의존하는 경제구조를 가졌고, 또한 7세기 이 지역에 고구려와 중국 왕조 간의 잦은 전쟁으로 인해 농경민이 농사짓고 살기보다는 거란족 같은 유목민이 거주하기 적합한 곳으로 점차 변해갔어. 이 거란족에 맞서서 고구려인들은 주변 종족에 정신적으로 우수한 불교문화를 꽃피웠기에 따르는 민족이 많았지. 거란이 당의 세력권으로 편입되는 것을 두고 볼 수 없던 고구려가 654년 안고를 시켜 거란을 공격하였는데, 당시 고구려 군을 이끌던 안고가 바로 승려라는 말도 있어. 안고가 승려라면 당취패의 원조가 되는 셈이지.

하지만 송막도독(松漠都督) 이굴가가 신성(新城)부근에서 벌어진 전투에서 고구려군 5백여 명이 참살당하고 7백여 필의 말을 빼앗기고 패주를 하고 말았던 게야. 싸움에서 패배한 고구려군은 초원으로 도망갔는데, 건조한 바람이 불자, 거란이 불을 놓으면서 추격했어. 이 때 불에 타서 죽은 고구려 군사들과 말이 산을 이룰 정도였다네. 거란군은 고구려군의 시신을 모아 경관을 만들었고,

승전 결과를 당나라에 통보했으며, 많은 고구려 군사들이 인질로 잡혀갔다네. 이런 고구려 군사의 원과 넋을 달래주던 사람들이 있었는데, 그것이 바로 거리를 떠돌던 당취들이었어. 당취들이 산 속에 매복하고 있다가 당나라에 잡혀간 군사들과 유민들을 구하기도 했고, 고구려 멸망 후에는 나라를 되찾기 위한 스님들도 생겨났지. 당취는 바로 그런 스님들로부터 유래된다고 볼 수 있지. 고려, 조선을 거치면서 당취에서 당추로 땡추로 음운의 변화가 이어지다가 요즘은 못된 중을 가리키는 '땡추' 또는 '땡초'라고 부르지, 동량 중으로 절이나 시가지에 있으면서 전국적으로 비밀리 조직을 가지고 통일된 행동을 하며 환난에 서로 도와주고, 그중 어떤 사람이 다른 사람에게 봉변을 당하거나 했을 적에는 반드시 복수를 하는 일종의 의리파인 셈이지.

조선시대 숭유배불 정책으로 인해서 승려의 지위가 땅에 떨어졌고, 성종 이후 도승(度僧)과 승과제도가 폐지되자 민역(民役)과 병역(兵役)을 피하는 이와 부모 없는 고아, 과부 등이 절에 들어가서 중이 되었는데, 당시 무자격 승려가 조선팔도에 수두룩했지, 사실 무자격자라고 하지만 국가에서 양산한 선량한 서민들이 호구의 다른 방도가 없어서 중이 된 셈이지. 중이라는 게 뭔가? 수도하고 수행한다고 다 중이 될 수는 없지. 사부대중과 늘 바른 인간의 도를 실천하는 것이 수행의 다른 방편이라고 볼 때, 수행보다는 민초들과 함께 한 민간 중심의 수행 조직이었기에 오히려 사바의 대중과 더 근접했다고도 볼 수 있는 게 당취인지도 모르지. 열 명 또는 스무 명씩 패를 지어 다니면서 못된 수행승이나 양반집 도령을 괴롭히거나 하면서, 식량과 의복 등 속가의 물자를 마음대로 가져다가 먹고 입었으며, 질이 나쁜 승려들을 모아놓고 참회를 시키기도 했지 아마……. 물론 일종의 부랑집단으로 전국적인 조직을 갖추고 통일된 행동을 했기에 다소 불량한 측면도 있었지만, 단순한 파계승 집단이 아니라 '미륵사상'을 핵심으로 뭉친 사회변혁운동 세력이라는 말도 있고. 그들 중에는 시,서,화에 능한 스님들도 수두룩했어. 백운거사, 청산거사 이런 분들이 모두 당취였어, 대표적으로 나라의 환란이 생기면, 임진년 난에는 승병조직의 배후가 되기도 했고, 의병 상당수가 당취였었지. 당취는 곧 우리와 같은 모습이었지만, 우리민족의 혼, 그런 혼의 중심에서 비교적 평가를 받지 못하고 있는 셈이지."

"그런 당취들이 가지고 있던 물건이라고요?"

"서로의 신분을 확인하기 위한 일종에 패를 만들기도 했는데, 아마도 이 물건이 그런 물건이 아닐까 싶네, 그런데 이것이 왜 우리 집 대숲에서 나오는 건지는 나도 잘 모르겠네. 설마 우리 식솔을 의심하는 것은 아니겠지?"

나는 뒤편에서 오들오들 떨면서 외할아버지의 말을 하

나라도 놓칠세라 귀담아 들었다. 당췌라는 말은 가슴을
마구 두드리는 북소리 같았다. 그녀의 고청처럼 내 가슴
을 둥둥 울려댔다. 나는 숨을 크게 내쉰 뒤 앞으로 나선
다.

"제가 감추었어요!"

광대뼈의 경관이 의외라는 듯 나를 바라보았다.

"그래, 이 물건은 어디서 난 거지?"

광대뼈의 순경이 내 얼굴을 빤히 쳐다보면서 취조를
하듯 물었다. 외할아버지는 다소 뜨악한 얼굴로 나를 바
라봤다. 아버지와 외할머니는 멍한 얼굴로 나를 살폈다.
얼굴에는 불안감이 가득했다.

"얘야, 무슨 일이냐."

외할머니가 한껏 겁에 질려 앞으로 나섰다. 동네 사람
들의 시선이 일제히 나를 반경으로 몰려들었다. 모두들
근심어린 표정이었다. 하지만 누구 하나 나서는 사람은
없었다. 순박한 얼굴 표정으로 그저 "착한 아이가 뭔 일
이랴." 두런댔다.

"장군집에서 주웠어요."

인파 틈에 섞여 있는 정태를 힐끔대면서 재차 힘을 주
어 말했다.

"나는 그냥 신기한 물건인 것 같아서 주워왔을 뿐이에
요."

"그런데 왜 이걸 땅속에 감추어뒀지?"

312

"그건……? 주인 없는 집에서 주워왔으니까요."

"미안한데, 서(警察署)로 같이 가주어야 할 것 같구나. 이번 살인사건에 장군집이 연관되어 있거든. 네가 주운 물건이라는 것도 따지고 보면 범죄가 된단다. 점유물 횡령죄. 더군다나 이 물건은 은으로 만들지 않았니? 값으로 따져도 꽤 값이 나가는 물건이란다. 이런 물건을 감추었다는 것은 조금은 다른 뜻이 있었을 거 아냐."

"전 그게 그렇게 중요한 것인지 몰랐어요."

큰 죄라도 지은 양 두려움에 이가 덜덜 떨렸다. 잇몸에서 입술을 깨물 듯 비명소리가 들렸다. 외할아버지가 사태를 짐작했는지 앞으로 나섰다.

"아이가 물건이 신기해서 주운 것을 가지고 호들갑을 떨게 뭐요? 나부터라도 이런 것이 있다면 주웠을 것이요. 그것을 다른 용도로 사용한 것도 아닌데, 죄를 묻자는 게요?"

"어르신 말씀처럼 큰 잘못은 아닙니다. 하지만 사건의 정황상 몇 가지 묻고 싶은 게 있어서요."

"잘못했어요. 전 단지 모르고 그만."

"그래, 잘못한 것이 없으면 된다. 내가 같이 가주마. 설마 왜놈들 시대도 아닌데, 순사들이 어린 너에게 해코지를 하겠냐."

외할아버지가 나의 어깨를 감쌌다. 사람들이 우르르 뒤를 따랐다. 경관들이 마당에 쌓아놓은 몇 무더기 세간

중에서 몇 가지 품목을 추리더니 챙겨 들었다. 뒤를 따랐다. 지프차 위에 있던 경찰이 나를 번쩍 들어올렸다. 외할아버지도 옆자리에 올라 앉았다. 금주도 다소 먼발치에서 나와 동네 사람들을 힐끔대면서 눈물을 흘렸다. 송씨가 그런 금주를 끌어안으면서 "집안이 풍비박산 났구나." 하면서 털썩 주저앉았다. 여름날의 매미소리가 긴여운을 남기면서 쟁쟁 들려왔다. 날은 몹시도 무더웠다. 기분은 더욱 찜찜했다. 더위에 달아오른 지프차의 내부에서는 썩은 냄새가 진동했다.

늙은 어떤 여자는 집안을 뒤져 꼭꼭 숨겨두었던 문서한 장을 찾아냈다. 늙은 남자가 죽고 난 후 실눈의 운전기사와 살 때, 고향으로 돌아오기 직전, 늙은 남자의 집안을 구석구석 뒤져 찾아낸 문서였다. 며칠 전부터 장군집에는 어디서 왔는지 모를 군인들이 들이닥쳐 마음껏헤집고 있었다. 건축 구조를 바꾸는 것 말고도 값나가는물건도 함부로 어디론가 옮겨갔다. 그건 모든 것을 다시생각하게 만드는 중대한 사건이었다. 기다려줄 시간이없었다. 그 장군집은 분명 자신의 죽은 딸 몫이었다.

늙은 남자가 자식을 낳으면 집안의 대를 이어야 한다고 했다. 자신 말고는 그 어떤 남자도 장군집에 남아 있지 않다고, 눈먼 여동생이 죽고 나면 늙은 남자의 고향집은 분명 당신이 낳을 자식 몫이라고 했다.

하지만 당시 어떤 여자는 유감스럽게도 눈만 커다란 딸애를 낳고 말았다. 태어나는 날 딸애는 울음소리가 하도 미약해서 벙어리가 되는 줄 알았다. 모든 사람의 기우처럼 딸애는 병약했다. 뼈마디는 가늘고 숨소리도 힘이 없었다. 늙은 남자가 권총으로 자살을 한 후 같이 살게 된 실눈의 운전기사는 그런 딸애를 쳐다보면서 곧 죽을 것이라고 말하곤 했다.

어떤 여자는 그런 말을 들으면 질색을 하였다. 죽으면 어떡하지, 라고 늘 불안해하면서 딸애를 키웠다. 약방과 의원을 전전하면서 몸에 좋다는 온갖 약을 구해 먹였다. 하지만 별 차도는 없었다. 숨소리는 늘 미약했다. 모진 것이 목숨이라고 하던가. 딸애의 얼굴은 파리했지만 하루하루 까딱까딱 하면서도 죽지는 않았다. 목엔 가래가 늘 그렁그렁했다. 숨넘어가는 소리가 늘 방안에 위험한 물건처럼 도사렸다. 그러다 숨소리가 들리지 않아서 사람을 깜짝깜짝 놀라게 만들었다. 숨을 몰아쉬면서도 다행스럽게 목숨만은 지켜냈다. 실눈의 운전기사는 그런 딸애가 커가면서 점점 밖으로 나돌았다. 아주 가끔 실눈의 운전기사는 어떤 여자의 몸을 더듬어대기도 했다.

어떤 여자는 부질없는 요분질로 그런 실눈의 운전기사의 비위를 맞추려 노력했다. 하지만 운전기사는 매번 심드렁했다. 유곽의 여자들에게 나는 싸구려 향수 냄새를 풍기면서 술에 절어 들어와 방뇨하듯 몸을 더듬었을 뿐이었다. 처음 몇 번은 요분질이 끝나면 돈을 던져주곤 했지만, 나중에는 아예 몸조차 건들지 않았다. 버릇처럼 술만 찾았다. 어떤 여자는 인근 주점으로 몇 번이고 막걸리 심부름을 다녀야 했다. 그런 날에는 만취했고, 어김없이 잔혹한 매질이 이어졌다.

손바닥으로, 발길로 온 몸을 마치 북처럼 두드려댔다. 네가 언제 적 마나님이냐고, 웃기는 소리하지 말라고, 어떤 여자는 온몸이 구렁이 껍질처럼 변해갔다. 피가 목구멍에서 치고 올라와 말 한마디 내뱉지를 못했다.

그럼 이년이 말귀를 못 알아듣느냐고 광분하며 포악을 부렸다. 살림을 다 때려 부수고, 때려 부순 상다리로 어떤 여자의 온 몸을 피멍이 들도록 또 때렸다. 딸애는 매 맞는 어떤 여자를 쳐다보면서 구석 자리에서 덜덜 떨고 있었다. 울음소리조차 입안으로 삼켜가면서 눈물만 죽죽 흘렸다. 울음소리가 밖으로 새어나갔다가는 딸애 역시 치도곤을 치르곤 했다. 실눈의 운전기사는 돈도 주지 않았고, 먹을 것도 구해오지 않았다. 입고 먹을 것은 늘 부족했다. 곡기를 거른 적도 여러 차례였다. 딸애 약값도 모자라서 근처 유곽에서 날품 팔 듯 시간 나면 몸을 팔아야 했다. 쌀 두 됫박에도 그녀는 사내들의 변태 같은 욕정을 받아주어야 했다.

몸을 팔고 온 날에도 늘 매질이 이어졌다. 화냥년! 밑구멍 팔아먹고 사는 년이라고, 흉물스러운 벌레보듯 하

316

며 어떤 여자의 옷을 벗기고 살점을 물어뜯기도 했다. 방
안엔 늘 피가 낭자했다. 하지만 어떤 여자는 개의치 않았
다. 어떻게 하든 살아야 했다. 어떻게 하든 버텨야 했다.
딸애가 성장해서 유산을 상속받을 때까지는 죽어도 죽을
수조차 없었다. 그녀는 이를 악물었다. 하지만 딸애의 약
값으로 너무 많은 지출이 이루어졌고 생활은 점점 피폐
했다. 얼굴은 부황기가 가득했고, 아침에 일어나면 뼈마
디가 아리고 쓰려 제대로 걷지도 못했다.

 아랫도리는 사내들의 온갖 변태 짓으로 헐어서 피가
자주 비쳤다. 그런 몸으로도 그녀는 틈만 나면 돈을 구하
러 다녔다. 딸애는 방안에서 늘 옅은 숨소리를 내며 누워
있다가 일찍 와, 라는 말로 어떤 여자를 배웅하거나 맞곤
했다. 실눈의 운전기사는 집을 비웠다고, 어떤 변명에도
아랑곳하지 않고, 아침 밥상을 걷어차고 머리채를 뽑을
듯 잡아챘다. 술에 취한 날이면 딸애에게도 매질을 했다.
어서 죽으라고, 죽어버리라고, 돈만 처먹는 하마라
고……. 실눈의 운전기사는 근본적으로 악한 사람이었
다. 그는 늘 하인처럼 자신을 부렸던 늙은 남자를 시기해
온 사람이었다. 그는 국가를 욕하고 부자들에게 불평이
많은 사내였다. 말도 안 되는 복수를 꿈꾸었기에, 어떤
여자를 더욱 혹독하게 다뤘다. 늙은 남자가 생존했을 당
시와는 입장이 천양지차였다.

 늘 자신의 눈치만 살피던 몇 푼 던져주는 돈을 개처럼

받아 쥐던 운전기사였는데……. 어떤 여자는 항상 우울
했고 항상 세상이 저주스러웠다. 시간이 갈수록 고된 병
치레로 힘든 생활을 영위하게 만드는 딸애가 점점 미워
졌고 딸애가 자신의 발목을 잡고 있는 것처럼 느껴졌다.
하지만 포기할 수는 없었다. 늙은 남자가 그리웠고, 그런
자신의 처지가 한스러웠다. 늙은 남자의 다정다감한 목
소리도 그리웠다.

그런 늙은 남자의 마지막 말을 그녀는 목숨처럼 붙들
고 살았다. 장군의 핏줄을 지켜야 한다고! 우리 가문엔
마지막 남은 희망이 당신의 몸에 잉태된 자식이라고! 실
눈의 운전기사는 아주 가끔 늙은 남자의 비서였던 사내
와 나타났다. 둘은 작고 은밀한 목소리로, 어떤 여자를
어떻게 하면 고향으로 다시 돌려보낼 수 있는지 논의하
곤 했다. 어떤 여자가 물려받은 유산은 이미 그들의 수중
에 들어간 지 오래였다. 서류상으로도 어떤 여자는 이제
늙은 남자의 집에 머물 이유가 없었다. 저들이 서류를 내
밀면서, 돈줄을 잘라버리겠다는 협박이 이어졌다. 더 이
상 버틸 수 없을 때가 되었을 때, 어떤 여자는 결국 그들
의 제안을 받아들일 수밖에 없었다. 이미 늙은 남자가 살
아있을 당시 사 모았던 온갖 패물 또한 더 이상 팔아먹을
수 없을 정도로 고갈되었다.

하지만 고향의 남편은 매달 돈을 부쳐달라고 아우성을
했다. 큰 판돈이 걸린 투전판에서 한 몫 잡을 수 있는 기

회가 생겼다고, 이번이 마지막이라고 거금을 요구하곤 했다. 어떤 여자는 돌아갈 곳이 없었던 터에 늘 고향의 남편에게 돌아가는 마지막 생각으로 어떻게 하든 돈을 만들어 부쳐줬다. 팔만한 것은 자신의 몸을 비롯해 모조리 팔았고 구할 수 있는 돈이라면 양잿물도 마셔대야 했다. 하지만 그 때 뿐이었다. 늘 더 많은 돈을 요구해왔다. 같은 말, 이번이 마지막이라는 말과 함께……. 그럴 때 비서와 실눈의 운전기사는 어떤 여자에게 매달 적지 않은 돈을 부쳐줄 것이라며 떠날 것을 권했다. 딸애를 포함한 모든 권리를 포기하는 각서에 사인하는 것도 매달 부쳐주는 돈에 상당한 부분을 차지한다고 하였다. 어떤 여자는 분을 삼키면서 그들의 지시에 따라야 했다. 떠나기 전날 이제 중학생이 된 딸애를 붙들고 한 없이 울었으나 다른 방도가 없었다. 시골의 남편에게 아이까지 같이 데리고 갈 수는 없었다. 치맛자락에 매달려 평평 울던 딸애에게, 내가 무슨 낯짝으로 너까지 데려가겠니? 하면서 매정하게 돌아섰다. 그날 밤 어떤 여자는 모두가 잠든 시각에 마지막으로 집안을 뒤져 문서 한 장과 패물 일부를 챙겼다.

그리곤 그 길로 뒤도 안돌아다보고 고향의 남편에게 돌아왔다. 딸애는 실눈의 운전기사가 맡아 키우기로 했다. 어차피 그들은 딸애를 양보할 마음이 없었다. 유산 상속자와 양육비를 가로채야 했기 때문이다. 그런 딸애가 삼 년이 지난 어느 날 자신을 찾아온 것은 그리움 때문이 아니었다. 배가 남산만 해져서 뒤뚱뒤뚱 문 앞에서 서성이던 것을 어떤 여자의 남편이 발견했던 것이다. 어떤 여자는 막 문을 들어서는 딸애를 보고는, 그녀의 배를 살피면서 하늘이 무너지는 것만 같은 충격으로 잠시 혼절했다. 동네 사람들 눈을 피해 얼른 딸애를 집안에 들어 앉혀 놓고 아이 아비부터 물었다. 하지만 딸애는 입을 꾹 다문 채 말하지 않았다. 어떤 여자는 결국 일이 이렇게 되었구나, 하면서 허망하게 주저앉았다. 운전기사의 실눈을 떠올리면서 치를 떨었다. 작은 골방에 몰아놓고 실눈의 운전기사가 술에 취해 딸애를 욕보이는 장면이 눈앞에 어른댔다. 딸애의 가랑이 사이에서 피가 흐르는 장면이 눈앞에서 마구 흔들렸다. 가슴을 펑펑 내려치면서, 이 미친년아 죽지 않고 여긴 뭐하러 찾아 왔느냐고 마구 소리쳤다. 딸애는 그저 눈물만 찍어댔다. 모두가 내 죄란다, 내 죄야. 어떤 여자는 실신할 정도로 울었다. 그녀의 남편은 담 넘어 옆집 사람들 눈치를 살피면서 가끔 도시로 어떤 여자를 만나러 갔을 때 생긴 아이라고 하면 된다는, 그런 딸애가 시집을 가서 몸 풀러 왔다고 하면 될 것이라는 제법 그럴듯한 말을 지어냈다. 그는 이미 모든 것을 알고 있었다. 자신의 아낙이 도시에서 딸을 낳았다는 사실과, 그 딸애가 차차 큰 유산을 받게 될 것이라는 사실을. 더불어 매달 부쳐오는 돈도 두 배 정도 될 것이기에, 이미 엎어진 물을 주워 담을 수 없다는 사실도 그는 너무도 투명하게 인식하고 있었다.

어떤 여자의 남편은 기왕 낳을 거면 사내자식을 낳아서 제대로 도시 사람들에게 돈을 받아 내야지 하는 마음뿐이었다. 투전판의 개평꾼 신세가 얼마나 초라하던가, 그는 호기 있게 앞전을 차고 큰 판에 참여하고 싶었다. 그런 판에 참여한다는 것 자체가 신분상승의 단초를 제공한다고 믿었다. 그는 늘 서러움이 많은 장군집의 하인 생활을 기억했다. 나무 짐을 부려놓기 무섭게 또 다시 나무를 하러 산중을 오르내리던 기억으로 돌아가고 싶지 않았다.

나는 서에 도착해서 간단한 조사를 받아야 했다. 초등학교 4학년 무렵 어느 여름날에 일어난 생애 최초의 경찰서 행이었다. 설렘은 없었다. 설렘이라니? 그런 무식한 말이 어디에 있나. 설렘이라는 단어를 함부로 지껄이다니, 이런 우라질! 그건 우리 집 마루 밑의 생쥐가 들었다가는 그 날카로운 이로 말한 작자의 주둥이를 들어낼 일이었다. 정말 그런 의식 없는 말을 지껄이면 화딱지 난다. 오래된 책상이 다닥다닥 달라붙어 있었고, 제복을 입은 경찰들이 수시로 드나들었다. 나를 조사하는 형사는 매우 부리부리한 눈에 뭔가 기분 나쁘다는 듯 수시로 노려보곤 했다. 눈에서 인광이 쏟아지는 것 같았다. 노려보는 것이라면 우리 외할아버지도 일가견이 있는지라, 아주 오랜 동안 화투 패를 째려보는 습관 때문에 한 늙은이와 한 삵같은 형사는 서로 눈싸움을 하곤 했다.

"민중의 지팡이라면 지팡으로 맞아야 할 일이여. 이제 겨우 열 살의 어린 꼬맹이를 상대로 이게 무슨 짓이여. 나라가 있고 법도가 버젓이 있는데 왜놈들 시상도 아니고 참말로 기가 차구먼."

외할아버지는 틈만 나면 책상을 두드려댔다. 일본 적산 가옥을 개축한 경찰서였는데 그 안의 사람들은 하나같이 살쾡이 눈을 가지고 있었다. 우락부락한 사내들이 무시로 들고 났다. 경찰서라고는 하지만 너무 허름해서 흡사 폐가 일보직전의 장군집 사랑채 같았다. 천장의 한 구석에서는 생쥐들이 지붕의 목재를 갉아대는 소리가 빠득빠득 들려왔다. 나는 가끔 "야, 어린 놈 좆됐다." 이런 소리가 들려오는 천장을 올려다보곤 했다. 천장에서는 우르르 꽝꽝 쥐들이 횡으로 종으로 운동회를 벌이는 중이었다.

"아, 씨팔, 저 천장의 쥐들 좀 잡아!"

나를 조사하는 경관이 누군가에 소리쳤다. 주변에 앉아있던 경관들이 우르르 일어서서 천장을 향해 무언가를 집어던졌는데, 그건 겁을 주기 위한 임시방편이었다. 조잡하게 만들어진 천장이 들썩거렸다. 하지만 잠시 숨을 죽이던 쥐들이 보아란 듯 다시 운동경기를 재개하였다.

우르르 쾅쾅! 경관들 책상 위로 구멍이 가득한 천장에서 툭툭 하고 쥐똥이 떨어졌다. 우르르 땅땅, 찍찍찍, 국민의 재산과 생명을 지키는 대한민국 민중의 지팡이인 경관들이 단체로 쥐와 그들이 싼 똥으로 개망신을 당하고 있었다. 쥐를 잡다니, 그건 그들이 일찍이 살인자를 검거하고 방화범을 검거하고 강절도 사건의 범인을 손쉽게 검거할 수 있는 탁월한 경관들도, 일백 프로의 검거에 승승장구하는 경관들이라도 쥐는 절대 못 잡는다. 외할아버지가 그런 경관들이 하는 양을 물끄러미 쳐다보면서 피식 미소를 지었는데, 그 내막엔 평생을 쥐잡기에 실패한 경험이 떠올랐기 때문일 터이다. 한마디로 니들이 쥐를 알아, 백날 잡아봐라, 일본제 쥐약도 안 통하는 놈들이란다, 쥐 한 마리 잡는데 나는 십 원 건다, 하는 코웃음이었다.

질문은 비교적 단순했지만 손바닥에 땀이 흥건했다. 나는 침착하게 조사를 받았다. 동네 아이들이 귀신이 나온다고 해서 장군집을 찾아갔다는 내용과 그곳에서 발견한 은빛 물건을 대수롭지 않은 듯 보여 주머니 속에 넣었다는 사실을 차분하게 설명했다. 조사관은 아직 미성년자고, 또 물건을 다른 곳으로 유통시키지 않았기에 큰 죄가 되지 않는다고 말했다. 그리곤 가끔 책상 위로 천장의 구멍에서 떨어지는 쥐의 배설물을 아무렇지도 않은 듯 툭툭 털어내곤 했다. 금주 외할머니가 왜 두 사람을 죽여야 했는지, 국가에서는 치매에 걸린 할머니의 정신적 문제로 야기된 살인이라는 결론으로 몰고 가는 듯했다. 외할아버지는 서에서 조사받는 내내 입을 꾹 다문 채 조사관 사내의 얼굴만 응시하고 있었다. 일절 농담을 하거나, 특유의 잘난 척 없는, 장난기 없는 얼굴이었다. 그런 얼굴은 나로서도 생경한 것이었다. 나는 조사를 받으면서 금주 외할머니의 살인에 대하여 깊은 생각을 했다. 그녀의 인생에 대하여, 그런 비극적 결말에 대하여 나는 내 나름대로 정리를 하기 시작했다. 조사가 너무 지루했기에. 묻는 것 또 묻고, 말한 것 또 말하는 것은 차라리 고문이었다. 기계적인 답변과는 다른 생각이 필요했다.

몸을 풀러 도시에서 온 딸애는 유감스럽게도 사내가 아닌 딸, 금주를 낳고 말았다. 실눈의 운전기사를 빼닮은 듯 눈이 째지고 코와 턱밑으로 주근깨가 자잘했다. 금주 외할아버지 송씨 역시 출산하는 날 우리 외할아버지나 아버지처럼 물을 끓이다 주점에서 투전판을 벌였고, 술을 진탕 마시고 잠들었다. 구태여 비극적일 필요도 없었다. 식구하나 더 느는 셈이라고 그것도 과히 나쁘지 않다는 생각으로 집으로 돌아왔다. 옆집의 우리 엄마는 죽어서 삼오제를 지낸 다음 날이었다. 늘어난 새 식구가 딸애라서 썩 내키지는 않았지만, 아이의 울음소리가 문밖으로 새어나가는 것이 그리 나쁘지만은 않았다. 하지만 도시에서 아내가 낳은 딸, 편의상 자신의 성을 붙여서 영주라고 불렀는데, 그 애는 아이를 낳은 후 심하게 골골댔다. 피골이 상접한 상태로 기침을 달고 살았다. 한 해를 넘겼나 싶으면 다음 해가 걱정이었다. 그렇게 아슬아슬 세월이 갔다. 차도도 없고, 그렇다고 특별히 나빠지지도 않았다. 하지만 결국 채 십 년도 버티지 못하고 죽고 말았다. 그건 청천벽력 같은 일이었다. 너무 슬펐다. 금주 엄마의 죽음은 더 이상 도시에서 돈이 오질 않는다는 뜻이었다. 아내가 서울에서 훔쳐온 돈이 될 만한 물건은 자신이 투전판에 다 털어 넣었기에 먹고살 일이 막막했다. 하지만 아내는 걱정할 것이 없다고 했다. 영주가 낳은 금주가 곧 우리에게 한 밑천이 될 것이라고 했다. 투전판 밑천 정도는 충분히 실눈의 운전기사와 비서에게 뜯어낼 수 있다고 믿었다. 하지만 그건 착각이었다.

아이의 아버지가 실눈의 운전기사라라는 것을 눈치 챈, 변호사가 된 장군의 비서는 딱 잘라서 돈을 요구하는 금주 외할머니와 송씨를 묵살하고 말았다.

그들의 마지막 자선은 금주 엄마, 즉 송영주가 죽던 날, 장지로 향하는 영주를 마지막으로 영접하는 절차뿐이었다. 그들은 새벽에 달려왔다. 영접은 장군의 딸이 정말 죽었는지 확인하는 절차가 꼭 필요했기 때문에 확인이 끝난 만큼만 슬퍼했다. 골치 아픈 법적인 문제가 남아 있었지만, 그건 이미 장군의 자식이라는 원인이 죽음으

로써 해제되었으므로 법을 잘 아는 그들로서는 쉽게 피
해갈 수 있었다. 더군다나, 어떤 여자로부터 받아놓은 공
증된 각서가 아직도 든든하게 자신들의 금고에 보관되어
있지 않는가. 그래도 측은지심, 도시로 돌아오는 길에 어
떤 여자, 이제 늙어버린 어떤 여자에게 몇 푼의 돈을 쥐
어주는 것을 잊지 않았다. 그만하면 당신에게는 복이 되
는 것이라고! 사실 그 동안 자신들이 유산을 책임지는 입
장에서 살펴주었기에 굶지 않고 살지 않았느냐고, 이밥
에 고기반찬이 그걸 말하는 것이라고! 복이 터졌으니, 이
제 그만 하자고 딱 잘라 말했다. 늙은 어떤 여자는 그래
도 조금 더 줄 수 없느냐고 매달렸다. 송씨 역시 그들과
흥정하면서 자신의 아내를 궁휼히 여기고, 자신 역시 부
록으로 불쌍히 여겨줄 수 없느냐고, 장례를 치른 후 묘에
떼도 마르지 않은 상태에서 애원해봤다. 하지만 두 사내
는 매정했다.

　그들의 인정은 언제나 서류에 적혀있는 정도에서 협의
되었다. 서류상으로 이제 책임이 면소되었기에 장군의
유산은 단 한 푼도 나누어줄 수 없다고 하였다. 하지만
늙은 어떤 여자는 벽장 속에 단단히 감추어둔 장군집문
서를 생각해냈다. 자신이 집문서를 가지고 있는 이상 집
에 대하여 이렇다 저렇다 저들로서 권리는 없을 거라고
안심을 했다. 송영주가 죽은 후에 장군집을 팔기 위해 암
암리에 여기저기 손을 대보기도 했다. 하지만 집이라는

것이 문서만 가지고 팔수는 없는 노릇이었다. 등기권리
자, 혹은 실거주자의 동의가 필요했다. 그 권리를 가지고
있는 사람이 몇 해 전 수마에 행방불명이 되었으므로 다
른 방식이 필요했다. 그래서 시간이 차일피일 미루어졌
다. 방법을 몰라서 그 시간이 일 년이 지났고, 그러다 삼
년이 지났는데 그 사이에 담임선생 독사가 나로부터 입
수한 문건, 즉 편지 때문에 장군집의 내력을 조사하기 시
작했던 것이다. 정부에서는 장군의 집을 국가로 귀속시
키는 절차를 밟았다. 그건 국민들에게 귀감이 되는 장군
의 내력을 만천하에 공개시킴으로서 국가의 정체성을 찾
는데 도움이 될 것이라 믿었다. 금주 외할머니가 바빠진
것도 그 때문이었다. 장군집은 온전히 자신의 몫이었다.
그걸 국가라도 마음대로 할 수는 없었다. 국가가 자신에
게 해준 것이 터럭만큼도 없다는 분노심도 한몫했다. 자
신의 의도대로 될 것이라는 모든 것이 무너지고 있었다.

"찢어죽일 놈들!"

노파가 분을 참지 못하고 문서를 들고 집을 나선 것은
담판을 지어야 한다는 생각 때문이었다. 이제 끝내야 했
다. 실눈의 운전기사는 금주가 자신의 씨앗이라는 것을
인정할 수 없다고 오리발을 내밀었다. 하지만 금주 엄마
의 장례식 때 처음 본 금주는 첫 눈에도 생김새가 딸이
되고도 남았다. 실눈의 운전기사는 금주를 쳐다본 순간
부정하지 못했다. 노파는 자신의 딸을 욕보이고, 아이까

지 만든 실눈의 운전기사에게 분노가 하늘을 찔렀지만, 내색할 수는 없었다. 동네 사람들에게 도시에서 살아온 자신의 행적을 고스란히 노출시킬 수는 없는 노릇이었다. 더군다나 실눈의 운전기사, 그의 포악성을 잘 아는 자신으로서는 딸애의 장례식마저 망치게 하고 싶지는 않았다. 딸애는 너무도 박복한 아이였다.

세상에 그처럼 지독한 일은 없었다. 단 한 번도 행복한 적이 없던 딸애였다. 부모를 잘못 만난 탓이라고 돌리기에는 너무 불공평한 세상이었다.

신이 있다면 멱살이라도 잡고 따지고 싶었다. 우리에게 왜 이러느냐고, 당신들 취미가 우리 같은 밑바닥 인생을 이렇게 철저히 괴롭히는 것이냐고! 자신을 능욕하는 것도 모자라서 자신의 딸까지 능욕하고 거기다 아이까지 만들었으니 실눈의 운전기사는 천번 만번 갈기갈기 찢어 죽여도 시원치 않을 놈이었다. 그런 놈은 호의호식하고, 자신들은 전락을 일삼고 있었다. 생각할수록 분했다. 몇 날 며칠 곡기를 전폐하고 오만가지 생각을 했고, 고민했다. 모든 것이 끝났다.

아니, 끝내야 했다. 마지막 희망이었던 장군집마저 저 지경이 되었으니, 탈출구가 보이질 않았다. 자신의 딸, 그 딸이 낳은 딸, 자신을 포함해서 삼대가 불행해질 수는 없었다. 노파는 창자를 끊어내는 심정으로 이를 악물고 장항선 열차에 몸을 실었다. 보퉁이에는 장군의 집문서가 깊숙하게 숨겨져 있었다. 열차는 사람들로 빽빽했다. 철커덕거리는 선로의 잦은 마찰음이 가볍게 귓전을 파고들었다. 졸음이 밀려왔다. 자신의 세월은 모두 지나갔다. 고 노파는 깊은 주름처럼 한숨을 내쉬었다. 어렵게 자리를 잡고 등받이에 허리를 눕혔다. 차창 밖으로 시원한 초록이 스쳐갔다. 비가 뿌리는지 창밖의 대지는 모두 축축했다. 옆 자리에는 인근 온천으로 신혼여행을 떠나는 남녀가 나란히 앉아서 깔깔댔다. 고운 한복을 입은 신부가 부러웠다. 엷은 화장은 꽃처럼 피어났다. 자신의 덕지덕지 바른 화장과는 다른 순수한 얼굴이었다.

평생 그런 모습으로 살아본 적이 없는 노파였다. 안면도와 인접한 허름한 어촌에서 태어난 그녀, 그런 그녀가 처음 만난 남자는 어촌의 어부였다. 그 남자는 기골이 장대했고 힘이 무척 강한 남자였다. 그는 다른 도시에서 온 남자였는데 동네에서 가장 큰 배를 가지고 있었다. 잡은 고기 중에 내다팔 수 없는, 상처 입은 고기를 동네 사람들에게 나누어 주곤 했다. 동네 사람들은 그래서 그의 배가 들어오기만 기다리곤 했다. 물론 그녀의 세 자매도 그가 나누어 주는 고기를 기다리는 동네 사람들 틈에 늘 끼어 있었다. 세 자매는 늘 배가 고팠다. 술주정뱅이 아버지와 일찍 돌아가신 어머니, 그들에게 삶의 온기가 남아 있을 리 만무했다. 그 남자는 출항하지 않는 날이면 해변

에 앉아서 막 떨어지는 석양을 바라보면서 담배를 피우
곤 했다. 인근의 갯벌에서 굴을 따던 열다섯 살의 어린
여자는 그 모습이 무척 멋지다고 생각했다. 석양에 빗금
친 남자의 수북한 수염, 그건 사자의 갈기 같았다. 바람
이라도 한 점 머물면 수염은 하늘로 솟아오르듯 뻗쳤다.
그 모습은 다소 우스꽝스럽기도 했다. 어린 여자는 그 모
습을 훔쳐보면서 수줍게 미소 짓곤 했다. 그가 입에 문
아치형 담뱃대도 곰방대와는 차원이 다른 서양식으로 멋
진 것이었다. 푸 하고 뿜어지는 담배연기가 멋지게 흩날
렸다. 그런 그와 함께 먼 바다로 나가보고 싶다는 생각을
했다. 그래서 어린 여자는 출항하지 않는 날을 기다렸고,
그런 날이면 어김없이 굴을 따러갔다.

　그 남자 역시 어김없이 해변에 앉아서 늘 그런 자세로
먼 바다만 응시하곤 했다. 다소 깊은 눈으로 우울한 듯
바다를 응시하는 눈빛, 그런 모습을 하루, 이틀, 그러다
대략 삼 개월 정도 지났을 무렵 가슴에 응어리 같은 것이
상사처럼 쌓이고 말았다. 그런 어느 날, 그가 그녀를 불
렀다. 아무 말도 없이 바다에 가보지 않으련, 하고는 자
신의 배로 데려갔다. 그녀는 조금의 경계심도 없이 따라
갔다. 아래층 선실로 단짝 안아서 이끌었을 때, 소금기
냄새와 폐유 냄새로 가득한 아래층 선실의 후미진 방에
당도했다. 방 옆은 기관실이었다. 남자의 배는 다른 배처
럼 노를 젓는 것이 아니라, 최신식이었다. 무얼 작동시키

는지 크렁크렁 하고 배가 움직이기 시작했고, 확 트인 눈 앞으로는 투명한 유리창이 매달려 있어서 앞이 훤히 내 다보였다. 배가 망망대해 바다로 향하고 있었다.

그녀는 덜컥 두려워졌다. 하지만 사내는 피식 웃으면 서 멀리는 가지 않을 거다, 하면서 어린 여자를 안심시켰 다. 배는 기관소리를 멈추고 느리게 움직였다. 닻을 내리 고, 드디어 바다 위에 둘만 있게 되었다. 석양이 얼비추 는 바다는 보석처럼 반짝였다. 너무 아름다웠다. 마치 홍 조를 머금은 새색시 같다. 얼마쯤의 시간이 지났을까. 사 내의 숨소리가 거칠어지더니, 선실의 후미진 방에서 사 내는 여자의 옷고름을 풀고 채 여물지 않은 젖가슴을 매 만졌다. 어린 여자는 얼굴이 붉게 달아올랐다. 남자의 입 술이 어린 여자의 입술에 가만히 다가왔다. 수염 끝이 간 질거렸다. 굵고 단단한 사내의 물건이 살 속을 파고들었 을 때 어린 여자는 비명소리를 내고 말았다. 배는 앞뒤로 사내의 움직임을 따라서 가볍게 흔들렸다. 바다엔 석양 이 가득 불을 지핀 것처럼 내려앉아서 혀를 날름거리고 있었다. 엄청난 양의 정액이 어린 여자의 몸속으로 쏟아 져 들어왔다. 몸이 확확 달아올랐다. 그녀의 아랫도리가 뻐근했다. 이제 다 됐다. 어서 뭍으로 가자, 라고 말했을 때, 그녀는 다시 오자고, 이 자리로 다시 돌아올 수 있느 냐고, 물었다. 사내는 그건 안 된다고 말했다. 바다는 언 제나 위험하다고, 폭풍이 불어 올 수도 있고, 파도가 넘실거리는 통에 배가 전복될 수도 있다고 말했다. 하지만 오늘처럼 잔잔한 날에는 꼭 다시 오겠다고 말하고는 갓 잡은 숭어를 자루에 가득 담아줬다. 그걸 걸머지고 집으로 돌아왔을 때, 광산에서 잡일 하는 언니가 돌아와 있었다. 세 자매는 모처럼 숭어와 된장을 넣고 국을 맛있게 끓여 먹었다. 물론 밥은 없었다.

그저 국만 헐레벌떡 삼켰을 뿐이다. 숭어의 단단한 가시가 목에 박히는 줄도 모르고, 그걸 목 안에 담고 있느라, 숨 쉬는 것조차 힘들었지만, 그렇다고 그 사내를 찾아가는 일을 게을리 하지 않았다. 사내는 늘 같은 방식으로 그녀의 옷고름을 풀었고, 그런 날이면 어김없이 세 자매는 생선국을 포식했다. 하지만 사내는 떠났다. 더 많은 물고기가 있다는 아래 지방으로 훌쩍 떠났다. 기다렸지만 돌아오지 않았다. 석양이 가득 내려앉은 바다를 바라보면서 이제 더 이상 생선국을 포식할 수 없다는 생각에 펑펑 울었다. 물론 그 울음 속에는 사내에 대한 그리움이 새털만큼 숨어 있기도 했지만 그건 금세 잊어버린 감정이었다. 그녀는 열다섯 그 날 이후로 자신의 몸은 곧 생선국이 될 수 있다는 생각, 결국 가난에서 벗어날 수 있는 물건일 뿐이라 여겼고, 즐거움이 없는 인생이 되고 말았다. 성생활이 아닌 성난 생활이었던 것이다.

"너는 이제 여자가 되었단다. 앞으로 몸 간수 잘해야 한다. 그래야 힘들지 않은 삶을 살수 있단다."

332

그게 그 남자가 남긴 유일한 말이었다. 몸 간수를 못해
서 그랬나? 힘들지 않은 삶, 그건 이미 너무 멀어져 버린
뱃고동소리 같았다. 기차는 꼬박 열두 시간을 달려 서울
에 도착했다. 우선 자신이 실눈의 운전기사와 드나들던
시장을 기웃대면서 독극물인 청산가리를 구입했다. 노
파는 자신의 육신은 이제 돈으로 환산될 수 없게 되었다
는 사실에 낙망을 했다. 청산가리를 보퉁이 속에 깊숙이
넣으며 결국 이 길 뿐이라 맘을 다졌다. 점방의 주인은
어디 사용할지 묻지도 않았고, 또한 양을 덜하지도 않고
저울로 정확하게 눈금만큼 딱 달아서 돈으로 환산한 다
음 독극물, 청산가리를 내줬다. 구태여 목숨을 해하겠다
는 생각은 없었다. 저들과 이야기를 해보고 도저히 자신
의 생각이 관철되지 않을 때를 대비해서 독극물을 구입
했다. 독극물은 방어막, 일종의 호신용이었다. 그런 것이
라도 가슴에 품어야 할 것 같았다. 실눈의 운전기사가 전
에 살았던 늙은 남자의 집이 재건축되었기에, 인근으로
옮겨 앉아 자리를 잡은 것부터 확인했다. 운전기사가 사
는 집을 확인하는 일은 비교적 쉬운 일이었다. 변호사 사
무실에 전화를 해서 비서였던 남자의 부재부터 확인을
했다. 변호사님은 지금 부재중입니다, 하는 답변이 돌아
왔을 때 급한 일 운운하면서 실눈의 운전기사 거주지를
확인했다.

변호사 사무실의 여직원은 매우 친절한 여자였다. 노

파는 자신이 누구라는 것을 밝히면서, 매우 큰 사건을 맡길 생각이니 변호사님과 연락되면 잠시 뵙자는 말도 곁들였다. 사건 수임에 목이 달려있는 여직원은 친절하게 사무장과 연락하였고, 잠시 후 전화를 하자 운전기사의 집 주소를 번지수까지 제법 구체적으로 알려주었다. 실눈의 운전기사와 그의 부인이 살고 있다는 마포나루의 번듯한 양옥집부터 찾았다. 집은 언덕에 위치하고 있었는데 바깥에서 보기에도 정원수가 가득 심겨져 있는 모양이 제법 좋아보였다. 초인종이 달려 있었다. 그 신기한 물건을 어떻게 사용하는지 몰라서 한참을 망설이다가 지나가는 꼬맹이에게 물었다. 꼬맹이가 아무렇지도 않게 벨을 누르자 삐익 하는 부저 음이 길게 이어지고, 누군가 달려 나왔다. 이놈들이 벨을 누르지 말래도, 하면서 나온 사람은 바로 실눈의 운전기사였다. 이제 많이 늙어버린 그의 눈은 몹시도 쪼글쪼글했다. 그는 매우 당황한 듯했다. 지금 집안에 아이들과 아내가 있으니 인근 여관을 알려주면서 그리로 가 있으면 곧 변호사와 같이 가겠노라고 말했다. 말하는 중간에도 연신 집안을 힐끔댔다. 노파는 당신들이 곤궁해지지 않으려면 약속을 지켜야 할 것이라는 말을 강하게 해주면서 되돌아섰다. 더불어 시간이 그리 많지 않다는 사실을 주지시켰다. 도시는 너무도 변해 있었다. 못 보던 건물이 우후죽순 늘어나있었고, 도시 거리엔 자동차들이 쌩쌩 달리고 있었다. 노파는 보통이를 가득 움켜쥔 채 빙빙 도는 도시의 하늘을 올려다보았다.

세상도 돌고, 나도 돌고, 아, 돈다, 돌아. 빙빙빙, 노파는 터벅터벅 걸었다. 사람에게 지치고 여독은 노곤한 흔적이 되어 계속해서 노파의 등을 떠밀었다. 자신이 만든 그림자조차 피곤으로 심하게 흔들렸다. 금주의 모습이 생각났다. 단 한 번도 안아주지 않은 애였다. 언제나 차갑게만 대했는데, 그 애의 삶도 참 안됐다는 생각을 했다. 하지만 실눈의 운전기사와 너무 닮았다고 생각하면서 고개를 흔들었다. 모진 인생, 사람으로 태어나 짐승처럼 살았으니 미련이 남을 게 뭐가 있으려나…… 아, 하는 탄식과 함께 노파의 볼로 주룩주룩 눈물이 흘렀다. 노파는 실눈의 운전기사가 알려준 여관으로 찾아들었다. 여관은 도시의 후미진 곳에 있었다. 벽지가 나달거리는 꼴로 보아 부랑아나 드나드는 그런 곳이었다. 그곳에서 노파는 주인에게 막걸리 한 주전자를 시켜 뱃속으로 쏟아 붓고는 곰팡이 냄새 나는 이부자리 위에 누웠다.

세 자매가 있었다. 언니와 동생, 그리고 아버지가 술에 취해 흔들흔들 자신들을 뒤따라오는 모습, 큰 언니는 결국 광산으로 팔려갔고, 둘째 언니는 만주로, 자신은 곧 장군집으로 팔려간다고 했다. 장군집은 식솔들이 산이나 만주로 떠나 남아 있지 않았지만, 그래도 제법 살림

규모가 남아 있어서 드나드는 손님들 치레로 식모가 필요했다. 장군집 주인은 누구인지 정확히 몰랐으나, 그냥 인근의 친지들과 장군을 기억하는 사람들이 주인 삼아 드나들었다.

특히 여동지라는 사람은 다양한 사람들과 자주 드나들었는데, 그가 대부분 살림을 맡아서 했다. 식솔들에게 세경도 주고, 쌀도 가마니 채로 들여오고, 장군의 농토도 관리하곤 했다. 그곳에서 노파는 송태식을 만났다. 태식은 나무 짐을 나르는 머슴이었다. 그 모양새가 수더분하고 인심 좋게 생겼지만 사람이 다소 우유부단했다. 잡기를 즐겼는데, 세경을 모조리 투전판에 탕진하기도 했다. 늘 투전판에서 진 빚 때문에 고민스러워하곤 했다. 하지만 투전판 욕심은 고쳐질 수 있다고 믿었다. 식모살이 몇 해만에 그녀는 태식과 살림을 합쳤다. 그 이전에 둘째 언니 역시 만주로 떠났다. 세 자매는 뿔뿔이 흩어져 제 갈 길을 가고야 말았다. 늘 활달하고, 명랑했던 둘째 언니, 인근의 스님을 졸졸 따라다니던 언니였다. 그런 언니를 스님은 눈여겨보았고 왜놈들에게 팔려가는 것을 중간에서 아버지와 흥정을 해서 절로 불러들였다. 그리고 몇 해 후에 만주에서 독립운동을 하던 장군의 아들을 찾아 떠났다. 범패, 당취 스님들과 함께.

"이제 다됐습니다. 돌아가도 좋습니다."

광대뼈의 경관이 조서 서류를 덮으면서 말했다. 어느

336

새 달려왔는지 담임선생 독사가 내 등 뒤에 서 있었다.
외할아버지는 별일 아닌 것을 가지고 서에 오라마라 했
다고 두런대면서 나를 일으켜 세웠다. 담임선생은 경관
에게 "이 아이 때문에 사라질지도 모르는 역사를 찾아냈
는데, 상은 못줄망정 이런 식으로 사람을 힘들게 하느냐
고." 흥분해서 소리쳤다. 그 때처럼 담임선생 독사가 고
마울 때도 없었으리라.

"아, 압니다. 선생님이 무슨 말하는지도, 하지만 우리
도 일이 일인지라, 어쩔 수 없었습니다. 죄송하게 됐습니
다."

경관이 어쩔 줄 모르겠다는 표정으로 나부터 살폈다.
경관이 나를 조사하면서 드문드문 토해내는 말 속에 살
인의 경위와 동기에 대하여 짐작할 수 있었다. 그리고 금
주 외할머니의 언니들에 관한 이야기도 대개 추측이 가
능했다. 세 자매가 누구누구인지도……. 경찰서를 나서
자 햇살은 어느새 길게 혀를 빼고 있었다. 담임선생은 무
엇이 바쁜지 햇살 틈으로 빠르게 달려가면서 나에게 손
짓을 했다. 그의 손에는 서류뭉치가 가득 들려 있었다.
나는 노곤한 얼굴의 외할아버지를 올려다보았다. 요즘
들어 부쩍 늙었다는 느낌이 들었다.

"에고. 그러나저러나 송가 놈이 걱정이구나. 경관 말
로는 무당집 사람도 분명 누군가에게 위해를 당했을 거
라는데, 혹시나 태식이가 연관되지는 않았는지 모르겠구

나. 놈이 워낙 우유부단해서 마누라 말이면 양잿물이라도 마셔대야 할 놈이야. 그러니 무슨 짓인들 다 했을 거라고!"

"무슨 말이에요? 금주 외할아버지가 연관되다니!"

"지 마누라가 사람을 둘씩이나 죽였는데, 그 원인이 장군집 때문이라면 분명 단단히 수사를 하려 들게야!"

외할아버지와 나는 동네로 접어들기 전 순댓국집에서 간단하게 요기를 하였다. 장군집 그녀를 죽인 게 송씨라는 말인 듯 했지만 정확한 뜻을 알 수는 없었다. 울컥, 갑자기 나를 포옥 안아주던 그녀가 머릿속을 스쳤다. 외할아버지는 막걸리 한 주전자를 다 비우고서야 자리에서 일어섰다. 코가 빨개진 외할아버지는 내 손을 잡고 홍얼홍얼 고개를 넘었다.

"승규야, 사실 나는 네 할미보다는 덕이를 더 좋아했단다. 그래서 수시로 왜국을 오갔지. 지독하게 보고 싶으면 말이야, 현해탄을 넘어서 대뜸 달려가곤 했어. 시쳇말로, 너도 크면 알겠지만 사랑이라는 것이지. 이 할아비가 상사를 앓았단다. 허허허. 그 덕이가 바로 금주 외할머니의 큰언니가 된다는 것은 너도 조사한 경관에게 들어서 잘 알겠지? 어쩌면 그리 세 자매가 모진 길을 걷고 있는지 알다가도 모를 일이구나. 둘째 연이는 어찌됐는지 아는 사람이 없고, 아무래도 인생은 허망한 것인지 모르겠구나."

실눈의 운전기사와 변호사는 결국 여관으로 찾아오지 않았다. 대신 서울의 유명 호텔로 노파를 불러들였다. 막걸리를 들이붓고 막 선잠에 빠져 있을 때 누군가 자신을 찾아온 손님이 있다면서 여관 종업원이 문을 두드렸다. 말쑥한 양복차림의 젊은이가 문 앞에 서 있었다. 그는 자신은 실눈의 운전기사가 고용한 운전기사라고 말하면서 노파를 모시겠다고 하였다. 모시겠다고? 그건 결국 자신들의 의도대로 해야 한다는 압력이었다. 운전기사가 운전기사를 고용하다니, 격세지감이었다. 노파는 운전기사가 고용한 운전기사의 차를 타고 서울 중심부의 호텔로 향하면서 일이 그릇되었다는 것을 직감했다. 누군가 자신의 영역으로 자신을 부른다는 것은 자신들이 원하는 대로 할 것이라는 예고였다. 그건 이미 열다섯 무렵, 선실로 불러 들였던 선장 사내의 마음보가 그랬던 것처럼, 그건 동물적 감각으로 알 수 있었다.

노파는 저들이 자신들의 치부가 드러날 때를 대비해서 무슨 짓을 꾸미고 있을지도 모른다는 불안감에 사로 잡혀 불안에 떨었다. 늙은 남자가 살았던 동네를 지날 무렵, 중간에 잠시 소피를 본다는 핑계로 차에서 내려서 집문서를 자신만이 알 수 있는 장소에 은폐시켰다. 늙은 남자의 집은 이미 반쯤 허물어져 상가로 재건축되고 있었다. 하지만 조경수 몇 그루는 그대로 남아 있었고, 그 밑구덩이를 파고 집문서를 숨겼다. 아니나 다를까 변호사와 실눈의 운전기사는 그녀를 호텔방에 감금하다시피 불러놓고는 집문서를 내놓으라고 겁박을 했다. 특히 실눈의 운전기사는 젊은 날처럼 노파의 머리채를 붙들고 마구 주먹질을 가했다. 목구멍이 알알해질 정도로 피를 쏟았다. 호텔방엔 노파의 피가 낭자했다. 변호사는 실눈의 운전기사가 매질을 가하는 순간에도 어디론가 통화에 열중하고 있었다. 수임 사건에 관한 통화였다. 아주 긴 통화가 이어졌고, 그 순간에도 실눈의 매질은 계속 진행형이었다. 통화가 끝나자 더러운 물건 쳐다보듯 노파의 망가진 모습을 힐끔댔다. 그러게 말 좀 잘 듣지 그러시오, 하는 동정의 눈길이었다. 노파의 손목은 이미 금이 간 상태였다. 그러다 하루가 갔을까. 그들이 지쳐갈 무렵, 그녀는 막걸리 한 주전자만 받아주면 모든 것을 다 밝히겠다고 그들을 꼬였다. 셋은 막걸리 한 주전자를 나누어 마셨고, 그만 둘은 목숨을 잃고 말았다. 어떻게 해서 자신만 목숨을 부지할 수 있었는지 모르지만, 둘은 그 자리에서 피를 토하면서 죽어갔다.

눈알을 희번덕거리면서 실눈의 운전기사는 살려달라고 노파의 치마단을 붙들고 애원했지만 그 얼굴에 노파는 청산가리가 가득 담긴 막걸리를 부어 댔다. 이제 모든 게 끝났어. 이 지긋지긋한 악연은 이제 끝나는 거야. 다음 생에서는 좀 더 좋은 모습으로 만나자고, 매정하게 실눈의 운전기사의 손을 뿌리쳤다. 죽은 두 사람의 주머니

를 뒤져 상당한 액수의 현금을 찾아냈다. 그 길로 호텔방
에서 나와 뒷문을 통해 살인 장소를 벗어났다. 택시를 타
고 정문을 통과할 무렵, 호텔의 종업원들이 뒤따라왔다.
다행히 택시 기사는 몇 푼 더 준다고 하자 가속 페달을
힘차게 밟았다. 자신이 감추어둔 집문서를 찾아냈다. 포
크레인이 소나무를 뽑아낼 참이었다. 그녀는 그 자리에
서 늙은 남자의 집이 변해가는 모습을 한동안 바라봤다.
모든 것이 이제 다 사라지는 그런 세월이었다. 그러다 정
신을 차리곤 역으로 향했다. 열차를 타고 고향으로 되돌
아오던 길에 그녀는 온양온천에 들렀다. 그곳에서 그 동
안 육신에 달라붙어 있던 모든 때를 벗기기라도 할 듯이
며칠 동안 목욕만 했다. 가진 돈을 모조리 쏟아 부어 몸
에 좋다는 모든 온천욕을 즐겼다. 온천에서 물을 첨벙거
리면서 어릴 적 세 자매가 놀던 안천을 기억했고, 그리고
한 때 정말 다정했던 그 시간을 회상했다.

언니, 송사리가 발끝을 간질거려, 그래 나는 미꾸리가
발끝에서 미끈거리는데, 까르르, 깔깔, 언니는 이담에 크
면 누구에게 시집을 갈거우. 그냥 불알달린 사내놈! 까르
르, 깔깔, 그녀는 미친 듯 온천에서 웃고 혼자서 떠들었
다. 그러다 저녁 무렵이면 막걸리 한 주전자를 받아 쥐고
는 온천의 숙소에서 퍼마시다 잠이 들었다. 하얀 구름이
뭉게뭉게 흘러가는 행복한 꿈을 꾸었다. 딸애와 나란히

시장을 드나드는 꿈, 그 딸애에게 예쁜 옷을 사주는 꿈, 그리고 늙은 남자가 자신을 포옥 안아주는 꿈, 그러다 잠에서 깨어나면 급격히 우울해지곤 하였다. 죽는 것도 과히 나쁘지 않다고, 그런 꿈만 꾼다면 영원히 잠들 것만 같다고 생각했다. 그녀는 집문서를 근처 야산에서 불에 태웠다. 일장춘몽, 불타버리는 집문서를 바라보면서 아주 지독한 꿈에서 깨어났다는 자각을 했다. 모두가 저 연기처럼 사라져버리고, 자신만 홀로 남았다는 느낌이 들었다. 외로웠다. 노파는 야산의 한 자리에 앉아서 막걸리를 들이부었다. 눈물이 한없이 흘렀다.

이제 정리는 자신의 몫이었다. 무얼 어떻게 해야 하나 하는 생각으로 열차를 탔고, 고향 역에 내리자마자 노파는 경관들에게 붙들렸다. 노파는 단 한마디도 그들의 물음에 답하지 않았다. 왜 죽였는지, 혹은 죽이지 않았는지, 그저 미란다 원칙에 따른 묵비권을 행사했다. 하지만 행방불명된 무당집의 여자에 대하여 혹시 당신들이 죽인 게 아니요? 라고 물었을 때 당신들이라니요? 하는 반문에는 입을 열었다. 당신 남편이 수마에 눈이 안 보이는 여자를 물길에 집어 던졌다는데, 그걸 본 사람이 있다는데, 하는 말에는 피식 미소를 지으면서, 그건 내가 그랬지요. 집어던지고 말고 할 게 뭐 있나요. 그냥 툭 밀어버렸어요, 라고 단독범행을 주장했다고 한다.

"그년이 남의 집에 쳐들어와서 주인행세를 하는데 참

을 수가 있어야지!"

경관들이 혀를 찼다. 경관들은 그녀는 유명한 독립군의 딸로서 분명 그 집의 주인이었다고, 말했다. 하지만 노파는 당신들이 뭘 알아. 그년은 적실부인이 아닌 중국의 화냥년이 낳은 딸이야! 라고 말하면서 수갑 찬 손으로 경관의 목덜미를 잡아챘다. 하마터면 목을 물어뜯길 판이었다. 경관들은 서둘러 노파를 격리 조치했고, 그리곤 수색영장을 발부받아 노파의 집을 수색했다.

그리고 찾아낸 범패, 영원히 땅에 묻혀 질지도 몰랐던 고구려소리, 그 소리의 역사를 듣게 되었다. 그리고 후일에 안 것이지만 담임선생 독사는 범패의 원형을 찾아서 전국을 헤매고 다녔다고 했다. 교육 공무원으로서 마땅히 해야 하는 복원작업이라나 뭐라나. 하지만 국가의 기관 중에 문화재 관리국이라는 기관이 있다는 것을 몰랐기에 엉뚱한 경기민요나, 산대놀이, 농악 이런 것에 미쳐서 교직을 버렸다나 뭐라나, 하여간 그가 교직을 버린 것은 내 인생과는 아무런 상관도 없는 일이다. 그가 휘두른 회초리 맛을 봤다면 그는 당연히 교직에서 제외되어야 마땅했지만, 그건 한 때의 스승에게 못할 말이다. 나는 그 정도 예의는 알고 사는 놈이다. 담임선생 독사는 결국 무당이나 다름없는 어떤 여자와 결혼도 했고, 이제는 무속 연구가가 되었다. 그는 주로 살풀이나, 굿 장단에 열을 올리고 있는데, 그것 역시 고구려 범패 소리가 그 원형이라는 주장은 굽히지 않고 있지만 문화재 관리국에서는 아직도 연구가 필요하다고 했다. 검찰은 두 사람의 인명을 살상한 것으로 금주 외할머니를 기소했다. 무당집 그녀는 시신이 발견되지 않았기 때문에 정확하게 사건의 조사가 이루어질 수 없다는 판단 때문에 검찰은 기소하지 않았다. 그녀의 행방묘연 사건을 잠시 수사를 더 진행해보고 결론을 낼 것이라는 것도 덧붙여 발표 했다. 희대의 살인사건, 온 동네를 떠들썩하게 만든 살인사건은 금주와 송씨가 동네에서 도시로 이사를 갔기 때문에 점차 잊혀졌다. 그리고 다음 해 여름이 되었을 때, 금주 외할머니가 대구 교도소에서 형이 집행되었다는 짤막한 단신이 우리 집에 배달되기 시작한 신문 한 귀퉁이에 실렸다.

외할머니는 눈물을 찍어대면서 박복한 인사 같으니라고, 울다가 지치면 막걸리 잔을 들이붓고, 하루 종일 우울해했다. 신문을 읽어준 나는 죄인이 된 것 같았다. 예의 그 타령, 집터가 세서 그런다고 얼른 다른 곳으로 이사를 해야 한다고 외할아버지를 들볶아 댔다.

"투전으로 한 밑천 잡을 것처럼 큰소리치더니, 이게 무신 날벼락 같은 산골짜기 집 자리란 말인가, 이 영감탱이야!"

"임자. 그래도 우리가 그 당시 앉을 곳은 여기 산 자락 뿐이었다네. 모든 횡액이 다 사라졌으니, 이제 이 자리가 복을 줄 걸세."

외할아버지는 특유의 말투로 말 한 자락을 깔고 구렁이 담 넘듯 넘어갔다. 이사 간 금주를 다시 본 것은 대구교도소에서 외할머니의 형 집행 소식이 있었다는 소식이 들려온 지 얼마 지나지 않아서였다. 송씨와 함께 이슬을 밟으며 오밤중에 은밀히 외갓집을 찾아왔다.

"광식이 어쩌겠나. 그래도 마지막 유언이라는데, 병암산 자락의 제 언니 곁에 뿌려주게나. 외롭지 않게, 그저 둘이서 서로 의지하고 저승에서 행복하라고. 그게 마지막으로 마누라에게 해줄 수 있는 나의 자선이라네."

유골함인 듯 붉은 색 보자기에 담긴 상자를 내려놓았다. 한밤중인데도 열대야로 무척 더운 어느 날이었다. 나는 잠결에 누군가 나를 노려보는 것 같아 눈을 떴고, 금주가 무척 마른 얼굴로 나를 내려다보고 있는 모습이 언뜻 눈에 스쳤다. 나는 다소 놀랐다. 너무 많은 불행을 겪은 탓일까. 금주는 나를 바라보는 것조차 무척 미안한 듯 얼굴을 피했다. 그런 금주가 무척 안쓰러웠다. 나는 일어서서 가만히 금주의 손을 잡았다. 그리곤 약속이나 한 것처럼 문밖으로 나섰다. 아무런 말도 하지 않은 채 금주와 함께 안천으로 달려갔다. 금주가 안천을 보자 흥분한 듯 소리쳤다. 가슴이 뻥 뚫린 것 같아, 라고 소리치면서 메고 있던 가방을 풀었다. 그 가방은 분명 제 엄마가 사준 가죽 멜빵 가방이었다. 우리는 별빛이 아름답게 빛나는 그 밤에 안천에서 겉옷을 벗어던진 채 헤엄을 쳤다. 물속

에서 금주의 겨드랑이를 간질거리기도 했고, 그러다 툭
하고 금주의 엉덩이를 발로 가볍게 건드리곤 했다. 그러
면 금주는 비명을 지르면서 자맥질을 하였다. 주변의 숲
에서 들려오는 풀 벌레 소리가 이채롭게 들렸다. 나는 물
속으로 깊이 파고들어 금주의 종아리와 발가락을 간질거
렸고, 그러면 금주가 까르르 웃었다. 그런 웃음소리는 오
랜만에 들어보는 해맑은 웃음소리였다. 웃음소리는 한
없이 멀게 달아나곤 했다. 독자들이여, 불편한 상상은 금
물이다. 이 상황에서 금주의 엉덩이에 있는 점을 보았나,
말았나 하는 것은 절대로 무의미하니, 제발 그런 이상한
상상 좀 하시지 말기를. 인생 뭐 있나, 늘 소설책 한 구석
에 나달거리는 삶의 적나라함이 불충분한 것 또한 인생
인 것을. 그걸 나는 이미 초등학교 5학년 무렵에 알아버
렸다. 젠장, 이러면 내가 너무 조숙한 것일까.

　금주는 말했다. 다시는 승규 너와 헤엄치면서 장난을
치지 못할 것이라고, 자신이 사는 곳은 도시의 빈촌이라
서 냇가도 없고, 온통 산동네에 지어 놓은 루핑집이 다닥
다닥하다고, 그리고 모든 사람들이 아침이면 공중 화장
실에서 줄을 길게 서서 차례를 기다린다고, 그리고 험한
동네가 서울에 남아 있다는 것이 엄연한 현실이라고. 그
동네 사람들은 너무 각박해서 매일 같이 술에 취해 싸우
는데 그들은 우리 동네와는 다르게 막걸리보다는 주로
소주를 마신다고 했다. 외할아버지는 동네에서 리어카

를 끌고 폐지를 줍거나, 공병을 줍는 일을 하고 있으며,
아주 가끔 공사판에도 나간다고, 안천에서 집으로 돌아
오는 길에 금주는 자신이 살고 있는 동네에 대해 "지옥
같은 곳이야."라고 말했다. 금주의 도시 생활에 대한 결
론이었다. 나는 그런 금주에게 편지해, 나도 답장할게 라
고 말해주었다. 별빛이 하늘에서 비처럼 쏟아져 물기를
가득 머금고 있는 금주의 머리 위로 산산이 부수어졌다.
투명하고 긴 금주의 속눈썹이 별빛을 받아 반짝거렸다.
금주는 활기차게 걸어가면서 소리쳤다.

"엄마가 보고 싶어. 우리가 가끔 이 둑에 앉아서 나란
히 노래를 부르곤 했는데……."

어둠이 우우 울었다.

외삼촌

미친년이 동네에 다시 나타난 것은 5학년 가을 무렵이었다. 자신의 부재로 인해 변한 것이 있는지 없는지 감시하는 사람처럼 모든 사물을 향해 눈동자를 굴려댔다. 동네 사람 그 누구를 만나도 어디서 배웠는지 안녕하세요, 하면서 먼저 인사부터 해댔다, 정상인 사람처럼. 동네 사람들은 몇 번은 두리번거리면서 의아해 했으나, 미친년의 인사는 그저 미쳐서 그런 것이라고 치부하였다. 미친년은 모든 사람들, 아니 동네 똥개에게도 인사를 하면서 마치 아무 일 없었다는 듯 여기저기를 헤집고 다녔다. 학교 가는 길 신작로를 가득 덮은 소떼들의 소몰이를 자처했으며, 소전거리 또한 휩쓸고 다녔다.

같은 방식으로 배변을 했고, 같은 방식으로 먹고 쌌다. 하지만 그 누구에게도 인사는 절대로 빼 놓지 않았다. 물론 소떼들에게도 어김없이 안녕하세요, 했다. 그러면 아이들이 까르르 숨 넘어갈 듯 웃어젖혔다. 깊은 화상자국에 깊은 눈동자, 그리고 산발한 머리카락, 속이 다 보일 것 같이 헤진 입성, 그리고 출처가 불분명한 병실 가운,

어김없이 병암산 토굴 속에서 기거를 했다. 어디선가 나타났는지 모를 매가 한 마리 사나운 얼굴로 그녀의 어깨에 늘 매달려 있었다. 자신의 목숨을 구해줬다는 부채 의식이 남아 있어서 그랬는지 모르지만, 그 즈음 아버지는 미친년과 가급적 얼굴을 마주치기 싫어했다. 그런데 이상하게도 미친년은 자주 우리 집을 기웃댔다. 아침저녁 불쑥 불쑥 예고도 없이 찾아들었다. 처음에는 질색을 하던 외할머니도 아버지를 구해줬다는, 생명의 은인이라는 생각이 들어서 그랬는지 찬밥을 내밀곤 하였다. 미친년은 마당에 퍼질러 앉아서 밥을 퍼먹다가 아버지가 지게 가득 꼴을 지고 들어서면 반갑게 달려가서 반색을 했는데, 아버지는 뒤뚱거리면서 뜨악해했다. 그러거나 말거나 미친년은 아버지 뒤를 졸졸 따라다녔다. 돼지우리, 외양간, 닭장, 아버지는 그런 미친년을 질색을 하면서 멀리하려고만 했다.

"정서방, 저년이 왜 자네에게 저러는가?"

"글쎄 모르는 일입니다."

"야, 이놈아 너 혹시라도 저 늙고 추레한 년에게 무슨 짓을 한 것은 아니겠지? 이를 테면 말이다. 혹시라도 저년하고 토굴 속에서 아랫배 맞추자고 뒹굴었다든지 뭐 그런 거 말이다. 안 그러면 너를 졸졸 따라다닐 이유가 없잖아."

"네? 아니 장인어른은 미쳤어요? 제가 뭐가 모자라서

저런 여자하고 그런 짓을 합니까?'

"너 많이 모자란 놈이야. 모자라지 않다면 왜 가라는 장가는 안가고, 평생 홀아비로 늙어 죽을 작정을 하는 것이냐, 이 말이다 내 말은! 뭐야. 승규는 우리가 맡아서 키운다고 하질 않았어. 장가를 못가는 걸 보니, 너 혹시 여자 거시기가 무섭냐. 아니면 고자가 되어서 잘 안 서는 거냐?'

"아이고 장모님 앞에서 무신 망발입니까!'

"아이고 이놈의 영감탱이는 늙으나 젊으나, 그 놈의 스는 타령은! 늘 비리비리한 당신이나 잘 세워봐!'

"끙!'

외할머니가 면구했는지 타박을 하면서 자리를 피하곤 했다. 부엌으로 사라지는 걸 확인하고는 외할아버지는 아버지 귀에 대고 능글능글 속삭였다.

"솔찍허니 말 좀 혀 봐라. 나랏님도 체면 못 차리는 게 아랫도리인데, 네놈이 어디 모자라지 않고서야. 몇 해 째 독수공방이여."

"이……, 이상 없어요."

"그러면 손 서방 다섯 형제가 바쁜 거여?"

"손 서방? 다섯 형제요?"

"아, 이놈이 말귀를 못 알아듣네, 여자는 멀리하고 그냥 딸딸이만 치느냐고! 그러다 잘못하면 불알 껍질 다 까진다."

"끙!"

아버지 얼굴이 갑자기 붉어졌다. 언제나 상대방의 기분 따위는 상관 않고 직설적으로 말하는 외할아버지였다. 그건 사실 맞는 말이었다. 당시 외할아버지는 왜 남의 자식, 즉 사위를 여태 독수공방 시키느냐고, 동네 사람들에게 이런저런 말을 듣고 있었다. 평생 소처럼 부려만 먹고 사람 대접 안한다고 원성이 자자했다. 그런 말이 들려온다 하면 외할아버지는 그놈은 고자여, 라고 농담으로 받아넘기곤 했다.

"떡 두꺼비 같이 아들 하나는 잘 낳아놓았는데 어쩌다 고자가 되었는가?"

"내가 뿌리를 송두리째 뽑아 버렸네."

"사위 놈 뿌리는 왜 뽑아?"

"딸내미가 없으니 그렇지. 딸내미가 없는데 어디에서 써 먹을 것이여. 안 그래도 그 놈만 보면 화딱지 나는데 그 놈이 그런 짓을 하고 다니는 꼴을 내 어찌 보겠는가. 그래서 내가 잠자는 동안에 냉큼 뽑아 버렸지. 아주 기겁을 하더구먼. 아랫도리를 붙들고 방방 뜨는 꼴이라니!"

"깔깔깔! 아이고 잘했네 그려. 역시 광식이 답네. 사위 놈 뿌리를 다 뽑고, 정만이는 여자 구경도 못하고 평생 소처럼 일만해야 하는 팔잘세."

동네 사람들은 하나 같이 낄낄거리면서 외할아버지의 농담을 잘도 받아넘겼다. 주점에 모인 투전꾼들 사이에서도 가끔 아버지에 대한 말들이 나돌았다. 화투 패를 잘못 잡았다 싶으면 그건 광식이 사위 놈 패라고, 고자 패는 잡지 않는 법인데, 재수 옴 붙었다고 했다. 그래서 광식이 사위 놈은 고자란다, 하는 말이 저녁 밥상의 막걸리 안주요 반찬이 될 정도였다. 하지만 동네 사람들은 사람 좋아 보이는 아버지가 혼자 사는 것에 대하여 대부분 안쓰러워했다. 그냥 하는 빈말이라도, 천년만년 부려먹는다는 말이 그 즈음 외할아버지로서는 무척 신경이 쓰이는 것 같았다.

"야, 이놈아 동네 사람들한테 나만 나쁜 놈 만들지 말고 미친년이라도 좋으니 얼른 장가나 가라! 승규 걱정은 붙들어 매고."

"그냥 혼자 살렵니다."

"왜? 지난번에 방앗간 셋째 딸, 과부하고도 선을 보라니까 꽁지가 빠지게 달아나 놓고, 도대체 무슨 생각으로 사는 것인지 도통 모를 일이다. 너 혹시 맘에 두고 있는 처자라도 있는 겨?"

"아이고 고만 해요. 그런 것이 어디에 있어요. 빤한 동네에서."

"그럼 왜 빤한 동네에서 미친년하고 붙어 다니는 겨?"

"……?"

아버지의 반응으로 보아 분명 뭔가 있긴 한데, 정작 토설하지 않는데 집요한 외할아버지도 뭐라 말할 수 없었는지 무척 답답해했다. 나는 어림짐작한다. 아버지가 몇 해 전 온다간다, 별 말 없이 출타했을 때 같이 사라졌던 미친년을, 아버지와 동행했던 어떤 아낙이 바로 미친년이었다는 사실은 아버지가 돌아온 후 알았다. 피곤에 지친 아버지 머리맡에 무언가 놓여있었다. 바로 입원동의서였다. 이름도 성도 엉터리인 정신병원 입원환자의 신상 정보, 신상 정보는 아무래도 대충 쓴 것이 분명했다. 그렇게 짐작하는 것은 바로 환자 이름이 양점분이었기 때문이다. 양점분은 우리 외할머니의 고매하신 함자였다. 그런 고매하신 함자를 미친년의 이름자로 개명시키다니! 동의서 왼쪽에는 입원에 필요한 절차인 듯 환자의 증명사진이 붙어 있었다. 눈을 찡그렸지만 분명 산발한 머리의 미친년이었다. 환자보호자로 아버지 이름 정정만은 정확하게 기술해 놓았는데 귀퉁이에 인(印) 부분은 도장 대신 사인을 했다. 아버지는 대장장이 후손답게 호미 문양을 그려놓았다. 그 입원동의서가 아버지와 어떠한 연관이 있을 터였다. 둘이 같이 동네를 벗어났고, 아버지만 돌아왔다. 미친년은 한동안 돌아오지 않았다. 그리고 최근에 미친년이 입고 다니는 웃옷에 그 증거품인 ○○정신병원이라고 굵게 박힌 선명한 글자로 보아 미친년은 당시 정신병원에 입원했던 것이 분명하다. 정신병원에서 미친년은 정신을 개조한 것이 아니라 안녕하세요, 하는 인사법을 교정 받았다. 동네 사람 그 누구를 보

아도 무조건 안녕하세요, 했으므로, 병원에서 간호사를
만나도, 의사를 만나도 안녕하세요, 안녕하세요, 앵무새
처럼 연발하다가 병실 가운을 그대로 걸친 채 도망쳐 나
온 듯했다. 한 가지 의문점은 미친년의 정신으로 어떻게
동네를 제대로 찾아왔을까 하는 점이다. 그 토굴 속으로,
눈 하나 깜박하지 않고 찾아들어 다시 동네를 어슬렁거
리고 있다는 사실에 삼가 경의를 표하는 바이다. 우라질,
이제 동네 사람들은 그녀를 미친년이라 부르지 않고 안
녕하세요, 로 부른다. 동네 꼬맹이들도 그녀를 따라다니
면서 안녕하세요, 하면서 낄낄댄다.

승규에게.

올 여름 우리 동네는 장대비가 퍼부어댔다. 큰물이 다
닥다닥한 집을 모조리 쓸고 갔단다. 산동네 집들은 너무
허름해서 사람들이 많이 죽었어. 신문사, 방송사들이 달
려와서 우리 동네 물난리에 대하여 전국적으로 방송을 해
대서 너도 알고 있을지 모르겠구나. 그 바람에 우리 외할
아버지는 큰 부상을 입고 지금 병원에 누워 있어. 물길에
겨우 목숨을 부지했지만 갈비뼈가 네 대나 부러졌단다.
나는 여기 초등학교에 전학을 했어. 하지만 정작 여기 친
구들하고는 별스럽게 친해지질 않아. 아이들이 하나 같
이, 집안 일로 무척 바빠서 한가하게 친구들하고 놀이할
틈이 없단다.

상수도 시설이 낙후된 서울의 유일한 동네라서 우선 학교가 파하는 대로 까마득한 산 중턱까지 올라가서 물을 길어야 하고, 또 연탄을 져 날라야 하며, 오 원짜리 국수를 줄지어 사먹어야 저녁 허기를 면할 수 있기에, 감히 친구들을 사귈 엄두가 나질 않아. 부모들은 하나 같이 공사판에 나가거나, 도시 빈민의 노동자라서, 아이들의 미래나 장래 따위에는 관심이 없지. 그저 하루하루 연명하는 것이 이들에게는 최선의 목표인 셈이야. 이곳은 희망도 미래도 없는 지옥과도 같은 곳이란다. 나도 학교가 파하면 외할아버지를 따라서 파지를 줍거나, 공병을 줍거나, 하는 통에 나의 미래를 생각할 여가가 없단다. 나도 내 미래가 어찌될 지 늘 두렵기만 해……. 안천이 너무 그립구나. 너와 물장구치면서 한 여름 긴 햇살이 혀를 내밀고 있는 안천의 냇가에서 한 철을 보내던 그 때가 눈물 나도록 그리워. 나는 가끔 장항선 열차가 다니는 역전에서 저 시골로 향하는 기차를 물끄러미 바라보곤 한단다. 떵꽁, 빵꽁, 철길 건널목에서는 이런 신호음을 만들어내곤 하지. 신호음이 울어대면 나는 눈을 감고 고향을 상상하지. 병암산과 안천, 그리고 학교 가는 길의 신작로, 돌다리, 먼지를 일으키면서 줄지어 걸어가는 소 떼들, 떵꽁, 빵꽁, 신호음에는 고향을 부르는 소리가 담겨 있지. 뒤란의 텃밭과 대밭에서 메뚜기를 잡아서 구워먹던 생각, 개구리를 잡아서 뒷다리를 구워먹던 생각, 깔깔거리면서 안천에서 자맥질

하던 생각, 돌이켜 생각해보면 그 시절이 모두 행복했던
것 같아!

아주 가끔 금주에게서 이런 내용의 편지를 받곤 했다.
도시라고 뭐든지 좋은 것은 아닌 모양이었다. 금주가 사
는 동네는 하늘 아래 첫 동네, 판자촌이라고 했다. 고갯
길을 따라서 한없이 벌집 같은 집들이 다닥다닥 붙어 있
고, 어쩌다 불이라도 나면 큰 화재로 이어지곤 해서 근심
이 크다고 했다. 물난리에 수많은 인명이 목숨을 잃었다
고도 했다. 인근의 수출역군, 구로공단이 자리하고 있어
서 대부분 동네 사람들은 그곳에서 일하는 도시근로자,
하층민이라고 했다. 그들의 삶은 절대적으로 빈곤했으
며 피곤해서 깡 소주를 마시지 않으면 잠들 수 없고, 그
소주의 기운에 울화가 터진 동네 사람들은 악을 써서 싸
움질을 하곤 한다고 했다. 송씨는 금주 외할머니 사건 이
후, 고향을 떠나기 전에 집과 세간을 모조리 처분했다.
그 집을 사들인 것은 바로 아버지였다. 어디서 났는지 모
를 뭉칫돈을 송씨에게 건네면서, 잠시 내가 집을 맡아주
는 것이라면서, 언제든지 이 돈 만큼 주고 다시 사라고
했었다. 송씨는 "앞으로 그럴 날이 왔으면 좋으련만, 그
럴 일이 없을 것 같네." 하면서 집을 한 바퀴 빙 둘러보면
서 아쉬움을 토로했다.
그리곤 뒤도 안돌아보고 금주와 함께 솥단지 하나를

등에 지고 마을을 떠났다. 외할아버지는 그런 매매에 대하여 이렇다 말이 없었지만, 외할머니는 "그걸 사서 뭐 하려고, 터가 안 좋은데" 하면서 찜찜한 속내를 드러냈다. 결국 금주네 집은 아버지 손에 허물어져 그곳에 대밭과 텃밭이 좀 더 크게 만들어졌다. 그리곤 비닐하우스를 지어 특용작물을 재배하였다. 그런 농사 기법은 우리 동네에서는 일찍이 시도된 적이 없는 최초의 신공법이었다. 아침 일찍 아버지는 그곳에서 수확한 싱싱한, 철이 다른 과일을 가져와 가족들에게 내밀곤 했다.

"아이고 시상 좋아졌네. 하우스 딸기라니. 나야 평생 노지 딸기만 먹어봤지. 알도 큼지막하고 맛도 제법 들었는걸."

외할머니는 늘 대견스럽게 아버지를 바라보곤 했다. 그런 아버지는 과일 중 상품이 되지 못하는 것들을 추려 내 동네 나이든 어른들에게도 나누어 주었다. 그러니 동네 사람들이 아버지를 '참 좋은 홀아비' 혹은 '착한 신랑감'으로 추켜세운 것은 당연했다. 노름을 할 줄 아나, 그렇다고 불성실하기를 하나, 그런데 미친년이 그런 아버지를 호시탐탐 노리고 있는 게 아닌가? 신랑감으로 점찍은 것 같지는 않은데, 하여간 아버지 뒤만 늘 따라다녔다. 우라질! 이러다 쭈구렁방탱이 늙은 미친년을 새엄마라고 불러야 하는 것 아닌가, 생각하면 미칠 지경이었다. 하루도 마음이 편한 날이 없었다. 그러거나 말거나 미친

년은 늘 나를 만나면 안녕하세요, 했다. 우라질, 안녕할
리가 있겠니. 이 상황에서!

안천 냇가의 모래밭이 뽀얀 먼지를 일으키면서 며칠동
안 여름 광풍이 불어댔다. 논밭의 곡식들이 뿌리째 뽑혀
나갔고, 옥수수 밭은 이미 부러진 옥수수 대로 가득했다.
몇 채 남지 않은 초가들도 지붕을 홀러덩 벗어던져 대머
리가 되었다. 그 바람이 잦아들 무렵 구름처럼 먼지를 일
으키면서 일단의 장정들이 안천 물길을 넘어 왔다. 그들
은 첨벙첨벙 마치 도하하는 군병 같았다. 맨 앞에 수장으
로 보이는 사내가 무리를 이끌고 외갓집으로 향했다. 하
늘에서는 매 한 마리가 빙빙 선회를 하였다. 바로 어릴
적 스님의 품에 맡겨졌다는 외삼촌이었다. 그는 외탁을 한
덕분에 기골이 장대하다 못해 하늘을 찌르고 목소리 또
한 매우 우렁찼다. 전체적인 용모는 스님의 모습이었는
데, 그를 따르는 사람들은 훌륭한 근골을 가지고 있는 정
체를 알 수 없는 사내들이었다. 수는 적게 잡아도 백 명
은 되었다. 그들은 하나 같이 누더기를 걸치고 있었으며,
머리카락은 산발하거나 삭발한 상태였다. 외할머니는
첫눈에 자신의 아들을 알아봤고, 외할아버지는 누구, 아
들, 하다가 버선발로 달려 나와 문밖에 우중충 서 있던
외삼촌을 끌어안았다. 그런 외삼촌 뒤에 서 있던 장정들
이 길게 장사진을 이루었다. 외삼촌은 진중해 보였고 무

뚝뚝 했다.

"사가의 부모님이다. 모두들 큰 절을 올려라."

그러자 구름처럼 수많은 사내들이 일제히 큰절을 했다. 모두 군병 같은 절도 있는 동작이었다. 가만 보니 그 중에 아낙들도 다수 포함되어 있었다. 하지만 그들의 입성도 사내들과 별반 다르지 않아 남녀 구분이 안 됐다. 절하는 순간에도 외할머니는 질금질금 눈물을 찍어댔다. 너무도 두렵고 안타까운 마음으로 걱정했던 아들의 귀환, 외할아버지도 가슴이 벅찬 듯했다.

"인근 병암산의 산사로 가는 길에 잠시 들렀습니다. 사가의 부모님을 뵙는다는 생각에 그만 부처님 전을 먼저 찾아뵈는 것을 잊었습니다. 저를 만나시려거든, 병암산 마동스님 산사로 오십시오. 그곳에 잠시 머물 것입니다."

물 한잔도 마시지 않은 상태로 또 다시 구름처럼 몰려갔다. 그건 일찍이 없었던 부모와 자식 간의 해후 장면이었다. 몇 십 년간을 그렇게 떨어져 살았는데, 이건 뭐지하는 순간에 재차 저 쪽으로 사라지는 것이 아닌가. 황당한 얼굴의 외할아버지가 다소 혼란스러운 듯했다. 그들이 일으키는 흙먼지가 뽀얗게 하늘을 뒤덮었다. 마치 구름을 몰고 다니는 것처럼, 첫 눈에 보기에도 원력과 법력이 상당한 경지에 오른 외삼촌이었다.

"아니, 저런 고얀 놈이 있나. 아니 제 놈이 하늘에서 뚝

떨어졌나, 아니면 다리 밑에서 주워왔나. 스님이면 다야, 당취라니, 땡초들 주제에, 일개 군단을 이끌고 시위를 하다니, 누굴 약발 올리는 거야, 뭐야!"

"병암산 산사에 머문다고 하지 않소, 몇 십 년만에 나타난 자식에게 무얼 그리 타박만 일삼소, 얼른 준비해서 뒤 따라갑시다."

외할머니가 흥분에 찬 목소리로 말했다. 죽었다고 믿었던 아들이 살아오다니, 외할머니는 만면에 미소가 가득했다. 좋아서 하늘을 날 것 같다나, 뭐라나. 발걸음이 새색시처럼 사뿐사뿐했다. 뒤뚱거리는 몸짓이 평상시 외할머니였는데, 그런 가벼운 동작은 처음 보는 어색한 모습이었다. 우리는 서둘러 준비를 했다. 아버지도 어디서 소식을 들었는지 냉큼 달려왔다. 물론 그 뒤에 미친년도 산발한 머리카락을 휘날리고, 저고리를 풀어헤쳐 젖통까지 흔들면서 달려왔다. 이제 그런 모습은 일상이 되어 외할아버지도 외할머니도 뭐라 탓하지 않았다. 다만 외할아버지가 의관을 정제하면서 미친년의 상태를 힐끔대면서 미간을 찡그렸다.

"저놈이 아직도 저 미친년하고 붙어 다니네. 대대로 집안 망신살 일이로다. 얼른 둘이 머리를 올리던지 해라, 동네방네 소문나기 전에. 아니면 승규 동생부터 얼른 만들던지. 쯧쯧. 한심한 놈!"

아버지는 외할아버지 농을 귓등으로 듣는지 펌프를 눌

러대 물을 끌어올려 미친년의 옷을 벗기고 씻겼다. 화상을 입은 얼굴이 차츰 제 색깔을 만들어냈다. 그리고 외할머니의 분갑을 찾아내 얼굴에 발랐다. 화상자국은 점차 옅어졌다. 어디서 구했는지 비교적 정갈한 한복을 방안에서 찾아내 갈아입혔다. 그 옷은 바로 한 벌밖에 남아있지 않은 엄마의 옷이라고 했다. 그런 귀한 옷을 미친년에게 입히다니, 외할머니는 속에서 치고 올라오는 억한 감정을 꾹 눌러 참으면서 보퉁이를 이고 뒤뚱뒤뚱 문을 나섰다. 서둘러 산길을 오르기 시작했다. 미친년은 무엇이 좋은지 마냥 낄낄거리면서 아버지 뒤를 졸졸 따라왔다. 그런 그녀 어깨에는 어김없이 매 한 마리가 앉아서 부리를 흔들어댔다. 바람이 무척 서늘한 어느 여름날에 일어난 인생의 반전 '외삼촌 등장 사건' 이었다.

효성스님(曉成), 근 사십여 년 만에 나타난 외삼촌의 다른 이름, 승명(僧名)이었다. 그는 일찍이 병약했다. 폐중과 소갈병을 달고 살았는데, 부모들은 이미 삼 형제를 잃은 후라 병약한 아들이 늘 근심이었다. 그러다 동네에 들었던 당취패, 그 우두머리 스님을 만났다. 그는 첫눈에 "이 아이는 병고만 무사히 견디면 크게 될 놈입니다." 하는 사탕발림에 속아서 떠돌이 땡초들에게 아이를 맡겼다. 병이라도 이겨내라고, 어차피 죽을 목숨이라면, 속는 셈치고 자식을 떠나보냈다. 어린 자식은 엄마 품을 떠나지 않으려 용을 썼지만 외할머니는 아들의 목숨이 걸린 문제라 눈을 딱 감고 알사탕 하나를 물려줬다. 훌쩍거리면서 올머리고개를 넘어 사라지는 어린 아들, 그는 부모의 바람대로 이곳저곳을 떠돌며 강단 있게 장성했다. 온갖 고초를 겪으면서 그는 고구려 소리를 학습했고, 민족의 소리, 요동을 힘껏 달리던 말발굽소리를 고청으로 한도 끝도 없이 목에 피가 터지도록 불렀다. 황해도 구월산의 패엽사를 중심으로 전국에 전개된 당취의 대를 잇는 당취의 우두머리가 되었고, 전국에는 당주를 따르는 무리들도 생겨났다.

"근본적으로 한민족의 정신문화 근간의 맥을 이어온 당취로서 큰 법력과 원력을 갖추는 게 제 꿈입니다. 고구려 멸망 후 한때 고려 조선을 거치면서 당취들이 민초를 위한답시고 악행을 저질렀던 적도 있었지만, 스님으로서 그 위신에 맞지 않는 일도 다반사였지만 당취, 그 진정성 속에서 살아숨쉬는 민족의 혼은 영원할 것입니다. 그리고 그 정수의 문화를 부처님를 봉행하려 합니다. 산사 스님말로는 저의 태가 묻힌 마을에 액운이 가득하다고 하니 곧 큰 제를 올릴까 합니다."

산사에서 만난 외삼촌의 감동적인 말이었다. 말의 뜻도 정확히 모르는 외할머니는 스스로 몸을 낮추고 아들에게 처음으로 맞절을 했다. 당취, 외삼촌, 아 얼마나 둘다 멋진가. 외할아버지와 아버지는 영문을 몰라 어리둥절했다. 특히 아버지는 '당취'라는 말을 '당체'라는 말로 잘못 들었을 정도였다. 그 바람에 무식한 놈이라고 외할아버지에게 한 소리 들었지만 나는 무조건 외삼촌이 멋지기로 작정했다. 아니 외삼촌이라는 고유명사는 분명 멋졌다. 가족이 생긴다는 사실 하나만으로도 행복했다. 그래서 절에서 돌아오는 즉시, 배를 깔고 엎드린 채 금주에게 서둘러 편지를 썼다.

금주에게

나에게 외삼촌이 생겼단다. 너무 흥분되는 일이지. 외삼촌은 너무도 훌륭한 당취가 되어 나타났어. 당취란 바로 우리 민족의 혼을 잊지 않고 전승한 스님들이이라고 해. 물론 자잘한 문제도 일으키기도 했지만, 그들은 고구려 그 이상의 고조선을 아우르는 우리 민족의 정서 속에 민초와 가장 가까운 신앙인들이란다. 외삼촌은 곧 큰 제의식을 치른다고 하는데, 구한말 의병을 일으켰던 장군과 산속에서 죽어간 의병, 그리고 만주 벌판에서 해방을 위해 싸우다 죽어간 우리의 선조들, 더불어 구태여 네 아픔을 상기시키기는 싫지만, 네 가족사의 비극 등. 모든 아픔과 한을 풀어내고자 큰 제를 올린다고 했어. 너도 와 주었으면 해. 얼마나 가슴 벅찬 일이니, 와 줄 거지?

아주 짧은 편지, 그러다 잠이 든 것 같은데, 잠에서 깨어나 보니 어느새 햇살이 병암산 중턱에서 나를 노려보고 있었다. 동네에는 파다하게 큰 스님이 병암산 산사에 오셔서 제를 올린다고, 가능한 모두 참석하라는 말이 나돌았다. 광식이 아들이 큰 스님이 되었다는 말을 주제로 사람들은 둘만 모이면 두런댔다. 주점의 아낙도, 정태아버지도, 투전판의 노름꾼들도 새마을 운동으로 동네를 말아먹었던 청년들도 모두 다소 들떠있었다. 당시 수마에 목숨을 잃었던 모든 주민들도 그리고 금주 외할머니가 벌인 뜻밖의 살인 사건도, 더불어 내가 보았던, 익히 들어왔던 장군집의 그 엄청난 역사의 격랑도, 이제 외삼촌이 풀어내는 사설 속에서 모두 풀어질 것이다. 그 정점엔 당연히 세 자매가 겪었던 역사의 비극도 포함되어 있으리라. 아, 정말 흥분되는 일이었다.

당취의 놀이마당

늦가을의 어느 날 마을 입구부터 만장기가 휘날렸다. 제단이 차려진 성황당 주변과 장군집 대청과 앞마당엔 제를 알리는 화려한 문양의 색실들이 마치 천상의 부호처럼 둥글게 띠를 두르고 있었다. 장군집은 군인들이 재정비를 해서 널찍한 마당이 드러난 상태였다. 마을 사람들이 하나 둘, 그리고 외지에서 달려온 낯짝조차 모르는 사람들로 북적거렸다. 관공서에서 나온 양복쟁이 관리들도 드문드문 눈에 밟혔다. 선거철이 코앞이었다. 고무신을 돌린다, 막걸리를 나누어준다, 명함을 들고 눈도장을 찍는 정치인들도 눈에 띄었다. 이런 행사에 빠질 위인들이 아니었다. 인근 사찰의 스님들이 모조리 모여들었고, 그 틈에 금주와 송씨의 얼굴도 눈에 띄었다. 송씨는 그늘진 얼굴로 초조한 듯 발을 구르고 있었다. 금주는 그런 외할아버지를 안타까운 시선으로 훑으면서 나를 힐끔거렸다. 나는 간단하게 눈으로 금주에게 아는 척을 했다. 주변으로 사람들은 각양각색 웅성거리면서 제가 시작되기를 기다렸다.

"마을이 생긴 이래 이런 큰 잔치는 첨보네 그려."

"그러게 말일세. 어쨌든 마을을 위한다니, 금상첨화일세. 마을을 위해 단 한 번도 좋은 일은 한 적이 없는 광식이 아들이 주관한다니 더욱 뜻이 깊네 그려."

"광식이 놈은 언제나 한 방이 있단 말이지."

"인생 막판에 삼팔 광땡을 잡았지 뭔가."

사람들은 어리둥절한 눈빛으로 제단을 힐끔거렸다. 추수가 끝난 들녘에서는 미처 거두지 못한 허수아비가 흔들흔들 몸을 틀어대고 있었다. 가벼운 바람이 가끔 콧등에 스쳤다. 제단이 차려진 성황당은 깊은 수심 같은 바람을 걷어내고 모처럼 활짝 갠 하늘을 이고 있었다. 윤기가 반질거리는 하늘빛이었다. 뭉게구름이 아스라이 흘러갔다. 동네 여기저기는 제를 준비하면서 대청소를 했는지 티끌하나 없는 유리알 같이 맑았다. 동네 사람들은 택일 하나는 기가 막히게 잘했다고 효성스님의 신통력이 하늘에 닿았다고 놀라워했다. 동네 꼬맹이들은 어디서 났는지 모두들 연분홍 고깔모자를 쓰고 제 어미 아비 뒤를 졸졸 따라다녔다.

"아니, 광식이 아들이 스님, 아니 당취패 우두머리가 되었다는 게 사실이여."

"이 사람이 자다가 봉창을 두드려도 유분수지 지난여름부터 병암산 산사에서 제를 준비했다는 것을 몰랐나."

"콩 심은데 콩 난다고 하더니, 그 말도 그른 말인 모양

일세. 광식이 씨앗이 저리 훌륭히 될 줄이야."

"그러게 주야장창 마누라 엉덩이만 더듬지 말고 세상 물정에도 귀 좀 기울이게나."

"아니 자네가 내 마누라 엉덩이는 왜 들먹이는가. 혹시 자네가 내 마누라 엉덩이에 무슨 흑심이 있는 거 아녀."

"이런 우라질, 우리 마누라 엉덩이도 지겹네. 내가 부탁하나 하지. 제발 내 마누라 엉덩이 어떻게 좀 해보게나. 밤새 달달 볶아 먹는데 죽을 맛이네. 광식이 사위 놈처럼 고자가 되려나 보네."

"뭔 야기들이래요. 제발 내 엉덩이나 누가 책임 좀 져요. 남정네 손길이 어떻게 생겼는지 가물가물한 게 이제 방구도 안 나와요."

주점 아낙이었다. 여름부터 곧 마을에 큰 제가 있을 것이니, 일절 불손한 행동을 금하라는 동네 어른들 때문에 주점의 술손님들과 투전꾼이 얼씬도 하지 않아 막대한 손해를 입고 있었다. 그러니 얼른 제가 끝나야지 하는 말을 입에 달고 살았다. 우라질 놈의 땡초들, 할 일 없으면 막걸리나 받아처먹고 잠이나 자지 뭔 제 타령이여, 제 아무리 정성이 하늘에 닿아도 가난 구제도 못하는 주제들이 나를 구할 것이여, 인명을 구할 것이여, 하등의 쓸모 없는 작태구먼, 하는 게 늘 그렇듯 그녀의 명쾌한 결론이었다. 그녀는 누구든 막걸리를 마시면 부처님이요, 투전꾼이 되면 부처님 더하기 하느님이었다. 그녀는 일찍이 제의 효용성을 믿지 않았고, 그저 스님들이 민초들에 시주 더 챙기려는 수작쯤으로 여겼다. 그런데 어쩐 일인지 절에서는 제를 핑계로 그 어떠한 금전적 지출이나 갹출을 요구하지 않았다. 혹시 이러다 당일 날 엄청 뜯어내려고 하는 게 아닌가 싶어 마을 대표격인 정태 할아버지가 몇 푼씩 갹출을 해서 산사에 내밀었으나 효성스님은 단한 푼의 시주도 받지 않을 것이라며 되돌려 보냈다. 정성이면 다 되는 일입니다, 라는 게 효성스님의 시주 반려의 사유였다.

"그래도, 마을의 횡액이 돌아서 이렇게 먼 길에서 스님들이 오셨는데 마을 사람들로서는 작은 성의라도 표해야 하는 것 아니겠습니까."

"정성은 곧 재물이 아닙니다. 동네 분들의 마음가짐입니다. 특히 주점을 드나들면서 상스러움을 자제하시고, 제를 지내는 날이 정해지면 부부가 각방을 쓰면서 마음을 정갈하게 해야 합니다. 모두가 여러분을 위한 일입니다."

이렇게 해서 마을에는 졸지에 생과부 홀아비가 여럿 생겼다. 우리 아버지는 원래부터 홀아비라 별반 불편을 느끼지 못했지만, 불편을 느낀 부부도 여럿 생겨났다. 이것은 바로 부부유별의 또 다른 폐해였다. 아낙들은 엉덩이가 허전했고 남정네들은 앰한 아랫도리가 원망스러웠다. 어쨌든 외할머니는 지난 며칠 떡을 한다, 지짐을 굽는다, 생선을 말린다, 눈 코 입 닫고 열 사이도 없이 바빴다. 그 틈에 주야장창 외할아버지는 방귀를 붕붕 뀌어대면서 낮잠만 늘어지게 잤다. 마루 밑의 쥐들도 이게 뭔일인가 싶어 긴급히 좌담회를 열었다. 하지만 황제 쥐가 죽은 뒤 결집력이 많이 약화된 생쥐들은 모이기를 거부했고, 그래서 낙망한 집행부는 모두들 무능을 탓하면서 쥐약을 먹고 자살하자는 결심을 굳혔다. 누가 먼저 쥐약을 먹을 것인지 논의하느라, 그 논의가 지지부진해서 그만 해산하자고 했다. 그런데 끝까지 고집을 부리던 2인자 쥐는 결국 아랫마을로 퇴출당하고 말았다. 2인자 쥐는 퇴출당하기 하루 전날 짐을 꾸리면서 이런 말을 남겼다.

"노병은 죽지 않는다. 다만 쥐약을 먹을 뿐이다."

장렬한 최후였다. 2인자 쥐는 결국 모든 쥐의 단합을 기원하면서 외할아버지의 그 효능 없는 쥐약을 먹고 자살을 했다. 최초로 외할아버지가 쥐를 잡던 날이었다. 그래서 바야흐로 마루 밑 쥐들은 오합지졸이 되어갔다. 지도자를 잘못 만난 탓이었다. 가끔 게으름의 대명사 똥개 멍구의 주둥이에도 걸려들게 되었다. 쥐들의 처참한 말로, 그 이후로 우리 외갓집에서는 쥐를 찾아볼 수 없었다. 종종 잔당들이 쥐덫에 걸려들긴 했지만 마루 밑에 상주한 토박이는 아니었다.

외할머니를 위시한 우리 가족 모두는 서둘러 산신제가

열리는 병암산으로 달려갔다. 물론 미친년은 늘 잇몸 사이의 고춧가루처럼 우리 가족 틈에 끼어 있었다. 그 정신병원 가운을 아직도 걸쳐 입은 채, 매는 그런 그녀의 왼쪽 어깨에 견장처럼 매달려 있었다. 가파른 산길로 마을 사람들 모두가 꾸역꾸역 모여 들었다. 병암산은 그 어느 때보다 평온했다. 늦가을에 꼭 불게 마련인 바람도 모두 잦아든 어느 날이었다. 하늘은 더 없이 화창했다. 제는 병암산 중턱의 범 바위에서 산신을 부르는 의식부터 시작되었다. 사회자 격인 산사의 스님이 모든 좌중을 향해 염보시를 시작했다.

"오늘 거룩한 이 자리에 모이신 여러분, 오늘 이처럼 환한 대낮에 동방의 불빛처럼 당취 당주님을 모시고 동네 횡액과 화합을 위한 씻김의 자리를 열도록 하겠습니다. 나무아미타불! 나무아미타불〜"

산사 스님의 발원이 끝나자 징소리가 가볍게 찡 하고 울려 퍼졌다. 북은 연음으로 두둥두둥〜〜 산속으로 화살처럼 날아갔다. 산신이 들었다면 이게 뭔 일인가 하면서 귀를 쫑긋 세웠을 터이다. 갑자기 몇 마리 참새가 후드득 하고 날아올랐다. 마을 사람들은 하나 같이 깊은 침묵으로 산사 스님과 당취들의 행동을 살폈다. 태평소가 삐리리〜〜 주변을 흔들었다. 여기저기서 침묵을 깨는, 가벼운 침 넘기는 소리가 소심하게 이어졌다. 긴장으로 손바닥엔 땀이 찼다.

"저 앞에 있는 스님이 광식이 아들이라네."

"인물이 훤하구먼"

"비리비리 광식이와는 전혀 다르네 그려. 외탁을 한 덕분인지 양점분이 제 집 말고 다른 집에 찾아든 것은 아닌지 하늘만 알지."

갑자기 조금 더 거칠어진 징소리가 찡~~ 찡~~ 하고 크게 들려왔다. 외삼촌, 효성스님이 제의 법주가 되어 서서히 인파 앞으로 모습을 드러냈다. 일성하던 산사 스님은 법주에게 자리를 내주고 군중들 속으로 사라졌다. 사람들은 일순 입술을 꽉 닫았다. 효성스님은 굳은 얼굴로 산중을 휘둘러보더니, 제단이 차려진 범 바위 근처로 걸음을 옮겼다. 제단 앞에서 무언가 주문을 외는데 주문 소리는 다소 멀어 잘 들리지 않았다. 점점 목소리가 커지면서 서서히 염불소리와 목탁소리가 함께 은은히 흘러나왔다.

"나무일심봉청 후도성모 오악제군 직전외아, 팔대산왕 금기오온, 안제부인, 익성 보덕진군, 시방법계, 지령 지성 제대 산왕 병종권속 일체 산왕대신 모십니다~~ 모십니다~~."

염불 끝으로 목탁소리가 잘게 부서지면서 들려오더니 뒤편의 연피리가 띠리리~~ 띠루 리리리~~ 울려 퍼졌다. 산중은 고요한 적막을 깨고 만물이 춤을 추듯 하나둘 소리를 냈다. 새떼들, 바람소리, 그리고 가볍게 떨리

는 허공의 분망함, 재차 법주가 "산왕대신 모십니다." 하
는 목탁소리와 동시에 북과 태징, 천세 등 악기들이 화음
을 만들면서 산속으로 아주 멀리 번져나갔다.

"나무일심봉청 후도성모 오악제군 직전외아, 팔대산
왕 금기오온, 안제부인, 익성 보덕진군, 시방법계, 지령
지성 제대 산왕 병종권속 일체 산왕대신 모십니다."

어김없이 목탁소리가 후렴을 이었다. 색종이로 만든
꽃가마 모형이 점점 하늘을 붕붕 나는 듯했다. 뒤편의 당
취들이 "산왕대신 어서 가소서. 산왕대신 어서 가시옵소
서." 꽃가마 모형을 재차 하늘로 붕붕 널을 뛰듯 흔들었
다. 법주가 범 바위 아래로 한 걸음 한 걸음 옮기며 선소
리를 시작했다.

"가자, 가자, 산왕대신, 산왕대신 어서 가옵소서. 가자,
가자, 산왕대신, 산왕대신 어서 가옵소서. 가자, 가자, 산
왕대신, 산왕대신 어서 가옵소서."

법주는 목탁소리를 이어가고, 악사들은 악기를 연주했
다. 다소 슬프고 적조한 악기 소리였다. 몇 명의 무희들
은 춤을 추며 뒤를 따랐고, 인파들은 나무아미타불을 연
발하면서 구름처럼 산 아래로 향했다. 마치 물결치듯 일
단의 인파들은 줄줄이 산왕대신과 나무아미타불을 외쳤
다. 어느새 선두의 법주, 효성스님의 걸음은 빨라졌고,
인파들도 보폭을 줄였다 늘였다 하면서 관세음보살과 나
무아미타불을 연발하였다. 성황당 제단에 당도한 당취들

은 법주의 지시에 따라서 산신탱화가 실려 있는 꽃가마를 제단 앞에 정성스럽게 봉안했다. 법주는 오른쪽에 청가사 왼쪽에는 홍가사를 입고 있었고, 쉰대자 팔대장삼 속에서 무언가를 뒤적거려 화선지 뭉치를 펼치더니 축원문을 읽어 내려갔다. 주변으로 바람 한 점 획하고 불어 장삼을 펄럭이게 하였다.

"이 나라 이 땅, 대대손손 창성하고 횡액재앙 몰아내주시고 병암산 산왕대신이여 신력으로 고을에 퍼진 횡액을 몰아내주시고, 장군집과 고을, 송가 가문에 창과 살에 원귀 원혼 모두 풀어서 저승길 바르게 앙망하여 인도하게 하소서. 이 바람에 일 년이라 삼백 육십오일 고을 길에 꽃피우시고, 고을 사람 웃음 피우게 소원 발원하옵나이다."

군중들이 한결같이 나무아미타불, 혹은 관세음보살을 연발하며 고개를 조아렸다. 더러는 손을 싹싹 비는 사람들도 있었다. 특히 외할아버지가 세차게 빌었다. 그 동안 놀고먹었다는 자책 때문이었을까. 그 틈에 송씨와 금주가 살귀, 원혼 하는 대목에서 울컥했는지 눈을 지그시 감고 무어라 중얼거렸다. 아마도 제 외할머니, 아낙을 위해 빌고 있었을 터이다. 성황당의 오색 띠가 하늘거리면서 하늘 높이 솟아올랐다.

법주 좌측의 북잡이들은 '산왕대신', '산왕대신'을 수차례 읊조리면서 북을 둥둥둥 쳐댔다. 그들의 반대편 법주 우측의 몇몇 당취들이 안천가는 길로 서서히 걸어가면서 북을 쳐댔다. 인파들은 다시 그들을 따랐다.

"어디 가는 게요?"

"낸들 아나? 아마도 용왕님을 모시러 가는 중일 걸세. 제를 지내려면 산신과 용왕 신을 모셔야 한다는 것 밖에 모르네, 나는."

정태 아버지가 아는 척을 하면서 주변의 눈치를 살폈다. 모든 사람들은 입을 꾹 닫고 법주의 뒤를 따르고 있었기에 말소리가 다소 크게 들렸다.

"이 사람들아, 부정 타게 사담은 금물일세."

"이런 우라질, 아 글쎄 이 친구가 뭘 모른다고 나에게 계속해서 묻질 않는가. 무식한 인사가 부처님과 인간의 법도를 모르니 참, 같은 고을에 사는 사람으로서 부끄러워 죽을 맛이구먼. 제발 다른 동네로 이사를 갔으면 싶은데, 눈치 없이 나에게 이렇게 무식한 질문만 던지고 있네."

"끙!"

을숙 아비가 뒷머리를 긁으면서 "아, 그래. 아는 거 많아서 좋겠네. 그래서 매양 투전판에서 개평만 뜯는구먼. 만물박사처럼 굴면서 왜 화투 패는 매양 망통만 잡나. 어디 나도 망통 잡는 비법 좀 알려 주게나." 패악을 부리듯 말했다.

"아니, 이 자리에서 왜 투전판 이야기를 꺼내고 지랄이

374

야. 지랄이!"

"뭐 지랄! 이 인간이!"

둘이 들러 붙을 기세로 눈을 부라렸으나, 그보다 더 많은 숫자의 눈알이 자신들을 향해 빙그르 굴러와 부라렸기에 머쓱한 얼굴로 헛기침을 연발하면서 고개를 돌렸다. 어느새 걸음은 하천의 깊은 물길이 지나는 곳에 도착하였다. 금주와 내가 단골로 멱 감던 그곳이었다. 가끔 외할아버지가 잉어를 잡던 곳이기도 했다. 물은 한 여름보다는 다소 적은 양이었지만 그래도 돌을 던지면 제법 깊은 물소리를 내는 곳이었다.

법주가 장삼을 흔들면서 "남해 용왕님, 북해 용왕님, 서해 용왕님, 청하옵니다, 청하옵니다." 하천 검은 물길을 바라보면서 목탁을 두드렸다. 인파들도 모조리 청하옵니다, 청하옵니다, 를 따라했다.

"나무일심봉청 비장법보 주집군청 사기리용왕 난타용왕 발난타용왕 화수길용왕 덕차가용왕 아나바달다용왕 마나사용왕 우바라용왕 여시내지 무량무별 제대용왕 앞마당으로 가십니다, 가십니다."

법주의 목탁소리 탁탁탁 물길에 파문을 일으키면서 산산이 흩어졌다. 안천의 모래톱이 눈부시게 반짝거렸다. 아버지의 새마을운동 사건, 그 때 당시 떠밀려온 큰 바위가 건너편 제방에서 인파들을 노려보고 있었다. 바위 위에는 지난 밤 아버지가 던져놓았는지 백합꽃 한 다발이 놓여 있었다. 늘 마음의 짐처럼 지니고 있던 새마을사건의 기억을 이번 기회에 풀고자 아버지가 가져다 놓은 꽃다발이었다. 외할아버지는 그런 아버지를 향해서 "잘 하는 짓이다. 마음의 짐은 이번에 말끔히 풀어라. 내가 그래서 네놈을 미워할 수가 없단다. 마음 씀씀이 하나는 군자구나." 했다. 악기들은 연이어 화려하게 울어대고 꽃가마가 법주 뒤 당취들 손으로 옮겨지고 있었다. 물살을 스치듯 가볍게 흔들리는 꽃가마, 인파들은 그런 꽃가마의 진행을 막지 않으려고 뒤로 물러났다. 온갖 악기들이 하늘의 구름처럼 바다의 물처럼 파고를 일으키면서 주변으로 흩어졌다. 무희들은 춤을 추기 시작했다. 하늘의 구름은 짙은 막을 형성하면서 흘러갔다. 마치 인파를 따르는 것처럼 구름은 계속해서 군데군데 몸을 부풀렸다. 아기 동자 같은 구름이 무척 이채로웠다.

법주의 뒤를 따르는 당취들도 "용왕대신~~, 용왕대신~~, 용왕대신~~, 용왕대신~~." 외치면서 악기를 연주하였다. 악기를 든 채 춤도 곁들였다. 장관이었다. 사람들의 어깨도 덩실덩실 춤을 추었다. 율동과 악사의 악기소리, 마을 전체가 들썩거렸다. 병암산 자락도 해맑은 얼굴로 춤을 추는 듯했다. 성황당에 산신과 용왕신이 다른 경로를 통해 도착했을 때 외할머니가 동네 사람들에게 떡을 돌리기 시작했다.

"좋겠네. 옥이 엄마 늘그막에 복 터졌네. 잃어버린 아들이 저렇게 훌륭히 장성했으니 원도 한도 없겠구료."

"아, 그러니 저 자린고비 할멈이 떡을 돌리는 게 아니오. 남에겐 콩나물 대가리 하나 나누어준 적 없는 할망구올시다."

이처럼 힐난한 사람은 다름 아닌 외할아버지였다. 평소 같으면 지겟작대기가 용서하지 않았겠지만 날이 날이었다. 외할머니 입은 벙실벙실 웃음이 터져 나오는 것을 참지 못했다. 아무렴 어떠하리, 만수산을 운운한 이방원 그 자체였다. 그처럼 기쁜 날이 어디 있으랴. 아마도 그 시간이 외할머니 인생에서 가장 사람다운 날이었을 터이다. 성황당 앞에서는 산신과 용왕신의 합수 마당이 펼쳐졌다. 성황당 나무를 사이에 두고 당취들이 빙빙 돌면서 법주가 "산신이시여, 용왕신이시여, 가옵소서, 가옵소서." 하는 선소리를 먹이자 뒤를 따르는 당취들이 덩실덩실 춤을 추면서 "나무일심봉청 오방청재제신 내호조왕대신 외호산왕대신 오방동토지신 오방성자 동방 갑을 청색신 남방병정적색신 서방경신백색신 북방임계흑색신 중방무기황색신 제일몽다라니~~." 염불을 일제히 합창했다. 법주는 목탁을 두드렸다. 인파들은 그저 조용히 당취패들이 하는 양을 지켜보면서 나무아미타불, 나무아미타불 합장을 했다.

합수된 꽃가마를 앞세우고 법주의 선창에 따라 춤을 추고 풍물을 연주하면서 모든 사람들이 장군집 앞마당으로 우르르 몰려갔다. 그 모습은 일대 장관을 이루었다. 마치 큰물이 밀려들어가듯이 앞마당엔 인파로 장사진을 이루었다. 마을이 생긴 이래 이처럼 많은 사람들을 한꺼번에 본 날이 아마도 그날이 처음일 것이다. 미처 앞마당으로 들어설 수 없었던 꼬맹이들은 바깥에서 집안을 기웃거렸다. 그들의 손에는 떡과 과일이 하나씩 들려있었고, 코를 줄줄 흘리는 꼬맹이들은 어떻게 하든 마당으로 들어가려고 기를 썼다. 그 바람에 나도 뒤처지고 말았고, 금주와 나는 공교롭게 한 자리에 서고 말았다.

"편지 고마웠어. 외할아버지가 꼭 와야 한다고 했어. 가서 외할머니, 엄마, 그리고 죽은 두 사람 한을 풀어줘야 한다고."

나는 대답대신 금주의 손을 잡았다. 전보다는 많이 따스해진 손이었다. 금주가 내손을 움켜쥐듯 힘주며 잡았다. 눈빛이 그렁그렁했다, 그런 우리 둘을 정태가 힐끔대면서 "너희들 얼레리 꼴레리냐?" 했다. 우라질, 나는 놈의 머리통을 세차게 쥐어박았다.

여덟 기둥 장대에 매달린 깃대에서는 천지 오방기가 걸려 있었다. 일종의 탑인 셈이었다. 바람에 오방기가 나달나달 흔들렸다. 기둥에는 밑에서부터 왼손으로 칭칭 감아올린 새끼줄이 빙빙 꽈배기를 틀듯이 하늘로, 하늘로 뻗어 올라갔다. 대청마루에는 단이 차려져 있고, 그 뒤로는 열두 병풍이 물결처럼 두둥실 춤을 추고 있었다.

378

단 위에는 온갖 산해진미가 먹음직스레 펼쳐져 있었다. 합수된 산신과 용신의 꽃가마가 단 앞으로 옮겨졌다.

장군집 앞마당에서는 법주가 제단 앞으로 나서는 모습이 눈에 띄었다. 뒤를 따라서 세 명의 무희가 오방청 염불 소리에 따라서 춤을 추기 시작했다. 손에는 오색 겉옷이 땅에 닿을 듯 치렁거렸다. 위로 한 번, 밑으로 한 번, 다섯 방위를 향해 빙빙 돌면서 춤을 추었다. 무희들은 청가사 홍가사를 겹쳐 입었다. 춤 동작은 하늘을 나는 학처럼 부드러운 손동작이었다. 무척 아름다웠다.

다섯 방위에 사는 모든 신들을 모시는 마당이었다. 신과 죽은 영과 인간의 소통을 위한 장이라고 누군가 설명을 했다. 눈을 돌리자 바로 독사 담임선생이 그 자리에 서 있었다. 나는 무슨 생각인지 얼른 그 자리를 피하려 했으나 독사가 나를 불러 세웠다.

"이것이 중원의 범패, 민족의 범패란다."

나는 속으로 아는 것 많아서 참 좋으시겠어요, 하려다 말았다. 문서 절취사건 이후로 그에게 나는 별로 좋은 감정이 없었다. 물론 문서를 절취하지 않았다 하더라도 좋은 감정은 아니었겠지만, 당시 더더욱 그가 미웠다. 따지고 보면 나만 알고 있는 모든 비밀이 그의 문서 절취로 까발려진 것이나 다름없었다. 내 안의 그녀까지도 그의 영웅주의에 이용을 당한 것이나 진배없었으니까.

"이놈이 선생님 말을 귓등으로 듣는 거냐."

네, 하려다, 그냥 마당의 춤판으로 돌아갔다. 덩실덩실 너울너울, 춤은 최고점을 향해가고 좌바라 우바라가 징징 바라를 쳐댔다. 오방춤이 이어지는 동안 햇살이 차츰 힘을 잃어가고 있었다. 하지만 흥은 시간이 갈수록 더했다. 아름다운 무희들의 춤동작에 마을 사람들은 한결 기분 좋은 얼굴이 되어 경탄을 금치 못했다.

법주는 칠단으로 치장한 고깔모자를 쓰고 근엄한 자세로 제단 앞에 서서 좌우에 악사들을 거느리고 제를 진행했다. 흰 장삼에 청가사 홍가사를 수하고 보리수 열매나 목단양주로 만든 백팔염주를 목에 둘렀다. 왼 손목엔 담주를 끼우고 오른손엔 꽹과리 중채 왼손엔 경쇠를 들고 선소리를 시작했다. 주문을 외우고, 염불을 외고 경을 읽으면서 구름처럼 많은 인파들이 숨소리를 죽인 채 법주의 눈에서 쏟아지는 안광의 포로가 되었다. 수염이 가시나무처럼 산발한 법주, 효성스님은 그 위엄과 풍모가 남달랐다.

"나무일심봉청 아, 아, 아, 아, 아~~" 후렴구는 낮은 음과 상고청의 12마디를 오르내렸는데 마치 물보라가 일듯 출렁출렁했다.

"장군집 댁에 성주님 오십니다."

당취패 중 누군가 소리쳤다. 대청의 열두 폭 병풍 앞으로 위패가 모셔졌는데, 산신, 용신, 오방제신, 이제 성주신을 모실 차례였다. 즉, 암울한 시대를 살았던 집주인 장군을 모실 예정인 것이다. 당취패들이 연이어 크게 소리쳤다. "성주님 오십니다." 마치 모두 길을 비키라는 듯, 법주가 염불소리를 나지막하게 토해냈다. 목탁소리도 뒤를 이었다.

"나무일심봉청 병암산에 성주님 오십니다. 천상천지 본원궁 대왕아여시오 성주부모친누실런고 천옥지부인아여시오 성주실내부인누실런고 천상옥황기하여시아여시오 천궁대왕년이 몇일런고 삼십삼천 칠세아여시오 천옥지부인년이 몇일런지 삼십구세아여시오"

좌바라와 우바라가 그런 염불소리에 맞추어 바라를 치면서 소리를 받았다. 인파들이 웅성거렸다.

"천지신명 성주님이여, 복을 주고 덕을 주소서. 원한 깊은 이 땅에 성주님의 맑은 영혼으로 풀고 풀어 횡한 한 점 다 씻기소서. 나무일심봉청 병암산 성주님 오십니다. 장군댁 성주님 조심조심 오십니다. 천상천지, 이 원통하고 절통한 절손들이여."

성주의 원풀이 마당이 펼쳐졌다. 무희들이 어김없이 등장해서 춤을 추고 악사들은 악기를 연주했다. 무희는 점점 빠른 동작으로 빙빙 돌고 돌았다. 무희들의 춤동작에 인파들은 넋을 놓고 눈동자조차 흔들지 않았다.

다음으로 조왕신 마당이 펼쳐지고 자바라와 우바라가 바라를 치면서 부엌으로 달려가서 빌고 징과 북소리가 뒤를 따랐다.

"나무일심봉청, 조왕신께 축원 올립니다. 나무일심봉청, 조왕신께 축원 올립니다."

손바닥을 좌에서 우로 비벼가면서 바라지들이 빌고 빌었다.

"나무일심봉청, 옹호영기 주재조호 분명선악 자재출납 불범문중 분리수호 팔만사천 조왕대신 이 댁의 원혼을 가지고 저승길 떠난 님들 극락들게 하소서."

원귀 잡귀 나쁜 원혼을 물리치는 집안을 수호하는 의미를 가진 춤마당이 펼쳐졌다. 어느새 해는 자취를 감추었고 주변은 어둑어둑했다. 금주는 손바닥에 땀이 나는지 가끔 손바닥을 자신의 치맛단에 쓱 문질러 닦았다.

"우리 엄마도 외할머니도 모두 극락을 갔을까?"

"......?"

"나는 어디서 온 거지 왜 나 같은 아이는 태어난 거지."

금주가 침울한 얼굴로 스스로 묻고 스스로 고개를 저었다. 나는 아무 말도 하지 못했다. 나 역시 어디서 온 것인지, 또 어디로 가는지 몰랐으니까. 우리는 둘 다 평범하지 않은 출생과 평범하지 않은 기억과 평범하지 않은 상처가 공존했다. 모두가 잊는 거다. 그런 것은 금생에 갚아야 금생에 해결될 수 것인지도 모른다. 우리는 너무 어린 나이에 철이 들어버렸다.

밤이 되었을 때 하늘의 달은 밝았다. 이제 모두 마당으로 나와서 팔각 등탑을 중심으로 모여 들었다. 당취들도, 인파들도, 법주가 움직이는 가운데 등탑 주변으로 모여 들어서 마지막 장 탑돌이를 시작했다. 인파들을 헤집고 두 명의 무희가 춤을 추었다. 한 사람은 하늘을 올려다보면서 춤을 추고 한 보살은 땅을 내려다보면서 가락 장단에 몸을 싣기 시작했다. 징 하는 징소리, 띠리리 하는 태평소 소리, 둥둥둥 하는 북소리 모든 악기소리와 함께 인파 가운데 서 있던 법주가 첫 음을 열었다. 나무아미타불, 나무아미타불, 그 소리에 맞추어 바라지는 아아아아아~ 아아아아아~ 후렴구 장단을 뿌려댔다. 문수보살 찬탄가가 흘러나왔다.

"문수보현보살~ 나이나이~ 보오살~ 문수보현보살, 나이나이~ 보오살~ 문수보현보살 나이나이~ 보오살~"

무희들은 양손에 연꽃을 들고 법주를 중심으로 하늘과 땅을 바라보면서 불보살을 청하기 시작했다. 이미 땅에 멎은 보살은 자리를 잡고 아직 하늘에 있는 보살은 무희의 손동작에 등탑으로 서서히 내려왔다. 마치 벽화 비천상처럼, 신들과 인간이 화합하는 마지막 마당이 펼쳐졌다.

천수경이 법주의 염불소리와 함께 좌중을 흔들었다. 밤의 온기가 서서히 눈을 깔고 힘을 잃어갈 쯤 신중청 마당이 펼쳐졌다. "문을 열어줘라, 문을 열어줘. 수문장에게 문을 열어줘!" 당취들이 덩실덩실 춤을 추고, 소리를 지르고, 북과 징이 호흡을 맞췄다. 축제였다. 이것이 진정 우리 민족의 혼의 축제였다. 팔부도량신장의 탁한 기운을 몰아내는 춤은 바라춤이다. 두 명 혹은 세 명이 바라춤을 추었는데, 하단 중단 상단 바라가 서로 부딪치면서 인간에게 해를 주는 탁한 기운을 혼내주고 있었다.

생명의 신, 생명 연장의 신을 위로하기 위한 칠성 춤판이 이어졌다. 긴 흰 수건에 고를 풀고 휙휙 돌리면서 동서남북을 돌면서, 무희들이 모든 사람들을 빙빙 돌아가면서 춤을 추었다. 사람들은 등탑을 중심으로 원을 만들면서 축원하고 발원하였다.

"나무일심봉청, 금륜보계 치성광 여래불 좌보처 이광변조 소재보살 월광조직 재보살 우보처, 나무일심봉청, 금륜보계 치성광 여래불 좌보처 이광변조 소재보살 월광조직 재보살 우보처."

춤꾼과 당취들이 모두 나선 회향염불소리 마당이 펼쳐졌다. 꼬맹이들까지 등탑 주변으로 모여들었다. 나는 금주와 함께 손을 잡고 등탑을 천천히 돌았다. 합장을 하고 소원을 발원하였다.

"나무극락보살 아마타불, 극락보살 아미타불 부처님이시여, 자비하신 원력으로 이 자리에 광림하여 주시옵소서. 나무관음세진 양대보살님이시여. 자비하신 원력으로 이 자리에 광림하여 주시옵소서. 나무대성인로왕보살 마하살, 대성인로왕보살님이시여, 자비하신 원력으로 광림하여 주시옵소서."

꽹과리가 갱갱, 북소리, 태평소가 피리리, 피리리, 리리, 좌바라지 우바라지가 바라를 치고 북을 치고 선창하는 법주의 선소리에 맞추어 북장단을 울려댔다.

"그 사바세계에 차사천하 남성부주, 해동동양 대한민국 장군집에 모두 모여서 마을 동민들의 지극어린 정성으로 금일 장군 댁에 모든 영가님들 부처님의 가피지력으로 수의 왕생 극락세계 왕림하시옵소서."

태평소 소리가 울리고, 앉은 바라가 쟁쟁 하고 바라를 쳐댔다. 사람들은 등탑을 중심으로 극락왕림하소서를 연발했다. 돌고 또 돌고, 금주는 이제 환하게 웃다가 울다가, 달빛을 받아서 그 작고 여린 실눈에도 이슬이 맺혔다 반달을 그렸다가 흥과 슬픔을 동시에 담고 있었다. 이제 제는 마지막을 향해가고 있었다. 하나 같이 쟁쟁 울려대는 바라소리와 북소리, 징징 울어대는 징소리에 맞추어 모두 다 경건하게 등탑을 돌고 돌았다. 너무 행복했다. 모든 슬픔도 모든 아픔도 모든 상처도 다 아물 것 같은 밤이었다. 사람들의 얼굴도 지친기색이 없었다. 나는 보았다. 하늘의 매 한 마리가 어둠을 살피면서 빙빙 돌고 있다는 사실, 그리고 미친년이라고 늘 구박했던 어떤 노파가 다시 환생한 것처럼 아름답게 춤을 추고 있었다는 사실을. 그의 춤사위는 매우 훌륭했다. 어느 정도 빙빙 춤을 추었을까. 갑자기 그녀가 제단에 엎드려 펑펑 울고 있었는데 몸이 몹시 흔들렸다. 순간 법주인 효성스님은 그의 어깨를 감싸면서 "당신이 세 자매 중 둘째 연이 맞지." 하는 게 아닌가. 그 소리에 나도 외할아버지도 그리고 아버지도 불에 덴 듯 꼼짝할 수 없었다. 다른 사람들이 등을 스쳐 우리 곁을 지나쳤다. 하지만 그런 외삼촌의 목소리는 인파들의 발길에 어느새 자멸하고 말았고, 우리 가족은 더 이상 캐묻지 않았다. 그녀가 어떤 절차로 연이가 되는지, 그런 건 상관없었다. 그녀가 가진 한과 슬픔이 대륙을 누비다 죽어간 영가들의 슬픔을 얼마큼 풀어냈는지가 더 중요했다. 미친년이 연이가 된다한들 내 인생은 달라지는 게 없었다.

"선망 조상님들 팔만사천 지옥의 모든 영가님 철위삼간 모든 지옥의 영가님들 일일일야 만사만생 만반수고 함령등중 수의 왕생극락하옵소서. 모든 사람들이 합장을 하고 자비광영 비추는 곳 연꽃송이 피어났고, 지혜눈길 관하는데 지옥 또한 공하도다. 신묘장군 대다라니, 나모라 다나라니, 이야 나말 알야. 일심봉청, 일심봉청."

꽃가마를 앞세운 모든 영가들이 당취들의 손에 의해 장군집 마당을 떠나기 위한 준비를 시작했다. 법주가 목탁을 두드리면서 염불소리를 시작했다. 모든 악사들이 춤을 추고 악기를 연주했다. 모인 인파들도 덩실덩실 춤을 추었다. 축제가 펼쳐졌다. 투전판의 원수가 아닌, 농토의 물길을 가지고 싸움질 하던 이웃이 아닌, 자연의 울림으로 모두가 하나 되어 덩실덩실 춤을 추었다.

"오늘 초청하여 이 자리 오신 만산만신 영가님들이여, 마을의 여러분들 아미타불, 부처님이 계시는 극락세계를 향하여서 길을 뜨실 차비를 하여서 이 세상에 못다하신 미련일랑 하나도 생각지 마시고 극락세계 구품연화대 상품상생 하시여 무생법인을 누리시옵소서."

법주의 염불소리와 함께 반야용선에 모든 영가들이 실렸다. 만주벌판을 누볐던 고구려 병사의 원혼, 마동스님, 장군의 자식들, 금주 엄마, 금주 외할머니, 왜국에서 죽어간 덕이와 미우라, 새마을운동 직후 사라진 그녀까지도, 모든 영가들이 반야용선에 실려 덩실덩실 춤을 추었다.

죽은 영가까지 단 한사람도 빠짐없는 완벽한 탑돌이가 왼쪽부터 시작되었다. 빙글빙글, 춤을 추고 어떤 이는 눈물을 흘리고, 어떤 이는 만면에 미소를 지으면서 춤판을 휩쓸고 다녔다. 미친년이 아닌 연이는 그런 사람들 중심에서 신명나는 가락의 춤을 추기 시작했다. 혼이 빠진 듯 온몸을 아름답고 환상적인 율동으로 불을 사르고 있었다. 그러다 그녀는 당취들의 북을 채트려 북을 연주하기 시작했다. 둥둥둥, 나이이나이~ 나무아미타불, 나무아마타불~ 백의단월 관세음~ 관세음~. 당취들이 그런 연이의 북소리에 추임을 더했다. 법주, 바라지, 춤꾼, 무회 악사 들이 모조리 탑 주변에서 연이를 따라서 빙빙 돌기 시작했다. 완벽한 춤이었다. 완벽한 연주였다. 사람들은 모조리 어안이 벙벙했다. 그녀는 고청과 연청을 자유자재로 넘나들면서 고구려의 소리, 민족의 소리를 불러 젖혔다. 사람들은 고막이 터져나가는 듯 했다. 진정 자연의 소리, 새의 울음, 화려한 부활을 알리는 소리에 모든 사람들이 경탄했다. 그녀는 혼신의 힘을 다해 공중으로 허공으로 붕붕 날아다녔다. 아아아아아~ 아아아 ~ 찢어질 듯 고음이 저 멀리 고구려 땅 요동까지 날아갈 기세로 울려 퍼졌다. 연이는 춤을 추면서 눈물을 질질 흘렸다. 아버지가 멍한 시선으로 그런 연이를 바라보면서 눈물을 찍어댔다. 효성스님은 그런 그녀를 안쓰럽게 바라보면서, 직접 북채를 잡아 북을 쳤다. 둥둥둥, 연이가 하늘 날고 있다. 만주 벌판의 고구려 소리를 연이가 가늘고 힘차게 부르고 있었다. 나이나이나이~ 나이나이나이~ 연이가 거듭 관세음보살 찬탄가를 북과 함께 부르고 있었다. 온몸이 땀으로 흠씬 젖어 매와 함께 하늘을 비상했다. 누군가 말했다.

"저건 사람이 아냐. 저건 분명 새야."

연이가 정신병원 이름이 적혀있는 옷을 홀러덩 벗어던졌다. 양팔을 날개처럼 펼치면서 장군집 지붕 위로 훌쩍 솟아올랐다. 재차 이쪽에서 저쪽으로, 신기에 가까운 춤솜씨였다. 제의 주인이었던 당취들도 손을 놓고 소리쳤다.

"당취다, 저 여자는 틀림없는 당취다!"

이제 연이는 고독한 홀로만의 춤을 추기 시작했다. 북을 허리에 감고서 빙빙 돌면서 춤을 추면서 하늘로 솟았다 내려앉았다. 그 자리에 모여든 사람들은 한 마리 새를 보았다. 대륙을 날아다니는 자유로운 영혼을, 사람들은 넋이 빠져라 연이의 자유로운 비상을 바라보았다. 그녀는 환생한 것이다. 대륙의 딸로, 고구려의 딸로, 효성스님의 북소리는 점점 말발굽처럼 고음을 향해 치달았다.

"시방삼세 일체제불 제존보살 마하살, 지성으로 염하시라 마하반야 바라밀 원하옵고 원하오니 극락세계 태어나서 아미타불 뵈온 뒤에 마정수기 받자오며 원하옵고 원하노니, 아미타불 그 곁에서 큰 설법을 들으면서 향과 꽃을 공양하고 원하옵고 원하오니, 화장연화 세계에서 너나없이 모두 함께 성불하옵소서."

모든 사람들이 덩실덩실 춤을 추기 시작했다. 금주가 조용히 눈물을 떨구었다. 송씨도 통곡하면서 탑을 돌았다.

"장엄한 춤과, 음악, 악사들의 악기와 고청으로 치고 올라가는 염불소리, 마당 판의 신명나는 들썩임, 이것이 진짜 우리의 소리다. 이 세상 그 어떤 민족도 연주할 수 없고 부를 수 없는 태양이 만든 소리, 자연의 소리, 그 속엔 우리는 멋들어진 민족의 혼이 담겨 있다. 모두 돌아가야 하는 진정한 우리의 소리다. 우리는 미래에도 이 소리를 늘 간직해야 할 것이다."

　제가 끝난 후, 효성스님, 외삼촌이 산사를 떠나면서 가
족들이 모여 있는 가운데 나에게 한 마지막 말이었다.

  지난 십 년간 글쓰기에 대한 부채 의식을 가지고 살아
왔다. 사물에 대한 능청스러운 관찰력, 그리고 어떤 대상
을 향한 나만의 착각 내지는 생각들, 그런 오해가 또 한
권의 책으로 만들어져 세상으로 나왔다. 이 이야기는 당
취의 이야기이다. 전체적으로 당취가 무언지부터, 그들
의 소리와 춤, 풍물.... 지난 몇 달간 나에게도 참 귀한 시
간이었다. 우리 선조들이 남긴 무형의 유산으로 당취들
의 풍물과 소리가 후손들에게 올곧게 전해졌으면 한다.
우리 민족 저 윗대 어디쯤에서 덩실덩실 춤추면서 앞으
로의 천 년을 이야기 하는 멋진 상상 속에 나는 거듭 용
기를 내서 글을 썼다. 이런 소중한 기회를 엿보게 한, 지
금은 떠나있는 후배 황형, 문화재청 김창준 국장, 강릉
용연사 설암스님, 그리고 일일이 당취의 역사와 풍물을

투박한 말로 전해준 효성스님께 감사드린다. 특히 아낌없이 자료에 협조한 문화재청에게도 감사드린다. 나는 이 책에서 말하고 싶은 게 없다. 그냥 우리 모두 한판 걸게 놀아보자는 것뿐이다!

2011년 봄
강릉 용연사에서